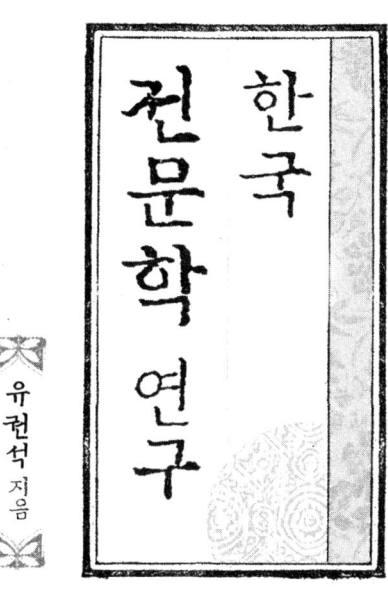

한국
전문학 연구

유권석 지음

보고사

# 머리말

국문학을 연구해 오면서 지금까지 내 공부의 화두는 언제나 전(傳) 문학 분야에 머물러 있었고 그 중에서도 인물전이었다. 대학원 시절을 포함하면 강산이 한 번 반은 족히 바뀔 세월을 인물전에 매달렸다고 할 수 있는데, 인물전을 연구하면서 맨 처음 접했던 책이 바로『삼국사기』였다. 주지하다시피『삼국사기』·「열전」에는 다양한 인물들에 관한 기록이 수록되어 있는데 그 중에서도 궁예와 견훤 같은 사람들은 후삼국 시대를 대표했던 영웅이라고 할 수 있다. 그런데 불행하게도 이들의 삶은 왕이라는 지위에까지 올랐음에도 불구하고 최후가 매우 비극적으로 끝났다는 공통점이 존재한다. 이런 점에 착안하여『삼국사기』·「열전」을 모태로 인물전에 나타나는 '비극적 영웅의 일생'에 관한 연구를 시작하였다. 그리고 마침내 임병양란기(壬丙兩亂期)에 활약한 김덕령(金德齡), 임경업(林慶業), 이순신(李舜臣)에 관한 연구를 통해 비극적 영웅들에게서 나타나는 특징적인 서사 구조를 도출할 수 있었다. 이것이 박사학위 논문인「임병양란기 인물전의 비극성 연구」인데, 이 책의 1부에 수록하였다. 그리고 박사학위논문에서 구축된 연구 결과를 바탕으로「<남이전> 연구」,「열전과 행장의 비교 연구」, 단재 신채호 선생의 일대기를 다룬「<단재전> 연구」가 이루어졌다. 단재전은 최근까지도 오로지 한문으로만 전해져 왔기 때문에 연구가 거의 이루어지지 못했는데, 처음으로 뜻을 풀이하여 논문으로 내 놓은 것이다.

그리고 「소재 변종운의 <각저소년전>에 관한 문예적 고찰」은 기존에 소설적 성향으로 연구 되어진 것을 전문학적 관점에서 새롭게 보고자 한 것이다. 또한 「<국성전> 연구」는 술을 의인화한 가전(假傳)인데, 이 작품 또한 처음으로 발굴하여 학계에 발표한 것이다. 이러한 논문들을 엮어 2부에 실었다.

이들 논문들은 전문학의 범주 안에 있다는 공통점을 지니면서도 인물전과 가전, 행장과의 비교 연구라는 차이점을 지니고 있다. 그래서 이들을 함께 아우를 제목을 정하기가 쉽지 않아 각각의 작품들이 지닌 서사 구조에 나타나는 비극적 특징과 의미를 고려하여 『한국 전문학 연구』라고 붙여 보았다.

막상 연구 결과물을 책으로 묶어 내놓게 되니 걱정이 앞서기도 하는데, 한편으로 여기저기 흩어져 있던 것들이 어느 정도 정리된 느낌이 들기도 한다. 이 책을 발판으로 더 많은 연구들을 진행시켜 내 자신이 앞으로 나아가는 계기로 삼고자 한다.

그 동안 이 책을 펴내기까지 많은 분들의 도움이 있었다. 맨 처음 드넓은 학문의 길로 안내 해 주신 박완식 선생님과 세상물정 몰랐던 시절 잘 이끌어 주셨던 김규선 선생님, 앞에서는 엄하게 대하시면서 언제나 부족한 제자를 끝까지 챙겨주신 박대복 선생님을 생각하면 이 은혜를 어떻게 갚아야 할지 모르겠다. 또한 문장 하나까지 꼼꼼하게 살펴주신 유기옥, 구사회 선생님께 진심으로 감사를 드린다. 아울러 지금까지 공부를 할 수 있도록 배려해 주신 부모님과 가족들의 노고에 한없는 고마움을 전하고 싶다. 끝으로 흔쾌히 출판을 맡아주신 보고사의 김흥국 사장님께 깊은 사의를 표한다.

2006년 9월
익산에서 저자 씀

# 차 례

# 제2부　기타 전문학의 특성

# 제1부

# 인물전의 비극성과 전개 양상

# I. 서론

## 1. 연구목적

본 연구는 임병양란기에 활약한 김덕령, 임경업, 이순신을 중심으로 이들 인물전에 나타난 구조와 비극성을 고찰하고 문학사적 위치를 규명하기 위해 시도된 논문이다. 따라서 본 논문은 비극적 인물전의 사사 구조와 의미를 파악하고 소설과 설화와의 관계 규명을 통해 문학사적 의의를 밝혀 보고자 한다.

주지하다시피 영웅은 뛰어난 능력을 지닌 인물로서 집단적 문제를 해결하고 집단의 삶을 위해 위대한 일을 수행함으로써 집단의 존경을 받아 왔다. 이러한 영웅적 행위를 형상화한 영웅 소설에 대해 그동안 많은 관심을 기울여 왔다.[1] 그러나 이와는 달리 영웅들의 활약상을 내용으로 하고 있는 전(傳)에 관해서는 활발하게 연구가 이루어지지 못한 실정이다. 전은 다양한 양상으로 기술되어 왔는데, 대체로 입전(立傳)인물의 일생을 중심으로 가계(家系, 출생사항)에서부터 성장(成長), 활동(活動), 논평(論評)으로 구성되어 있는 점에서 일대기 형식을 띠

---

1) 서대석, 『군담소설의 구조와 배경』, 이화여대출판부, 1985, 12쪽.

고 있다. 그리고 포(襃)와 폄(貶)에 의해 기술된다는 측면도 있지만[2] 사실 지향적이며 객관적이라는 평가를 받아 오고 있다.

비극적인 일생을 살다간 인물들을 대상으로 하고 있는 인물전 또한 『삼국사기』·「열전」에 나타난 일부 인물들을 통해 본격적으로 출현하기 시작하여 조선 후기에 이르기까지 폭넓게 나타나고 있다. 임병양란기에 활약했던 인물전에 수용된 비극적 인물들[3]은 우리가 흔히 떠올릴 수 있는 happy-ending형의 인물에 비해 좌절되고 패배한 인물형에 근접해 있다고 할 수 있다. 즉 이들 비극적 인물은 위대한 과업을 수행할 수 있는 탁월한 능력의 소유자이지만 현실의 장벽을 뛰어넘지 못하고 패배함으로써 비극성이 강조되어 있다.[4]

본 연구에서 임병양란기의 비극적 인물로 다루고자 하는 세 인물은 모두 위와 같이 비극성을 띠고 일생을 마친 유형에 속한다고 할 수 있다. 이들은 한결같이 억울하게 죽었거나 자신의 능력을 발휘하는 과정에서 뜻밖의 비극적인 죽음을 맞았다. 그리고 그들의 일생이 담고 있는 진실된 의미가 일반 민중들의 의식 세계를 통해 꾸준히 반영되어져 왔는데, 문학적인 형상화에 비해 역사적인 평가는 상당한 시간이 흐른 뒤에라야 온전히 이루어질 수 있었다. 그러나 이들이 비록 비극적인 죽음을 맞았지만 후대에 존경의 대상이 된다는 점에서 비극적 인물이 지니고 있는 의미의 양상이 변화하고 있음을 볼 수 있다. 즉 비극적 죽음은 죽음 그 자체로써 끝나는 것이 아니라 항상 그 죽음에 수반된 의미가 파생되기 마련이다. 김덕령과 임경업은 억울하게 죽은 비극적 인

---

2) 주명희, 「삼국사기 열전을 통해 본 초기 전의 양상」, 『한국고전문학연구』, 정병욱 선생환갑기념논총, 신구문화사, 1983, 337쪽.
3) 비극적 인물이라는 용어는 인물전에 나타난 좌절되고 패배한 영웅들을 지칭하는 것이다. 자세한 개념에 대해서는 Ⅱ장에서 다루고자 한다.
4) 조동일, 『한국 소설의 이론』, 지식산업사, 1977, 88쪽.

물의 전형적인 형태를 지니고 있다. 이들은 위기로부터 국가를 구원하고도 당시 위정자들의 정치적인 논리에 의해 비참한 최후를 맞았다. 그러나 대다수의 민중들은 그들의 죽음을 부당하다고 생각했고 안타까워한 나머지 숭앙의 대상으로까지 발전시켰다. 즉 이들은 당시에는 억울하게 죽었지만 피지배 계층에 의해 사후 그 행적(行績)을 인정받게 되는 인물이 된 것이다. 또한 이순신 역시 정치적으로 반대편에 서 있던 위정자들로부터 시기와 모함을 받아 뛰어난 능력을 제대로 펼칠 수 없는 상황에서 좌절과 고통의 세월을 겪었다. 그리고 임진왜란이라는 큰 전란에서 많은 왜적들을 물리치고도 끝내 예상치 못했던 적의 유탄에 맞아 죽음으로써 지배 계층과 피지배 계층으로부터 추앙(推仰) 받는 비극적 인물이 되었다. 이순신은 임경업이나 김덕령과는 비극성이 조금 다르게 나타나기는 하지만, 이들은 임병양란기라는 시대에 한결같이 비극적으로 죽음으로써 후대에 존경의 대상이 되었다는 특징을 지니고 있다. 그러므로 비극적 인물이 지니고 있는 억울하고 안타까운 죽음에 담겨 있는 비극성은 그 의미가 존경의 대상으로까지 발전되고 있다.

이와 같이 비극적으로 죽게 된 시대적 상황이나 죽음의 양상에 따라 비극적 인물은 지지 계층과 결말의 의미에서 차이를 보이고 있다. 따라서 본 연구에서 다루고자 하는 비극적 인물들의 대상은 전문학 중에서도 실제 행적이 인물전으로 존재하는 경우이다.

그동안 영웅의 비극적 죽음에 나타난 비극성에 관해서는 기존의 선행 연구에서5) 어느 정도 연구의 발판을 마련하였으나 보다 광범위한

---

5) 전신재, 「아기장수 전설과 비극의 이론」, 한림대 논문집 8집, 1990.
　이혜화, 『아기장수 전설의 신고찰』, 교문사, 1989.
　강현모, 「비극적 장수설화의 연구」, 한양대 박사논문, 1994.

자료의 섭렵과 통시적·공시적 연구 범위의 확대로 폭넓은 연구가 요 구되고 있다. 따라서 본고에서는 대략적으로만 제시되어 온 영웅의 비 극적 일생에 대한 서사 구조를 인물전을 통해 좀 더 심화시키고자 한 다. 아울러 비극적 인물들이 설화나 소설에는 어떤 모습으로 투영되어 형상화되었는지를 작품의 대비를 통해 고찰해 보고자 한다.

전문학에 나타나는 비극적 인물들의 모습은 고대의 건국 신화적인 영웅상을 기저로 하여 삼국 시대의 국가가 분화되는 시기에서부터 뚜 렷한 형태로 나타난다. 이때에는 주로 기존의 체제를 갖추고 있던 국 가가 분열되면서 왕과 왕의 대결이라는 측면이 강했다. 그리고 이들의 활약은 개인적인 욕망에 의거하여 펼쳐졌다는 인식이 지배적이다. 그 것은 후대로 내려오면서 이들에 대한 추앙보다는 폄(貶)의 대표적인 인물들로 다루고 있기 때문이다.6) 그러나 후대로 오면서 왕중심의 관 료주의 사회가 정착되면서 신하와 신하간의 사이에서 발생하는 갈등 에 의해 비극적 인물이 나타나게 되었다. 이것은 비극적 인물의 성격 과 의미가 변화하고 있다는 반증으로써 비극적 죽음의 원인과 흐름을 바라보는 중요한 단서가 된다. 즉 문학사적인 측면에서 전문학(傳文 學)에 등장하는 비극적 인물의 양상을 살펴 이들이 차지하고 있는 위

---

정순희, 「비극적 영웅설화의 의미」, 『국어문학』 제30집, 1995.

김명순, 「고소설에 나타난 비극성 연구」, 계명대 박사논문, 1985.

6) 『삼국사기』·「열전」에는 각각의 인물들이 항목을 달리해 실려 있는데, 궁예, 견훤 등은 반역신으로 다루어졌다. 이것은 신라의 맥을 이어가고 있다고 자부한 찬선자 김부식의 역사의식이 대변된 것으로 『삼국사기』·「열전」에 나타난 사관의 의식은 역사학계의 주목을 받기도 했다.

이우성, 「삼국사기의 구성과 고려왕조의 정통인식」, 『진단학보』 38호, 1974.

고병익, 「삼국사기에 있어서의 역사서술」, 『김재원박사회갑기념논총』, 1969.

김철준, 「후삼국시대의 지배세력의 성격에 대하여」, 『이상백박사회갑기념논총』, 을유문화사, 1964.

─────, 「고려 중기의 문화의식과 사학의 성격」, 『한국사연구』 9, 1973.

치를 밝힐 수 있을 것이다. 따라서 본 연구에서는 전문학에서 비극적 인물의 개념에 부합되는 인물들을 중심으로 논의를 펼치기로 한다.

## 2. 연구사 검토

그 동안 영웅에 관한 논의가 활발하게 진행되어 왔음에도 불구하고 비극적 인물에 관한 언급은 매우 소원한 편이다. 본 논문에서 다루려고 하는 전에 나타난 비극적 인물을 고찰함에 있어 참고할 수 있는 연구로는 선행된 신화나 민담, 소설 등에서 아기 장수[7]에 관한 연구와 귀족적 영웅, 민중적 영웅[8] 등으로 명명하여 연구한 것들이 있다. 이러한 연구들은 영웅의 기원과 특징을 나름대로의 시각으로 드러내고 있음에는 틀림없으나 신화나 민담을 중심으로 한 장르적인 차이로 인해 전에 나타나는 영웅인 비극적 인물들의 양상과는 거리가 있다. 그리고 이와 유사한 연구로는 인물전설의 연구에서도[9] 찾아볼 수 있는

---

7) 최래옥, 『한국구비전설의 연구』, 일조각, 1981.
　박인구, 「아기장수 전설의 유형 연구」, 『숭실어문』 7집, 1990.
　현길언, 「힘내기형 전설의 구조와 그 의미」, 『연암 현평효박사회갑기념논총』, 1980.
　장장식, 「아기장수 전설의 의미와 기능」, 『국제어문』 5집, 1984.
　심정섭, 「전설의 문학적 구조」-아기장수 전설을 중심으로, 『문학과 지성』 77년 봄호, 일조각.
　임철호, 「아기장수 전설의 전승과 변이」, 『구비문학연구』 제3집, 한국구비문학회, 1996.
8) 이러한 명칭들은 조동일에 의해 이루어졌는데, 신화나 민담에 기반을 두고 있다는 것이 특징이다. (조동일, 『인물전설의 의미와 기능』, 영남대학교출판부, 1979, 350~362쪽.)
9) 이재란, 「이토정 설화연구」, 한양대 석사논문, 1989.
　한석수, 『최치원 전승의 연구』, 계명출판사, 1989.
　정현숙, 「박문수설화 연구」, 영남대 석사논문, 1980.

데, 이러한 연구들은 비극적 인물의 양상과 서사 구조, 의미를 파악하는 데 다소 도움이 된다고 하겠다.

비극적 인물은 그 출현에 있어 특정한 시기에 치우쳐 있지 않고 또한 그 지지 계층이나 신분에 있어서도 다양한 형태를 지니고 있는데, 이것은 인물전의 특징과도 관련되는 것이다. 인물전은 사관에 의해 지어지거나 일부 지식인이라고 할 수 있는 문인 계층에 의해 지어지게 된 경우가 대부분이다. 그러면서도 입전인물의 선택에 있어서는 비교적 특이하다고 생각된 인물들을 폭넓게 취사선택할 수 있었다. 초기의 인물전은 사관만이 기술하는 고유의 영역이었으나 고려 후기에 이르러서는 문인들에게 일반화된 독립적인 장르로 정립되기에 이르렀다.10)

전은 일찍이 성경현전(聖經賢傳)의 의미를 담고 고대 중국의『춘추좌전(春秋左傳)』에서 비롯되었는데, 한(漢)나라의 사마천에 이르러서야 행적과 사건이 중심이 된 전으로 자리잡을 수 있었다. 우리나라에는 중국에서 발생한 전문학의 양식을 언제, 누가 맨 먼저 받아들였는지 확실히 알 수 없는 상태이지만 삼국 시대의 역사를 담은『삼국사기』· 「열전」 및『고려사』·「열전」을 통해 확인할 수 있다.

지금까지『삼국사기』에 대한 논의는 현존하는 최고의 역사서라는 점에서 역사학계를 비롯하여 사회, 경제, 민속학, 국문학 등 인문과학의 모든 영역에서 이루어져 왔으며, 삼국 시대에 관한 제반 사항을 내용으로 하고 있다는 점에서 논의의 접근 방법도 다양하고 그에 따른 평가 또한 다양한 편이다. 이러한 연구의 흐름은 문학적인 측면에서도 예외가 아니어서『삼국사기』·「열전」에 수록되어 있는 인물들의 영웅적인 활동과 그들의 일생에 나타난 신화적인 내용들은 서사 문학의 연

---

10) 박혜숙,「고려후기「전」의 전개와 사대부의식」, 관악어문연구 11, 서울대 국문학과, 1986, 136쪽.

구에 중요한 대상으로 부각되고 있다. 이것은 열전이 한 인물의 행적을 교훈적인 측면에서 전하기 위해 객관적으로 서술하고 있다는 점에서[11] 연구의 가능성과 방향을 모색해 볼 수 있는 것이다. 그리고 『고려사』·「열전」 또한 『삼국사기』·「열전」의 체제를 유지하면서 고려시대의 인물들을 성향에 따라 분류하여 기술하고 있다는 점에서 연구 가능성을 내포하고 있다.

이와 같이 고대에서부터 연원을 찾아 볼 수 있는 전은 사람의 일생을 출생에서부터 죽음에 이르기까지 서술한다는 점에서 영웅의 일생을 다룬 서사 문학과 밀접한 연관성을 가지고 있다. 특히 고대에는 사실 전달과 함께 작가의 포폄의식이 강하게 반영되어 한 인물에 대한 역사적인 평가를 살펴볼 수 있었다. 지금까지 전의 개념에 대해서 논의된 것을 보면 어느 정도 그 실체가 드러난 느낌이 드는데, 그동안 『삼국사기』·「열전」의 문학성에 대해 언급한 이후로[12] 전의 개념과 양식적 특징을 중심으로 연구되어 오고 있는 편이다.[13]

---

11) 권오성, 「삼국사기 열전의 문학적 연구」, 영남대 석사논문, 1989.
12) 김태준, 『증보 조선소설사』, 학예사, 1939, 111쪽.
13) 조태영, 「전 양식의 발전양상에 관한 연구」, 서울대 석사논문, 1983.
   ──── , 「고려사 열전의 인물 형상과 서술양상연구」, 서울대 박사논문, 1991.
   고경식, 「전의 유형고」, 『경희어문학』 6, 경희대 국문과, 1983.
   주명희, 「『삼국사기』 열전을 통해 본 초기 전의 양상」, 『한국고전문학연구』, 신구문화사, 1983.
   ──── , 「「전」의 양식적 특징과 소설론의 수용양상」, 서울대 박사논문, 1985.
   이경우, 「문집소재 「전」양식의 변천연구」, 『한국판소리고전문학연구』, 아세아문화사, 1983.
   김균태, 「전의 쟝르적 고찰」, 『신호열선생고희기념논총』, 창작과비평사, 1983.
   ──── , 『전의 개념과 약사』, 계명문화사, 1986.
   성기옥, 「전의 장르론적 검토」, 『울산어문논집』 제1집, 울산대 국문학과, 1984.
   최신호, 「전기·전기·소설」, 『성심어문논집』 제5집, 성심여자대학 국문학과, 1991.
   김승호, 「고려승전의 서술방식 연구」, 동국대 박사논문, 1991.

일찍이 초기 전에 나타난 인물들에 관한 영웅성을 논한 것은 여러 편
이 있다.14) 그런데 전에 나타난 인물이 지니고 있는 비극성을 논한 것
으로는『삼국사기』·「열전」의 인물들을 논하면서 심정섭에 의해 제시
되었다.15) 그러나 이 역시 영웅적인 인물이 아닌 역사적으로 패배한
일반적인 인물들까지 다루었다는 전제에서 벗어나지 못했다. 즉 영웅
이라고 하기에는 곤란한 설화적인 인물들까지 포괄해서 다루었기 때
문이다. 그리고 권오성에 의해『삼국사기』·「열전」이 지니고 있는 문
학성을 고찰하면서 서사적 갈등 구조와 비극성이 연구되었다.16) 그 후
개별적인 인물들에 관한 부분적인 연구가 발표되어 왔으며17) 필자는
주로 전에 나타나는 비극적인 영웅들의 특징에 주목하여 살펴보았
다.18) 필자는『삼국사기』·「열전」을 중심으로 비극적으로 죽은 영웅들
을 선별하여 서사 구조와 문학사적 의미를 고찰하였는데,『삼국사기』·
「열전」만을 대상으로 비극적 인물의 특징적인 존재를 파악하여 제시

박희병, 「조선후기「전」의 소설적 성향 연구」, 서울대 박사논문, 1991.
────,『한국고전인물전연구』, 한길사, 1992.
14) 윤영옥, 「삼국사기열전「김유신」고」, 영남대 동양문화 연구소, 1974.
김열규, 「무속적 영웅고」-김유신전을 중심으로 하여,『한국민속연구논문선Ⅱ』, 일
조각, 1982.
조동일, 「영웅의 일생 그 문학사적 전개」, 서울대 동아문화 <10>, 1971.
15) 심정섭, 「삼국사기열전의 문학적 고찰」,『문학과 지성』, 1979, 194쪽.
16) 권오성, 앞의 책.
17) 이혜순은 장보고의 비극성이 하층인물로서 반항적이며 의리 있는 협객적인 행동에
있다고 보았다.
이혜순, 「신라 열전의 서사문학적 위상」,『한국서사문학사의 연구Ⅱ』, 중앙문화
사, 1995, 602쪽.
주명희, 「「삼국사기」열전의 소설사적 위상」,『고소설사의 제문제』,『성오소재영
교수환력기념논총』, 집문당, 1993, 417쪽.
이윤석,『임경업전 연구』, 앞의 책, 187~194쪽.
18) 유권석, 「비극적 영웅담의 구조 분석」, 우석대 석사논문, 1993.

하고자 했다.

본 연구에서 다룰 김덕령, 임경업, 이순신에 관한 연구는 이들이 역사와 문학에서 차지하는 위치만큼이나 다양한 방면에서 연구가 진행되어 왔다. 그러나 한편으로는 심도 있는 연구가 이루어졌음에도 불구하고 이들과 관련된 문학 장르가 다양하게 구분되어 있음으로 인해 미흡한 점도 발견되고 있다. 그것은 전반적인 입장에서 작품을 파악하려고 하기보다는 특정한 역사적 사실이나 문학성이 있다고 여겨지는 작품을 중심으로 연구가 진행되어져 왔기 때문이다. 이러한 점에서 이들의 일생을 특징적으로 기술했다고 할 수 있는 인물전에 대한 연구가 활발하지 못했던 점은 재고할 필요가 있다고 보아진다. 특히 이들에 관한 연구가 주로 설화, 소설에 집중되었던 점을 고려해 볼 때, 본 논문은 우선 그 기초적인 자료라 할 수 있는 인물전 자체에 관심을 두고 논의의 출발점을 마련하고자 한다. 전은 문학성이 빈약하다는 이유로 정당한 평가의 대상에 오르지 못하고 논의의 대상에서 소홀히 다루어지기도 하였다. 그러나 전은 사실성과 문학성을 함께 지니고 있음으로 볼 때19) 임병양란기 비극적 인물들의 입전 양상과 구조적 의미를 파악하고 인접장르와의 변별성을 살피는 일 역시 중요한 연구 과제라 할 수 있다.

먼저 김덕령에 대해서 선행 연구를 살펴보면 김덕령은 실기와 전, 소설, 설화가 모두 전하고 있는데, 이 중에서 소설과 설화에 있어서는 심도 있는 연구가 진행되어 왔다. 예컨대 조동일은 소설 임진록에서 억울하게 죽은 김덕령의 위상을 이끌어 내었다.20) 이어 임진록의 김덕

---

19) 일례로 이정진의 논문(「전의 미의식 양상에 관한 연구」, 『한국언어문학』 35집, 1995)에서는 작품내의 서사적 갈등과 작품 속에 표출된 미의식을 통해서 전의 문학성을 확인 하고 있다.

령과 문헌설화, 구전설화를 본격적으로 연구한 것은 임철호이다.21) 임 철호는 김덕령의 일생을 제시하면서 문헌 설화와 구전 설화를 체계적으로 연구 정리하였다. 이것은 그 동안 김덕령에 대한 연구가 미흡했던 점을 고려한다면 본격적인 연구에 해당한다고 할 수 있는데, 임철호는 구전 설화가 문헌 설화보다 더 비판적 역사의식을 나타낸다고 보았다. 이러한 김덕령에 대한 연구는 임병양란을 통해 활약한 많은 인물들 중의 한 사람이라는 점에서 인물로서의 김덕령에 대한 연구와22) 작품 속에 담긴 문학 의식을 파악하고자 함으로써 주제적인 접근으로까지 이어지게 되었다.23) 그러나 김덕령의 일생을 사실적이고 체계적으로 기술했다고 할 수 있는 전에 대한 연구는 아직 이렇다 할 성과가 없었다. 다만 소설과 설화를 연구하면서 전의 존재를 인식하고 언급하는 정도에 머물고 있다. 전은 가장 기초적인 자료이자 전기문학이므로 이에 대한 연구가 상보적으로 병행될 때 더욱 객관성과 타당성을 기대할 수 있을 것이다.

다음으로 임경업에 대해서 살펴보면 임경업은 다른 비극적 인물들에 비해 연구 성과가 많은 편이다. 임경업에 대한 연구는 김태준이 조선 소설사에서 실전(實傳) 임경업전을 언급한24) 이래로 소설분야와

---

20) 조동일, 「임진록에 나타난 김덕령」, 『상산이재수박사환역기념논문집』, 1972.
21) 임철호, 「임진록군연구」, 연대대학원, 1977.
　　── , 「임진록과 문헌설화의 역사의식」, 『한국고소설연구』, 이우출판사, 1983.
　　── , 「김덕령설화연구」, 『한국언어문학』 제22집, 한국언어문학회, 1983.
　　── , 『임진록 연구』, 정음사, 1986.
　　── , 『설화와 민중의 역사의식』, 집문당, 1989.
　　── , 『임진록 이본 연구』 I ∼ IV, 전주대학교 출판부, 1996.
22) 박경자, 「임진록에 나타난 인물 연구」, 고려대 교육대학원 석사논문, 1980.
23) 소재영, 「임진왜란과 문학의식」, 한국연구원, 1980.
24) 김태준, 앞의 책, 111쪽.

문헌학, 설화 등에 이르기까지 연구가 활발히 진행되어 왔다. 소설의 연구에서는 임경업전을 역사군담소설로 보려는 견해가 지배적이다. 이러한 견해를 바탕으로 윤영옥은 임경업전에 대한 내용을 경업과 호왕, 경업과 자점의 투쟁이라는 이중적인 구조로 파악하였으며25) 최용순에 의해 설화까지 논의26)되기에 이르렀다. 이러한 연구가 이윤석에27) 이르러 이본과 형성배경, 소설과의 관계 등 종합적인 연구로까지 발전하게 되었다. 그리고 임경업전의 형성 과정을 연구한 것으로는 양동훈을28) 들 수 있으며 판본에 대한 연구는 정의념에29) 의해 이루어졌다. 이후 임경업전에 대한 연구는 비슷한 유형의 작품과의 비교 연구와30) 일생에 대한 연구가31) 꾸준히 이어져, 최근에는 임경업의 실기, 전, 소설 등을 비교한 연구 성과가 나왔다.32) 이러한 각 장르 사이의 비교 연구는 특정한 인물을 대상으로 할 때 가능한 것으로 장르 상호간의 교류에 따른 차이점과 공통점을 통한 영향 관계와 변모 양상 등을 살필 수 있다는 장점이 있다. 그리고 각 장르들 상호간의 영향과 특징을 구별할 수 있다는 점에서 의미가 크다고 할 수 있다. 물론 이와 같이

---

25) 윤영옥, 「임경업전연구」, 『국어국문학연구』 제15집, 영남대 국어국문학회, 1973.
26) 최용순, 「임장군전연구」, 고려대 교육대학원 석사논문, 1977.
27) 이윤석, 「임경업전연구」, 연대석사논문, 1978.
　　―――, 「임경업전의 형성과정고」, 『문예사상연구』 Ⅰ, 지하철문고사, 1980.
　　―――, 「임장군편고」, 『국문학연구』 제6집, 효성여대 국문과, 1982.
　　―――, 『임경업전연구』, 정음사, 1985.
28) 양동훈, 「임경업전의 형성과정고」, 청주대 석사논문, 1986.
29) 정의념, 「임경업전의 문헌학적 연구」, 『어문교육논집』 3, 부산대 국문과, 1978.
30) 변병선, 「임·병 양란과 역사소설」, 고려대 석사논문, 1983.
31) 김의정, 「임장군전 연구」, 단국대 석사논문, 1983.
　　오인환, 「임경업전 연구」, 계명대 석사논문, 1987.
　　가기열, 「임경업전 연구」, 한남대 석사논문, 1989.
32) 이복규, 『임경업전 연구』, 집문당, 1993.

한 인물을 대상으로 각기 다른 문학 장르를 비교한 연구는 임경업전에
서만 이루어진 것은 아니며 다른 작품 다른 장르에서도 시도된 바 있
었다.33)

그러나 임경업에 대한 기초 자료라고 할 수 있는 전에 관한 연구는
전체적인 일생을 다루거나 작품의 텍스트를 정하기 위한 선후 관계를
규정하면서 보조 자료로 비교된 정도에 지나지 않는다.

끝으로 이순신에 대해 살펴보면 이순신은 문학적인 면보다는 역사
적인 사실에 무게를 두었던 만큼 연구가 소원한 편이다. 이순신에 관
한 연구는 대부분 위대한 행적에 대한 찬사에34) 가까운 글들로 이루어
져 왔다. 이순신의 실제 출생에서 죽음에 이르는 일생에 관한 연구는
일찍이 이은상에35) 의해 이루어졌으며, 그 후 생애와 사상36), 난중일
화37)에 대한 연구들이 보태어졌다. 그리고 그의 생애와 그가 남긴 작
품을 연구한 논저38)들이 있다. 이순신은 주로 일생과 관련된 연구들이
이루어지면서 전에 대해서도 관심을 가진 경우가 많았는데, 다양한 관
점에서의 접근이 부족했던 만큼 만족스럽지 못한 편이다.

이와 같이 임병양란기에 활약했던 비극적 인물들의 유형과 인접 장

---

33) 김혜숙, 「전·서사(기사)·야담의 대비적 고찰」, 『한국판소리고전문학연구』, 아세
   아문화사, 1983.
   이동근, 『조선 후기 「전」 문학연구』, 태학사, 1991.
   정명기, 「전과 야담의 엇물림」(1), 『한국언어문학』 제33집, 한국언어문학회, 1994.
34) 최영희, 「이순신」, 『한국의 인간상』 2, 신구문화사, 1965.
   최석남, 「이순신」, 『한국인물사』 Ⅰ, 신정사, 1980.
35) 이은상, 『충무공 일대기』, 국학도서출판관, 1946.
36) 조성도, 『이순신의 생애와 사상』, 큰손, 1982.
37) 강철원, 『이순신의 난중일화』, 오륜출판사, 1968.
38) 『이충무공』, 진단학회간, 백양당, 1960.
   장덕순, 「이충무공의 난중일기」, 『한국수필문학사』, 새문사, 1992, 179~187쪽.

르와의 관계 등에 대한 연구는 많은 시간이 흐른 오늘날에도 매우 초
보적인 단계에 머물러 있다. 따라서 이들의 일생이 전을 통해서 볼 때
비극적 인물의 일생이라는 것을 살펴보기 위해서는 전작품에 대한 전
반적인 분석과 전에 나타난 일생이 지니고 있는 의미에 대한 연구가
진행되어야 하리라고 생각한다. 아울러 비극적 인물로 특징짓는 서사
구조의 토대를 마련하고 그 기반 위에서 전에 나타난 많은 유형의 인
물들 중에서 비극적 인물에 대한 자리 매김을 할 수 있을 것이다.

## 3. 연구방법과 범위

주지하고 있는 바와 같이 전은 일대기 형식으로 되어 있다. 본고에
서 다루게 될 비극적 인물 역시 동일한 구조로 되어 있어서 소설이나
설화에 비해 비극적 인물들의 유형과 서사 구조를 추출하기가 용이하
다. 따라서 먼저 비극적 인물이라고 할 수 있는 다양한 인물들의 내용
을 파악한 후 구체적인 서사 단락을 포괄하는 종합적 틀을 제시하고
하나 하나 작품을 맞추어 정리하고자 한다. 그리고 III장에서는 각각의
인물에 대한 구체적인 내용 분석을 통해 그들이 지니고 있는 비극적
의미를 도출해 내고, 아울러 설화와 소설과의 대비를 통해 인물전에
나타난 비극적 인물의 특징을 검토해 보고자 한다.

그런데 인물전과의 대비적 고찰을 함에 있어 소설은 별 무리가 없는
편이나 설화는 삽화 형식으로 이루어져 있기 때문에 한 편만을 가지고
비교하는 것은 무리가 따른다. 그러므로 설화는 각 인물과 관련된 내
용을 취합하여 비슷한 내용을 담고 있는 부분마다 대비시키고자 한다.
그리고 서로 차이가 드러나는 부분을 통해 그 의미를 고찰해 보고자

한다. 이렇게 한다면 설화와 전의 비교도 가능하고 설화에 내포된 의미망을 통해 전, 소설, 설화에 나타난 작가 의식을 규명할 수 있으리라고 본다. 나아가 전, 소설, 설화의 주제 의식은 물론 변별성을 살펴볼 수 있을 것이다. 그런데 설화는 문헌설화와 구비설화로 이루어져 양이 방대하고 제각기 다른 계층에 의해 독자적으로 형성된 관계로 총체적인 대비가 불가능하다. 따라서 문헌설화와 구비설화의 내용을 살펴 하나하나 비교해 고찰해 보고자 한다.

그런데 세 인물을 소재로 하고 있는 전 역시 그 양이 지금까지 알려진 것만도 적지 않지만 내용 면에서는 실제 일생을 중심으로 하였기 때문에 입전자들의 관심이 대동소이한 경우가 대부분이다. 또한 후대에 열전이 찬선되면서 일반 문인들의 사전(私傳)이 여과 없이 채택되는 경우도 많아 전의 서술 형태에 있어 같은 경우도 발견되고 있다. 이것은 전이 후대의 『동문선』 등의 체제에서 문학의 한 양식으로써 잘 지어졌다고 판단된 것을 대표적인 작품으로 인정하는 경우가 나타나고 있기 때문이다. 본 연구에서 다루는 전들 역시 이러한 범주에서 크게 벗어나지 않는데, 유사(遺事)나 실기(實記) 등에 전하는 전작품에서도 확인할 수 있다. 또한 『해동명장전』 역시 역대의 뛰어났던 장군들만을 대상으로 하였기에 일정한 저작 동기에 맞는 작품들만이 실려 있다. 이것은 전의 특성상 비교적 객관적이면서도 당시의 시대상에 따른 작가 의식이 반영된 것이라고 하겠다.

따라서 본 연구에서는 한 인물에 대한 많은 작자들의 전 작품들 중에서 될 수 있으면 각 인물들에 대해 자세히 다루고 있는 것으로 세간에 알려진 대표적인 작품을 대상으로 삼았다. 김덕령전과 임경업전의 경우는 『김충장공유사』[39]와 『임충민공실기』에[40] 나와 있는 전을 대상으로 삼고자 한다. 그리고 이순신전은 『해동명장전』에 나와 있는 내용을 기본 자료로 활용하고자 한다. 김덕령의 전은 『김충장공유사』에 실려 있는 전과 『서하집(西河集)』에 실려 있는 전이 동일하다. 이것은 『김충장공유사』가 김덕령이 억울하게 죽은지 오랜 시간이 지난 뒤에야 편집되는 과정에서 『서하집』에 실려 있던 전이 채택되어 진 것 같다. 이것은 김덕령에 관한 전이 『서하집』 이외에도 존재한다는 점으로 미루어 볼 때 당시의 입장에서 집권층에게 인정을 받아 채택된 것이라고 할 수 있다. 이것은 그만큼 전작품으로서는 『서하집』에 실린 전이 잘 지어진 것이라고 하겠다. 따라서 『서하집』에 실린 내용과 같은 『김충장공유사』에 실려 있는 전을 텍스트로 삼고자 한다. 그리고 임경업전은 작품 수가 상당히 많은 편인데, 『임충민공실기』에도 몇 편이 실려 있다. 『임충민공실기』에는 송시열이 작전(作傳)한 것과 이선이 작전한 것이 대표적인데, 송시열이 지은 전은 후자에 비해 내용이 간단하고 자세하지 못한 점을 발견할 수 있다. 그것은 일록 등에 있는 내용은 소개하려고 하지 않았기 때문이다. 전은 그 자체로써 한 인물의 전반적인 일생을 다루기 때문에 이러한 작전 태도는 당시의 정치적인 입장과 관련되어 있는 듯하다. 송시열의 이러한 기술 태도에 비해 이선이 지은 전은 당시에 있었던 일들을 자세히 소개하고 있는데, 글자 수에 있어서도 상당히 많은 분량이다. 따라서 임경업의 전은 비교적 내용에 충실하다고 할 수 있는 이선이 작전한 전을 텍스트로 삼고자 한다. 또한 이순신의 전은 『해동명장전』에 실려 있는 이순신전을 텍스트로 삼고자 한다. 그것은 『충무공전서』에는 전이 없고 행록 등만 있기

---

39) 본 연구에서 다루고 있는 『김충장공유사』는 한국인물사료총서 6, 계명문화사, 1983에 수록된 영인본을 대본으로 삼았다.

40) 『임충민공실기』는 한국인물사료총서 7, 계명문화사, 1983에 수록된 영인본을 대본으로 삼았다.

때문인데, 『해동명장전』의 이순신 전은 무인으로서의 충무공을 잘 기술해 놓고 있다.

　본 연구에서 다루는 전에 나타난 비극적 인물은 임병양란기에 활약한 인물들로 김덕령, 임경업, 이순신을 대상으로 한다. 물론 임병양란기에도 비극적 인물들은 많았지만 영웅의 특징을 지니고 있으면서 전 작품과 더불어 설화나 소설이 존재하는 인물들이기 때문이다. 그리고 비극적 인물의 서사 구조는 다양한 인물들을 대상으로 할 때 타당성 있게 제시될 수 있을 것인데, 일정한 서사 구조를 지니고 있는 전의 양식적 특징상 이들에 관한 전 작품만으로도 충분하리라고 본다.

　비극적 인물은 비극적 삶의 특성상 전의 양식에서만 나타나는 것은 아니다. 고대의 건국 신화에서부터 태동의 단초가 마련되어 조선 후기에 이르는 동안 다양한 인물들이 존재해 왔다. 그런데 비극적이라는 특성과 영웅의 행위에 걸 맞는 인물들을 전이라는 장르에서 고려하다 보면 비극적 인물의 양상은 3가지로 분류된다.

　첫째는 그 시대를 나름대로 스스로 개혁해 보고자 난을 일으킨 경우이다. 이것은 기존의 사회, 국가적인 질서에서 바라보면 반란일 수도 있고 그들을 지지하던 피지배 계층에서는 새로운 시대를 열어 주는 영웅이라고 할 수 있다. 이런 인물로는 궁예, 견훤, 연개소문, 장보고, 묘청, 이괄, 홍경래 등을 들 수 있다. 이들은 대체로 국가의 분화시기에 자신들의 권력에 대한 욕망을 성취하거나 지배 계층의 억압 등에 의해 등장한다. 그리고 기존의 질서가 유지될 경우에는 새로운 질서를 제시하고자 하나 좌절되는 경우에 해당된다. 둘째로는 기존의 질서가 유지되는 가운데 신하와 신하 사이의 모함이나 새로운 세력에 의해 패배하는 인물들로 최영, 남이, 김덕령, 임경업, 고경명 등이 해당된다. 셋째로 다른 인접 국가와의 전란의 와중에서 전사하는 경우로, 계백, 이순신, 김응하 등이 있다. 이들은 실록이나 실기를 통해 역사적 전승이 이루어져 왔으며 전, 문헌설화, 구비설화, 소설을 통해 문학적으로 전승되어 온 인물들이다. 따라서 전승 양식을 종합적으로 다룰 때 공통점과 차이점, 허구적인 측면까지 드러날 것이다.[41]

연구 대상의 범위를 넓힌다면 더 많은 인물들이 포함될 수 있을 것이나 본 연구에서는 임병양란기에 모함에 의해 비참하게 죽은 비극적 인물과 전란에서 뜻하지 않은 죽음을 맞은 인물로 한정한다. 그것은 비슷한 시기에 활동한 인물들이면서도 비극의 농도가 개인적인 것과 국가적인 것이 더해지면서 짙게 드리워져 있기 때문이다. 그리고 전이 지니고 있는 특징을 밝혀 줄 수 있는 소설과 설화의 자료가 풍부해 전과 소설, 전과 설화의 관계를 어느 정도 규명해 줄 수 있을 것이다. 또한 고대부터 존재해 온 비극적 인물의 전승을 확인해 보고 어떤 차이점이 존재하는지 그 구조적 차이점과 의미의 변화를 살펴 볼 수 있을 것이다.

---

41) 신태수, 「곽재우전승의 양상과 의미」, 한국정신문화연구원 부속대학원 석사논문, 1985, 4쪽.

# II. 비극적 인물전의 서사 구조

## 1. 비극적 인물전의 개념

비극은 슬픔이라는 의미와 함께 다양한 뜻을 내포하고 있다. 그동안 비극에 대해 동양에서는 정서적인 것과 결부지어 한(恨)으로 이해해 왔고 서양에서는 희극의 반대적인 개념으로 받아들여 왔다. 그런데 동양의 한은 원한이나 한탄, 원통함, 뉘우침, 한숨, 탄식, 소원, 불평 등 포괄적인 비극을 의미하는[1] 반면, 서양에서 인식한 비극은 한을 실체로 하면서도 한과는 다른 전통적인 서구문학에 투영되어 있는 필연성을 근저로 하고 있다. 즉 좌절되고 패배한 인물들을 놓고 볼 때 동양에서는 숙명에 입각해서 받아들이고 있지만 서구에서는 부조리에의 도전으로[2] 이해하고 있는 것이다. 이러한 비극에 대한 입장은 문학으로 투영되어 미학적인 비극성으로 나타나고 있다. 비극성은 비극이 갈등이나 안타까움으로 심화되어 일정한 양상으로 발현되는 것을 의미한다. 본고에서 다루고자 하는 비극적 인물들은 하나 같이 영웅적인 과업완수를 위해 아직 죽지 않았어야 될 인물들이 뜻하지 않게 죽은 경

---

1) 문순태, 「한(恨)이란 무엇인가」, 『민족과 문학』, 세종출판사, 1983, 200~201쪽.
2) 김병익, 「한의 세계와 비극의 발현」, 『문학과 지성』, 일조각, 1972년 봄, 167쪽.

우로써 그 자체에 비극성이 내재되어 있다. 따라서 임병양란기의 비극적 인물은 경제적으로는 어려웠지만 명문대가의 후손3)으로 태어나 영웅적인 활약을 펼친 후 모함이나 뜻밖의 예상치 못했던 죽음으로 인해 비참하게 일생을 마친 인물들을 지칭한다. 전문학(傳文學)에서 살펴보면 출신이 고귀하고 능력 또한 탁월하였음에도 불구하고 비참한 죽음으로 귀결된 인물들이 많다. 이들은 하나 같이 억울하거나 안타까운 죽음으로 생을 마감하여 많은 사람들로부터 추앙의 대상이 되는데, 삼국 시대에서부터 조선 후기까지의 전에 나타나는 인물들 중에 이에 속하는 인물들이 상당히 많이 존재한다.

그런데 인물의 일생을 출생에서 죽음까지의 총체적인 과정과 결과에 따라 살펴본다면 행복한 결말의 유형에 속하는 경우도 있고 그렇지 못한 경우도 있다. 본 연구에서 대상으로 삼고 있는 인물전에 나타난 비극적 인물들은 후자에 해당되는데, 이러한 비극적 인물들의 활약은 고대 건국 신화에서부터4) 산견되어 우리나라 최초의 역사서인『삼국사기』·「열전」에도 실려 있음을 확인할 수 있다.

여기에서 비극적 인물과 반대의 개념에 놓여 있는 인물을 살펴본다면『삼국사기』·「열전」에 실려 있는 많은 인물들 가운데 신라의 김유

---

3) 신태수는 소설 임경업전이 어느 이본에서나 농사를 짓는다는 점으로 임경업의 신분을 미천한 것으로 파악했다. 그러나 전에 나타난 것을 살펴보면 경제적으로는 어려웠지만 계급적으로는 언제든지 환로에 나갈 수 있는 신분을 지니고 있었으므로 결코 미천하다고 볼 수만은 없다.(신태수,『하층영웅소설의 역사적 성격』, 아세아문화사, 1995, 359쪽, 주251 참조)

4) 김태곤·최운식·김진영 편저,『한국의 신화』, 경희대학교 민속연구소 편, 시인사, 1988.
차용주,「상고 서사문학사의 개관」,『한국서사문학사의 연구Ⅱ』, 중앙문화사, 1995.
장덕순,「영웅서사시 동명왕」,『인문과학』 제5집, 연세대학교, 1960.
허경회,『한국민족설화연구』, 전남대출판부, 1994.

신을 꼽을 수 있다. 그에 관한 열전의 기록을 살펴보면 그는 귀족 출신
으로 태어나 순탄하게 삶을 마치게 되었는데 성공한 인물의 대표적인
모습이라 할 수 있다. 김유신은 뛰어난 능력을 지니고 태어나 무예를
연마하고 장수가 되어 삼국통일의 주역이 되었다. 그리고 신라가 위기
에 처할 때마다 슬기롭게 대처하여 많은 신망을 얻었다. 김유신은 자
신의 행동에 대해 보상을 받았으며 영웅으로서 평탄하게 일생을 마쳤
다.5) 그리고 고려의 시조 왕건이나 조선 건국의 시조인 이성계 같은
인물도 성공한 인물의 위상에 걸 맞는 인간형이다. 이들은 기존의 국
가가 분열되었던 상황에서 정확한 사태의 판단과 이에 부합되는 능력
으로 위대한 과업을 이루어 성공한 인물이 되었다.

이와 같이 성공한 인물형은 전, 소설, 설화에 걸쳐 모두 존재하며 그
유형이 뚜렷하게 나타나고 있다.6) 그런데 이러한 성공한 유형의 인물
들에 못지않게 위대한 과업을 수행하고도 비극적 죽음으로 귀결된 인
물들도 존재한다. 비극적 인물의 특징은 명문대가의 후손으로서 비참
하게 죽게 된다는 서사 구조를 지니고 있다7). 그리고 본고에서 정의하
는 비극적 인물은 엄격하게 말해 미학적인 차원의 서구적인 비극의 요
인과 함께 전통적인 우리 역사에 있어서 좌절되고 패배한 영웅들의 형
상을 포괄하고 있다.8)

---

5) 김진영, 「문헌소재 김유신 설화고」(1), 『한국소설문학의 탐구』, 일조각, 1978, 258
   ~260쪽.
6) 본고에서 지칭하는 성공한 인물의 유형은 조동일에 의해 선행된 귀족적 영웅의 유
   형과 같은 맥락에 있다고 할 수 있으며 비극적 인물 역시 출발은 같다고 하겠다.
   그런데 역사적 사실과 작가 의식에 따라 내용은 조금씩 다르게 나타나고 있다.
7) 비극적 인물은 출신에 있어 귀족인 경우가 아닌 미천한 경우에도 나타날 수 있다.
   본고에서는 반드시 귀족인 경우만 텍스트로 정하고자 한 것은 아니지만 김덕령, 임
   경업, 이순신의 경우에 있어 비극적 농도가 그 어떤 인물들에 비해 짙다고 보고 이
   들만을 대상으로 논의를 진행하고자 한다.

일찍이 비극적 인물로서 역사적 사실성을 담고 문학 속에서 뚜렷하게 등장하는 인물들은 『삼국사기』·「열전」에 실린 궁예9), 견훤 같은 인물들이다. 그리고 계백도 이에 포함될 수 있다. 이들은 하나 같이 동기에 상관없이 비극적 죽음으로 끝맺고 있다. 여기에서 비극을 어느 상태로까지 보아야 하는가라는 문제가 제기된다. 그것은 비극성이 논의된 적은 많았지만 연구자의 관점에 따라서 서로 다르게 나타날 수 있고 너무 막연하고 추상적인 관념에 머물러 있었기 때문이다. 본 연구에서 다루게 될 이순신의 경우도 장수로서 장렬히 전사했다면 영예로운 죽음이라는 평가도 가능하다.10) 그러나 장렬한 죽음이라는 의미 속에는 비극성이 내재되어 있는 것도 사실이다. 주명희는『삼국사기』·「열전」에 나타난 박제상을 논하면서 아름답다고 찬양되기도 하지만 비극적이기도 하다는 논의를 피력했다.11) 그렇다면 아름다운 죽음에는 왜 비극적인 속성이 개입되었을까라는 의문이 생긴다. 박제상은 신라의 신하로서 죽음도 마다하지 않고 자신의 임무를 수행했다. 이로 인해 그는 비록 죽음을 맞았지만 뒤에 남겨진 사람들에 의해 존경을

---

8) Clifford Leech, 문상득 역, 『비극』, 서울대출판부, 1985, 1~15쪽.

9) 궁예에 대해서는 (조동일, 「영웅의 일생 그 문학사적 전개」, 앞의 책, 170쪽.)에서 귀족적 영웅으로 다루어졌다. 궁예가 귀족적 영웅의 유형으로 분류된 것은 왕이 된 상태까지만 연구대상으로 삼았던 데서 나온 결과였다. 그러나 그는 왕이 되었지만 비참하게 죽었기 때문에 오히려 비극적 인물이라고 할 수 있다. 즉 그는 후대에 숭앙의 존재가 되지 못한다는 점에서 비극의 초점이 개인적인 욕망에 사로잡혀 있었음을 유추해 볼 수 있다.

10) 지금까지 이순신은 역사적으로 뛰어난 장수로 논의되어 왔으며 비극성에 대해서는 논한 적이 없었다. 강현모는 (「비극적 장수설화의 연구」, 앞의 책, 9쪽.)에서 비극적인 장수들은 일반적으로 전설이 존재한다면서 논의에서 제외시켜 버렸다. 그러나 이순신은 뜻밖의 죽음 자체로서 비극성을 내포하고 있으며 안타까운 심정이 존경받는 영웅으로 형상화될 수 있었다.

11) 주명희, 「『삼국사기』 열전의 소설사적 위상」, 앞의 책, 417쪽.

받을 수 있었다. 이렇게 본다면 그의 죽음은 임무를 수행한 사실에 못 지않게 인간적인 면에서 있어서 슬픈 죽음을 맞이한 것이라고 할 수 있다. 즉 이순신에게 있어서도 위대한 죽음 뒤에는 죽지 말았으면 하고 안타까워하는 슬픈 마음이 내재되어 있는 것이다. 비극성은 반드시 억울하게 죽었다고 인정될 때만 발생하는 것은 아니다. 위대한 인물이 평탄한 삶으로 생을 마치지 못하고 뜻밖의 죽음으로 생을 마쳤을 경우에도 존재한다고 볼 수 있기 때문이다.

이렇게 본다면 인물전에 나타난 비극적 인물들만 하더라도 삼국 시대를 필두로 조선 후기까지 많은 인물들이 비극적 인물의 범주에 포함될 수 있을 것이다. 즉 영웅의 성격을 지니고 전에 나타난 인물들 중에서 비극적 인물은 뛰어난 능력을 지니고 과업을 수행하던 중 비참하게 죽은 인물들이라고 할 수 있다. 다시 말하면 서사 구조가 출생→ 성장 → 활약→ 비극적 죽음으로 이루어져 있으면 일단 비극적 인물에 포함시켜 고려해 볼 수 있다. 그러나 비극적 죽음으로 끝난 인물이라고 할지라도 일반적으로 비극적 인물에게서만 존재하는 구체적인 서사 구조에 부합되어야만 비로소 비극적 인물이라고 할 수 있다. 따라서 비극적 인물은 특정한 시대와 상관없이[12] 영웅으로 특징짓는 구조를 지니고 있으면서 비참하게 죽은 인물들을 총체적으로 지칭하는 것을 전제로 하고자 한다.

---

12) 비극적 인물은 거의 모든 시대에 나타나고 있다. 따라서 군담소설에 나오는 인물들처럼 특정 시대에만 존재하는 제한적인 인물형이 아니라고 할 수 있다. 서대석, 『군담소설의 구조와 배경』, 앞의 책, 15쪽.

## 2. 비극적 인물전의 서사 구조

인물전은 고대에서부터 내려오는 일정한 서술 방식에 의해 오랜 시간이 지나는 동안에도 고유한 양식적 특징을 유지할 수 있었다. 인물전은 대상 인물의 일생을 비교적 객관적인 입장에서 전을 짓는다고 했지만 그 실상에는 그렇지 못한 경우가 많다. 열전(列傳)에서는 포(褒)와 폄(貶)이 공존하여 작자의 주관이 개입되고 있으며 사전(私傳)에서는 다분히 포의 입장에서 기술되어지곤 했다. 그런데 대상 인물을 드러내어 표창하는 것만큼이나 작전(作傳)하는 인물이 어떤 부류의 집단에 속해 있으며 어떤 의도로 입전(立傳)하느냐에 따라 여러 가지 방식으로 나누어져 왔다. 이를테면 고대 중국에서부터 유지되어 온 서사증의 사품 분류에13) 의거해 사전(史傳), 가전(假傳), 탁전(托傳), 가전(家傳)의 방식을 따르기도 했고, 이것을 우리의 실정에 맞추어 용어의 혼동을 방지하기 위해 사전(史傳(列傳)), 가전(家傳(私傳)), 가전(假傳), 탁전(托傳)으로 분류하자는 방식을 제안하기도 하였다.14) 이러한 분류 중에서 실존 인물에 있어서의 비극적 인물이 나타나는 것은 열전(列傳)과 가전(家傳(私傳))이라고 할 수 있다. 가전(假傳)과 탁전(托傳)은 실제 인물을 직접적으로 다루지 않는다는 점에서 거리가 멀다고 하겠다. 그런데 이러한 전의 양식적 분류에 못지않게 중요한 것이 서술 형식에 관한 것이다.

한 편의 인물전은 대체로 그 구성에 있어 소설에서 통용되는 발단, 전개, 절정, 결말처럼 단락들이 뚜렷이 구분된다. 즉 인물전의 구성은

13) 서사증, 『문체명변』
14) 사전(私傳)이라는 명칭은 김용덕과 이동근에 의해 제안되었다.
   김용덕, 『한국전기문학론』, 민족문화사, 1987, 22쪽
   이동근, 「조선후기 실존인물의 사전 연구」, 서울대 박사논문, 1989, 4쪽.

작품에 따라, 그리고 연구자에 따라 다양한 형태로 보려는 노력들이
있어 왔다.15) 이것은 전의 내용이 비극적 인물의 일생이 지니는 서사
단락과 밀접한 관련을 맺고 있는 부분이기도 하다. 본 연구에서는 이
동근 교수가 전의 최대 형식으로 제안한 도입부－서두부－전개부－결
말부－논찬부의 5단 구성을 살펴보고자 한다.

① 도입부－창작동기, 입전의도, 내용소개
② 서두부－출생, 성명, 선계(先系), 관벌(官閥), 인정기술(人定記述)
③ 전개부－출세, 성공, 업적, 송덕, 일화 등 행적사항
④ 결말부－죽음, 처자손록, 사후평가
⑤ 논찬부－기포폄(寄褒貶) 외 11가지 내용

위에 제시된 다섯 가지 구성 방식에서는 대체적으로 모든 전의 내용
이 이와 같은 범주에 포함된다는 것으로 비극적 인물의 일생을 다룬
전 또한 이 범주에서 논의될 수 있다고 본다. 단지 내용적으로 본다면
이러한 5단 구성은 가계가 어떻게 이어져 왔다거나 출생에 있었던 일,
죽음의 양상이 어떠한 지 등 개인마다 다른 특징을 하나하나 보여 줄
수는 없지만, 이런 내용이 개재된다는 것을 보여 주어 특수성에서 보

---

15) 전의 서술형식에 대한 논자들의 관점이 다양하게 나타났는데, 이것을 정리해 보면
　　다음과 같다. (이동근, 『조선후기 전문학 연구』, 앞의 책, 17쪽. 주 참조)
　　　김용덕: 취의부(자서)-행적부(본찬)-평결부(논찬)
　　　김태준: 도입부-전개부-논찬부
　　　김균태: 도입부-전개부-종결부
　　　안병설: 서두부-행적부-평결부
　　　김광순: 도입부-전개부-논평부
　　　조수학: 서두-본문-(결말)
　　　주명희: 가계・출생담-행적-몰-처자손록-평결
　　　조종업: 선계-주인공의 행적-특수업적-처자손록-저작동기-총평
　　　이동근: 도입부-서두부-전개부-결말부-논찬부

편적인 구성을 이끌어 냈다는 점에서 가치가 있다. 즉 모든 내용이 이와 똑 같다는 것은 아니다. 그러나 전이 이러한 구성 방식으로 이루어졌다는 것을 보여줌으로써 영웅의 일대기적 구성과 전의 양식이 일생을 다룬다는 점에서 관련된다는 점을 확인시켜 주기에 충분하다. 비극적 인물의 일생 또한 개인마다 차이가 나는 특수한 내용을 보편적인 방식으로 이끌어 내어 단락화 시키는 것은 이러한 이유에서이다. 즉 전에 있어서의 구성 방식이 비극적 인물의 일생과 유사성이 많기 때문이다. 그런데, 이러한 전의 전형적인 서술 체계를 살펴보는 것은 영웅의 일생과 관련된 유사성을 검토하는 일과 함께 임병양란기의 전과 소설의 관계를 규명하는 것에도 큰 지침이 된다. 그것은 전과 소설의 영웅형이 어떻게 달라지게 되었고 어떤 공통적인 단락들을 지니게 되었는지 확인해 볼 수 있기 때문이다.

본 연구에서는 조선 후기의 일부 전 작품들처럼 전인지 소설인지 분간하기 어려운 것이 아닌 전이라고 인정된 작품들만을 다루어 비극적 인물의 서사 구조를 검토한다. 조선 후기에는 고유한 전의 체제도 유지되면서 소설화되는 경향으로 양식적 변모가 발생한다. 이러한 양식적 변모가 이루어진 작품들은 전과 소설의 상호 관련성을 밝혀 준다는 점에 큰 의의가 있는데, 한편으로는 전에 나타나는 영웅과 소설에 나타나는 영웅과의 관계에 대한 실증적 검토도 할 수 있다고 본다. 실제로 전과 소설의 중간적 위치에 있는 작품들에서는 전으로 보아야 할지 소설로 보아야 할지 명확한 판단이 내려지지 않은 것들도 있다.[16] 즉

---

16) 조선 후기 전의 전개 양상과 소설과의 관계에 대해서 몇 편의 논의들이 있었다.
   김균태, 「조선후기 인물전의 야담취향성과 한계」, 『한국한문학연구』 제2회 전국대회 발표요지, 1988. 12. 2.
   박준원, 「조선후기 전의 사실 수용 양상」, 『한국한문학연구』 제2회 전국대회 발표요지, 1988. 12. 2.

연구 대상으로 작품을 다룸에 있어 장르상의 명확한 규정은 반드시 필요하다. 이러한 요청에 의해 이미 박희병에 의해 네 가지 분류가 시도되었는데, 첫째, 전쪽에 아주 가까운 부류 둘째, 전쪽에 상대적으로 가까운 부류 셋째, 소설쪽에 상대적으로 가까운 부류 넷째, 소설 쪽에 아주 가까운 부류로 설정하고 셋째와 넷째에 해당하는 작품들을 전계소설로 설정하자고 했다.17) 이런 논의에 대해 이혜순은 '선소설적 전', '전계 과도소설', '전계소설(전소설)'이라는 범주로 파악하고자 하였다.18)

그러나 아직 전과 소설의 관계가 명확하게 정립된 것이 아니기 때문에 이 문제는 앞으로도 많은 논의의 소지가 존재하고 있다. 즉 비극적 인물들의 전이라고 인정된 작품들을 다루고 있지만 실제 서술 내용을 보면 대상 인물을 드러내기 위해 지나친 과장이 포함된 경우도 있다. 소설에 나오는 영웅들이 지니고 있는 것 같은 내용이 사실을 전제로 하고 있는 전에도 간간이 나타나는 것이다. 이런 점에서 전과 소설의 관련성은 아주 오래 전의 작품에서부터 예견되어 왔는데, 고유의 전이라고 알려진 작품에 소설과의 관계가 문제시될 수 없다는 것이 거론되었다. 박희병은 『삼국사기』·「열전」에 실려 있는 작품 가운데, 김유신전, 온달전, 도미전, 설씨전 등을 소설과의 관계가 밀접한 작품으로 꼽았다.19) 그리고 조태영은 『삼국사기』·「열전」 가운데 소설적 경향이 나타나는 작품으로 김유신, 거칠부, 김양, 록진, 박제상, 온달, 눌최, 김

　　　박희병, 「한국 한문학에 있어 전과 소설의 관계 양상」, 『한국한문학연구』 제2회 전국대회 발표요지, 1988. 12. 2.
17) 박희병, 「조선후기 전의 소설적 성향연구」, 앞의 책, 283쪽.
18) 이혜순, 「전계 소설의 역사적 변모과정」, 『고소설사의 제문제』, 앞의 책, 234쪽.
19) 박희병, 「조선후기 전의 소설적 성향 연구」, 앞의 책, 42쪽.

흠운, 비령자, 설씨녀, 도미, 검군을 들었다.[20] 이것은 전의 내용을 어떻게 파악하느냐에 따라, 그리고 소설의 개념 설정을 어떤 방식으로 하느냐에 따라 달라질 수 있는 문제들이다. 즉 실존했던 비극적 인물의 내용을 담고 있는 전과 소설의 내용을 비교해 보면 이런 영향 관계에서 해석해 볼 수 있는 공통점이 드러난다. 물론 전과 소설이 함께 공유하는 부분이지만 소설에 가까운 내용들이 전에도 개입될 수 있다는 점에서 주목해 볼 만하다. 이러한 점은 조선 후기의 전들이 그 이전의 전에 비해 전의 경계를 넘어 소설의 영역으로 넘어가는 데 일조했음을 나타내 준 것이라고 하겠다.

이와 같은 전의 흐름 속에서 비극적 인물의 서사 구조를 살펴보기 위해서는 다른 장르에서 선행된 영웅의 구조를 살펴보는 것이 바람직할 것 같다. 그것은 선행된 영웅의 서사 구조를 추출하는데, 대상으로 삼았던 장르들이 다르고 영웅을 바라보는 관점 또한 다르기 때문이다. 즉 영웅이라는 공통점을 지니고 있으므로 유사한 구조적 차이점을 살펴 비극적 인물이 가지고 있는 특징을 제시할 수 있기 때문이다. 비극적 인물은 반드시 그런 것은 아니지만 명문대가(名門大家)에서 출생하여, 성장, 활약의 과정을 거쳐 비극적 죽음이라는 일생 구조를 지니고 있다. 이것을 비극적 인물군에서만 나타나는 특징적인 서사 단락으로 제시하여 비극적 인물이라고 할 수 있는 인물들의 줄거리를 살펴보고 이에 부합되는 단락을 제시해 보고자 한다. 그래야만 어떤 점에서 비극적 인물의 서사 구조를 충실하게 이행하고 있는지 확인할 수 있을 것이다. 먼저 신화와 민담, 소설에 나타나는 영웅들을 중심으로 선행된 영웅의 구조를 제시해 보면 다음과 같다.

---

20) 조태영, 「전계소설의 역사적 변모과정」, 『고소설사의 제문제』, 성오소재영교수환력기념논총, 집문당, 1993, 237쪽.

〈귀족적 영웅의 일생〉

가. 고귀한 혈통을 지니고 태어났다.

나. 비정상적으로 잉태되거나 출생했다.

다. 범인과는 다른 탁월한 능력을 타고났다.

라. 어려서 기아가 되어 죽을 고비에 이르렀다.

마. 구출·양육자를 만나서 죽을 고비에서 벗어났다.

바. 자라서 다시 위기에 부딪혔다.

사. 위기를 투쟁적으로 극복해서 승리자가 되었다.[21]

〈민중적 영웅의 일생〉

가. 미천한 혈통을 타고났다.

나. 범인과는 다른 탁월한 능력을 타고났다.

다. 항거를 하지 않을 수 없는 위기에 부딪혔다.

라. 위기를 투쟁적으로 극복해서 승리자가 되었다.

마. 끝내 뜻을 이루지 못하고 패배했다.[22]

　　귀족적 영웅의 구조와 민중적 영웅의 구조는 영웅의 신분에 많은 비중이 두어져 있고 특히 귀족적 영웅의 구조는 어릴 적의 이야기에 초점이 맞추어져 있다. 이것은 성장에 치중된 나머지 활약이 상대적으로 미약하다고 할 수 있다. 따라서 출생 신분이 귀족적인 영웅은 결말도 성공으로 끝나고 출생 신분이 미천한 영웅은 실패로 귀결되는 구조의 세분화를 보여 주고 있다. 그러나 영웅을 신화나 민담처럼 구분할 수도 있지만 전이라는 장르에 견주어 보면 명문대가의 후손이면서도 비참한 패배로 귀결되는 양상이 나타나고 있다. 여기에서 영웅을 출신이

---

21) 조동일, 「영웅의 일생 그 문학사적 전개」, 앞의 책, 169쪽.

22) 조동일, 『한국설화와 민중의식』, 정음사, 1985, 118쪽.

나 지지 계층에 의해 바라보는 관점도 좋지만 영웅이라는 한 인물의
전반적인 일생을 보려는 관점이 중요하다고 생각한다. 영웅의 일생을
총체적인 입장에서 고찰한다면 성공과 실패에 따른 구조의 구분이 더
타당성 있게 받아들여질 것 같다. 즉 일생을 포괄하는 고찰이어야 하
기 때문이다. 또한 영웅의 일생을 행복한 결말까지만 다루었다는 점도
문제점이라고 할 수 있다. 영웅은 과업을 수행하고 일정한 지위에 오
르는 것이 당연하지만 그것이 패배로 끝날 때는 관점이 달라질 수 있
다. 즉 행복한 결말 구조를 지닌 영웅들에 비해서 명문대가의 후손으
로 뛰어난 혈통을 지니고 과업을 수행했으면서도 비참한 죽음으로 귀
결되는 일생 구조를 지닌 영웅들도 상정해 볼 수 있는 것이다.

　이러한 결과는 지금까지의 영웅에 대한 연구가 깊이 있게 포괄적으
로 다루어지지 못하고 특정 장르상에서만 다루어졌다는 반증이라고도
볼 수 있다. 물론 이것은 영웅이라는 용어가 고대의 서사적인 인물들
에게만 제한적으로 사용되었었다는 점에서 문제가 있었다고 본다. 그
러나 영웅이라는 명칭의 부여에 망설였을 뿐 영웅적인 행위는 공감하
고 있었다고 보아야 한다. 영웅이 위대한 일을 수행하고 일정한 목표
에 도달하는 과정은 결국은 그의 일생에 나타난 결말 부분의 성패에
의해서 평가되어지는 경우가 대부분이다. 그렇기 때문에 과정 못지 않
게 중요한 것이 영웅이 실패했는가 성공했는가라는 문제이다. 일찍이
궁예 같은 인물은 귀족적 영웅의 범주에 포함시켜 고찰되었는데,[23] 그
의 혈통은 고귀했을지라도 결코 성공한 유형의 영웅은 아니라고 생각
된다. 궁예는 왕의 자손으로서 활을 잘 쏘아 혼란한 신라 말기에 두각
을 나타낼 수 있었다. 그리고 어려서 죽을 고비에 처해졌으나 비자에

---

23) 조동일, 「영웅의 일생 그 문학사적 전개」, 앞의 책, 169쪽.

의해 구출되었다. 그 후 중이 되어 떠돌던 중 까마귀로부터 왕자가 쓰인 점친 나무 가지를 받아 왕이 될 수 있음을 확신했고 오래지 않아 세력을 키워 왕이 되었다. 그러나 궁예는 왕이 되었지만 심리적인 불안감에 의해 스스로 난폭한 행동을 하여 민심을 잃었다. 민심을 잃은 궁예는 오래 가지 못해 이름 없는 백성의 손에 비참하게 죽었다. 궁예는 영웅적인 행동을 하여 왕위에까지 오르기는 했지만 행복한 결말을 맞는 승리자의 위치에는 이르지 못했다. 즉 궁예는 결말이 비참한 죽음으로 구성되어 있는 비극적 인물의 구조에 더 부합되는 인물이다. 여기에서 비극적 인물의 일생에 나타난 특징적인 서사 구조를 제시해 보면 다음과 같다.

〈비극적 인물의 일생〉
가. 명문대가의 후손으로 태어났다.
나. 탁월한 능력자로 성장했다.
다. 능력으로 인해 죽음과 관련된 위기에 처해진다.
라. 과업을 이룰 수 있는 사건과 함께 예언이 나타난다.
마. 일정한 지위에 오른다.
바. 위정자와의 내적 갈등이 표출된다.
사. 패망의 예언과 함께 사건이 발생하여 비참한 최후를 맞는다.

비극적 인물의 서사 구조는 신분은 고귀할지라도 결말은 비극으로 끝나고 있으며, 성장하면서 보통 사람과는 다른 탁월함을 전제로 하고 있다. 그리고 일정한 지위에 오르기 전이나 패망하기 전에 나타나는 예언과 사건이 중요한 서사 단락으로 드러나 있는데, 무엇보다도 중요한 것은 결말이 비참한 죽음으로 끝나고 있다는 것이다. 이것은 앞서 제시되었던 민중적 영웅 이야기의 구조에 비교해 볼 때 유사한 점이 발견되기도 하지만 엄격히 말한다면 출발은 귀족적 영웅의 구조이지만 결말은 민중적 영웅의 구조를 지니고 있는 데서 그 차이점을 찾아볼 수 있다. 이것은 전이라는 것이 특정 계층을 상대로 입전된다는 것과 같은 맥락에서 이해할 수 있다. 그리고 후반의 결과가 비극적으로 나타나는 것은 성장할 때의 예언, 특별한 사건의 등장이 복선으로 은연 중 작용하기 때문이다. 즉 비극은 삶의 과정과 결과가 함께 반영된다고 하겠다. 이러한 비극적 인물의 서사 구조로 제시된 각 서사 단락의 특징을 대표적인 6명을 예로 들어 설명해 보고자 한다. 먼저 귀족적 영웅의 구조와 민중적 영웅의 구조로 제시된 서사 단락에 각 인물들의 내용을 비교해 본 후 비극적 인물의 구조에 대비해 보도록 하겠다.

**〈 흑치상지 〉**
가.
나. 신장이 칠척여요 효용이 강의하고 지략이 있었다.
다.
라. 당의 소정방이 쳐들어옴에 도망하였다가 다시 200여 성을 되찾았다.
마. 당에 들어가 연연도대총관이 되었다.
바.
사. 주흥 등이 반하였다고 무고하여 교형에 처해져 죽었다.

**〈 계 백 〉**
가.
나.
다.
라. 신라군이 당병과 함께 쳐들어 왔다.

마. 달솔이(제2품) 되었다가 장군으로 출전했다.

바.

사. 신라군과 싸우기를 거듭하다 힘이 모자라 죽었다.

## 〈 궁 예 〉

가. 부친은 신라 47대 헌안왕 의정이고 모친은 헌안왕의 궁녀이다. 혹
   은 48대 경문왕의 아들이라고도 한다.

나. 외가에서 출생시 지붕 위에 깨끗한 빛이 있어 긴 무지개 같이 하
   늘에 맞닿았고 나면서부터 치아가 있었다.

다. 왕이 사자로 하여금 궁예를 죽이고자 했지만 비자가 구하여 도망
   쳐 길렀다.

라. 중이 되어 선종이라 했는데 제를 올릴 때 왕자가 쓰인 점친 가지
   를 까마귀로부터 받았다.

마. 양길의 부하가 되었다가 양길을 죽이고 왕이 된다.

바. 스스로 미륵불이라 칭하고 폭정을 일삼는다.

사. 고경에 의해 패망이 암시되었고 이름 없는 백성의 손에 비참하게
   죽었다.

## 〈 견 훤 〉

가. 상주 가은현 사람으로 부인 아자개는 농사꾼이었으나 후에 기가
   하여 장군이 되었다.

나. 유보시 호랑이가 와서 젖을 먹였다.

다.

라. 종군하여 용기가 항상 군졸들에게 앞섰다.

마. 무진주를 습취하여 스스로 왕이 되었다.

바. 아들 신검의 반란으로 금산사에 유폐된다.

사. 우울하여 등창이 나서 죽었다.

〈 최 영 〉

가. 아버지가 사헌규정에 이르렀었다.

나. 풍채가 헌걸차고 체력이 남보다 뛰어났다.

다. 회안성 싸움에서 몇 번이나 창에 맞았으나 승리했다.

라. 명나라의 부당한 요구에 맞서 요동을 정벌하게 되었다.

마. 8도 도통사가 되어 출전했다.

바.

사. 이성계가 회군하여 란신으로 몰려 죽었다.


〈 묘 청 〉

가.

나.

다.

라. 도읍을 서경으로 옮기고자 했다.

마. 왕의 고문이 되었다.

바. 뜻이 받아들여지지 않자 난을 일으켰다.

사. 서인들에 의해 죽임을 당했다.


　전에 나타난 비극적 인물들이 지닌 일생을 위에 제시된 두 영웅의 서사 구조에 대비시켜 보면 귀족적 영웅의 구조에서는 (가)와 (다)만 뚜렷이 나타날 뿐 그 외의 단락은 한두 번 부합되는 것에 불과하다. 이것은 귀족적 영웅의 구조가 어린 시절에 편중되어 죽음까지 포괄적으로 다루지 못하기 때문에 생긴 것이며, 6편의 각 이야기에서 특정한 이야기에만 존재하는 경우가 나타나고 있다. 그리고 민중적 영웅의 구조에서는 대부분 (나)와 (마)에 부합되고 있다. 이것은 능력과 비극적 죽음이 서로 공유하고 있기 때문이다. 그러나 다른 단락들에 있어서는 내용의 차이로 인해 나타나지 않는 경우가 대부분이다. 따라서 출생은 귀족적 영웅에 가깝지만 죽음은 민중적 영웅에 가까움을 확인할 수 있다. 이것을 비극적 인물의 구조에 대비해 보면 더욱 뚜렷하게 드러날 것이다.

### 〈귀족적 영웅의 일생에 대비〉

|  | 가 | 나 | 다 | 라 | 마 | 바 | 사 |
|---|---|---|---|---|---|---|---|
| 흑치상지 | ○ |  | ○ |  |  |  |  |
| 계 백 | ○ |  | ○ |  |  |  |  |
| 궁 예 | ○ | ○ | ○ |  | ○ |  |  |
| 견 훤 | ○ |  | ○ |  |  | ○ |  |
| 최 영 | ○ |  |  |  |  |  |  |
| 묘 청 | ○ |  | ○ |  |  |  |  |
|  | (6) | (1) | (5) |  | (1) | (1) |  |

(○은 부합되는 것임)

### 〈민중적 영웅의 일생에 대비〉

|  | 이 | 나 | 이 | 이 | 마 |
|---|---|---|---|---|---|
| 흑치상지 |  | ○ |  |  | ○ |
| 계 백 |  | ○ |  |  | ○ |
| 궁 예 |  | ○ |  |  | ○ |
| 견 훤 |  | ○ |  |  | ○ |
| 최 영 |  | ○ |  |  | ○ |
| 묘 청 |  | ○ | ○ |  | ○ |
|  |  | (6) | (1) |  | (6) |

(○은 부합되는 것임)

〈비극적 인물의 일생에 대비〉

|  | 이 | 나 | 이 | 이 | 마 | 바 | 사 |
|---|---|---|---|---|---|---|---|
| 흑치상지 | ○ | ○ | ○ | ○ | ○ |  | ○ |
| 계 백 | ○ | ○ |  | ○ | ○ |  | ○ |
| 궁 예 | ○ | ○ | ○ | ○ | ○ |  | ○ |
| 견 훤 | ○ | ○ |  | ○ | ○ |  | ○ |
| 최 영 | ○ | ○ | ○ | ○ | ○ | ○ | ○ |
| 묘 청 | ○ | ○ |  | ○ | ○ | ○ | ○ |
|  | (6) | (6) | (3) | (6) | (6) | (2) | (6) |

(○은 부합되는 것임)

위의 표에서 보면 개별 작품마다 약간씩의 차이를 보이고 있지만 비극적 인물들이 (가), (나), (라), (마), (사) 단락에서 어느 정도 부합되는 점이 발견되고 있다. 그리고 (다)와 (바) 단락에서는 작품에 따라 차이가 나고 있는데, (다)단락은 죽음과 관련된 위기와 관련되어 있는데, 이 단락이 제외된 인물들은 계백, 견훤, 묘청이다. 계백과 견훤은 전쟁 수행 능력이 뛰어나 패한 경우가 거의 없기 때문에 이 단락이 없는 것 같다. 또한 묘청은 죽음과 관련되었을 때 반란을 일으킴으로서 죽음의 위기에 관계되지 않았다. 그리고 (바)단락은 위정자 및 집권층의 갈등이 표출되는 내용인데, 최영과 묘청을 제외한 인물들에서는 나타나지 않는다. 이것은 스스로 지배 계층이었던 관계로 위정자가 없는 경우나 순종하여 위정자의 비위를 거스르지 않았기 때문에 나타나지 않았다.

그럼 위와 같은 비극적 인물들에게서 발견되어지는 (가)~(사) 단락의 특징을 살펴보도록 하겠다.

### (1) 명문대가의 후손으로 태어났다.

비극적 인물들은 왕이나 장군, 재상의 후손으로 태어나는 경우가 많은데, 본고에서 다루게 될 해당 인물의 경우 대부분 임병양란기에는 가문이 기울어 경제적으로 넉넉지 못한 상황에 처해져 있다. 그러나 선조대에는 사회적인 지위와 경제적인 여건이 좋았던 경우가 많아 이름 있는 가문으로 인정해 주고 있다. 이것은 전의 대상 인물이 특정한 계층에 속해 있다는 점과 조선 시대에는 신분제가 비교적 엄격했기 때문에 객관적으로 명문의 가문이 아닌 경우에는 벼슬길에 나아갈 수 없었다는 점을 고려해야 한다. 그리고 전에 나타나는 가계는 대부분 한 집안의 내력에서부터 시작되는데 나와 있지 않은 경우도 존재한다.

### (2) 탁월한 능력자로 성장했다.

영웅에게는 성장할 때의 능력이 탁월하게 제시된다. 영웅은 태어나면서부터 뛰어난 활약을 하리라는 기대 심리가 적용되어져 왔다. 이러한 현상은 후대로 오면서 상징적으로 제시되는 경우가 많이 나타난다. 임병양란기의 비극적 인물들은 신화적 영웅들에 비해 태어날 때의 비범함보다는 어릴 적 성장 과정에서 뛰어남이 표출되고 있다. 이들은 무장이었던 만큼 항상 전쟁놀이와 무예 연마에 열중했다. 그러므로 뒷날 큰 인물이 될 것이라는 암시를 받는다.

### (3) 능력으로 인해 죽음과 관련된 위기에 처해진다.

영웅은 능력이 뛰어남으로 인해 위기에 처해지기도 한다. 영웅이 태어날 것을 염려하여 미리 어릴 때 죽이는 경우는 이미 아기장수 유형의 설화에서도 전례로써 제시되어 있다. 영웅의 능력을 두려워한 절대 권력자가 어릴 때 죽이고자 하나 운명의 여신은 항상 영웅 편에 서 있다. 그래서 죽음 직전에 구출되어 과업을 이룰 수 있게 된다. 초기 전에 나타난 비극적 인물들은 위기가 직접적으로 나타난 경우가 많았는데, 후대로 내려올수록 암시에 머물고 있다. 비극적 인물에게 있어서는 죽음이 큰 의미를 지니기 때문에 죽음과 관련된 위기는 그 만큼 비중이 크다고 할 수 있다.

### (4) 과업을 이룰 수 있는 사건과 함께 예언이 나타난다.

과업을 이룰 수 있는 사건은 영웅에게 목적의식을 심어 주는 것과도 같다. 잠재되어 밖으로 드러나지 않던 능력이 쓰일 수 있는 좋은 계기라고 할 수 있다. 이때부터 영웅은 많은 사람들에게 알려지게 되고 두각을 나타내게 된다. 시대적으로 특정한 상황의 발생은 영웅을 반드시 필요로 하고 영웅이 어떤 일을 이룰 수 있는 예언적인 징표가 나타난다. 그리고 과업을 이룰 수 있는 사건은 전쟁과 같은 상황에 의해 제시된다.

### (5) 일정한 지위에 오른다.

영웅이 과업을 이루기 위해서는 반드시 신분적으로 일정한 지위에 올라야 한다. 그렇지 못한 경우에는 자신의 능력이 다 쓰일 수 없게 된다. 영웅들이 국가적인 위기에서 두각을 나타낼 수 있었던 것은 장수가 되거나 한 집단의 우두머리가 되어 있었기에 가능한 것이었다. 영웅에게 주어지는 지위는 국가로부터 공적으로 인정받은 경우와 피지배 계층들로부터 추대의 형식으로 인정받는 경우로 구분된다.

(6) 위정자와의 갈등이 **표출된다.**

영웅도 때로는 좌절을 겪게 되고 이러한 결과로써 난폭한 행동이 수반되는 경우가 있다. 비극적 인물들에게 있어서는 특히 더 이런 부분에 민감할 수밖에 없다. 그것은 난폭한 행동이 화를 불러 일으켜 죽음의 씨앗이 되기 때문이다. 영웅은 성취욕도 강한 반면에 좌절을 겪게 되면 쉽게 벗어나지 못하는 경우도 있다. 따라서 자신의 처신에 대한 비관이나 난폭한 행동을 할 경우 과업을 더 이상 성취하지 못하고 패배하기에 이르게 된다.

(7) **패망의 예언이나 사건이 발생하여 비참한 최후를 맞는다.**

패망은 항상 예견되어지는 경우가 많다. 그것은 영웅의 죽음에는 안타까운 면이 예언에 의해 암시되기 때문이다. 그리고 비극적 인물의 죽음에는 반드시 객관적으로 정당하지 못한 점이 내재되어 있다. 이러한 예언은 많은 비극적 인물들에게서 공통적으로 보이고 있는데, 성공한 인물이 吉한 예언으로 나타나는데 반해 비극적 인물은 불길하게 나타나는 것이 특징이다. 그리고 이러한 예언은 죽음의 선고와도 같은 역할을 함으로써 죽음을 예고하는 복선으로 작용한다. 비참한 죽음은 비극적 인물들이 지니고 있는 가장 큰 특징 중의 하나라고 하겠다.

비극적 인물들은 위와 같은 서사 단락들을 공유하고 있으며, 서사 단락들의 상호 관련성으로 인해 비극적 삶의 모습이 뚜렷이 드러나고 있다. 본 연구에서는 비극적 인물이 지니고 있는 포괄적인 (가)~(사)까지의 단락을 중심으로 김덕령, 임경업, 이순신전의 개별 작품에 대비해 고찰해 보도록 하겠다.

# Ⅲ. 비극적 인물전의 서사 구조와 인접 장르와의 관계

## 1. 김덕령전(金德齡傳)

### 1) 역사적 행적

김덕령은 광주 석저촌에서 김붕섭의 둘째 아들로 태어났는데, 할아버지 때부터 벼슬길에 나아가지 못한 한미한 가문이었다. 그러나 김덕령은 어려서부터 매우 영리하였고 충과 효가 입에서 떠나지 않을 만큼 충효를 중요하게 여겼다.[1] 김덕령은 처음에 지니고 있는 능력을 드러내지 않아서 주변 사람들이 알지 못하였다. 그는 8세에 종조인 사촌 김윤제에게 공부를 시작하여 17세에 향시에 합격하였다. 그리고 18세에 결혼하였고 20세 때에 형 덕홍과 매부 김응회와 성혼의 문하에서 수학하였다. 김덕령은 일찍 부친을 여의고 홀어머니를 모시고 살았는데 효성이 지극했다.

선조 25년에(25세) 임진왜란이 일어나자 의병을 일으킨 형과 함께 전주까지 갔으나 형 덕홍이 돌아가서 홀어머니를 모시라고 권유하여

---

[1] 『충장공유사』, 행록(行錄), 171쪽. 常曰, 人之爲人惟是忠孝, 忠孝之外有何, 可求之事乎.

귀향하였다. 김덕령이 고향으로 돌아온 후 형 덕홍은 금산 전투에서 전
사하였다. 이때부터 김덕령은 고향에 묻혀 홀어머니를 더욱 지성으로
섬겼다. 그런데 왜적의 형세가 다급해지자 장성현감 이귀와 관찰사 이
정암의 기복종군하라는 거듭된 요구가 있었으나 어머니가 살아 계심
으로 거절하였다. 그러던 중 어머니가 26세 때 돌아가셨다. 이에 더 이
상 미룰 수 없었다고 판단하고 초장을 마치자마자 상복을 벗고 담양에
서 격문을 돌려 순식간에 수천 여 명을 모집하여 기병 하였다.[2]

김덕령은 기병한 뒤 권율로부터 초승장이란 칭호를 받았다. 그리고
분조하여 전주에 와 있던 세자 광해군으로부터 재능을 시험받아 익호
장군이란 칭호를 하사 받았다. 또 조정에서는 충용장이란 군호를 받았
다.[3] 이렇듯 김덕령은 비록 초야에 묻혀 홀어머니를 모시고 살았지만
그 능력만큼은 자타가 인정하는 뛰어난 것이었다. 다음해 김덕령은 선
전관에 제수 되었고 담양을 출발하여 순창, 남원에 이르러 군사들을
훈련시켰다. 이때에는 김덕령의 휘하에 모여드는 의병들이 상당수에
이르렀으며 조정의 기대가 자못 컸던 때였다. 그러나 의병 가운데에는
납미누락자가 많았고 군량과 병기는 부족하였다.[4]

이러한 때에 명나라의 송응창이 왜적과 화의를 추진하는 과정에서
전투 중지령을 내리게 되자 군사들의 사기는 날로 저하되게 되었다.
이것은 장수로서 마음놓고 전투를 수행할 수 없게 됨으로써 고통스러
운 것이었다. 그리고 각지의 의병들이 일어서는 때에 생긴 일이었으므
로 명군의 안이한 태도가 여실히 드러난 것이었다.

---

2) 『국역 연려실기술』, 선조조고사본말 4, 민족문화문고간행회, 1986, 276쪽.

3) 『해동명장전』, 권6, <김덕령>. 世子招見 以試其勇, 賜號翼虎將軍
  『선조실록』, 26년 12월 권22. 198~199쪽. 備邊司啓曰 金德齡軍 賜號忠勇將.

4) 『선조실록』, 권47, 27년 甲午 1월조, 권22, 200~201쪽. 已至千人, 皆是納米漏落之
  輩.

김덕령은 전투 중지령이 내려진 가운데 여러 번 출전을 요구를 했으나 들어주지 않자 싸우지 못하는 데 따른 울분을 삼킬 수밖에 없었다. 그는 술로 지내면서 해이해진 군기를 바로 세우기 위해 형벌을 엄하게 했고, 이 과정에서 윤근수의 노복을 장살하는 일이 발생했다. 이 일로 인해 윤근수는 김덕령을 미워하게 되었다.

그러던 중 27세 때 선조의 윤허를 얻어 거제도에 은거하고 있는 적을 소탕하라는 윤두수의 건의가 있어 출전하게 되었다. 김덕령이 선봉장이 되고 권율, 이순신, 곽재우 등의 장수들이 참전하였는데, 김덕령의 용력을 시험하고자 한 것이었다. 곽재우는 이것이 윤두수의 모략임을 알고 권율에게 여러 번 사정을 이야기했으나 들어주지 않았다. 이 싸움은 누가 보아도 승산이 없었다. 김덕령은 익호기를 쌍으로 꽂고 진군하였으나 비오듯 쏟아지는 총알 때문에 퇴각하고 말았다. 따라서 김덕령은 윤두수에게 미움을 받았고 주변 사람들로부터는 신망을 잃었다.[5] 이때 그는 자신의 능력을 펼칠 수 없는 상황에서 어머니에 대한 효도를 다 못해 충과 효 사이에서 갈등을 겪었다.[6]

김덕령이 이렇게 어려운 상황에 처해 있을 때 이몽학이 반란을 일으켰다. 이몽학은 민심과 군사들을 모으기 위해 김덕령, 곽재우, 홍계남 등이 자기 편에 가담했으며, 병조판서 이덕형이 내응하기로 되어 있다고 소문을 내었다.[7] 김덕령은 권율의 명으로 이몽학의 난을 평정하러 전라도 남원의 운봉까지 갔다. 그런데 이몽학이 피살되었다는 말을 듣

5)『선조실록』, 권56, 27년 甲午, 10월조, 권22, 363쪽.
　『국역 연려실기술』, 앞의 책, <김덕령>, 279쪽.
6)『宣祖實錄』, 권60, 28년 乙未 2월조, 卷22, 430~431쪽. 臣起自憂服, 旣不能自盡於親喪, 事與心違, 又不得效命於討賊, 進退無據, 忠孝俱闕, 臣之罪在法不赦.
7)『선조수정실록』, 권30, 29년 병신 2월조, 권25, 657쪽. 聲言忠勇將金德齡, 義兵將郭再祐洪季南等 皆連兵相助 兵曹判書李德馨 爲內應云.

고 본가로 돌아갈 것을 권율에게 청했으나 번번이 거절당하여 할 수 없이 진주 본진으로 돌아갔다가 옥에 갇히게 되었다.

이후 이몽학의 반란에 연루되었다는 소문이 거짓으로 판명되어 대부분의 사람들은 혐의를 벗고 돌아갈 수 있었다. 그러나 김덕령만은 헤어나지 못하였다. 많은 사람들은 김덕령이 억울하게 잡혀 와 국문을 당하는 것을 안타까워했으나 중요한 위치에 있는 자들이 싫어하는 경향이 많아 구해 주려고 하지 않았다. 심지어 어떤 사람들은 김덕령이 포악하여 사람들을 마치 삼베듯 하였으며, 모반할 상이 있으니 죽이지 않으면 반드시 후환이 있을 것이라고까지 하였다. 또한 요직에 있는 자로서 그를 빨리 죽이라고 부탁하는 자들이 있어 그는 26일 동안 여섯 차례의 심한 국문을 받았다.[8] 김덕령은 정강이뼈가 부러지고 목숨만 간신히 붙어 있었지만 끝까지 평상시와 다름없이 무죄를 주장하였다. 김덕령은 국문에서 '자기에게 죄가 있다면 충도 이루지 못하면서 삼년상을 이루지 못한 불효죄'라고 하였다. 김덕령은 스스로 지은 죄가 없었으므로 당당했던 것인데, 지배 계층의 맨 윗자리에 앉아 있던 선조 임금은 그에게 '형장을 아무렇지도 않게 여기니 참으로 적이다'라고 하였다. 선조 임금은 김덕령의 용력에 대해 한 때는 왜적을 물리칠 수 있는 것으로 받아들여 대단한 것으로 인정했지만 체포함에 이르러서는 용력을 꺼려하였다.[9] 결국 김덕령은 고문을 견디지 못하여 옥중에서 숨을 거두고 말았다.

김덕령은 선조 25년에(25세) 의병을 일으켜 30세에 누명을 쓰고 죽

---

8) 『은봉전서』, 권8, 삼일기사(三冤記事)에는 평소 김덕령을 시기하였던 충청병사 이시언, 경상우수사 김응서 등 이 김덕령이 이몽학의 반란에 가담하였다고 소문을 내었다고 적혀 있다.

9) 『국역 연려실기술』, 선조조고사본말, 앞의 책, 281쪽. 德齡不有刑場眞是賊也.

었다. 그의 죽음을 애석해 한 사람은 많았으나 누구 하나 억울함을 말하지 않았는데, 이정암만이 그의 해원을 요구하였으나 선조 임금에게는 보고도 되지 않았다. 김덕령은 현종 2년에 신원되었는데, 현종 9년에 병조 참의가 추증되었으며 숙종 4년에는 벽진서원에 제향되었다. 그리고 숙종 7년에는 병조판서로 추증되었고, 정조 12년에는 충장이란 시호가 주어지면서 의정부 좌찬성에 추증되었다.10) 또한 15년에 서용보에 의해 『충장공유사』가 간행되고 정조가 서문을 지었는데, 이때에야 비로소 김덕령에 대한 평가가 제대로 내려진 것이었다고 하겠다.

  이와 같은 역사적인 기록에 의한 김덕령의 일생은 모든 문학적 자료의 토대가 된다는 점에서 중요하다. 특히 그가 죽은지 약 200년에 가까운 세월이 지난 뒤에 재조명됨으로써 그에 관한 일들이 문학으로 먼저 수용되는 결과를 가져왔다. 따라서 공식적인 문헌으로 자리잡기 이전에 인구에 회자되면서 김덕령에 대한 뛰어난 행적이나 억울한 죽음 등이 구비설화로 전해지게 되었다. 따라서 전이나 문헌설화보다 구전설화 쪽이 더 진실성에 접근해 있다고 하겠다. 그리고 김덕령 사후에 개인 문집에 실려 있던 전이 『충장공유사』가 편찬되면서 수록되게 되었는데, 내용에 있어서 다소 역사적 사실과 다른 점들이 개입되게 되었다. 즉 김덕령이 지니고 있던 능력이나 과업을 이룰 때, 억울하게 죽게 되었을 때에 관한 일들이 복선이 개입되면서 다소 과장되고 허구화되어 있다. 문헌에는 김덕령이 어릴 때 용력이 있음에도 불구하고 드러내지 않아서 사람들이 몰랐다는 내용이 있는데, 전에서는 그의 능력에 따른 단면을 잘 묘사해 주고 있다. 그리고 왜장이 화공을 시켜 김덕령의 얼굴을 그리다 보게 해서 그것을 보고 감탄한 이야기의 죽기 전에

---

10) 임철호, 『설화와 민중의 역사의식』, 집문당, 1989, 121쪽.

나타난 불길한 징조 등은 사실적인 기록에서는 찾아볼 수 없다. 이것은 김덕령의 능력과 비극적 죽음을 드러내기 위해 개입된 화소들로 지배계급의 폭압을 가리면서 죽음을 예견된 것으로 이끌어 가고 있다.

## 2) 김덕령전의 구조 분석

김덕령의 전은 『충장공유사』에 들어 있는데, 그 내용을 앞 장에서 제시했던 비극적 인물의 구조에 대비해 보면, 순서가 바뀌어 나타나는 경우가 있지만 비극적 인물의 구조를 갖추고 있다. 또한 역사적으로 있었던 일을 기술하는 과정에서 설화나 민담, 군담소설이[11] 지니는 일생 구조와는 다른 전만의 특징적인 서술 체계를 반영해 주고 있다. 이것은 다른 전 작품에서도 확인할 수 있었던 것으로서 전이라는 장르가 기본적으로 뛰어난 인물을 부각시키고자 했기에 기술하는 방법에서도 차이가 있었던 것이다. 즉 뛰어남의 묘사와 죽음에 대한 예언 등은 전에서만 나타나는 특징 중의 하나이며, 마치 기술자가 곁에서 보거나 들은 것처럼 표현하는 것도 전만의 기술 방법이라고 할 수 있다. 이러한 전의 기술상의 특징을 고려하면서 김덕령의 일생을 비극적 인물의 구조에 대비시켜 보면 구조적 특징과 비극적 속성이 드러나리라고 생각된다.

### 〈김덕령전〉

가. 가문은 한미 했으나 대대로 유학자의 가문이었다.

---

11) 군담소설은 기자치성, 주인공의 전생신분, 결연, 공로, 복수, 가족과의 재회, 부귀영화를 누리다 맞는 죽음 등의 일정한 순차적 구조로 되어 있는데, 전에 나타난 비극적 영웅들의 구조 또한 각각의 특징적인 단락들을 내포하고 있다.
　　서대석, 『군담소설의 구조와 배경』, 이화여대출판부, 1985.

　　나. 비범한 무예 실력을 지니고 있었다.

　　다. 모함으로 인한 위기에서 정탁의 변호로 풀려났다.

　　라. 임진왜란이 일어났다.

　　마. 임진왜란이 일어나자 의병장에 임명되었다.

　　바. 처음 모함을 받고 풀려나자 회의적인 행동을 보였다.

　　사. 죽기 전에 불길한 예언들이 나타났는데 반란에 연루되어 모함으
　　　　로 죽었다.

　전에 나타난 김덕령의 일생을 신화나 민담에서 제시되었던 영웅의 일생에 대비해 보면 한 두 단락 정도만 부합되고 있다. 반면에 비극적 인물의 구조에 대비해 보면 (다)단락의 능력으로 인해 죽음과 관련된 위기에 처해지는 내용이 앞에 제시되어 있을 뿐 구조적 일치를 보이고 있다. 김덕령은 왜적과 싸우기 위해 전주까지 갔었으나 큰 형의 권고에 따라 집으로 돌아왔다. 그 후 왜란의 상황이 급박해지자 기복종군하라는 권유가 심해 의병장으로 나서 많은 의병들을 모았다. 이러한 일련의 과정을 통해 볼 때 그의 위기는 왜적과의 전투 과정에서 잉태된 것이 아닌 국내의 정치적인 상황에 의해서였다. 따라서 죽음과 관련된 위기는 일정한 지위에 오른 후에 나타나게 됨으로써 전술한 바 비극적 인물의 순차적 단락에서는 비극적 죽음 앞에 설정되어 있지만 본 전에서는 능력의 뒤에 설정되어 있다. 그리고 김덕령전은 역사적 사실을 바탕으로 하면서도 개인의 능력이나, 위정자와의 관계에서 발생하는 회의적인 행동, 죽기 전의 불길한 예언 등이 자세하게 묘사됨으로써 특징적인 서사 단락들이 확연히 드러나고 있다고 하겠다. 이러한 차이점을 인식하면서 비극적 인물의 서사 단락에 김덕령의 일생을 대비하여 자세히 살펴보고자 한다.

　첫째, 출생에 있어서 김덕령은 한미한 유학자의 가문이다. 이것은

비천하지 않은 고귀한 혈통을 지닌 집안과도 같다고 할 수 있다. 당시 김덕령이 성혼의 문하에서 선비 수업을 했고, 그의 증조부가 벼슬길에 나갔었던 점을 고려하면 퇴락한 사대부 출신이라고 할 수 있다. 즉 김덕령은 향리에서 농사를 지으며 학업에 힘쓰던 인물형에 근접해 있다고 하겠다. 그러므로 그는 경제적으로나 정치적으로는 열악한 배경을 가지고 있었지만 사회적인 신분상으로는 얼마든지 벼슬길에 나아갈 수 있는 위치에 있었다고 보아야 할 것이다. 이것은 그가 장성 현감 이귀의 추천을 받은 것에 잘 나타나 있다. 즉 능력을 인정하고 여러 번 추천하여 의병장으로 나아갔으므로 관로에의 진출이 막힌 것과는 엄격한 차이가 있다고 하겠다. 따라서 비록 몰락하긴 했지만 다시 정계로 진출할 수 있는 사회적 신분을 지니고 있었다고 하겠다. 그러나 한편으로는 의병장과 정식적인 절차를 밟아 올라간 관료 사이에서의 갈등은 이런 사회적 신분으로 인해 예견된 것이기도 했다.

둘째, 탁월한 능력을 보이는 것을 들 수 있다. 이 점은 영웅이라면 반드시 갖추고 있어야 할 필수적인 요소라고 할 수 있다. 김덕령에게 있어서 성장하면서 보여준 탁월한 능력은 그가 무예에 얼마만큼의 소질이 있었으며 장래의 성공 가능성을 암시해 주는 것이라고 하겠다. 이러한 점은 김덕령의 뛰어남을 부각시키는 전이 지니고 있는 기술적 특징이라고 할 수 있는데, 유교적인 가치관이 강하게 배어 있던 기술자의 입장에서 그를 드러내기에 이 부분보다 더 좋은 단락은 없을 듯이 생각된다. 일반적으로 한 인물에 대한 묘사는 고대로 거슬러 올라갈수록 신화적인 요소가 짙게 배어 있고, 당시 사회의 사상적 흐름이 반영되는 경우가 많았다. 이렇게 볼 때 김덕령의 능력이 대단했던 것임에는 틀림없으나 묘사함에 있어서는 무인으로서의 탁월한 자질을 나타내 준 것에서 크게 벗어나 있지 않다.12) 즉 그를 부각시키는데 관점이 맞추어져 있다고 하겠다.

셋째, 죽음의 위기에서 구출되는 단락이 김덕령의 일생에서는 앞에 보이지 않고 뒤에 나타나 있다. 김덕령에게 있어서 죽음의 위기에서 구출된 경우는 그가 처음 모함을 받아 투옥되었을 때이다. 이때는 과업을 수행하는 과정에서 일정한 지위에 오른 후였기 때문에 순서가 달리 나타났다고 볼 수도 있겠다.

넷째, 과업을 이룰 수 있는 사건과 예언이 나타난다. 과업을 이룰 수 있는 사건으로는 의병을 일으키게 된 직접적인 동기라고 할 수 있는 임진왜란을 들 수 있다. 김덕령은 자의적으로 전쟁에 참여하기보다는 임진왜란이 발발하면서 천거에 의해 의병장으로 활약하게 되었다. 김덕령은 탁월한 능력을 지니고 있었지만 그 동안 능력을 쓸만한 계기가 마련되지 않아 무예를 연마하며 지낸 인물이었다. 그런데 왜적이 쳐들어옴으로써 이루어야 될 필연적인 과업이 생기게 되었고 이 때문에 영웅이 될 수 있었다. 그리고 김덕령의 궁극적인 과업이 왜적을 물리치는데 있었으므로 의병을 일으키는 것과 비극적인 죽음과는 서로 원인과 결과에 해당되는 것이라고 생각할 수 있다.

다섯째, 의병장이 되었다. 김덕령은 의병장으로 처음 나갔을 때 선조로부터 충용장의 군호를 받았고 곧 이어 초승장군의 군호를 받았다. 그 후 용맹이 알려져 세자로부터 익호장군의 칭호까지 받았다. 비록 평상시와 같은 과정을 거쳐 벼슬길에 나아간 것은 아니었지만, 왜적을 물리칠 수 있는 중요한 위치에 다다랐다고 할 수 있다. 이 위치는 의병장으로서 자신의 능력을 발휘할 수 있고, 과업을 이룰 수 있는 지위라는 점에서 의미가 크다고 할 수 있다. 그것은 왜적을 물리치는 것을 과

---

12) 고대의 사서인 『삼국사기』·「열전」에 실린 김유신이나 궁예, 견훤 같은 인물에 관한 이야기는 자못 오늘날의 소설만큼 일부 행적이 허구화되어 있다고 할 수 있다.

업으로 설정한 이상 의병장이 되지못했다면 과업의 실현이 불가능하
거나 어려운 과정을 거쳐야만 되기 때문이다. 이 점은 김덕령뿐만 아
니라 설화나 민담, 소설 등에 나타나는 대부분의 영웅들에게 있어서도
마찬가지라고 할 수 있다. 지위가 획득됨에 따라 자신이 설정한 목표
를 이룰 기회가 많이 제공되는데, 지위를 얼마나 잘 활용하느냐에 따
라 실패와 성공이 판가름 나는 것이다.

　여섯째, 위정자와의 갈등이다. 당시 김덕령이 활약을 시도할 때는
마침 일본과의 강화가 추진 중이어서 탁월한 능력을 제대로 발휘하지
못하게 되었다. 김덕령은 자신을 알아주고 싸움에 나갈 수 있도록 뒷
받침 해주는 인물이 적었던 만큼 자신의 능력을 써 보지 못하는 것이
그 무엇보다도 힘들었다. 더구나 사소한 행동의 잘못으로 인해 모함의
수렁에 빠지게 되면서부터 방황하게 되고 술로 지내게 되었다. 결국
이러한 저변의 사정에 의해 회의적인 행동들을 보였고 위정자에 대한
원망과 함께 과업을 이룰 수 있는 기회마저 멀어지게 되었다.

　마지막으로 패망의 예언이나 사건이 발생하여 비참한 죽음을 맞게
된다. 김덕령은 자신의 뜻을 다 펴지도 못하고 억울하게 죽음으로써
비극적 인물이 되었다. 김덕령이 모함에 의해 죽기 전에 여러 가지 불
길한 징조들이 나타났는데, 이 예언들은 그의 탁월한 능력을 나타내
주는 것보다도 더 신비스럽게 묘사되어 있다. 마치 그의 죽음이 미리
예견된 것처럼 여겨질 정도인데 김덕령이 자신의 과업을 성취시키지
못하고 죽음으로써 이 징조들은 긍정적으로 받아들여지고 있다. 그리
고 김덕령에게 나타난 비극적 죽음이 위정자가 아닌 일반 피지배 계층
들로부터 추앙을 받게 된 것은 그가 이루고자 했던 과업이 자신의 사
사로운 욕심에 의한 욕망[13]이 아닌 한 시대 조선의 피지배 계층들이
지니고 있던 염원과 직결되고 있기 때문이다. 이러한 상황에서 선조를

비롯한 위정자들에게 비난의 화살이 쏟아지고 있는 것은 국가가 위급한 상황에서 공동체의 이익보다는 개인의 안위와 일부 정치 집단의 이기심으로 정치를 이끌어 가고 있기 때문이다.

김덕령은 민족 공동의 염원을 실천하는 과정에서 뛰어난 능력을 제대로 펴 보지 못한 채 좌절되어 비극적으로 죽었다. 그리고 억울한 죽음으로 끝난 그의 삶의 이면에는 피지배 계층들의 희망도 함께 주저앉게 되었고, 국가적으로도 큰 손실이 아닐 수 없었다.

이와 같이 전에 나타난 김덕령의 일생을 비극적 인물들의 일생 구조에 대비시켜 보면, 과업을 이룰 수 있는 예언이 약화되어 있으며 활약에 따른 지위에 오르는 순서가 뒤바뀌어 있을 뿐 비극적 인물에게 나타나는 요소를 갖추고 있다고 하겠다.

### 3) 구조적 특성과 의미

#### (1) 전에 수용된 김덕령의 능력과 예언

김덕령전에 나타난 비극적 인물의 서사 구조를 살펴봄에 있어 비극적 인물의 특징을 잘 나타내 주고 있다고 할 수 있는 능력과 징후나 예언, 비극적 죽음에 관련된 단락들을 중점적으로 살펴보고자 한다.

김덕령의 일생을 비교적 객관적인 입장에서 서술했다고 할 수 있는 전에도 비사실적인 내용이 담겨 있는 경우가 존재한다. 물론 이와 같은 경우가 김덕령의 일생을 다룬 전에서만 나타나는 특징은 아니다. 그러나 전문학의 본령을 생각해 볼 때 대수롭지 않게만 여길 것은 아니다.

---

13) 인간이 갖고 있는 성취적인 욕망에 대해서는 (『욕망의 이론』, 자크 라캉, 문예출판사, 1994.)에 잘 지적되어 있다.

그 동안 전은 민담이나 소설과 같은 장르와 구분함에 있어 허구성이
라던가 역사성, 자아와 세계의 대결14)이라는 측면보다도 사실적인 기
록이라는 고유의 속성을 은연중에 내세워 왔다. 따라서 전기문학으로
서의 자리를 확고히 할 수 있었다. 그러나 전에도 소설적인 성향이 있
음은 이미 언급된 바 있으며, 문학으로서 전이 갖고 있는 가치에 대해
서도 다양한 입장들이 피력되어져 왔다.

일찍이 사마천은 열전에 대해 "열전이란 인신의 사적을 차례로 나열
함으로써 후세에 그 사실을 전하게 하려는 것이기 때문에 열전이라고
부르는 것이다."15)하고 정의하고 있다. 이것을 보면 후세에 그 사실을
전한다는데 비중이 컸던 만큼 허구성이 결여되어야 한다는 것으로 받
아들여진다. 그런데 여기에서 한 가지 고려해야 할 점은 사람의 일생
을 사실적으로 기술한다는 자체가 대상을 부각시키는 데 초점을 맞추
고 있다는 사실이다.16)

사람의 일생을 기술하는 문학 양식으로는 전이나 행장이 대표적인
데, 단순히 사실적인 것만 다루고 있음으로 문학성이 없다고 할 것은
아니다. 사실적인 기술의 이면에는 포와 폄이 존재했기에 반드시 뛰어

---

14) 조동일, 『한국소설의 이론』, 지식산업사, 1990, 98쪽. 소설이 자아와 세계의 상호
   우위에 입각한 대결이라고 볼 때 전은 이러한 대결적 측면보다는 한 인물을 알리는
   데 목적이 있다.

15) 사마천, 『사기』, 권 제61, 백이열전 1.

16) 전은 역사적 사실과 개인의 행적을 자세히 기록하는 것을 목적으로 하고 있는데,
   허구가 개입될 소지가 항상 존재한다. 그리고 작가의 의도와 필치에 따라 상당수가
   새롭게 조명되어질 수도 있다. 이와 같은 경우는 실기 소설에 대한 평에서도 잘 나
   타나고 있다. 최철에 의하면 실기 소설의 가장 중요한 요건은 다루는 사건이 비록
   역사적 사건이긴 하나, 그것이 작가에 의하여 창의력이 발휘될 때 비로소 작품으로
   서 승화된다는 것이다. 단순한 인물의 역사적 전기물이 되어서는 안된다. 이것은 군
   담이 소설화될 때에도 마찬가지다. (최철, 「조선시대 소설의 범주에 관한 고찰」, 『민
   족문화연구』 9호, 고려대 민족문화연구소, 1975, 189쪽.)

난 점을 부각시키고자 했다. 그러므로 단순히 전 속에 일화나 설화가
삽입되어 있다는 점만을 높이 평가할 것은 아니다.[17] 전은 사람의 일
생을 사실적으로 다룬다고 했지만 사람의 뛰어난 점을 부각시키기 위
해서는 어쩔 수 없이 인간의 능력을 넘어서는 표현들이 개입될 수밖에
없었다. 즉 보통 사람보다 능력 있는 사람이라는 점을 내세워 후대에
훌륭했다는 점을 전하기 위해서는 꼭 필요한 것이었다. 이것은 신화에
서 말해지는 영웅의 능력과 민담에 나타난 영웅의 능력과 같은 맥락에
있는데, 능력의 묘사되어지는 정도가 다르고 상황 설정이 다르게 나타
나기 때문에 전이 더 현실적이다. 즉 가공의 허구에 바탕을 두느냐 사
실에 더 관심을 두고 기술하느냐에 따라 내용에 차이가 나타나게 되었
다. 그런데 전의 양식 가운데 국가에서 왕명으로 편찬했던 열전보다는
개인의 문집 속에 많이 들어 있는 사전의 양식이 더 먼저 생겼기 때문
에[18] 열전을 입전할 때 사전(私傳)과 행장(行狀)이 기초 자료로서의
역할을 했다. 아울러 열전은 국사에 관계된 것을 싣다 보니 당대의 역
사적인 사실을 부각시켜 기술하는 경우가 많이 나타나게 되었다.[19] 즉
사전에 비해 유교적 입장이 강했던 만큼 객관적인 면에서 쓰고자 노력
했다.

　　유신의 현손인 장청이 행록 10권을 지었는데, 자못 만들어 넣은 말이
　　많으므로 더러 산락하고 기록할 만한 것을 취하여 전을 삼는다.[20]

---

17) 김태준, 『증보 조선소설사』, 한길사, 1990, 35쪽. 설화 자체보다는 인물의 뛰어남을
　　부각시키기 위한 과정에서 설화가 삽입된 것으로 보아야 한다.
18) 조태영, 「전양식의 발전양상에 관한 연구」, 서울대 석사논문, 1983.
19) 『삼국사기』, 『고려사』가 모두 이에 속한다.
20) 『삼국사기』·「열전」 제3, 김유신 조
　　庚信玄孫, 新羅執事郎長淸作行錄十卷, 行於世, 頗多釀辭, 故刪落之, 取其可書者

김부식은 김유신의 전을 지으면서 기존에 지어진 글들을 참고했는데, 허황하다고 판단된 내용들은 과감히 삭제하는 자세를 취했다. 그러므로『삼국사기』·「열전」에서 가장 위대한 인물로 택했으면서도 이러한 말을 스스로 적어 넣을 수 있었다. 그러나 실제 김유신의 전에서는 김부식의 말과는 달리 여전히 비현실적인 내용들이 많이 나타나고 있다. 이러한 점은 김부식의 안목에서 김유신을 기술할 때 너무 동떨어진 이야기는 뺀듯하지만 그의 훌륭함을 나타내기 위해 어쩔 수 없었던 이야기는 모두 기록하고자 했던 것 같다. 즉 사실을 생동감 있게 전달하고 다른 사람들에게 설득력을 지니게 하기 위해서는 과장된 표현이 꼭 필요했다고 볼 수 있다. 여기에 문학성과 관련된 전의 이중성이 존재한다. 겉으로는 사실만을 담은 기록임을 표방하지만 인물의 탁월함을 부각시키기 위해서는 허구성이 내재될 수밖에 없었던 것이다. 이 문제는 후대 전 양식의 변모와도 밀접한 관련을 가지는 것이어서 소설이라고 판단했지만 전이라고 쓰여진 작품까지 관계된 듯이 보인다. 결국 전에 있어서의 허구는 허구 자체에 의미가 있다기 보다는 한 사람의 뛰어남을 드러내기 위한 꼭 필요한 요소였다고 사려된다. 여기에서 김덕령전에는 어떤 형식으로 허구가 개입되었는지 살펴보고자 한다.

김덕령의 일생에서 허구가 개입된 부분은 크게 세 부분이다. 처음 어렸을 때 능력이 뛰어남을 묘사한 부분과 왜장의 감탄, 그가 모함에 의해 죽기 전에 나타났던 예언 등이다. 이것은 전에 나타난 비극적 인물로서의 김덕령을 드러내 줄 수 있는 단락들이다. 먼저 이 세 단락의 능력으로 묘사된 것을 살펴보면 소설이나 설화에 비해 허구화의 정도가 약하고 제한적인 부분에만 나타난다는 것이 특징이다.

---

爲之傳.

어려서 탁월한 행동을 보였는데, 이웃집 감나무에 감이 익자 몸을 날려 입으로 따먹는 비범한 무예의 소지를 발견했다. 큰 칼을 휘두르며 말을 달려 소나무를 치면 비처럼 쏟아졌다. 말을 타고 작은 창을 통해 방에 들어갔다가 다시 나오기도 했다. 항상 쌍철퇴를 차고 다녔는데, 무게가 각각 백근이나 되었다. 호랑이를 창으로 찔러 죽이고 조자룡에 자신을 비유하곤 하였다.21)

왜장 가등청정이 김덕령의 용맹에 놀라 화공을 시켜 얼굴을 그려다 보고 진정한 장수라고 감탄하였다.22)

이몽학의 반란에 연루되어 체포되기 전에 예언이 나타났다. 옥에 갇히기 전에 쇠사슬로 묶고 큰 나무로 움직이지 못하게 끼워 놓았는데, 한번 일어나자 쇠사슬이 모두 끊어졌다. 서석산에서 큰 칼을 만들었을 때 하늘에서 큰 소리가 들리고 흰 빛이 골짜기에 여러 날 동안 서리어 있었다. 옛 명장 정지 장군의 묘에 가서 쇠로 만든 갑옷을 입고 제사를 지내는데, 차고 있던 칼이 세 번이나 떨어졌기에 모두들 불길하게 여겼다. 진주에 머물 때에는 사나운 말이 있어 중인들은 가까이하지 못하므로 김덕령이 다가가니 순해졌다. 이 말을 김덕령이 타고 다녔는데, 체포되기 전에는 10여 일을 밥을 먹지 않아서 화가 미칠 줄을 알았다.23)

---

21) 『충장공유사』, 전(傳), 388~389쪽. 幼時隣柿熟將軍騰身而口就之恣食乃下, 又喜使數丈刀時 乘醉試馬截過山阪揮刀左右斫以馳所過長松紛披亂倒如風雨狀, 又常佩雙鐵椎左右椎之重各百斤, 或馳馬入房闥中轉身躍馬而出, 嘗有猛虎在竹中不出將軍先發矢挑之虎驚怒張口取人將 軍挺鎗迎刺之立斃如此類甚多, 每自比趙雲.

22) 『충장공유사』, 전, 391쪽. 賊將淸正潛遣畵工, 其形像而見之曰, 眞將軍也.

23) 『충장공유사』, 전, 395~396쪽. 旣至朝廷猶蓋疑之以鐵鎖縛束之來之以大木將軍笑曰, 我若欲叛是矣足禁我哉, 怒而奮身鐵鎖皆絶始將軍起兵也, 就瑞石山谷中鑄大劒, 劒且成山有聲 如雷鳴白氣自谷中亘天數日不減邑有古名將軍鄭地墓其子孫世守地鐵衣將軍取其鐵衣被之帶劒 以往祭告地墓祭, 時所帶劒自解帶地者三人皆怪之以爲不祥, 在晉時牧園中有悍馬超騰如飛人 莫能近將軍聞之遂自往勒而騎之馬甚馴, 其

김덕령의 능력으로 묘사된 것은 날렵함과 힘이다. 그 어떤 무사도 힘에 있어서는 당하기 힘들 정도로 내세우고자 했다. 이러한 능력의 소지는 그를 영웅으로 만들어 놓기에 충분했다. 그래서 왜장까지도 그의 얼굴을 그려다 보아야 할 정도로 용맹이 뛰어났다. 임진왜란에서는 왜장 가등청정의 능력 또한 만만한 것이 아니었다. 그럼에도 불구하고 김덕령이 무서워 얼굴을 그려다 보고 그와 부딪치기를 피한 것으로 묘사된 것을 보면 김덕령의 능력은 대적할 상대가 없을 것처럼 보인다. 여기에서 그의 뛰어남이 어떠했는지 단적으로 짐작해 볼 수 있다. 그가 싸움에 나가 활약하기 전까지 그가 지니고 있던 능력의 표현은 그를 묘사하는데 매우 중요했다. 그런데 고대의 전에 실린 인물들의 능력이 다분히 신비에 싸여 있다면 김덕령의 능력은 보통 인간보다 뛰어난, 그러나 신비에 싸여 있지는 않은 정도라고 할 수 있다. 그래서 더욱 설득력을 지닌다고 할 수 있다. 이러한 성장에 관한 능력 못지 않게 그의 죽음에 나타난 예언 또한 허구화의 정도가 만만치 않다. 마치 구전 설화의 한 부분처럼 여겨질 정도이다. 죽기 전에 나타났던 이러한 일들은 스스로 화가 미칠 것을 짐작했던 것을 전제로 하고 있다. 그럼에도 피하지 않았다는 것이 더욱 아이러니 하다. 그가 만약 처세술에 능했고 자신만을 생각했다면 도피했을지도 모른다. 그러나 그에게는 임금에 대한 믿음과 자신이 수행해야 할 일에 대한 책임감이 있었다. 어떻게 보면 무모하다고 할 수도 있고 고지식하다고 할 수 있는 이러한 점 때문에 그의 죽음이 더욱 무겁게 묘사되었는지도 모른다.

김덕령이 죽자 피지배 계층들이 모두 슬퍼하여 송나라의 명장 악비가 죽었을 때 송나라 국인들이 슬퍼하듯이 하였다.[24]

---

後將軍初遠馬先數日不食及其再遠, 又不食十日使者未至將軍已自知其及禍矣.

중국의 뛰어난 장수가 죽었을 때 그 나라 피지배 계층들이 슬퍼했다는 내용을 인용할 정도로 슬픔이 컸다. 그가 죽음으로 인해 피지배 계층들이 그를 얼마나 위대하게 생각했는지를 짐작할 수 있게 해 주고 있다.

그런데 그의 죽음에 대한 예언은 그 동안의 행적을 돌아보게 함으로써 안타까움을 고조시키고 있다. 즉 그의 죽음을 더욱 타당성 있고 의미를 지닐 수 있도록 하는 역할을 하고 있는 것이다. 만약 여기에서 그의 장성함에 따른 능력이나 죽음에 대한 예언이 없었다면 그의 일생에 대한 이야기는 어떠했을까. 사실적인 느낌은 받을 수는 있었겠지만 일반적으로 느끼게 되는 인물에 대한 설득력과 작자가 전달하고자 하는 공감대는 많이 반감되었을 것이다. 그것은 허구화가 치밀하고 적절할 때 그것을 공감하는 독자의 감정 또한 깊어지게 마련이기 때문이다.

김덕령의 전에 나타난 허구적인 표현은 마치 사실적인 것처럼 꾸며져 있지만 이러한 표현이 있었기에 그의 능력은 더욱 부각될 수 있었고, 죽음 또한 많은 공감대를 얻을 수 있었다고 사려된다. 따라서 사실적인 것을 강조하는 전문학에서도 인물을 드러내기 위한 수단으로 어느 정도의 허구화는 필요했기에 차용된 것으로 볼 수 있다. 그리고 비극적 인물을 드러내는 하나의 단락으로 자리 잡을 만큼 형식적으로도 널리 유행했던 것으로 생각된다.

### (2) 과업의 수행과 비극적 죽음

영웅에게 있어 과업의 수행은 대단히 중요하다. 과업은 자신이 도달해야 할 목표인 동시에 모든 행동에 있어 의미를 부여해 주는 좌표와

---

24)『충장공유사』, 전, 394쪽. 國人悲而憐之如宋人之悲岳武穆也.

같기 때문이다. 또한 과업이 단지 자신만을 위한 것인지 아니면 대다수의 민중들을 위한 것인지에 따라 영웅에 대한 평가는 많이 달라질 수 있다.

일반적으로 영웅은 과업을 이루기 위해 일정한 위치에 오르기를 힘쓰고 과업을 성공시키느냐 못하느냐에 의해 성공적인 일생이 될 수도 있고 비극적인 일생이 될 수도 있다. 또한 영웅으로서 단순히 세상에 순응하느냐 나름대로 자신의 세계관을 고집 하느냐에 따라서 일생의 결과는 전혀 다르게 나타나기도 한다. 김덕령에게 있어 그가 수행해야 할 과업은 왜적을 물리치는 것이었다. 그러나 왜적을 물리치는 과정에는 수많은 의병과 장수들이 있었지만 왜 유독 김덕령의 일생이 비극적인 것이어야 했을까. 이것은 비단 김덕령만의 이야기는 아닐 것이다. 그럼에도 불구하고 그에 관한 이야기는 소설로까지 변모되면서 역사에는 교훈을 남겼고 문학에는 비극적 인물만이 갖는 일생을 형상화시켜 놓았다. 여기에는 단순히 당시의 시대적인 흐름이라고 하기에는 충분치 못한 복합적인 원인이 있었다. 김덕령은 선비 수업을 했던 만큼 어느 정도의 기본적인 학식을 갖추고 있었고, 무예 또한 출중했다. 그가 의병을 일으켰을 때 그의 대의를 좇아 지지하는 세력 또한 만만치 않았다.25) 국가에서도 전란이란 상황을 절감하면서 장군에 임명했고 그의 명성은 대단한 것이었다. 그러나 전쟁의 흐름이 당당히 싸울 수 있는 기회보다는 항상 무리한 작전을 요구했고 그 때마다 그는 어려운 것을 인식하면서도 최선을 다해서 임무를 수행했다. 주어진 임무는 실패가 불을 보듯 예견된 것이었고 그는 좌절을 겪게 되었다. 아울러 한 차례의 무고로 인한 방황은 그를 평가하는데 부정적으로 작용했다. 그

---

25) 김덕령이 진주에 주둔할 때 호남 출신 병사들만 남겨 두고 다른 지방 의병들은 돌려보낸 것을 보면 그를 따르는 의병들이 상당히 많았음을 짐작할 수 있다.

러나 그는 의병으로 군사를 일으킨 이래 단 한번도 명을 거역하거나 항거하지 않았다. 그것은 그에게 힘이 없어서가 아니라 군신간의 도리를 충실히 지키고자 했고, 당시 모든 조선 민중들의 염원을 이루기 위한 일을 수행하고 있었기 때문이었다. 즉 김덕령의 비극은 그의 능력을 적절히 발휘할 수 있도록 배려해 주지 못했던 당시의 위정자들과 대의를 수행하며 세상사에 항거하지 않고 순응하며 살았던 그의 가치관에서 기인된 것이라고 생각된다. 즉 임진왜란이라는 전란은 그가 새로운 목적을 가지고 살아갈 수 있도록 만들어 준 계기가 되었지만 한편으로는 비극적 죽음을 수반하게 된 원인이 되었다. 그는 자신의 능력을 제대로 발휘해 보지 못하고 억울하게 죽었다.

그가 만약 자신의 능력을 발휘할 수 있었다면 설령 싸움에서 죽었다 한들 그에게 반역의 굴레가 씌어졌던 것보다 심한 것이지는 않았을 것이다. 김덕령에게 있어서는 위정자들이 그를 모함했던 데서 생긴 비극도 중요하게 작용했지만 그가 지녔던 능력을 인정해 주고 적절히 활용할 기회를 주지 않았던 데서 더 큰 비극이 생겼다. 그래서 그가 탁월한 힘을 제대로 발휘하지 못하고 죽음으로써 그의 능력에 대한 미련이 존재하게 되었고, 그를 이야기하고 있는 역사서나 문학작품에서 용력이 더 비중 있게 다루어질 수 있었다.

처음 김덕령이 의병으로 일어났을 때에는 그가 왜적을 물리치고자 하는 의로운 뜻이 이루어질 수 있을 만큼 충분한 능력이 갖추어져 있었다.

> 태어남에 용모가 단정하고 기운이 범인과 다름이 있었다. 점점 자람에 효도로써 부모를 섬기고 부지런히 글을 읽었는데, 명예와 이익에 마음을 두지 않고 오직 효도와 우애를 쫓고자 했다.[26]

처음에 덕령은 집에서 선비의 학업을 익혔고, 겸손하여 재주를 숨겨서 자기 몸을 낮추었으므로 사람들이 아는 이가 없었다.27)

김덕령은 당시의 그 어떤 장수보다도 육전에 자신감을 갖고 있었다. 그의 능력은 보통 사람들이 쉽게 가질 수 없는 것이었다. 이것은 그가 뛰어난 인물이라는 증거인 동시에 그에게 위대한 일을 수행할 수 있는 자질이 있음을 시사하는 것이었다. 그러나 뛰어난 능력을 지니고 있었지만 불의를 위해 쓰려고도 하지 않았고 크게 자만하지도 않았다. 단지 권율의 휘하에 있었던 탓에 그의 작전에 따랐고 작전이 치밀하지 못하고 무모했기에 실패할 수밖에 없었다.28)

김덕령은 자신의 생각보다는 항상 상관의 말에 따랐고 거역해 본 적이 없었다. 그의 우직하면서도 고지식하다고 할 수 있는 이런 성격 속에는 비극적인 죽음에 이를 수 있는 요소가 내재되어 있었다. 항상 스스로의 판단에 의지할 수 없었지만 명성은 왜군에게까지 전해져 왜병 스스로 피해 갔고, 나라안에서는 좋게 보는 사람들이 적었다.29) 따라서 전쟁에 참여해서도 큰 전공을 세울 수 없었다. 그는 끝까지 최선을 다하기 위해 위정자들이 탁상공론에 젖어 있을 때에도 진주에 주둔하

---

26)『충장공유사』행록, 한국인물사료총서 6, 민족문화사, 1983, 171. 生而容貌端正氣宇異凡稍長孝於事親勤於讀書不以名利爲心惟以孝友爲事從
27)『충장공유사』, 전 388쪽. 小遊鄕校蘊籍儒雅, 雖嘗自負許慷慨, 有大志然善韜晦循, 循自餒人莫有知之者.
　　『국역 연려실기술』, 앞의 책, 277쪽.
28) 갑오년 8월 거제에서의 싸움에서 권율의 무리한 작전으로 김덕령은 퇴각하게 되고 신망을 잃게 되었다.『국역 연려실기술』, 앞의 책, 278~279쪽.
29)『충장공유사』, 전, 397쪽. 論曰金將軍起兵四年, 不能成尺寸之功, 卒受誣以死者何也, 蓋將軍威名太盛所至, 賊必斂兵, 先避終不得交鋒一戰, 內則人多畏惡嫉害而和議與黨禍.

면서 장기전에 대비하는 등 최선을 다했다. 그러나 그의 이러한 숨은 일들이 평가되기도 전에 그는 모함에 빠지고 말았다. 결국 그가 죽게 된 직접적인 원인은 모함에 있었지만 뛰어난 능력을 지니고도 싸움 한 번 못하고 죽은 것과 국가에 충성을 다하고자 했던 순수한 마음이 받아들여지지 못했던 것에 비극성이 있었다. 여기에 비극적 인물의 안타까운 삶이 존재한다.[30] 그리고 국가의 위기 상황을 살펴보면 대외적인 전쟁을 수행하는 과정에서는 공동의 관심사에 충실한 경우가 많이 나타나고 있다. 즉 평시에는 국가의 불합리한 정치에 대한 항거적인 차원에서 반란이 일어나기도 하지만, 국가가 위급한 상황에 처했을 때는 모두 합심해서 외적에 대항하기 위해 합심하게 되는 것이다. 김덕령도 당시 모든 조선 피지배 계층들의 염원을 이루기 위해 최선을 다했다고 볼 수 있다. 그가 자신에게 닥친 좌절과 방황의 끝에 섰을 때 대의를 생각하지 않고 자신만을 생각했다면 비극적인 죽음을 맞지 않았을 지도 모른다.[31] 그러나 자신에게 쏟아지는 좋지 않은 평과 쉽게 능력을 발휘할 수 없는 고통 속에서도, 포기하지 않고 전쟁을 수행했던 이면에는 일말의 군주에 대한 믿음과 임무 수행의 당위성 때문이었는지도 모른다. 이것은 그가 처음 의병을 일으키며 했다는 말 속에서도 쉽게 느낄 수가 있다.

『이제는 어머니가 이미 별세하였으니 신하로서의 절의를 다할 수

---

30) 역사는 특정 사건에 대하여 후대에 진실을 밝혀 놓는 경우가 많다. 김덕령이 진심으로 모반에 참여했다면 1661년(현종2년)에 신원 되지는 않았을 것이다.

31) 김덕령은 이몽학의 난이 평정되었다는 소식을 듣고 운봉에 왔다가 호남우도가 평정되었다는 소식을 들었다. 그래서 권율에게 본가에 돌아갈 것을 청하였으나 허락하지 않아 다시 진으로 돌아갔다가 잡히게 되었다. (『국역 연려실기술』, 앞의 책, 279~280쪽.)

있겠다. 쇠마 없는 애통을 누르고 갑옷으로 바꾸어 입었다. 방략은 비록
표요에게 부끄러우나 의기는 사사로이 사아를 사모한다. 군사는 정예하
기에 힘쓰고 많은 것에는 힘쓰지 않으니 吳中 장사 천여 명이 나를 따
라 주기를 바라노라』[32]

김덕령은 신하로서의 도리를 다하고자 했다. 그러므로 어머니가 돌
아가신 상중임에도 불구하고 칼을 들었다. 임금에 대한 신하로서의 도
리는 단지 임금 한 사람만을 위한 것이 아니라 이 나라 피지배 계층
모두를 위한 것이었다. 그의 임금에 대한 충성심은 그를 비극적인
인물로 만드는 결정적인 원인이 되었지만, 비극적인 일생을 쉽게 돌려
놓지 못했던 것은 처음부터 마음먹었던 임무를 수행하려는 데 있었다.
그의 충성심은 대단한 것이었다. 그랬기에 죽음 앞에서도 끝까지 자
신의 진실을 납득시키고자 안간힘을 썼다. 그저 한 일이라고는 임금의
명령에 의해 충실히 전쟁을 수행했을 뿐이며, 스스로 잘못이 없다고
판단했기에 자신을 잡으라는 옳지 않은 명령에도 순순히 응했던 것이
다. 그러므로 임금 앞에서도 자신의 올바름을 하소연할 수 있었다.

『신이 만약 다른 뜻이 있었으면 당초에 원수의 명을 받고 어찌 운봉
에 왔으며, 또 명을 받고서 군사를 거느리고 진으로 돌아갔겠나이까. 다
만 신이 만 번 죽어도 용서받지 못할 죄가 있나이다. 계사년에 자모가
별세하였는데 3년 상의 슬픔도 잊고 한 하늘 아래 같이 살 수 없는 원수
에 홍분하여 정을 끊고 상옷을 벗어 던지고 칼을 잡고 나섰으나 여러
해 종군하여 조그마한 공도 세우지 못하였느니 충성도 이루지 못하면서
도리어 효도에만 어겼나이다. 허물은 이것뿐이오나 만 번 죽어도 용서

---

32) 『충장공유사』, 전, 389쪽. 時將軍持母服在家.
    『국역 연려실기술』, 앞의 책, 276쪽.

받기 어려우며 구구한 충정은 하늘이 굽어 살피옵나이다. 다만 죄 없는 최담수만은 죽이지 마시옵소서』하였다.[33]

김덕령의 진실은 받아들여지지 않았다. 도리어 역적의 죄명을 뒤집어쓰고 졸지에 죽음을 맞게 되었다.[34] 이제 더 이상 임금으로부터 임무를 수행할 수 있는 명령을 기대할 수 없게 되었다. 왜적을 물리칠 수 없게 됨으로써 그의 능력도 임무 수행에 의한 과업의 성취도 이룰 수 없게 되었다. 다만 자신이 그렇게 믿고 충성을 다했던 임금에게 배척당하여 비극적인 종말만을 맞게 되었다. 임금은 자신이 그를 필요로 할 때는 과감히 등용하기도 했지만 자신에게 위험하다고 판단하는 순간 자신들이 피지배 계층들에게 애써 강조해 왔던 충마저도 저버렸다. 그러므로 유교적인 가치관을 충실히 지킨 충신이었음에도 불구하고 충을 역으로 쉽게 바꿀 수 있는 무능하고 이기적인 임금에 의해 죽임을 당했다. 따라서 김덕령의 비극적 죽음이 민중들의 가슴 속에 더욱 사무칠 수밖에 없었던 이유가 여기에 있었다. 그리고 왜적에 의해 죽은 것이 아닌 임금과 그에 동조하는 신하들에 의해 죽게 됨으로써 억울함이 문학에 뿌리 깊게 반영되어 있다.

---

33) 『충장공유사』, 전, 393～394쪽. 且曰, 臣若有異志, 初豈承元帥令討夢鶴而至雲峯, 夢鶴就捕後亦豈肯按兵還陳乎, 但臣忘哀起義未有寸功不伸於忠而反屈於孝, 此臣有死罪者也, 且臣則當死崔聃齡無罪, 請勿以臣故並殺.
　　『국역 연려실기술』, 앞의 책, 280쪽.
34) 임진왜란이 끝난 후 대부분의 의병장들은 귀향하거나 좋지 않은 결말을 맞게 되었다. 이것은 당시의 집권층이 의병장들의 활약을 시기하여 등용을 꺼렸거나 두려워했을 수도 있다고 사려된다. 김덕령은 모함으로 죽었지만 일부 한 두 명을 제외하고는 곽재우나 고경명 같은 인물들도 크게 쓰임을 받지 못하고 배척당했다고 할 수 있다.

## (3) 비극적 죽음에 대한 주변의 반응

김덕령의 죽음은 단순히 죽음 자체로서 끝나지 않고 이야기가 구전되면서 내용의 확장을 가져왔다. 이것은 그의 죽음에 대한 반성인 동시에 문학적 변용과 그 의미를 살펴보는데, 중요한 시도라 할 수 있다. 예컨대 김덕령의 죽음이 어떤 의미를 지니는가에 따라서 그의 일생이 담고 있는 주제적인 면도 드러날 것이다. 김덕령의 죽음이 남긴 의미를 고구하기 위해서는 그와 밀접한 관계에 있던 사람들의 반응이 대단히 중요하다. 즉 한 사람의 죽음을 놓고도 이해득실에 따라서 바라보는 시각은 다양하게 나타날 수 있으며, 이러한 관점을 종합해 본다면 김덕령의 죽음이 갖는 진정한 의미가 도출될 수 있기 때문이다.

여기에서는 김덕령의 죽음이 남긴 의미를 살펴보는 시각으로 지배 계층과 피지배 계층, 적대자로 구분하여 알아보고자 한다. 지배 계층은 위정자로서 당시 최고의 권력을 지니고 있던 임금(선조)이 해당된다. 그리고 피지배 계층은 전쟁의 피해를 가장 많이 입었으며, 한편으로는 김덕령 같은 장수를 고대하고 있었던 당시의 민중들이다.

특히 김덕령의 죽음을 바라보는 시각은 그와 동시대에 활동했던 왜장 가등청정 같은 적대적인 관계에 있는 사람들로 한정하여 살펴보고자 한다. 그것은 적대 관계에 있는 사람의 반응을 살펴봄으로써 그의 죽음에 대한 평가가 정당해 질 수 있고 그의 사람됨을 명확하게 알 수 있기 때문이다.

### ① 지배 계층

김덕령을 죽일 수도 있고 살릴 수도 있는 위치에 있었던 인물이 바로 당시의 임금 선조였다. 선조는 임진왜란을 맞아 역대 그 어떤 임금

들보다도 고단한 세월을 겪었다. 한 나라의 임금으로서 왜적에 의해
패배의 고비에서 피난까지 가는 수모를 겪어야만 했다.[35] 이러한 와중
에서 그에게는 전쟁을 수행할 뛰어난 장수가 필요했다. 이순신, 곽재
우, 김덕령 같은 인물들이 대표적인 장수들이었다. 그러나 그는 임금으
로서 자신의 주관이 철저하지 못했다. 대외적인 전쟁을 수행하면서도
내적인 적이 두려워 당시의 공을 세운 장수들을 역모죄로 묶어 어이없
이 죽였다. 심지어 임진왜란을 통해 가장 훌륭한 장수라고 할 수 있는
이순신도 간신의 말만 믿고 한창 전쟁 중에 삭탈관직시켜 국문하기를
서슴지 않았다.[36] 그만큼 선조는 나약하고 안목이 없는 인물이었다.
이러한 점은 김덕령에게 있어서도 마찬가지였다. 사실을 객관적으로
알아보려는 노력도 없이 모함을 간파하지 못하고 마치 하지도 않은 일
을 한 것처럼 판단해 죽음으로 내몰았다. 이러한 선조의 행동은 대부
분의 피지배 계층들로부터는 원망을 들어야 했고 오히려 왜적에게는
유리하게 작용하는 결과를 낳게 되었다. 전쟁의 상황을 정확히 파악하
지 못하고 훌륭한 장수를 죽임으로써 그는 왜적의 음흉한 간계에 놀아
날 수밖에 없었다. 김덕령의 충성심을 판단하기보다는 탁월한 용력을
더 두려워했던 탓에 나약한 자신을 감추려 훌륭한 장수를 죽이는 쪽을
택했다고 생각해 볼 수 있다.[37]

> 역적의 무리들이 덕령을 끌어들였을 때 임금은 크게 놀라서, "덕령은
> 용맹이 삼군의 으뜸가는데, 만약 잡아오지 아니하면 어찌하나" 하였다.[38]

---

35) 이기백, 『한국사신론』, 일조각, 1968, 241쪽.
36) 이순신이 전쟁에서 죽었기에 명예로울 수 있었다는 시각이 있어 주목된다.
    임철호, 「임진록과 문헌설화의 역사의식」, 『한국고소설연구』, 이우출판사, 1983,
    368쪽.
37) 조동일, 「임진록에 나타난 김덕령」, 앞의 책, 490~491쪽.

선조는 김덕령의 행동을 매우 못마땅하게 생각했다. 그리고 그의 용맹을 마음 속에서 불안하게 생각하고 있었다. 임금의 안목이 짧음으로 인해 간신들의 참소를 믿고 덕령을 죽이게 되었다. 그러나 김덕령은 임금이 자신을 죽이고자 국문할 때도 서슴없이 무죄를 주장했다. 그만큼 사사로운 마음이 없었다는 것을 자신 있게 나타내고 있다. 그런데도 임금은 김덕령을 죽임으로써 끝까지 최선을 다하지 못한 방관자가 되었다. 즉 김덕령의 죽음을 선조는 슬퍼하거나 안타까워하기보다는 역적으로 몰아 다시는 김덕령 같은 경우가 나오지 않게 되도록 귀감으로 삼고자 했다. 여기에 김덕령의 죽음을 이용한 왕중심의 관료주의 사회의 치밀함이 숨어 있다. 즉 자신을 넘보는 듯한 불안한 마음도 잠재우고 다른 신하들도 행여 역모를 꾸밀 수 없도록 하고자 한 것이다.[39]

김덕령과 임금인 선조 사이에는 직접적으로 죽이고 죽을 수밖에 없었던 원인이 뚜렷하게 증거로 존재하지 않는다. 다만 역모를 빌미로 짐작에 의해 이루어짐으로써 임금과의 관계는 어리숙한 군주에 의한 충성스런 한 신하가 죽임을 당하는 관계에 지나지 않는다. 여기에 피지배 계층들의 입장과는 전혀 다른 그의 활약을 방해하는 방관자로서의 임금의 관점이 나타나 있다고 하겠다.

### ② 피지배 계층

김덕령의 죽음을 가장 가슴 아프게 여긴 것은 바로 당시의 피지배 계층으로 대표되는 백성들이었다. 피지배 계층들은 그의 죽음이 믿기

---

38) 『국역 연려실기술』, 위의 책, 281쪽.
39) 뛰어난 장수를 역적으로 몰아 죽임으로써 다시는 그런 인물이 나오지 않도록 귀감을 삼고자 했던 경우는 『삼국사기』와 『고려사』의 열전에서도 찾아 볼 수 있다. 즉 궁예나 견훤 같은 인물들과 묘청, 정중부 등의 기록들이 대표적이라고 할 수 있다.

지 않았던지 계속해서 새로운 모습으로 자신들의 아픔을 표현해 왔다. 피지배 계층들은 김덕령이 처음 의병을 일으킬 때부터 모함을 받고 투옥되었을 때에는 새로운 힘이 되어 주었고, 그가 죽었을 때에는 가장 슬퍼해 주었다. 그리고 김덕령으로 하여금 자신의 과업을 끝까지 밀고 나갈 수 있도록 만들어 준 대상이었다.

그러나 피지배 계층들은 김덕령의 곁에서 이야기할 수 있는 대상이 아니다. 단지 보이지 않는 가운데에서도 느낄 수 있고, 무언으로 자신들의 바람이 무엇인지 암시하는 존재들이다. 그들의 몸짓에는 그 당시 모든 피지배 계층들의 아픔이 스며 있고 그것을 해결해 주기를 간절히 기원하고 있다. 임진왜란을 당해 이러한 피지배 계층들의 공통적인 불행을 구원해 줄 수 있는 인물이 바로 김덕령이었다. 그러나 자신들의 고통도 해결해 주기 전에 희망의 등불이 꺼졌을 때 과연 그들의 심정은 어떠했을까. 김덕령이 죽었을 때 가장 비참해진 것은 다름 아닌 피지배 계층들이었으며, 그를 살리기를 간절히 바랐던 것도 피지배 계층들이었다. 여기에 김덕령으로 인한 새로운 비극이 잉태되고 있음을 알 수 있다. 민중들에게는 슬퍼할 수 있는 자유는 있었지만 그를 위해 할 수 있는 일은 찾을 수 없었다. 왕 중심의 관료주의 사회가 그것을 용납할 리 없었기 때문이다.[40]

미처 성공도 하기 전에 명성이 너무 성하여져서 마침내 비명에 죽고 말았으니, 남쪽 사람들이 지금도 그를 슬퍼하였다.[41]

피지배 계층들은 김덕령을 죽인 임금 선조를 무능하다고 원망하였

---

40) 임철호, 『설화와 민중의 역사의식』, 앞의 책, 121쪽.
41) 『국역 연려실기술』, 앞의 책, 282쪽.

다. 그러나 죽은 그가 다시 살아나서 왜적을 물리쳐 줄리 만무했다. 피지배 계층들은 김덕령이 죽은 뒤에도 왜적에게 시달렸고 상상 속에서라도 왜적을 혼내 주기를 바랐다. 그랬기 때문에 현실에서의 고통스러웠던 나날을 승화시켜 『임진록』 같은 작품을 만들어 낼 수 있었다. 즉 죽은 김덕령을 등장시켜 탁월한 능력을 부여하고 깨어진 희망을 이루고자 했다. 그가 다시 살아서 자신들을 위해 싸워 주기를 바라는 가슴 속에 간직한 염원을 입에서 입으로 전해 소설적인 인물로까지 변모시켜 놓았다. 이것만 보아도 피지배 계층들이야말로 김덕령을 추종하는 영원한 지지자들이라고 할 수 있을 것이다.

### ③ 적대자

김덕령의 능력이 뛰어났던 만큼 그를 상대로 싸워야 하는 왜적의 입장은 편할 리 없었다. 가등청정은 김덕령이 나타났다는 소식이 들리면 싸움을 피하도록 할 정도였다. 그래서 그랬는지 김덕령은 왜적과 싸움다운 싸움 한번 제대로 해보지 못했다. 이미 앞에서도 언급되었듯이 김덕령의 용맹이 뛰어나다고 소문이 나자 가등청정은 김덕령이 과연 어떤 사람인지 그 모습을 보고 싶어했다.

> 왜놈들이 김덕령의 소문을 듣고 몹시 두려워하여 「석저장군」이라고 하였으니 대개 석저가 마을 이름인 줄 모르고 돌 밑에서 나온 줄로 그릇 알았던 것이다.[42]

왜적들은 김덕령이라는 존재를 무서워했으므로 그와 관련된 것이라면 소문마저도 두려워하였다. 그리고 심지어 왜장은 김덕령의 얼굴을

---

42) 『국역 연려실기술』, 위의 책, 277쪽.

보자마자 참 장수라고 칭찬을 아끼지 않았다. 비록 맞서 싸우는 입장에 있었지만 장수로서 장수를 알아보는 안목을 지니고 있었던 것이다. 아울러 왜적들 또한 김덕령을 지칭하는 이름만 들어도 두려워할 정도로 왜적에게 있어 그의 위세는 대단한 것이었다. 마치 비슷한 것만 듣고도 진짜 인줄 놀래는 해프닝이 벌어질 정도였다. 이러한 능력을 지닌 김덕령의 죽음은 왜적에게는 일대 사건이 아닐 수 없었다. 그 동안 멀리서 김덕령이라는 이름만 듣고도 피하던 그들에게는 더할 나위 없는 기쁨이라고 할 수 있었다.

> 뒤에 김덕령이 죽었다는 말을 듣고 참인지 거짓인지를 알고자 하여 충용 장군을 면대할 수 있도록 원수부에 청하니, 원수는 집에 돌아가서 상을 마치게 하였다고 대답하였다. 이에 그가 죽었다는 것을 자세히 알고 술을 마시며 기뻐 뛰면서, "양호는 걱정 없다"고 하였다.[43)]

김덕령의 죽음이 확인되는 순간 왜적은 마치 조선과의 모든 싸움에서 승리할 수 있으리라는 자신감이 생겼다. 그들이 쉽게 대적할 수 없었던 존재가 사라짐으로 인해 왜적이 얻게 된 것은 크게 두 가지였다. 하나는 김덕령이 죽었으므로 더 이상 그가 두려워 싸움을 피할 필요가 없게 되었다는 것과 그의 죽음으로 인한 승리의 확신이었다. 김덕령의 죽음은 왜적에게는 매우 큰 기쁨으로 작용했던 만큼 왜적은 김덕령의 활약을 두려워하는 적대자라고 할 수 있다. 결국 이처럼 왜적도 위대하게 생각했던 훌륭한 장수를 제대로 활용하지 못하고 죽인 것이야말로 가장 비극적인 것이라고 생각된다.

---

43) 『국역 연려실기술』, 위의 책, 281쪽.

## (4) 역사적 사실의 윤색과 의미

역사적 사실을 참고 삼아 기술된 김덕령전은 그가 뛰어난 능력을 지녔고 그 능력을 발휘하는 과정에서 모함을 받고 억울하게 죽었음을 나타내고 있다. 김덕령의 억울한 죽음에는 그의 충성스런 신하로서의 자세와 그를 시기했던 주변 인물들의 역할이 복합적으로 작용했고, 결정적으로는 그를 신뢰하지 못한 임금의 책임이 컸다는 것을 내포하고 있다.

김덕령전은 김덕령이 죽은 뒤에 그의 행적을 지은 전을 국가에서 『충장공유사』를 펴내면서 수용했다. 그러므로 김덕령전에는 일정한 의미가 내재해 있다. 첫째는 김덕령의 전반적인 행적을 통해서도 알 수 있듯이 뛰어난 능력을 지닌 인물의 안타까운 죽음이다. 여기에는 김덕령의 어릴 적부터 죽을 때까지에 나타난 사람됨이나 전쟁을 수행하면서 있었던 일 등이 포함된다. 그러므로 뛰어난 인물이 어떤 과정을 통해 죽었으며, 죽음의 원인은 무엇인가 등이 나타나 있다. 두 번째는 죽음과 관련된 그의 부정적이고 좋지 않았던 행동들에 대한 것이다. 김덕령전은 포의 입장에서 행적을 드러낸다고 할 수 있지만 한편으로는 그의 죽음이 억울하게 된 것은 스스로의 행동에도 원인이 있음을 지배 계층의 입장에서 말하고 있다.

김덕령전을 지은 사람은 뛰어난 영웅을 갈망하는 위치에 있었던 피지배 계층이 아닌 정치적으로 우위적인 입장에 있었던 지배 계층이라고 할 수 있다. 그러므로 김덕령의 개인적인 죽음을 정치적인 입장에서 부정적으로 보았던 점도 논할 수 있었다. 즉 김덕령의 뛰어난 능력이 왜적들에게 너무 많이 알려져 이름만 들어도 피했으므로 전쟁을 수행할 수 없었고, 안으로는 미워하고 꺼려하는 자들이 많았던 탓에 일찍 죽게 되었다는 것이다. 이러한 김덕령전에 나타난 작의(作意)는 그의 죽음에 대한 작전자(作傳者)의 입장이자 지배 계층의 의식을 반영한 것이라고 할 수 있다.

그런데 전에서의 김덕령에 대한 묘사는 역사적인 기록과 함께 사소한 개인적인 입장들도 묘사되어 있다. 이것은 역사적인 기록과는 다른 김덕령 본인의 생각이 반영된 것으로 죽음에 대한 의연한 태도를 나타내고자 한 것 같다.

이와 같이 김덕령의 역사적인 행적을 바탕으로 지어진 전에는 김덕령의 억울한 죽음이 잘 반영되어 있다. 그런데 중요한 것은 김덕령의 죽음이 사회적인 영향 관계나 국가적인 차원에서 논해지지 않고 개인적인 점에 치중되어 있다는 점이다. 이것은 단지 그의 죽음이 억울하게 죽었다라는 점만 강조하고 있을 뿐, 죽음에 관련된 위정자를 비판한다거나 그의 죽음을 새롭게 승화시키는 데에는 이르지 못하고 있다. 즉 전은 개인적인 행적을 기록하고 있지만 객관성과 역사적 사실성을 바탕으로 하다 보니 죽음이 갖는 의미를 단순한 억울함에서 더 발전시키지 못했다. 여기에 근본적으로 전이 갖고 있는 특징이 내재해 있으며 김덕령의 죽음에 대한 묘사가 확장되지 못한 이유가 있다. 즉 작전자(作傳者)의 신분적인 위치에 따른 의식과 전의 기술적인 특성이 어우러져 능력 있는 한 인물의 억울한 죽음이라는 의미에 머물고 있는 것이다.

## 4) 전·소설·설화의 대비적 고찰

전과 소설, 설화 중에는 동일 인물을 대상으로 하고 있으면서도 내용이나 표현에 있어서는 많은 차이를 보이고 있는 경우를 쉽게 확인해 볼 수 있다. 김덕령의 경우 위에서 살펴본 바와 같이 전에는 역사적 사실을 기초로 하여 객관적으로 행적이 묘사되어 있다. 그러나 객관성을 전제로 하는 전에도 그 인물을 드러내기 위해 과장이나 예언이 삽입되었고, 이러한 요소들은 전에 나타나는 비극적 인물의 구조를 형성하는 하나의 단락이 됨을 알 수 있었다. 특히 비극적 인물의 구조에 있어서는 다른 인물들의 전에 비해 비극적인 죽음으로 이어지는 독특한 형태로 나타남을 살펴보았다. 그런데 전에 보이는 비극적 인물이 소설이나 설화의 형태로도 전해지면서 각 장르마다 특징을 지니고 있어 주목된다. 김덕령의 경우 역시 전, 소설, 설화가 모두 있는데, 전을 바탕으로 소설과 설화와의 관계를 살펴본다면 문학 장르의 특징에 따른 변별성과 의미망의 변이양상을 살펴보는데 도움이 될 것으로 생각된다.

김덕령전은 소설이나 설화에 비해 허구화가 약하고 내용의 변모가 역사적 사실에서 눈에 띄게 드러나지 않는다. 이것은 일반적으로 소설이 설화적 모티브로 이루어졌다거나 전에 설화적 모티브가 삽입되어 있는 현상과 관련성이 있는 듯이 보인다. 간혹 역사적 사실, 설화, 소설의 영향 관계를 논했던 경우가 있었는데, 김덕령 이야기의 경우는 역사적 사실을 바탕으로 소설과 설화가 생성된 것으로 보아진다. 그것은 역사적 사실을 중심으로 이야기가 의미의 확장을 가져오고 있기 때문이다. 그리고 김덕령의 전이 고대부터 내려오는 비극적 인물들의 일정한 구조를 수용하고 있고 이러한 점은 소설이나 설화에도 투영되어 비극적 인물로서의 김덕령의 위상을 잘 드러내 주고 있다. 물론 내용이나 주제에 있어서는 차이점이 있지만 존재의 형태에 있어서는 공존하는 부분이 있음을 여실히 나타내 주고 있다. 여기에서는 소설 임진록에 실려 있는 김덕령의 이야기를 중심으로 비교해 보도록 하겠다.

소설 임진록은 이본이 상당수에 이르며 어느 것을 텍스트로 설정하

느냐에 따라 전혀 다른 의미가 도출될 수 있다. 임진록은 이야기의 전
개가 역사적인 사실에 가까운 것과 전혀 다르게 나타난 것으로 구별지
어 볼 수 있다. 이것은 김덕령의 이야기에도 적용되는 것으로 역사적
사실성이 강한 계열의 작품과 역사적 사실에서 변모된 계열의 작품이
존재한다. 본 연구에서는 임철호 교수의 계열별 분류법에 의거해 [C]
계열을 대상으로 살펴보고자 한다.44) 임진록에는 많은 이본들이 산재
해 있는데, 크게 [H]계열과 [C]계열, [G]계열로 구분되어진다. 김덕령
의 이야기는 [C]계열에 가장 많고 김덕령의 죽음에 대한 의미가 잘 반
영되어 있다. [H]계열은 다른 이본에 비해 역사적인 사실에 치중되어
있는데, 김덕령에 관한 부분이 매우 소략하여 한 단락 정도에 불과하
다. 그리고 [G]계열은 김덕령이 다른 이본에 나오는 김응서의 활약에
이름만 바뀌어 있어 김응서의 이야기에 가깝다. 따라서 [C]계열을 텍
스트로 삼는데, [C]계열은 [CA]에서 [CE]까지의 이본이 존재한다. 이
[C]계열에서는 [CA]본이 정본으로 보이는데, 김덕령이 부친상을 당해
어머니를 모시고 살고 있는 대목으로부터 시작된다. 그리고 왜적이 쳐
들어오자 어머니의 만류에도 불구하고 전쟁터를 관망한다. 그러던 중
도술로써 청정을 혼내 주고 다시 돌아왔는데, 왜적과 내통했다는 억울
한 죄를 입어 죽게 된다는 내용이다. 그런데 김덕령의 죽음은 그가 '만
고충신김덕령'이라는 현판을 새기게 하고 죽음으로서 傳과는 이야기도
다를 뿐만 아니라 죽음에 따른 의미도 전혀 다르게 설정되어 있다. 여
기에서 [C]계열에 공통적으로 나와 있는 내용을 제시하고 변이된 내용
을 첨가해 보고자 한다.

　이렇게 소설이 계열별로 많은 이본을 지니고 있듯이 설화 또한 문헌

---

44) 임철호,『임진록 이본연구』, 전주대학교출판부, 1996, 47쪽. [C]계열은 최일영의 이
　　야기가 탄생과 성장 및 출세과정의 이야기가 서두에 전개되어 있는 이본이다.

설화와 구비설화로 나뉘어 상당히 많은 편수가 존재한다. 설화는 문헌
설화 담당자들의 의식과 구비설화 담당자들의 의식이 서로 차이가 남
으로 인해 내용과 의미에서 서로 다른 차이를 보인다. 따라서 문헌설
화와 구비설화를 구분해서 전과 대비해 보도록 하겠다. 전, 소설, 설화
를 대비해 봄으로써 지은이들의 계층과 의식에 따른 내용의 차이와 의
미가 얼마만큼 변모될 수 있는지가 드러날 것이다. 그리고 각각의 장
르에서 중점을 두어 다룬 부분이 어디인가에 따라 주제적인 차이가 밝
혀질 수 있을 것이다.

### (1) 전과 소설의 관계

전과 소설이 동일한 인물을 대상으로 한다는 점에서 서로 공유하고
있는 공통적인 사항이 존재한다. 먼저 전과 소설의 내용을 제시해 보
고 내용과 의미의 차이점을 중심으로 살펴보도록 하겠다.

**〈임진록의 김덕령〉**

가. 강원도 철원땅에 김덕양이 살았는데, 어머니께 출전할 것을 요구
   했으나 허락을 얻지 못했다.

나. 김덕양이 다시 출전할 것을 요구하였다가 질책을 받고 구경만 하
   라는 허락을 얻었다.

다. 김덕양이 청정을 진을 살피다가 납치당한 여자들을 보고 분개하다.

라. 김덕양이 청정의 진에 들어가 재주를 보이니 청정이 어쩔 줄을 모
   르다.

마. 김덕양이 청정의 진에 들어가 백지도술을 보이다.

바. 김덕양이 돌아와 모친의 질책을 받고 한탄한다.

사. 김덕양이 잡혀 오는 도중 친구를 만나다.

아. 김덕양이 충신효자의 이름을 받아내고 죽어주다.45)

전은 소설에 비해 역사적인 사실을 기반으로 객관적인 입장에서 서술하는 특징을 지니고 있다. 따라서 가문에서부터 죽음에 이르기까지가 일대기식으로 나타나 있다. 김덕령전의 내용은 가문과 비범한 무예 실력, 모함에 의한 위기, 억울한 죽음 등이 비극적 인물의 구조로 잘 나타나 있다. 그런데 소설은 김덕령의 가문이나 어려서 무예에 뛰어났던 점, 모함에 의한 위기 등이 설정되어 있지 않고, 다만 도술을 익힌 김덕령이 출전하면서 겪는 어머니와의 갈등, 왜장 청정을 혼내 주는 능력, 비참한 죽음에 관한 단락만 나타나 있다. 이것은 기본적으로 전과 소설이 서로 다른 관점에서 김덕령이라는 인물을 놓고 접근하기 때문에 생긴 현상이다. 따라서 작가에 대해 생각해 보고 내용에서 김덕령의 능력과 비극적 죽음을 중심으로 전과 소설을 대비해 살펴보도록 하겠다.

주지하다시피 전의 작전자(作傳者)는 지배 계층에 속해 있거나 또는 지배 계층에서 물러나와 있는 것이 보통이다. 그것은 전을 지을 만큼의 실력이 되기 위해서는 당시의 학문에 조예가 있어야 했다. 그리고 대부분 학문적으로 조예가 있는 사람들은 정치에 나아갈 수 있었고, 그렇지 않은 경우에는 양반의 신분으로서 실력을 인정받았다. 즉 지배 계층에 속하는 만큼 위정자에 대한 반발보다는 순응하면서 기존의 체제에 안주하려는 경향이 강했다. 이러한 삶에 대한 태도는 전을 지을 때도 반영되어 김덕령의 죽음에 대한 책임에 대해서는 깊이 있는 언급이 없다. 즉 김덕령이 뛰어난 능력을 지닌 것은 사실이나 죽을 수밖에 없다는 입장이다. 반면에 소설을 지은 사람은 이름이나 신분이 밝혀져 있지 않지만 당시 상황에 대한 식견으로 볼 때 지배 계층에 속해 있기

---

45) 소설의 내용은 임철호 교수의 임진록 이본연구에 나온 것을 정리한 것이다.

는 하지만 상당한 불만을 지닌 인물이라고 하겠다. 소설의 작가는 김 덕령의 어릴 때 있었던 일이나 모함이라는 사건에 관심이 있는 것이 아니다. 즉 소설에서는 김덕령이 지니고 있던 능력이 어떤 것이었고 그 능력이 어떻게 쓰였는데, 어떠한 부당한 이유로 죽었으며 그 책임 이 누구에게 있는가를 신랄하게 지적하고 있다. 소설은 근본적으로 김 덕령이 죽지 말아야 할 상황에서 억울하게 죽었으며 그 책임이 위정자 에게 있는 만큼 위정자의 잘못된 행동을 유교적인 논리를 앞세워 비판 하고 있다. 이것은 단순히 안타까운 심정을 토로하는 것을 벗어나 왕 중심의 관료 사회에 대한 도전으로까지 생각할 수 있다.

소설이 지어진 시기는 아직 정확히 밝혀지지 않았지만 병자호란에 활약했던 인물들이 등장하는 것으로 보아 그 후에 지어진 것으로 여겨 진다. 김덕령이 활동한 시기와 소설이 지어진 시기에 차이를 보임으로 써 기존의 위정자들을 일깨울 수 있는 역할까지 하고 있다고 생각된다. 이것은 정조 때에 김덕령이 신원 되는 것과도 조금은 연관성이 있을 법한데, 속단할 수는 없다.

여기에서 전과 소설의 구성에 따라 내포하고 있는 의미를 보면 전은 개인적인 비극에 머물고 있지만 소설은 개인적인 억울한 죽음을 통한 위정자의 무능에 대한 비판으로까지 이어지고 있다. 이것은 의미의 확 장이자 진실에 가까이 다가가는 양상을 보이고 있는 것이다.

전과 소설은 전혀 다른 장르로 인식되지만 한 인물을 대상으로 함에 있어 역사적인 사실의 공유와 함께 작가의 신분, 이야기 전개 방식, 내 용상의 의미에 있어 차이를 보인다. 이것은 전적으로 역사적인 사실을 바탕으로 두 장르가 지어졌기 때문인데, 내용상의 허구라는 점과 세계 에 대한 개인의 패배라는 점을 제외하더라도 위와 같은 차이점과 함께 사회, 국가적인 문제로까지 이야기를 확대시키고 있음을 볼 수 있다.

그런데 김덕령을 소재로 하고 있는 전과 소설에서 능력적인 면과 죽음에 관계된 대목을 살펴볼 필요성이 있다. 그것은 이 두 부분을 통해 내용상의 차이가 더욱 확연해지기 때문이다.

전의 김덕령은 용력으로 묘사된 탁월한 능력을 지니고 있었다. 그러나 이러한 능력은 보통 사람들에 비해 뛰어난 것이지, 신화적인 인물이나 소설적인 인물들과는 다른 것이다. 즉 현실적으로 납득할 수 있을 정도의 과장이라는 점이다. 하지만 소설에는 김덕령이 능력을 어떻게 배워 그 양상이 어떤지에는 관심이 없다. 다만 김덕령은 그 누구와 대적해도 이길 수 있는 도술을 지니고 있는 것이다. 하지만 아무도 당할 자가 없는 김덕령의 능력도 단 한사람 임금의 부름 앞에서는 어쩔 수 없었다. 여기에 작가의 구성에 대한 치밀한 이중성이 숨어 있다. 김덕령은 왜적을 물리칠 수 있는 능력은 충분히 갖추고 있었으면서도 위정자에 대해 항거하여 위정자를 뛰어넘을 수 있는 공간은 마련해 놓지 않았다. 이것은 당시의 정치적인 입장에서 작가가 감당하기 어려운 부분이기도 했지만 소설의 근본적인 특징인 허구를 통해서도 설정될 없을 만큼 절대적인 것이었다. 김덕령은 자신이 화를 당할 줄 알고 있었지만 도술을 익혔으면서도 피하려고 하지 않고 자신의 올바름만 인정받고 죽어 준다. 이것은 소설의 작자가 김덕령의 능력이 뛰어난 것이지만 왕권 앞에서는 어쩔 수 없다는 것을 표현한 것이다. 아울러 역사적인 사실의 우회적인 표현이라고 할 수 있다. 즉 뛰어난 능력도 임금으로부터 허락을 받지 않고 함부로 사용하면 죽을 수 있다는 무서운 경고인 셈이다.

다음으로 비극적 죽음을 살펴보면 전은 김덕령의 이름이 너무 유명하게 알려지고 안에서 시기하는 자들이 있어 죽게 되었다고 기술되어 있다. 그러나 소설은 모함과 위정자의 안위에 대한 불안에 의해 살해

되었음을 암시해 주고 있다. 김덕령은 왜장 청정의 진에 들어가 그를 꾸짖고 돌아간 것밖에는 죄가 없다. 그럼에도 선조 임금은 그가 왜적의 진에 머물면서 내통했다고 억지 주장을 폈다. 죽지 않아도 될 인물이 마지못해 죽음에 이를 때에는 부당함이 나타나 있게 마련이며 그 책임은 부당한 죽음을 강요한 자에게 있는 것이다. 이렇게 전과 소설은 능력에 못지 않게 비극적 죽음에 있어서도 바라보는 시각이 다르고 의미의 추출 또한 전혀 다를 수 있음을 시사해 주고 있다.

이와 같이 전과 소설에 나타난 김덕령의 일생이 갖는 의미는, 뛰어난 능력을 지닌 인물이, 위정자에 의해 억울하게 죽었음을 서로 다른 입장에서 나타내 주고 있다고 하겠다.

### (2) 전과 설화와의 관계

위에서 살펴 본 김덕령의 전과 소설은 내용에 있어서 서로 상이한 점은 있지만 일대기에 가깝게 이야기가 연결되어 있다는 점에서 서로 비교의 용이함이 있었다. 그러나 설화는 여러 가지 삽화가 개입되면서 일화처럼 한가지 상황이나 행동에 관련된 일들이 묘사되어 있어 내용을 비교하는 것이 쉽지 않다. 그런데, 설화에서 이야기된 것들을 전과 소설의 내용을 비교시켜 보면 서로 관련되는 부분도 있고 전과 소설에는 없는 전혀 다른 내용도 존재한다. 특히 설화는 문인층에 의해 창작되어 문헌으로 전해지는 문헌설화와 대부분의 민중들 사이에서 입으로 전해지는 공동작인 구비설화가 서로 다른 의미를 담고 제각기 특징적으로 존재하고 있다. 여기에서 설화가 전이나 소설에 비해 사회적인 공감대가 더 넓다는 것을 추측해 볼 수 있다. 그리고 소설의 모태로서 근원설화를 제시하는 경우도 있는 것을 보면 어느 것이 먼저 이루어지고 어느 것이 나중이냐와 함께 어떤 점을 더 부각시키고자 했는가도 관심을 가져야 할 것 같다. 그런데 설화는 전이나 소설처럼 일대기적인 구조를 살펴볼 수 없기 때문에 한편의 짧은 이야기를 통해 무엇을 전달하려고 했는가를 살펴 볼 수밖에 없다.

김덕령과 관련된 설화는 크게 탄생담, 용력, 왜군퇴치, 비극적인 죽음에 얽힌 것이 대부분이다.[46] 각각의 이야기를 문헌설화와 구비설화로 구분하여 내용을 제시해 보면 다음과 같다.

### 〈묏자리 얻기〉

가. 중국의 지관은 명당을 찾아 무등산까지 왔다가 김덕령의 아버지 집에 머물게 되었다.

나. 김덕령 부친은 중국 명사가 달걀을 구해 줄 것을 부탁하자 처음에 곯은 달걀을 주고 뒤에 성한 달걀을 주었다.

다. 중국 명사는 달걀로 명당을 시험하여 처음에 실패하고, 두 번째에 김덕령 부친이 몰래 쫓아가서 닭우는 소리를 듣고 돌아온다.

라. 김덕령 부친은 중국의 명사가 부친의 시신을 파오려 중국으로 돌아갔을 때 그곳의 석회암을 들어내고 자기 아버지의 시신을 이장하였다.

마. 조상의 뼈를 가져온 중국 명사는 묘를 보고, 임자가 따로 있다고 포기하면 석회암을 들어낸 것이 실수라고 하였다.

바. 처음에 딸을 낳고 다음에 김덕령을 낳았다.[47]

### 〈장군수 훔쳐먹기〉

가. 한 도사가 김덕령을 8년간 공부시키려고 했으나 6년만에 천문지

---

46) 김덕령과 관계된 설화에 대해서는 일찍이 여러 문집에 보이고 있는데, 임철호에 의해 연구된 바 있다. 임철호, 「김덕령 설화연구」, 한국어문학회, 앞의 책.

47) 『한국구비문학대계』 5-1, 254~256쪽.

리, 육도삼략, 팔진법에 무불통지하여 가르칠 것이 없었다.

나. 선생은 김덕령이 잠든 사이에 잠깐 밖에 나갔다 오곤 하였다.

다. 하루는 김덕령이 선생의 뒤를 따라 가다가 큰 석문의 동굴로 들어 가는 것을 보았다.

라 김덕령은 이튿날 선생이 잠든 사이에 그 굴에 들어가 절구공이 모 양의 기둥을 타고 내려와 방아독에 괸 장군 수를 실컷 마셨다.

마. 다음날 아침 선생은 공부시켜 8년만에 물 먹여 보내려 했는데, 물 을 훔쳐먹었고 더 가르칠 것이 없으니 하산하라고 하였다.

바. 선생은 김덕령에게 서울 김정승네 딸의 방에 임진병란에 건너올 일본의 불덩이들이 오니 잡지 말라고 하였다.

사. 김덕령은 삼백근 짜리 철퇴로 그들을 죽이고 천하장사가 되었다.

아. 얼마 후에 임진왜란이 일어났다.[48]

### 〈장인의 원수를 갚은 김덕령〉

가. 김덕령 장군이 과부집 딸에게 장가를 들었다.

나. 장인의 원수를 갚으러 갔다.

다. 뛰어난 힘으로 못된 노비들을 물리쳤다.

라. 장인의 원수를 갚고 많은 재물을 빼앗아 왔다.[49]

### 〈왜군 물리치기〉

가. 김덕령이 철원에 살았는데 왜병이 쳐들어왔다.

나. 왜병을 물리칠 때 어머니는 아버지의 복상 때문에 불가하다며 못 나가게 한다.

다. 허락 받고 구경을 가보니 조선의 장사가 없었다. 김덕령이 청정의 진에 들어가 '내일 오시에 모든 병사가 흰 띠를 둘러매라' 하고 나 왔다.

---

48) 『한국구비문학대계』 2-5, 390~393쪽.

49) 국역 『동패락송』, 『동아휘집』 3-121.

라. 김덕령은 다음날 오시에 흰 띠를 걸어 오면서 물러가라고 하였다.

마. 그 다음날에 무기를 전부 빼앗아 오자 왜군이 후퇴하였다.[50]

### 〈왜장 퇴치하기〉

가. 구원온 이여송이 김덕령을 천거하여 대장을 삼았다.

나. 김덕령이 구름으로 진을 치니 왜장 청정이 성질을 돋구었다.

다. 김덕령이 청정의 목을 치니 새가 되어 날아갔다.

라. 이여송이 그 새를 활로 쏴서 잡았다.[51]

### 〈큰 공을 세우려다 모함에 빠져 죽은 김덕령〉

가. 김덕령은 용기와 힘이 빼어났다.

나. 모함을 받아 압송되었다.

다. 도중에 어떤 사람이 찾아와 순순히 따르라고 했다.

라. 칼이 들어가지 않았다.

마. 비늘 껍질을 떼어 내자 죽었다.[52]

### 〈노인의 훈계를 지키지 않아 끝내 화를 당한 김덕령〉

가. 젊어서 사냥을 나갔다.

나. 노인의 부탁을 들어주었다.

다. 아이한테 혼쭐이 났다.

라. 노인이 훈계를 했다.

마. 서울로 압송 도중 한 사람이 찾아 왔다.

바. 김덕령이 울며 사죄했다.[53]

---

50) 『한국구비문학대계』 2-7, 114~116쪽.

51) 『한국구비문학대계』 7-14, 165~166쪽.

52) 국역 『동패락송』, 제35화, 219쪽.

53) 국역 『동패락송』, 제112화, 496쪽.

### 〈김덕령의 최후〉

가. 왜군을 물리쳤다는 소문 때문에 역적으로 몰려 죽게 되었다.

나. 김덕령은 온갖 수단으로도 죽지 않았다.

다. 김덕령은 '만고충신 김덕령'이라 써 주면 죽겠다고 하였다.

라. 조정에서 써 주자 김덕령은 다리 밑의 비늘 세 개를 떼고 겨릅 대로 3대를 때려 죽었다.

마. 죽인 뒤 비를 없앨 수가 없어서 오늘날까지 전해 오고 있다.[54]

이처럼 김덕령과 관련된 설화들은 탄생, 장수로서 탁월했던 용력, 능력의 발휘, 비극적인 죽음에 관계된 것이 대부분이다. 즉 전에 대비해 보면 작은 단락들에 속하지만 이 설화들은 각각의 이야기가 독립적으로 떨어져 여러 문헌설화나 구비설화 속에서 함께 다루어지고 있다. 그리고 내용에 있어서는 거의 대동소이한데 한 가지 사실에 대해 허구적으로 꾸며지면서 새로운 의미가 더해진 것이 특징이다. 즉 중요하다고 생각된 각각의 사실을 부각시켜 전하고자 하는 작가 의식이 담겨 있다. 설화는 자연발생적이고 공동작이라는 점에서 전이나 소설에 비해 의미가 더 확장되어 나타난다. 그러므로 전에 비해 짧으면서도 여러 사람들에게 공감대를 형성하고 있는 것이다. 설화는 전에 없는 소재가 개입되기도 하는데, 전이 일정한 시간이 흐른 뒤에 지어진 것인데 반해 설화는 자생적이고 즉각적이다. 특히 구비설화에 있어서는 생성과 전파가 더 빠르다고 할 수 있다.

문헌설화 담당자들은 대부분 지배 계층에 있던 사람들이라고 할 수 있다. 그러므로 제목에서도 나타나듯이 김덕령의 죽음을 억울하게만 보려 하지 않는다. <장인의 원수를 갚은 김덕령>, <큰 공을 세우려다

---

54) 『한국구비문학대계』 2-7, 116쪽.

모함에 빠져 죽은 김덕령>, <노인의 훈계를 지키지 않아 끝내 화를 당한 김덕령> 등은 문헌설화 담당자들에 의해 창작된 것이다. 이 작품들에는 다분히 역사적인 사실을 긍정적으로 보려는 입장들이 짙게 배어 있다. 그리고 이러한 각각의 문헌설화 작품을 김덕령의 일생에 대비해 분류해 보면 김덕령의 용력, 죽음에 관한 부분이 대부분인데, 다른 소재가 첨가되어 있지 않은 것이 특징이다. 용력에 관한 표현에서는 장인의 원수를 혼자 갚을 만큼 기운이 세다는 것으로서 간접적으로 묘사했다. 그리고 죽음에서는 그의 죽음이 스스로의 무모한 행동에서 나온 것이라는 것을 암시하면서 어쩔 수 없는 것이니 순순히 받아들이라는 입장이 반영되어 있다. 단지 그의 능력을 죽음 부분에 가미시켜 구비설화와 같은 맥락에서 스스로 비늘을 떼어 내고 죽어 주는 것이 다르게 나타나 있다.

한편 구비설화는 탄생일화, 뛰어난 능력, 억울한 죽음 등의 이야기로 이루어져 있다. 구비설화는 <묏자리 얻기>, <장군수 훔쳐먹기>, <왜군 물리치기>, <왜장 퇴치하기>, <김덕령의 최후> 등으로 나타나 있는데, 삽화에 따라서는 당시의 사상적 흐름이 반영되어 있기도 하다. 구비설화도 문헌설화에서와 같이 김덕령의 능력과 죽음에 관한 부분이 특히 부각되는데, 김덕령의 능력이 도사에 의한 수련을 거쳐 장군수를 먹는 것이 다르다. 또한 김덕령의 최후는 소설에 나오는 대목과 일치하는 이야기인데, 역사적인 사실을 공유하는 가운데 생긴 현상 같다. 즉 역사적인 사실이 전, 소설, 설화에 끝없이 등장하는 것이다.

구비설화의 담당자들은 대부분의 민중들이라고 할 수 있다. 그런 만큼 일부 특정 계층의 의식만이 반영되지 않고 모두가 생각하고 있는 공동의 관심사에 초점이 모아진다. 그러므로 김덕령의 죽음에서는 그가 현실에서는 위정자에 의해 죽임을 당했지만 설화에서는 능력을 지닌 김덕령이 죽어 주는 것으로 되어 있다. 김덕령은 죽지 않겠다고 마음먹으면 죽지 않을 수도 있다는 의미가 담겨 있다. 설화에서의 김덕령은 이인과 다를 게 없다. 아무리 매를 때려도 맞지 않고 죽이고자 해도 칼이 들어가지를 않는다. 그에게는 어떤 힘으로도 구속할 수 없는 자유가 보장되어 있다. 그러나 그는 모든 것을 털어 버리고 스스로 죽기로 마음먹는다. 절대 권력을 능가하는 능력을 지녔으면서도 위정자의 허위를 신랄하게 비판하는 '만고충신김덕령'이라는 현판을 받고 죽어 준다. 대부분의 구비설화 창작자들은 그의 죽음이 부당하다는 것을 이인을 설정하여 의미를 새롭게 도출시키고 있다. 아울러 그가 죽게 된 직접적인 원인에는 크게 관심이 없다. 다만 억울한 죽음에만 관심이 있다. 위에 나온 <김덕령의 최후>에서는 김덕령이 왜적을 물리쳤다는 이유로 죽음에 이르고 있다.

여기에서 능력적인 면을 보면 문헌설화에 비해 구비설화가 새로운 소재를 첨가하여 더 뛰어나고 타당성 있게 묘사하고 있다. 그리고 비극적 죽음 또한 죽지 않을 수 있는 능력을 지녔으면서도 일부러 죽어 준다는 인상이 뚜렷이 나타나 있다. 이것은 김덕령의 죽음이 왜적을 물리쳤다는 것에 있지 않고 왜적과 공모했다는 혐의에 있었던 점을 감안하면 상당히 다른 것이다.

이와 같은 점들을 전과 비교해 보면 설화는 허구적이면서도 진실에 가깝게 다루려는 노력들이 많이 내재되어 있으며, 이야기의 변모도 심하게 이루어져 있음을 확인할 수 있었다. 이러한 현상은 설화가 공동작으로 창작되면서 역사적인 사실에 가리워진 새로운 의미를 찾는 노력에서 생긴 것 같다. 아울러 주제에 있어서도 단순한 억울한 죽음에서 능력을 지닌 이인이 죽어 주는 입장으로 전혀 다르게 나타나게 되었다.

## (3) 전·소설·설화의 변별성

김덕령이라는 인물을 대상으로 하고 있는 전, 소설, 설화에서 가장 비중 있게 논의된 부분이 바로 비극적인 죽음에 관련된 것이다. 비극적 죽음에 대해 전과 소설에서는 서로 구조적으로도 같은 맥락에서 논의될 수 있으며, 설화에서도 비극적 죽음에 관련된 내용들이 많은 만큼 이 부분이 함께 논의될 수 있다고 생각된다.

비극적 죽음에 대해서 비교적 자세히 다룬 것은 소설과 설화이다. 전은 죽게 된 의미를 매우 현실감 있게 개인적인 안타까운 죽음이었다고 간단하게 처리했다. 즉 국문을 받던 도중 매를 이기지 못하고 죽은 것으로 처리했다. 그러나 소설과 설화에서는 내용에 차이가 생기면서 김덕령 개인의 죽음에 위정자의 비리까지 적나라하게 드러나도록 기술했다. 김덕령의 능력은 당시 민중들에게 잘 알려져 있었고 따라서 그에 대한 기대 또한 큰 것이었다. 그러나 아무런 잘못도 없고 무척 충성심이 강했던 그에게 단지 국가를 넘볼 가능성이 있다는 이유만으로 죽이고자 하는 뜻이 있었다. 이것은 위정자의 이중성을 나타낸 것으로서 필요할 때는 십분 활용하고 조금이라도 의심스러운 행동이 보이면 그 동안 쌓은 공적과 함께 모든 것을 제거하는 위정자의 속성을 나타내 주고 있다. 따라서 피지배 계층들은 그의 죽음에 많은 아쉬움을 갖고 있었다.

그 결과 사실에는 이미 비참하게 죽은 김덕령을 소설과 설화를 통해 좀더 타당성을 찾아 주고 위정자의 잘못을 폭로하면서 죽도록 만들었다. 김덕령의 죽음에는 김덕령 혼자만의 비극이 존재하는 것은 아니다. 당시 고통받던 민중들의 염원이 김덕령이 죽는 과정을 통해 반영되어 있다. 소설과 설화에서는 칼과 매로 쳐도 죽지 않자 '만고 효자 충신 김덕령'이라는 현판을 달아 준 후에 죽일 수 있었다. 그리고 이러한 비극적인 죽음이 김덕령 자신이 행동을 조심하지 않고 세상에 드러낸 결과라고 하여 이인과 김덕령의 위치를 함께 설정해 놓고 있다. 설화에서는 이인과 여러 삽화를 통해 김덕령의 용력이 뛰어남을 드러낸다. 이와 함께 세상을 대표하듯 더 뛰어난 소년을 설정하여 김덕령을 부끄럽게 만든다. 그러나 끝내 김덕령이 세상으로 나아가고자 함에 화를 당할 수 있음을 알고 조심해야 한다고 타일렀다. 그러므로 압송되면서도 자신의 행동을 돌아보고 뉘우치고 있는 것이다. 결국 설화에서 김덕령은 위정자를 골탕먹이며 죽어 간다. 이때 그의 죽음은 무사에 의해 죽은 것이 아니라 본인 스스로 죽은 것이다. 그것은 신이한 능력을 지닌 인물처럼 다리 아래의 비늘을 떼어 내고 죽었기 때문이다. 이렇듯 김덕령의 죽음은 전, 소설, 설화에서 모두 논의되었지만 소설과 설화에서 안타까운 영웅이 비참하게 죽었음을 노골적으로 드러내고 있다. 아울러 그의 죽음에는 그를 아끼던 당시 민중들의 깨어진 염원들이 반영되어 있다고 하겠다. 이렇게 김덕령의 비극적인 죽음에 나타난 의미를 역사적 사실과 함께 표로 제시해 보면 다음과 같다.

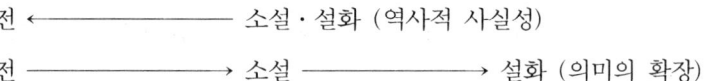

        전 ←—————— 소설 · 설화 (역사적 사실성)

        전 —————→ 소설 —————→ 설화 (의미의 확장)

위에 제시한 바와 같이 역사적인 사실은 전이 가장 많이 가지고 있으며 의미의 확대는 설화에서 제일 많이 느낄 수 있다. 이러한 것은 첫째 창작자가 서로 다른 데서 생긴 영향일 수도 있다. 전의 창작자는 지배 계층에 속한 사람들이고 소설은 지배 계층의 부류이되 불만이 많은 사람이며, 설화는 많은 사람들이 함께 만든 공동작이라는 차이점이 있

다. 둘째, 내용에 있어 전은 일대기 형식을 온전히 갖추고 있고 소설은
특정 사건 중심으로 시작되며, 설화는 각각의 삽화들이 김덕령의 이야
기와 결합되어 하나하나 독립되어 있다. 셋째, 의미에 있어서 전은 김
덕령의 죽음이 단순히 개인의 어쩔 수 없었던 죽음으로 처리했으며,
소설에서는 김덕양이 충신효자의 현판을 받아 내고 억울하게 죽었으
며, 설화에서는 죽지 않아도 될 이인이 마지 못해 죽어 주면서 진실을
밝히고 있다.

　이와 같이 김덕령과 관련된 전, 소설, 설화는 역사적인 사실을 바탕
으로 했으면서도 내용에 있어서는 위와 같은 이유들로 인해 비현실적
인 것으로 꾸며진 경우가 많이 나타나고 있다. 문헌설화에 나타난 김
덕령의 이야기는 당시 문헌설화 담당층이 지니고 있었던 신분과 의식
에 의해 비교적 덜 허구화된 반면, 구비설화에서는 그가 태어나기 전
의 일화에서부터 억울하게 죽게 되기까지의 과정이 다양한 각도에서
신이하게 묘사되어 있다. 그리고 소설에서는 김덕령의 활약이 사실과
도 전혀 다르고 능력 또한 도인의 경우처럼 나타나 있다. 물론 이러한
변모는 당시 김덕령이 지니고 있던 능력의 간접적인 대변이자 그의 활
약을 기대했던 대다수 민중들의 염원이 반영된 것이라고 할 수 있다.
김덕령에 관한 이야기는 단순히 사실에만 머물지 않고 허구화되면서
그의 능력을 부각시키는 가운데 계속해서 이어져 왔다. 즉 그의 활약
을 기대했던 대다수의 민중들은 그의 죽음을 안타까워하면서 이야기
로나마 김덕령을 살려내고자 했다. 그랬기에 역사적인 사실과는 점점
거리가 먼 새로운 이야기들이 계속해서 창작되게 되었고, 그때마다 김
덕령은 새롭게 재생될 수 있었다. 이러한 김덕령의 이야기는 민족 설
화에 나타난 다른 인물들의 변모와도 같은 맥락을 지니는 것으로서 김
덕령 같은 뛰어난 능력을 지닌 인물이 계속해서 나타나 주기를 바라는

마음이 은연중에 내포되어 있다. 이것은 김덕령의 이야기가 지니고 있는 궁극적인 주제인 동시에 현실에서 이루지 못한 비극적 죽음의 보상이라고 할 수 있다.

결국 김덕령의 일생이 역사적 사실과는 다르게 묘사되면서 비극적 죽음의 진실을 밝히고, 민중의 염원을 역사 안으로 끌어들였다. 그리고 위정자를 꾸짖고 사실에서는 죽은 김덕령을 부활시키는 역할을 했다고 생각된다. 이것은 단순히 겉으로 드러난 역사적 사실과 문학의 변모라는 사실 외에도 대다수 민중들의 의식을 반영했다는 점에서 김덕령의 이야기를 바라보는 새로운 관점을 제공했다고 할 수 있겠다. 아울러 이러한 김덕령의 이야기에서 한가지 더 흥미로운 것은 역사적 사실이 아닌 설화와 소설에서 김덕령의 죽음에 관한 부분을 묘사한 것이다. 문헌설화에는 김덕령이 죽을 때 용력을 지녀 무척 태연했다는 정도로 나와 있으나 구비설화에서는 자신의 억울한 죽음을 특이하게 보상받으면서 스스로 비늘을 떼어 내고 죽어 주는 입장을 취하고 있다. 이것은 무고한 충신을 죽이는 임금의 무지를 꾸짖는 것이면서 동시에 죽음의 새로운 형태를 나타내 주고 있다. 마치 아기 장수가 신이한 능력의 좌절을 잘려진 날개를 통해 암시하듯 김덕령이 다리 혹은 겨드랑이 밑에서 비늘을 떼어 내는 것은 그가 더 이상 삶과 죽음에 얽매이지 않고 있다는 능력의 표현처럼 받아들여진다.

> 자기를 죽이려면 "만고충신 김덕령"이란 비를 세워 달라고 하였다. 선조가 그렇게 해주자 김덕령은 오금에 붙어 있는 비늘을 떼고 쑥대로 세 번 치라고 하여 죽었다.[55]

---

55) 『구비』, 1-4, 896쪽: 「김덕령 일화」

　　임금이 김덕령의 소원을 들어주자 김덕령은 다리에 붙은 비늘 세 개
를 떼어 내고 죽이라고 하여 죽었다.[56]

　　임금이 할 수 없이 김덕령의 청을 들어주자 김덕령은 겨드랑이 밑에
있는 비늘을 떼어 내고 죽었다.[57]

　　덕양이 그즈야 비수을 샌야 달이의 비날을 씨고 치라하니 나장이 민
을 드려 그 고질 치니 직살ㅎ난지라[58]

　이러한 김덕령의 죽음에 나타난 신물(神物)은 그 이전에 구비 전승
되어 온 이야기에서 차용된 것처럼 여겨지는데, 죽기 싫어도 죽어야
하는 슬픔보다는 그가 다시 살아 날 수도 있다는 일말의 신비감이 섞
인 기대감을 갖도록 하는 역할을 하고 있다. 이것은 죽지 않기를 바랐
던 대다수 민중들의 심리가 투영된 것으로서 사실적인 죽음의 형태가
어떻게 변화해 갔는지를 단적으로 나타내 준 것이라고 할 수 있다.


## 2. 임경업전(林慶業傳)

### 1) 역사적 행적

　주지하다시피 임경업의 일생을 객관적인 입장에서 기술했다고 할
수 있는 전은 당시 많은 지배적 위치에 있던 인물들에 의해 창작되었
다. 이것은 임경업의 일생이 그만큼 폭넓게 받아들여지면서 비중 있게

---

56) ≪구비≫, 1-7, 835쪽: 「김덕령 장군 일화」
57) ≪구비≫, 5-1, 319쪽: 「만고충신 김덕령」
58) 조동일, 「임진록에 나타난 김덕령」, 『상산이재수박사환력기념논문집』, 1972, 500쪽
　　에서 인용.

다루어졌다고도 할 수 있는데, 본고에서 다루고자 하는 전과 관련된 작품만도 지금까지 알려진 바에 의하면 13편에 달한다.59) 그러나 많은 연구자들이 임경업전에 관심을 가지고 접근해 보기는 했지만 비극적 인물의 일생이라는 관점에서 체계적이고 심도 있게 논의해 본 적은 없었다. 본 연구에서는 13편에 달하는 임경업전 중에서 가장 선행본이면서도 내용이 비교적 상세한『임충민공실기』에60) 실려 있는 이선이 지은 전을61) 대상으로 일생 유형을 검토해 보고자 한다. 먼저 전에 나타난 내용과 비교해 보기 위해 임경업의 사실적인 일생을 정리해 보면 다음과 같다.

임경업은 선조 27년에(1594년) 충주 달천에서 판서 정의 7대손인 부황의 8형제 중 넷째 아들로 태어났다. 임경업은 어려서 집안이 가난하여 고생하기도 했지만 아이들과 놀 때는 항상 전쟁놀이를 하였으며, 자신이 대장이 되어 여러 아이들을 지휘하였다. 9세에는 글을 배우기 시작하였는데, 항우가 "글이란 성명을 쓰면 족한 것이니 여러 사람을 대적하는 법을 배우기를 원합니다."라고 한 대목을 보고는 "이 말이야말로 참으로 대장부의 말이다"라고 했다. 17세 때 처음으로 말타기와 활쏘기를 익혔는데, 재주가 뛰어났으며 25세 때에는 동생 사업과 함께

---

59) 이복규,『임경업전 연구』, 집문당, 1993, 239쪽 참조.

60)『임충민공실기』는 정조 15년(1791) 임금이 김덕령과 임경업의 일에 감동을 받아서 각신인 김희에게 명하여 편찬한 책이다. 이후 1890년에 내용을 좀더 보충해서 중간이 이루어졌고 1913년 조선광문회에서 중간본을 그대로 신활자로 찍어내었다. 본 연구에서는 조선광문회본을 대본으로 하여 계명문화사에서『한국인물사료총서』로 펴낸 책을 사용한다.

61) 그 동안 임경업전에 대한 선행 연구에서는 송시열이 지은 전이 텍스트로서 가장 많이 언급되었다. 그러나 너무 간략한 나머지 역사적인 사실을 제외하고 나면 전으로서의 진면목을 살피기에는 부족한 점이 있다고 사려된다. 그러나 이선이 지은 전은 내용도 자세한데다가 가장 먼저 지어진 작품으로 판명되어서 전으로서의 연구 가치가 높다고 하겠다. (이복규, 앞의책)

급제하여 갑산에 부임하였다.

27세에는 소농보권관이 되었으며, 29세에는 첨지중추부사에 임명되었다. 임경업은 주로 북방을 지키는 임무를 수행하였는데, 누구보다도 사태를 직관적으로 판단하는 능력이 뛰어났다. 인조 2년 31세 때에는 이괄의 난이 일어나자 적극 참전하여 공을 세워 가선대부로 승급되었다.

그 후 2년 뒤인 33세 때에는 낙안군수가 되어 부임했는데, 얼마 안되어 치적이 크게 드러났다. 1627년 정묘년에 오랑캐가 쳐들어 와서 임금이 강화도로 피신하였다. 이때 임경업이 좌영장으로서 군대를 이끌고 강화도로 갔으나 이미 금과의 강화가 체결된 뒤였다. 체찰부의 별장, 용양위부호군을 지내고 1630년 평양 중군이 되어 검산산성, 운암, 능한, 용골성을 수축하는 일을 감독하여 무사히 잘 쌓았다. 그리고 가도에 파견된 명나라 도독 유흥치의 동태를 감시, 그의 준동을 막는 등 공을 세워 임금으로부터 말 한 필을 상으로 받았다.

1631년 정주목사를 지내고 이듬해 부친상을 당하여 사직했다. 40세에 청북방어사 겸 영변부사에 기용되어 백마산성을 쌓는 일을 감독하였고, 명나라의 반란을 일으킨 장수 공유덕 등을 정벌하여 명나라 황제로부터 금화와 함께 총병벼슬을 받았다. 42세 되던 해에 드디어 금은 국호를 청나라로 고쳤는데, 임경업은 가도의 명군에 협조하지 않았다는 모함으로 관직이 삭탈되었다가 선정과 유민 보호에 대한 진정으로 복직되었다. 복직된 임경업은 위협을 가해 오는 청에 대비하여 병력의 증강을 간청하였으나 뜻을 이루지 못하고 백마산성을 중심으로 청의 침입에 대비하였다.

1636년 43세 때인 병자년에 다시 의주부윤으로 임명되었다. 이 해에 병자호란이 일어나자 백마산성에서 역전, 적의 진로를 차단했다. 임경업은 청이 10만 대군으로 쳐들어오자 이들을 지연시키기 위해 병력이 많은 것처럼 꾸미기 위해 허수아비를 만들고, 성책을 세웠다.

청 태종은 임경업의 군대가 강성한 것을 보고는 몰래 백마산성을 돌아 서울에 다다라 삼전도에서 인조의 항복을 받아 냈다. 이 사실을 알아차린 임경업은 청나라의 수도인 심양이 허술할 것으로 판단하여 5000의 병사로 공격하고자 하였으나 평안감사의 반대로 무산되고 말았다. 대신 돌아가는 청나라 장수 요퇴를 추격하여 그들을 죽이고 양민을 구하였다.

44세 때에는 어머니 윤씨 부인이 돌아가셨으나 국방의 중책으로 인해 직접 상을 치르지 못하였다. 이후 조선은 청나라에 의해 굴욕적으로 맺은 항서의 조항으로 인해 청의 요청을 거절할 수 없었다. 청나라가 명나라를 공격할 전초전으로 가도에 주둔한 명군을 섬멸코자 조선에 병력 동원을 요청했다. 이때 수군장에 발탁되었으나 철저히 명나라와 내통하여 피해를 최소한으로 줄일 수 있었다. 또 평안병사 겸 안주목사가 되었을 때는 명의 금주위를 치는 조선군의 주사상장으로 차출되었다. 이때에도 명나라와 싸움을 할 때 될 수 있으면 서로 상하지 않게 하려고 여러 수단을 썼다. 그리고 중 신헐을 명나라에 보내어 서로 통하게 하였다. 이때 명나라 황제의 밀서를 받았다.

48세 때에는 청나라에서 공을 처벌하라고 하여 관직을 삭탈 당하였다. 다음해에 다시 지중추부사에 임명되었는데, 지난날 신헐의 일이 들통나 청나라에서 공을 잡아 보내라는 요구가 있었다. 이에 공이 잡혀가다 명나라로 망명할 것을 결심하고 황해도 금교역에서 탈출, 양주 회암사에서 머물다가 배를 빼앗아 타고 명나라 땅인 등주를 향하다가 해풍현에 다다랐다. 그런데 해풍현 관리들이 그를 첩자로 오인하여 감옥에 가두었을 때 등주 도독 황종예가 알고 데려오도록 하여 풀려났다.

51세에 황종예의 막하에 머물면서 청나라를 쳐부술 계책을 의논했고, 이곳에서 도둑을 잡아 명성을 더욱 높였다. 사월에 명나라 황제가 이자성의 손에 죽었으므로 청나라 홍광제가 남경에서 즉위하니 황종예는 도망가 버렸다. 황종예의 부하인 마홍주와 앞일을 의논했으나 결국 마홍주가 배반하여 북경 감옥에서 18개월 동안 고초를 겪으며 지냈다.

청나라 황제가 등극한 후 대 사면으로 임경업이 풀려나게 되었을 때 조선에서는 심기원의 역모가 발생하였다. 김자점은 청나라의 사신으로 가서 임경업을 죽일 것을 간청했으나 청나라에서 들어주지 않았다. 임경업이 청나라에서의 감옥살이를 끝내고 돌아오게 되자 심기원과 관련되었다 하여 잡아다 심문하였다. 임경업은 원통함을 호소하였으나[62] 억울하게 누명을 쓰고 53세로 죽었다.

임경업이 죽은 후 51년만(숙종 23년)에 신원이 되었다. 그리고 1706년에는 충민이란 시호를 내리고 1726년에 사당건립을 완성하였다.

이와 같은 사실적인 기록을 바탕으로 이선이 지은 전과 대비해 보면 몇 가지 점에서 차이를 보이고 있다. 먼저 임경업의 출생지가 실록에는 달천으로 되어 있으나 전에는 평안도 개천에서 낳아 원주를 거쳐 충주의 달천에 정착한 것으로 되어 있다. 그리고 실제로는 25세에 벼슬한 것으로 되어 있는데, 전에는 27세로 나와 있으며, 39세 때의 부친상이 모친상으로 나와 있다. 또한 죽음에 있어서도 심한 고문으로 인해 죽은 것으로 나타나 있는데, 전에서는 누구에 의해 죽게 된 것까지 암시하고 있다.

이렇게 겉으로 드러난 것 이외에도 전에 묘사된 내용과 역사적 행적을 비교해 보면 임경업의 아버지가 임경업의 장수가 되려는 마음을 알

---

62) 『임충민공실기』, 天下事未定, 不可殺我.

고 충고한 내용과 임경업의 사태를 파악하는 선견지명, 심기원과의 관계, 청나라로부터 돌아와 죽기까지의 과정 등에서 차이를 보인다. 이것은 객관적인 입장에서 사실만을 기록하고자 했던 실록과 임경업을 추모하면서 사적을 드러내어 후세에 알리고자 했던 전의 기술 방식에 따른 관점의 차이에서 생긴 것 같다. 특히 전에서는 임경업의 능력을 하나하나 들은 이야기를 전하듯 전개하므로 인해 흥미를 유발시키고 있다. 이것은 전이 실록에 비해 어느 정도까지 문학성을 지닐 수 있는지를 판단하는 좋은 자료라고 할 수 있다. 아울러 전에 나타난 임경업의 일생을 분석해 본다며 비극성이 어떤 것인지 명확하게 드러날 것이다.

## 2) 임경업전의 구조 분석

임경업은 김자점에 의해 억울하게 죽었고 그 후 상당한 기간이 지난 뒤에야 신원(伸寃)이[63] 되었다. 그리고 신원이 된 뒤에도 오랜 세월을 기다려서야 정당한 평가를 받을 수 있었다. 이러한 일련의 정치적인 입장에 의해 『임충민공실기』가 편찬된 시기와 생존 당시와는 상당한 시간적 거리가 생기게 되었다. 물론 전은 입전대상의 사후에 일생에 대한 평가적인 입장에서 지어진다는 특성을 지니고 있다. 그러나 임경업이 역사적으로 신원이 안되었던 상태에서는 행적에 대해 개인적인 친분 관계에서 사전(私傳)이 먼저 생기게 되었다. 임경업에 대한 개인이 지은 전은 그가 신원이 되고 실기가 편찬되면서 그대로 유입되게 되었다. 그리고 당시 지배 계층이라고 할 수 있는 입전자(立傳者)들에

---

63) 조선 시대에는 정치범에 관대했기 때문에 생전이나 사후에 신원(伸寃)시키는 경우가 많았다. 이러한 신원제도가 당쟁을 더욱 굳히게 했다는 이론이 있는데, 임경업도 이런 정치적 영향에 의해 신원된 경우에 해당된다고 하겠다.(강주진, 『이조당쟁사연구』, 서울대출판부, 1971, 11쪽.)

의해 일정한 목적을 가지고[64] 전이 창작되면서 임경업의 행적이 드러
나게 되었고 그 과정에서 비극적인 삶이 조명되기에 이르렀다.

　이와 같이 새롭게 평가받았다고 할 수 임경업전을 Ⅱ장에서 제시한
비극적 인물의 일생 구조에 대비해 어떻게 부합되고 있는지를 살펴보
도록 하겠다.

　〈임 경 업〉
　가. 가난했지만 대대로 벼슬하던 집안에서 태어났다.
　나. 담기와 용맹이 남달랐고, 지성으로 무예를 연마했다.
　다. 오랑캐를 비호했다고 하여 사형에 처해질 뻔했다.
　라. 병자호란이 일어났다.
　마. 무과에 급제하여 장수가 되었다.
　바. 경제적 지원과 군사의 증원을 요구했으나 들어주지 않았다.
　사. 국문을 받던 중 김자점의 사주에 의해 죽었다.

　임경업전의 구조는 탁월한 영웅이 억울하게 모함을 받아 죽게 된 과
정을 잘 나타내 주고 있는데, 전이 사후에 지어 지면서 김자점의 음모
에 의해 그의 죽음이 억울한 죽음이었다는 것이 강조되어 있다. 이것
은 임경업이 어려서 무예를 연마할 때 그의 아버지가 우리나라 장수들
은 대부분 비참하게 죽었다는 것을 예로 들어 죽음에 대한 불안한 예
감을 나타내기도 하였다. 이러한 것들은 임경업의 일생이 지니고 있는
비극적 인물의 특성이라고 할 수 있는데, 하나하나 단락별로 구체적으
로 살펴봄으로써 이를 확인하고자 한다.

　첫째, 전에 입전된 인물들이 하나 같이 명문대가의 혈통이었듯이 임

---

64) 정조 당시에 김덕령과 임경업의 일을 안타깝게 여겨 이와 같은 일련의 실기류가
　 편찬되었다.

경업의 경우도 대대로 벼슬을 해 왔던 이름난 집안이었다.[65] 다만 임경업이 태어났을 때는 집안이 가난하여 매우 어렵게 살았다. 그러나 집안은 비록 가난했지만 사회적인 진출이 허용되어 있었다는 점이 중요하다. 임병양란기에는 전투에서 공을 세워 면천이 되는 경우도 많았지만 신분적인 제약이 따랐던 탓에 벼슬길에 나아가 자신의 포부를 펼칠 수 있는 것이 쉽지 않았다. 그러나 임경업의 경우는 신분적인 문제에 있어서 양반 가문이었기 때문에 자신의 능력에 따라 활약을 펼칠 수 있는 기본적인 조건이 성립되어 있었다.

둘째, 탁월한 능력자로 성장했다. 전은 기술적인 특성상 능력이 중요시되고 있음을 볼 수 있다. 임경업은 27세에 무과에 동생과 함께 급제했다고 되어 있듯이 어려서 무예 익히기를 좋아했고 그 열성은 다른 사람들이 미쳤다고 할 정도로 묘사되어 있다. 그리고 신체적인 점에서는 비록 작았지만 큰 뜻을 가지고 담력와 용맹이 남달랐다. 이것은 영웅으로서 반드시 지니고 있어야 할 특징이라고 할 수 있다.

셋째, 능력으로 인해 죽음과 관련된 위기에 처해지나 구출된다. 임경업은 그의 능력이 뛰어났던 만큼 관직에서 파면된 경우도 많았고 조정의 오해에 의해 체포된 적도 많았다. 그리고 명나라와 청나라의 사이에서 구원병으로 참여한 적이 많았기 때문에 항상 위험이 도사리고 있었다. 그러나 한 가지 분명한 것은 그의 앞을 내다보는 식견이 다른 사람에 비해 월등했고 따라서 간사한 관료들로부터 배척을 받을 만한 소지도 상대적으로 많았다는 것이다. 임경업에게 있어 사형시켜야 된

---

65) 소설 임경업전에서 한미한 가문으로 취급하고 있는데, 전에서 살펴보면 경제적으로는 한미했지만 사회적으로는 진출할 수 있는 양반 가문이었다. 즉 대부분의 비극적 영웅들은 귀족적 영웅과 달리 신분상으로는 사회적으로 진출할 수 있는 위치에 있었지만 경제적으로는 어려움에 처해 있었다. (신태수, 『하층영웅소설의 역사적 성격』, 아세아문화사, 1995, 359쪽.)

다는 조정의 논의가 있었던 것은 가도 장수 유흥치가 배반했을 때의 일이다. 유흥치는 자신이 배반하는 것에 대해 섬 사람들이 동조할 것 같지 않자 청나라 장수들과 짜고 반란을 일으켜 자신을 따르지 않은 사람들을 많이 죽였다. 이에 우리 장수들이 진압을 하자 청나라 군사들이 일부 도망가기에 이르렀다. 이때 임경업 장군이 달아나던 3백여 기의 청나라 군사들을 죽이지 않고 포위하고 있었다. 임경업 장군은 청나라 군사들을 죽일 경우 청나라에 전쟁의 구실을 제공할 것이 불을 보듯 뻔했으므로 위협만 했던 것이다. 그러나 조정에서는 이러한 사실도 모른 채 장군이 청나라 병사들을 비호한다고 생각하여 죽이고자 했다. 결국 청나라에서 쳐들어오자 포위를 풀고 전쟁을 막을 수 있었기에 장군의 진실을 알고 탄복했다. 짧은 순간의 판단이었지만 장군은 죽을 고비에서 벗어났고 이 일로 인해 더욱 신임을 얻을 수 있었다.

넷째, 임경업에게 있어 과업은 위기에 처한 나라를 구원하는 것이었다. 그러나 조선은 독립할 힘이 없었던 만큼 큰 나라인 명나라에 기대게 되었다. 그리고 청나라에서는 명나라를 공격하여 중국을 통일하고자 했기에 조선은 중국의 두 왕조 사이에서 등거리 외교를 할 수밖에 없었다. 그런데 명나라는 우리에게 있어 임진왜란 때에도 도움을 준 사이였고, 청나라는 우리나라를 함부로 짓밟고 유린했던 이유로 멀리할 수밖에 없었다. 또한 조정에서도 신흥국인 청나라에 동조하는 신하와 명나라에 동조하는 신하가 있어 서로 의견이 양분되어 있었다. 이러한 상황에서 장군은 명나라를 배반한 장수 공유덕과 경중명이 우가장을 점거했을 때 명나라에서 구원병을 청하자 협격하여 크게 무찌른 일이 있었다. 이 일로 인해 명나라에서는 장군에게 큰 상을 내리고 금화를 하사했다. 이때부터 명나라를 도와 우리나라를 구하고자 하는 마음이 과업으로 설정되어 청나라를 배척하게 되었다. 이로써 과업을 이룰 수 있는 계기가 만들어지게 되었다. 그런데 임경업의 이러한 활약은 어려서부터 예견된 것이었지만 한편으로는 그의 아버지가 장수재질이 있는 것을 걱정하는 대목에서 불안한 예감이 잘 나타나 있다. 즉 탁월한 능력으로 인해 비극적 죽음이 있을 수 있다는 것을 암시하고 있는 것이다. 임경업의 아버지는 많은 우리나라 장수들이 뛰어났기 때문에 비극적으로 죽는 것을 알고 걱정하는 의미에서 하는 충고에 가깝게 나타났는데, 현실화되면서 의미를 갖게 되었다.

다섯째, 일정한 지위에 오른다. 영웅에게 있어 일정한 지위는 자신의 과업을 성취할 수 있는 중요한 발판이 된다는 점에서 큰 의미가 있다. 임경업은 27세에 무과에 급제했다. 처음 급제했을 때는 소농보에 임명되어 조달의 일을 맡아보았다. 그리고 절충위와 가선대부, 낙안군수 등을 거쳐 의주부윤에 이르렀다. 임경업은 처음부터 무인으로 출발했던 만큼 변방의 외직에 머물면서 오랑캐들과 직접적으로 부딪치게 되었다. 그리고 전쟁을 수행하는 과정에서 이름을 드날리기도 했지만 파면과 복직의 기복이 심해 불안정한 생활을 했다. 그러나 임경업이 조선을 구하고자 활약함에 있어 일정한 관직은 중요한 작용을 했다.

여섯째, 임경업은 변방을 지키는 장수로서 항상 물자의 부족을 느꼈고 청나라의 상황을 정확히 파악하지 못하는 일부 위정자들에 의해 갈등을 겪었다. 임경업은 모친상을 당한 후 임지로 떠나면서 변방의 세금을 엄히 하고 산업을 장려해 줄 것을 청하였으나 단지 은 천냥과 비단 백필만을 받았다. 따라서 물자가 충족되지 못함으로 인해 돈 놀이를 하게 되었고 이 일로 문책을 받았다. 그리고 오랑캐들이 쳐들어 올 것에 대비하여 2만의 병사를 요구했으나 번번이 거절당했고, 정묘호란이 일어났을 때 적의 수도인 심양을 공격하고자 했으나 좌절되었다. 임경업은 장수로서 국가를 위해 할 수 있는 일을 항상 건의했고 이 과

정에서 의견이 받아들여지지 않아 더욱 큰 사태를 몰고 온 경우가 많
았다. 이러한 때마다 임경업은 고통을 감수해야 했고 장수로서 최선을
다하고자 했다. 만약 임경업의 의견에 충실히 따랐더라면 역사적인 치
욕은 겪지 않았을 것이다..

　일곱째, 임경업전에서는 그의 죽음이 있기전 예언이 약화되어 있다.
그가 청나라에 잡혀 있을 때 김자점과 재상들이 본국으로 데려가 죄를
묻고자 했다. 임경업은 청나라에서 돌아올 때 죄인의 몸이었으므로 본
국으로 오자마자 국문을 당했다. 임경업이 명나라와 청나라 사이에서
조선을 위해 목숨을 내놓으면서 활약했던 모든 행동들은 인정되지 않
고 오직 그를 죽이고자 하는데 혈안이 되어 있었다. 임경업은 임금 앞
에서 자신의 진실도 밝히지 못한 채 죽었다. 당시 심기원의 역모에 연
루되어 있기는 했지만 사실이 제대로 밝혀지지 않은 상황에서 죽게 된
것은 개인적으로도 비극적 죽음이었고 국가적으로도 큰 손실이었다.
임경업의 죽음은 임진왜란 때 활약했던 김덕령의 죽음 형태와 흡사한
점을 지니고 있다. 즉 진실이 밝혀지기도 전에 죽은 점과 국문을 받던
중 죽은 점, 역적으로 몰려 모함을 받아 죽게 된 점, 국가에 충성한 죄
밖에 없다는 점 등 억울하고 비참한 죽음을 당했다는 점에서 비극적
인물로서의 임경업의 일생을 살펴볼 수 있었다.

　지금까지 임경업의 일생을 전에 나타난 비극적 인물의 구조에 대비
해 살펴보았다. 그 결과 임경업의 일생이 비극적 인물의 구조에 부합
되고 있음을 살펴 볼 수 있었다.

### 3) 구조적 특성과 의미

#### (1) 전에 수용된 임경업의 능력과 예언

임경업전에도 소설에나 있을 법한 허구적인 면이 존재한다. 물론 처음부터 끝까지 가상의 허구라는 것이 아니고 부분적으로 필요에 의해 수용되고 있다. 이것을 단락 별로 살펴보면 어려서의 탁월함을 묘사하는 대목과 과업을 이룰 때 나타나는 예언, 뛰어난 활약을 나타낼 때 등에서 찾아 볼 수 있다. 이것은 주로 과업을 실천하는 과정에서 자주 나타나는데, 전의 인물들 간에는 전의 서술 방식에 따른 특징으로 인해 비슷한 구조를 보이는 경우가 많다. 그리고 동시대에 활약한 인물들에서 많이 나타나는데, 임진왜란 때 활약한 김덕령과 병자호란에 활약한 임경업의 전에 나타난 일생 구조가 비슷한 것은 결코 우연의 일치만은 아니다. 즉 전을 지을 때에 일정한 격식을 지켰기 때문에 이런 결과가 나타났는데, 특히 비극적 인물의 관점에서 살펴본다면 그 공통점이 더 명확하게 드러나고 있다.

임경업전에 수용된 능력과 예언을 살펴보면 다른 전 작품에 비해 실기에 가깝게 묘사되어 있는 것이 특징이다. 물론 능력과 예언이 영웅의 활약상이나 비극적 죽음의 암시를 위해 사용된다고 볼 때 이것은 전의 서술 방법으로 파악하기에 충분하다고 하겠다. 여기에서 임경업의 능력이 어떻게 묘사되었고 예언이 어떻게 바뀌었는지 살펴보도록 하겠다.

임경업은 전쟁을 수행하는 뛰어난 장수였던 만큼 그에 대한 묘사도 사실적인 것이 자세하게 나타나 있다.

> 장군의 나이 15살에 활쏘기를 배울 적에 비록 비바람이 불어도 그만 두지 아니하였다. 그리고 집안이 가난하여 밥과 옷을 제대로 먹고 입을

수 없었음에도 어쩌다 새옷을 얻었을 때 활과 화살을 파는 장사를 보면 바꾸어 오니 사람들이 모두 미쳤다고 했다. 그러나 사람 됨됨이가 작지만 큰 뜻을 가지고 담기와 용맹이 다른 사람보다 크고 병법 논하기를 좋아하여 항상 장수가 되고자 했다.66)

임경업은 어려서부터 무인이 갖추어야 될 자질을 충분히 지니고 있었다. 임경업의 어려서의 능력은 모든 것을 자신이 이루고자 하는 일에 매진하는 것이었다. 집안이 넉넉지 못했기 때문에 연습할 수 있는 무기가 마땅치 않았다. 그러나 남들처럼 앉아서 기다리지 않고 스스로 찾아서 노력하는 면을 지니고 있었다. 남들의 비웃음을 사가면서도 자신의 일을 부끄러워하지 않고 묵묵히 노력하는 마음이 강했다. 그의 이러한 노력은 주어진 능력에 자만하지 않고 끝없이 갈고 닦는 것이었다. 먹을 것과 입을 것이 부족한 상황에서 장수가 되기 위한 목적을 이루기 위해 무예를 연마하는 것은 남들이 쉽게 따라오지 못할 그만이 지닌 능력의 한 단면이 아닐 수 없다. 어려서의 임경업은 장수가 되기 위해 노력하는 점이 잘 나타나 있다. 그리고 임경업은 27세에 벼슬길에 나가면서 이러한 노력의 결과로 일을 곧잘 처리하는 실력을 보였다. 아울러 벼슬이 높아져 가고 경륜이 쌓이면서 그의 능력은 더욱 포괄적이고 탁월하게 전개된다.

김류의 막하에 있을 때 이괄의 난이 일어나자 가장 먼저 달려가 공을 세워 1등공신이 되었다.67)

---

66) 『임충민공실기』, 전, 年十五學射, 雖風雨不廢, 家貧缺衣飯, 或得新衣, 見賣弓矢者, 輒脫以易之, 人皆笑以爲狂, 父母嘉其有志, 爲人短小, 然磊落有大志, 膽勇過人, 喜論兵, 常以將帥.

67) 『임충민공실기』, 전, 金昇平塗, 長本丙帶扈衛大將引置幕下, 李适之亂, 慷慨請赴

가도 장수 유홍치가 배반하여 반란을 일으킴에 그 정황을 정확히 판단하고 달아나던 오랑캐 3백여 기를 포위하고 있었는데, 조정에서는 오랑캐를 비호했다고 사형에 처해야 된다고 했다. 그러나 이 일을 빌미로 오랑캐가 쳐들어옴에 포위를 풀어 주자 오랑캐가 돌아갔음으로 임경업의 선견지명에 탄복하게 되었다.[68]

임경업은 그의 일생을 통하여 전쟁에 참여는 많이 했으나 실제로 크게 적과 맞서 싸워 본 것은 적었다.[69] 특히 명나라와는 의도적으로 싸우려 하지 않았다. 그만큼 능력을 키우기만 하고 사용해 보지 못했다고도 할 수 있는데, 처음 벼슬길에 나아가 얼마 되지 않아 이괄의 난이 일어났다. 그는 당시의 어떤 장수보다도 먼저 달려가 난을 진압하는데 참여할 수 있었다. 이것은 그가 그동안 갈고 닦은 실력을 펼쳐 보였다고 할 수도 있는 것으로서 주저하지 않고 적극적으로 임하는 것을 알 수 있다. 가장 먼저 달려가 이괄의 난을 평정하는데 공을 세워 1등 공신이 되어 가선대부로 승진하였다. 그리고 싸우는 것에 있어서 용맹했던 것처럼 선견지명 또한 매우 뛰어났다. 이때 당시 조선은 명나라와 청나라의 사이에서 등거리 외교를 하며 눈치만 살피고 있었다. 명나라는 임진왜란 때 우리에게 많은 도움을 준 사실이 있었지만 새로 일어난 청나라도 만만치 않았기 때문에 들어 내놓고 어느 한 쪽을 지지할 수 있는 입장이 아니었다. 그런데 가도 장수 유홍치가 배반함에 청나라와 함께 우리나라를 쳐들어올 빌미를 제공할 수 있다는 것을 알고

---

元帥軍中力戰.

68) 『임충민공실기』, 전, 於時, 虜三百餘騎…朝廷丞命與之人始服, 其先見.

69) 임경업은 명나라와 대치한 경우는 많았지만 실제로 직접 싸운 적은 별로 없었다. 그것은 청나라의 요구에 의해할 수 없이 명나라를 공격하러 나갔지만 항상 명나라와 내통하였기 때문이다.

적을 잡고서도 죽이지 않고 포로로 삼는 식견이 있었다. 조정에서는 이러한 임경업의 행동에 대해 변방의 흐름과 중국의 상황을 정확히 보는 인물이 없었으므로 오히려 임경업을 죽이고자 했다. 이 일은 얼마 지나지 않아 임경업의 예견대로 청나라 오랑캐가 쳐들어오자 포로를 풀어 주어 일단락 될 수 있었다. 하지만 이 일로 인해 위기에 처하기도 했으나 임경업에 대한 신뢰와 명성은 한층 높아졌고 인정을 받는 계기가 되었다. 임경업은 청나라가 겉과는 다른 속셈을 지니고 있었음을 간파함으로서 사건을 확대시키지 않을 수 있었다. 여기에서 보면 임경업전에 나타난 능력과 예언에 대한 묘사가 매우 사실적이고 타당성 있는 사건으로 제시된다는 점을 발견할 수 있다. 일반적으로 대부분의 전 작품에서는 비현실적인 능력이 표출되기도 하고 예언이 나타나기도 한다. 그런데 임경업의 경우는 능력이 그때그때 임기응변과 함께 사실적인 것으로 처리되고 있다. 이것은 대부분의 전쟁을 수행하는 과정에서 거의 비슷하게 나타나고 있다.

중국의 배반한 장수 공유덕과 경중명이 우가장을 점거했을 때 명나라의 장수들이 물리치러 오며 구원병을 청하자 장군이 협격하여 크게 무찔렀다.[70]

숭정 병자년에 다시 의주부윤으로 임명되어 오랑캐들이 쳐들어 올 것을 말하고 2만의 군사를 요구하였으나 들어주지 않자 다시 청하여 해서 병 2천을 얻었다.[71]

---

70) 『임충민공실기』, 전, 中朝叛將孔有德耿仲明據牛家庄, 水軍大都督朱文郁副都督吳安邦孫士厚監軍御使蕭九韶來討.

71) 『임충민공실기』, 전, 崇禎丙子, 復授義州府尹, 將軍更請廟堂曰, 虜之南牧幾已見矣, 願得二萬兵, 御之廟堂不從.

이미 청나라로부터 돌아와서는 중국 왕도사의 배 200여척이 우리 해안에 머물러 있자 청나라에서 그를 토벌해 주기를 요청했다. 이에 장군이 백의 별장으로서 왕도사를 지휘하여 떠나가게 했다. 그러자 범문정이 장군을 쓸 만한 사람이 못된다고 하자 그만 돌아와 버렸다.[72]

명나라의 힘이 점차 약해지면서 명나라를 배반하고 청나라로 돌아서는 장수들이 많이 생겼다. 그 중에 공유덕과 경중명이 명나라를 배반한 후 우가장 앞바다를 점거하자 명나라에서는 조선에 그들을 물리쳐 줄 것을 요청했다. 이에 조선에서는 임경업을 시켜 두 장수를 무찌르게 했는데, 이 일로 인해 임경업은 명나라 황제로부터 많은 선물과 머리에 꽂는 금화를 받았고 명나라와의 관계를 새롭게 하는 중요한 계기가 되었다. 임경업의 능력 중에서 뛰어난 것은 명나라와 청나라 사이에서 외교를 벌임에 있어 항상 명나라에 피해가 가지 않도록 하고 있다는 것이다. 즉 임경업은 청나라는 원수의 나라로 여기면서도 명나라에 대해서는 그 반대의 행동을 취하고 있다. 이것은 임경업이 명나라의 힘을 빌어 청나라를 제거하여 조선의 한을 씻고자 하는 뜻이 강했기 때문이다. 이러한 명나라의 환대 또한 임경업을 감동시키고 기울도록 하기에 충분한 것이었다고 사려된다.

한편 임경업은 변방의 장수로서 항상 청나라의 동태를 감시하고 있었으므로 전쟁이 날것을 미리 예견하고 있었다. 그래서 병자호란이 일어나기 전에 임금에게 2만의 군사를 주기를 청하였으나 들어주지 않았다. 일찍이 임진왜란 당시에도 율곡 이이가 일본의 침략을 예견하고 10만 양병설을 펼친 적이 있었는데, 임경업도 그와 같은 통찰력과 선

---

72) 『임충민공실기』, 전, 時中朝王都事, 以百艘駐海上, 近我境淸要我討捕, 以沈演爲兩西都巡察使, 將軍爲白衣別將, 李梀爲從事官追之將軍, 故磨王都事使遠去淸致書言, 林某前率舟師不肯戰, 其在鐵山, 與漢人呂壁疑, 此人決不可用, 將軍乃罷還.

견지명을 지니고 있었다. 그러나 조정에서는 계속해서 군사를 주지 않았고 어쩔 수 없이 해서병 2천을 얻는 것으로 만족해야만 했다. 임경업은 조정에서 많은 지원을 해주지 않자 스스로 봉화도 설치하는 등 조금씩 전쟁에 대비한 준비를 했다. 결국 임경업의 예견이 적중됨으로써 임금은 치욕적인 굴복을 경험하게 되었고 임경업의 능력은 다시 한번 드러나게 되었다.

여기에서 임경업은 사실적인 것에 입각해서 능력이 묘사되어 있으며, 예언도 비현실적인 것이 아닌 역사적 사실에서 크게 벗어나지 않고 있다. 이것은 전 고유의 표현 방법을 고려할 때 임경업의 능력을 드러내기 위한 것으로서 충분하다고 생각된다. 임경업은 그의 활약이 뛰어났던 만큼 능력이 드러난 부분이 무척 많은 편인데 능력이 확대되어 가는 과정을 중심으로 살펴보았다.

### (2) 과업의 수행과 비극적 죽음

모든 영웅들이 자신이 설정한 일정한 목표가 있었듯 임경업에게도 뚜렷한 과업을 수행할 목표가 있었다. 물론 임경업의 과업은 어렸을 때와 벼슬길에 나아갔을 때, 명나라와 청나라의 사이에 놓이게 되었을 때 각 상황에 따라 전이되어 간다. 그런데 과업의 수행에 있어 무엇보다도 중요한 것은 탁월한 능력과 함께 눈으로 보이진 않지만 조금씩 암시되고 있는 비극적 죽음에 대한 그림자라고 할 수 있다.

임경업의 경우 능력에 비례해서 과업의 수행 폭이 점차 넓어지고 이에 못지않게 사소한 일에서 비극의 씨앗이 잉태되고 있음을 살펴볼 수 있다.

임경업에게 있어 어렸을 때는 무예를 연마하여 장수가 되는 것이 목표였다. 그리고 무과에 급제하여 벼슬길에 나아가서부터는 국가를 위해 공을 세우고 방비를 튼튼히 하는 것이었다. 그런데 주변 강대국의 상황이 바뀌어 가면서 임경업의 과업이 국가를 구하는 것으로 바뀌었다. 그리고 이것도 스스로의 힘으로는 여의지 않다는 판단이 서자 명나라의 힘을 빌어 청나라의 간섭으로부터 벗어나고자 했다. 이렇게 과업에 대한 관점이 확대되어 가고 있는 동안 자신도 모르게 능력을 시기하고 견제하는 무리가 생겨 서서히 비극적인 상황이 하나씩 발생하게 되었다. 과업의 수행은 영웅에게 있어 삶의 지향점이라고 할 수 있는데, 임경업 같은 비극적 인물에게 있어서는 목표를 이루지 못하고 좌절하게 되는 원인이기도 하다. 임경업은 처음부터 무인이 되기를 원했었고 벼슬길에 나아가서도 자신의 일을 충실히 수행했다. 그 결과 지위도 높아지고 점차 북쪽 변방을 지키는 중심적인 인물로 성장했다. 그러나 그의 능력이 인정받을 무렵부터 김자점과의 사이에 문제가 생기기 시작했다. 김자점은 지휘 계통상 임경업의 위에 위치해 있으면서 자신의 일을 충실히 이행하지 않고 자만하던 가운데 임경업을 미워하게 된다. 김자점과 임경업의 관계는 매우 밀접한 관계에 있었으면서도 김자점의 사소한 오해가 더욱 큰 사건으로 발전되었다.

　　검산 방어사를 지낼 적에 원수 김자점이 작은 일로써 심문하기를 청하였는데, 일이 잘되어 풀려남에 방백의 도움으로 영변 부사 겸 청남 방어사가 되었다가 청북방어사로 옮겨 백마산성을 쌓았다.[73]

12월 6일 봉화 불이 오르니 곧바로 장계를 올리고 주변의 부민들을 데리고 백마성으로 돌아와 호적에게 거짓으로 백마성이 싸울 준비가

---

73) 『임충민공실기』, 전, 仍帶劒山防御使, 元帥金自點以事, 請拏問, 旣釋, 方伯爲言, 邊優深, 非將軍無可委者, 除寧邊府使兼淸南防御使, 又移淸北防御使, 築白馬山城.

잘되어 있음을 과시했다. 그러자 호적들이 왕성으로 향했다. 이때 당시의 원수였던 김자점이 봉화 불이 올랐는데도 보고를 안했다. 이런 변고로 임금이 남한산성으로 들어가 포위를 당했다.[74]

김자점의 태만은 임경업뿐만 아니라 임금까지도 굴욕적인 항복이라는 사건으로 몰아넣는 결과를 가져 왔다. 그리고 이때부터 김자점과 임경업의 정치적인 관계는 일방적으로 김자점이 우위에 서 있다고 할 수 있다. 김자점은 임경업이 뛰어난 식견으로 이루어 놓은 대비책을 중간에서 전달해 주지 못함으로써 지탄의 대상이 되었다. 영웅은 반드시 영웅을 알아보는 법이라고 했는데, 김자점은 영웅을 알아보기보다는 어떻게 하면 자신의 안위를 유지할까에 더 관심이 많은 인물이었다.

여기에서 김자점의 설마하는 태만과 임경업의 국가에 대한 노력이 대조적으로 묘사되어 서로 대립적인 관계로 설정되어 있다. 임경업은 김자점에게 크게 잘못한 것이 발견되지 않는다. 다만 김자점은 임경업과는 달리 국가가 어려운 상황에서도 국내의 정치적인 것에 많은 관심을 가지고 있었던 데서 임경업이 마음에 걸렸던 것이다. 그러나 임경업은 그런 것을 염두에 두지 않았다. 그것은 국가가 위태로운 상황에서 모든 것을 국가의 안위에 주안점을 두고 있었기 때문이다. 아울러 시기하게 된 것은 이러한 상황에서 임경업의 행동이 대의를 따르는 위대한 것이었기 때문이다.

임경업은 국가를 구하기 위한 과업을 실행함에 있어 자신의 목숨까지도 마다하지 않는 용기를 보였다. 그리고 이러한 행동은 앞뒤를 돌아볼 여유도 없이 초지일관 매우 지속적이고 끈기 있게 진행되었다. 임경업에게 있어 과업의 수행이 본격적으로 드러난 것은 명나라에 우

---

74) 『임충민공실기』, 전, 十二月初六日, 鳳凰松鶻烽次弟擧將軍卽飛啓以聞令府民移保白馬城. 時元帥自點匿烽, 變不卽啓而賊騎已抵漢城大駕蒼黃.

리의 사정을 알리고 청나라를 쳐부수고자 할 때부터였다.

　　장군이 정축년 우리나라가 오랑캐에게 항복한 이후로 명나라를 잊지
못하여 명나라에 이 사실을 알리고 싶어했지만 인재를 얻지 못했다. 그
런데 묘향산 스님인 신헐이 의기가 있다고 하자 불러다가 잘 대접하자
허락하였다.[75]

　이때에는 명나라를 마음대로 오고가는 것이 여의지 않았다. 그리고
몸소 갈 수 없었던 상황에서 명나라의 지리에 밝고 우리의 사정을 정
확히 전달해 줄 사람이 필요했다. 군이 임경업이 신헐을 데려다가 대
접하면서 도움을 청한 것은 하루 빨리 나라를 오랑캐의 손에서 구하기
위함이었다. 그 어떤 사람도 나라를 걱정하기는 했지만 어떻게 구할
것인가에 있어서는 판단을 못 내리던 상황에서 임경업만이 의미 있는
결단을 내린 것이다. 그런데 신헐을 보내 놓은지 얼마 되지 아니하여
믿고 있었던 최명길과 이시백이 임금께 고하는 바람에 이 일은 원점으
로 돌아갔다. 그 후 임경업은 청나라의 요청으로 명나라와 싸우면서도
오히려 청나라에 많은 피해를 주었다.

　　장군이 몰래 배를 부수게 하여 청나라 배 35척을 부수고 3척을 풀어
놓아 명나라에 우리나라가 잊지 못함을 알리고자 했다. 개주에 이르러
明나라 배 40여척을 만나 싸울 때는 총에서 납을 빼고 화살의 촉을 빼
서 싸우니 서로 죽은 자들이 매우 적었다.[76]

---

75) 『임충민공실기』, 전, 將軍自丁丑媾後, 志不忘大明, 每爲之中夜, 撫枕欲以我國情
憫, 達於皇朝而顧不得, 其人聞香山僧申歇, 有義氣可任以事, 乃招致之, 款洽久之密
告以意, 歇慨然許諾.
76) 『임충민공실기』, 전, 凡破三十五船, 到石城島, 故縱三船飄入登州, 以我國之不忘.
至盖州遇明四十餘船, 依岸而戰潛去鉛, 於銃去鑞於矢, 漢兵死者甚鮮.

임경업은 명나라가 우리나라를 구원해 줄 것으로 믿었기 때문에 끝까지 우리의 실정을 전하고 명나라와의 우호적인 관계를 유지하고자 노력했다. 실제로 임경업은 병자호란을 전후하여 명나라와 제대로 싸워 본 적이 없었다. 그랬기에 명나라와 싸울 경우가 발생하면 서로 내통하여 피해를 최소한으로 줄일 수 있었다. 이것은 당시 조선의 정책 노선이었는데, 우리나라를 구하는 길이라고 굳게 믿고 있었다. 따라서 임경업은 청나라의 요청에 의해 명나라를 쳐부수는 구원병으로 나갔으면서도 자신이 생각한 과업을 꾸준히 실천하고 있었던 것이다.

그러나 임경업의 이러한 행동은 오래 갈 수 없었다. 명나라 장수로서 임경업과 신헐의 일을 잘 알고 있던 홍승주가 청나라에 항복하면서 그동안 명나라를 돕고 청나라를 배척해 왔던 일들이 밝혀지게 되어 위급한 상황에 처하게 되었다.

> 이때 청나라에서는 관련자들을 잡아다가 심양에서 대질하고자 했는데, 관련된 사람들이 모두 달아났다. 장군은 금교역에 이르러서 "장부가 어찌 한갓 헛죽음을 할 수 있겠는가"하고 도망하여 삭발하고 승려가 되었다.[77]

임경업은 자신의 목표를 이루기 위해서는 도망하여 후일을 도모하는 것도 마다하지 않았다. 만약 이것이 조선 안에서 임금의 어명에 반하는 것이었다면 임경업으로서는 상상도 할 수 없는 일일 것이나 청나라에서 한 것이었기 때문에 결단을 내릴 수 있었다. 그리고 한 나라의 장수로서 죽으면 죽었지 떳떳하지 못하게 도망한다는 것은 쉽게 생각

---

[77] 『임충민공실기』, 전, 崔完城金淸陰等十數人與之淸, 盡令置對於瀋, 諸公曁兩司長官, 皆赴將軍到金郊驛, 仰天歎曰, 丈夫豈能徒死, 遂亡匿削髮爲僧.

할 수 있는 것은 아니다. 장수는 자신의 명예와 신의를 중요하게 여겼던 만큼 도망하는 것이 비겁하다는 생각에 이르고 보면 그의 행동이 결코 가볍게 여길 수 있는 것은 아니다.

임진왜란 당시의 김덕령 같은 인물에게서도 나타나듯이 충분히 도망할 수 있는 방법이 있었음에도 불구하고 스스로 잡힌 바 되어 죽음으로 이르는 것을 확인할 수 있었다. 김덕령은 올바름에 대한 자신의 확실한 믿음이 바탕에 깔려 있는 것이긴 하지만 임경업처럼 도망하면서까지 과업을 이루고자 하지는 않았다. 이런 점이 임경업이 자신의 과업을 이루는 과정에 보여주는 융통성이자 탁월함이라고 할 수 있다. 물론 임경업의 탁월한 안목은 여기에 국한되지만은 않는다. 그러나 이와 같이 국가를 구하려는데 최선을 다하는 모습은 과업을 이루기 위해 개인적인 모든 것을 감수한 듯한 숙연함이 깃들어 있다. 임경업은 머리를 깎고 스님이 되어 한강까지 와서 다시 배를 구해 중국 명나라로 향했다. 우리나라를 구할 수 있는 방법을 찾기에 모든 방법을 동원한 것이다. 그러나 임경업의 지칠 줄 모르던 과업의 수행도 명나라 황제가 죽음으로 인해 새로운 국면에 접어들게 되었다.

> 갑신 3월에 청나라 오랑캐가 북경을 함락하고 숭정황제가 사직을 위하여 목숨을 바치자 청나라 세상이 되고 말았다. 장군은 명나라가 망하게 되자 부장 마등홍과 석성도로 갔었는데, 등홍이 항복하면서 잡힌 바 되어 북경옥에 갇히게 되었다.[78]

---

78)『임충민공실기』, 전, 甲申三月, 流賊陷北京, 崇禎皇帝殉社稷, 淸人入關據天下, 弘光卽位南京, 登州將托言動王棄軍走, 副將馬登紅代領, 其衆與將軍, 移保石城島, 乙酉五月, 弘光又亡淸, 招登紅及將軍, 登紅陰有降意, 將軍優憤, 欲脫身歸卒, 爲登紅所執降淸, 繫北京獄.

임경업이 명나라를 통해 이루어 보고자 했던 조선의 구원은 끝내 명나라 숭정황제가 죽음으로써 더 이상 진행될 수 없었다. 그리고 명나라 장수였던 마등홍의 거짓에 속아 청나라의 포로가 되기에 이르렀다. 임경업은 명나라를 도와 청나라를 물리쳐 자신이 설정한 과업을 이루고자 했다. 그러나 중국의 정세가 불리하게 바뀌어지면서 명나라에 의존할 수도 없는 상태가 되었고, 과업을 더 이상 수행할 수 없게 되었다. 청나라와의 관계는 오랑캐의 나라에서 어쩔 수 없이 우호적인 관계로 돌아설 수밖에 없었다.

그런데 청나라에서 돌아옴에 뜻밖에도 김자점 등의 모함으로 죽음의 수렁에 빠지게 되었다. 항상 좋은 일이나 나쁜 일이나 일은 한꺼번에 온다고 했던 것처럼 과업의 수행이 중단된 상황에서 심기원의 역모에까지 휘말려 조선으로 압송되었다. 그가 이루고자 했던 일들이 이제는 아스라이 멀어져가는 물거품이 되었으므로 그에게 더 이상 할 일이란 존재하지 않았다. 다만 그 동안의 국가를 위해 목숨을 던져 이루고자 했던 행동들은 모두 접어 둔 채 옳은 일이었다는 결백만을 주장하는 길이 남아 있을 뿐이었다. 이런 점에서 볼 때 김자점은 국가적인 위기 상황인 전쟁에서는 무능했지만 자신의 처세에 있어서는 난세의 영웅도 사지(死地)로 몰아넣을 수 있는 위인이었다.

    이때 김자점이 장군을 매우 시기하여 죽이려고 하였다. 혹자의 말에 의하면 김자점이 옥리들을 사주하여 곧바로 죽였다고 한다.79)

    임경업이 공초에 연루되어 잡히자 위관(委官) 김자점이 사사 감정으로 죽였다.80)

---

79) 『임충민공실기』, 전, 時自點甚忌將軍必欲殺, 或云自點嗾獄隷俓殞之也.

경업이 죽음에 임해서 크게 말하기를, "천하 일이 아직 평정되지 못하였으니 가히 나를 죽이지는 못하리라" 하였는데 이미 죽자, 온 나라 사람들이 그 말을 옳게 여기고 슬퍼하지 않는 이가 없었다.81)

임경업은 한낱 자신의 영달을 바라지 않았다. 다만 난세를 만나 나라를 위하는 일에 자신의 모든 능력을 발휘해 보고자 했을 뿐이었다. 그의 삶의 목표는 국가를 구하는 것에 있었던 만큼 대부분의 모든 사람들이 그의 행동에 대해 찬사를 보냈다. 그러나 그는 개인적인 부귀영화도 누리지 못했고 자신의 과업도 끝까지 다 이루지 못한 채 억울한 죽음을 당했다. 직접적인 가해자는 김자점이었으나 방관하고 있었던 임금도 잘못이 없다고는 볼 수 없다. 임경업은 능력이 뛰어났던 만큼 사소한 일에서부터 시기를 받았고 그가 과업을 수행하는 과정에서 그를 두렵게 여겨 모함하는 무리들이 있었다. 즉 표면적으로 드러내지는 않았지만 중국과의 정세가 새로운 판도로 바뀌게 되자 전쟁의 영웅이 패배하게 되는 것이다. 임경업은 어려서부터 무예에 출중했고 벼슬길에 올라서는 나라와 피지배 계층을 위하는 일에 모든 것을 바쳤다. 그러나 끝내 국가를 위기에서 구하지 못하고 죄인의 몸이 되어 죽었다. 이러한 임경업의 죽음에 대해 운명론적으로 생각한다면 중국의 판도 변화를 예상하지 못했기 때문에 좌절될 수밖에 없었다고도 할 수 있다. 그러나 엄격히 말한다면 탁월한 능력이 있었지만 국내의 정치적 상황 및 국제 정세의 판도 변화에 희생된 비극적 인물의 삶이었다고 할 수 있을 것이다. 여기에 과업을 이루지 못하고 비참하게 죽음을 맞이한 임경업의 안타까움이 존재한다.

---

80) 『국역 연려실기술』 VI, 369쪽.
81) 『국역 연려실기술』, 앞의 책, 369쪽.

### (3) 비극적 죽음에 대한 주변의 반응

임경업은 병자호란을 배경으로 활약했던 만큼 그의 탁월한 능력은 인정하면서도 그 뛰어남을 용납할 수 없는 인물들도 있었다. 이것은 그만큼 임경업이라는 존재가 당시 병자호란기의 조선 사회에서 큰 비중을 차지하고 있었다는 반증으로도 여겨진다. 그리고 한편으로는 모든 계층에서 지지를 받았던 것은 아니라는 점도 아울러 확인할 수 있었다. 따라서 그의 비극적인 삶을 드러내 보이기 위해서는 그의 주변에서 활동했던 인물들의 그에 대한 생각이나 행동이 중요하게 작용한다고 사려된다. 즉 국내에서 정치적인 입장이 맞물려 있었던 인물이나 과업의 수행 과정에서 만나게 되는 대외적인 인물들의 생각이 어떻게 나타나 있는지 살펴보고자 한다. 이것은 임경업의 비극적 죽음을 이해하는데 한 발 다가서기 위한 것으로서 주변 인물들의 이해득실이 어떻게 작용하고 있는지를 확인해 볼 수 있기 때문이다.

임경업의 비극적 죽음을 두고 가장 슬퍼한 사람들은 다름 아닌 피지배 계층들이었다. 피지배 계층들은 임경업에 의해 전란의 위기에서 다소나마 안도할 수 있었기 때문에 많은 지지를 보냈다.

그러나 당시 전란의 상황에서 충신과 간신을 구별하지 못하고 임경업을 죽도록 묵인한 임금인 인조와 임경업을 죽음으로 몰아 넣은 김자점 등의 행동은 피지배 계층들의 염원과는 대치되는 것이었다. 아울러 임경업이 과업을 수행하는 과정에서 대외적으로 작용했던 명나라의 숭정황제와 청나라의 황제 등도 임경업의 비극적 일생과 많은 관련을 지니고 있다. 그런데 이러한 여러 주변 인물들과의 관계에서 임경업의 비극적 죽음의 원인이 되었던 것은 다름 아닌 심기원의 모반 사건이었다. 즉 심기원의 모반을 빌미로 임경업을 죽이고자 한 것이다. 여기에서는 이러한 정황을 인식하면서 주변 인물들을 살펴보고자 한다.

### ① 지배 계층

임경업은 광해군 때 무과에 오른 이후 인조반정으로 인해 인조가 임금의 자리에 있던 시대에 활동했다. 임경업은 능력이 탁월했던 만큼 임금으로부터 실력을 인정받았고 초반에는 벼슬길에도 별 무리가 없었다. 그러나 인조 임금과 임경업의 관계는 그렇게 평탄했던 것만은 아니었다. 임경업의 임금에 대한 충성은 그 누구에게도 뒤지지 않을 줄기찬 것이었으나[82] 인조 임금은 임경업의 충성을 모두 받아들이지는 않았다. 그랬기에 임경업의 행동에 대해 찬사를 보내기도 했지만 잘못에 대한 정황을 확인하지도 않은 채 죄를 묻는 경우도 많았다. 그만큼 인조는 임경업과는 다른 관점에서 모든 상황을 파악하고자 했다. 어느 시대에나 그러했듯이 군주는 자신에게 도움이 되지 않는다는 판단이 설 때는 자신이 신임하는 사람일지라도 과감히 제거해 왔다. 특히 이런 일은 대외적으로 국가적인 위기 상황하에서 많이 발생하게 되는데, 간신이 개입되었을 때는 특히 붙임이 심했다. 그래서 필요성을 느낄 때는 언제든지 등용했고 불안을 느낄 때는 전날의 공과에 상관없이 단죄하기 일쑤였다. 임경업은 그의 활약이 뛰어났던 만큼 임금도 그의 행동을 칭찬하고 선물을 하사한 적이 많았다. 그리고 벼슬길에 나아갈 때면 그의 생각을 물어 보는 자상함까지 보였다. 이렇듯 초반에 임경업의 벼슬길이 순탄할 수 있었던 것은 이괄의 난을 진압한 때문이었으며, 임경업이 처음으로 위기를 당했던 것은 앞에서도 살펴보았듯이 가도 장수 유흥치가 배반했을 때였다. 이때 조정에서는 돌아가

---

82) 장덕순, 『한국수필문학사』, 새문사, 1992, 181~187쪽.

는 청나라 군사들을 임경업이 포위하고 있었을 때 그들을 비호했다고 오히려 사형에 처하고자 했다. 그러나 다행히 임경업의 선견지명으로 인해 청나라가 쳐들어옴에 포위를 풀어 주어 국가의 위기도 넘기고 임경업도 무사할 수 있었다. 또한 신의주에서 세금을 많이 거두어들였을 때도 피지배 계층들은 염두에 두지도 않은 채 임경업을 체포했다. 인조는 전란의 와중에서 판단력이 흐려져 임경업같이 변방에서 고생하던 인물들은 영문도 모른 채 고통을 받을 수밖에 없었다. 그러므로 임경업이 김자점의 모함으로 죽기 직전에도 임금은 그의 충성심에 대해서 일말의 믿음은 있었지만 수동적인 태도를 보였다.

그 다음날 상이 말하기를 "많은 적들이 임경업을 끌고 들어간 사람이 많다. 이 때문에 국문을 하기는 하지만 혹시 억울하게 원한을 품고 있을까 걱정된다. 한밤 중에도 잠을 이룰 수 없으니 경들의 뜻은 어떤가"라고 했다.[83]

상이 말하기를 "심기원이 만약 임경업과 연루되었다면 반드시 남겨두고 그를 등용했을 것이지 그렇게 멀리 보냈겠는가. 임경업은 많은 사람들에게 존경을 받고 있으니 기원은 반드시 그 도망함으로 인하여 그 사람을 팔아 가지고 더욱 그 당을 고무시켰을 것이다. 멀리서 역모 꾀하는 것을 임경업이 어떻게 알 수 있었겠는가."하고 다시 심문하기를 명하였지만 장군은 이미 죽고 말았다. 상이 깜짝 놀라 말하기를 "경업이 죽었느냐 장차 그 죄가 아닌 것을 알고 있는데, 어떻게 갑자기 죽었느냐 그 공로에 대하여 보답도 못하고 쓰기를 다하지 않았는데 애석하다 그의 죽음이여"라고 했다.[84]

---

83) 『임충민공실기』, 전, 翌日上教曰, 諸賊多引慶業, 故鞠而慮, 或抱冤中夜無寢, 卿等 之意如何.

84) 『임충민공실기』, 전, 上曰, 器遠若連慶業, 必留以爲用, 其肯遠送乎, 慶業見重, 於

임경업에 대한 결백은 임금 자신도 어느 정도 믿고 있었다. 그러나 확실한 판단이 서지 않았던 상황에서 다시 심문하기를 명했을 때 임경업은 이미 죽어 있었다. 이것은 김자점이 임금도 두려워하지 않는 마음에서 자신의 세력을 믿고 독단적으로 처리한 일일 수도 있다. 그러나 결국 임금의 미온적이었던 태도 또한 임경업의 죽음을 방관한 것에 지나지 않는다. 임금을 절대적인 존재로 받들고 있었던 조선 사회에서 임금의 명이 내려지기도 전에 죽인 김자점의 의도도 의심이 간다. 그러나 임금의 충신에 대한 최소한의 불신은 뛰어난 영웅을 얼마나 쉽게 사라지게 할 수 있는지 보여주는 대표적인 예가 아닐 수 없다. 인조는 국운이 위태로운 상황에서 국가를 위해 최선을 다한 임경업이 역적으로 몰려 잡혀 왔을 때 역적이 아닐 것이라는 의구심은 마음 속으로 가지고 있었지만, 적극적으로 대처하지 못하고 다만 그가 죽고 난 다음에 애석한 마음을 나타냄으로써 비극적 죽음을 바라만 본 무기력한 임금이 되었다.

### ② 피지배 계층

피지배 계층들은 전란의 와중에서 자신들을 구원해 줄 수 있는 뛰어난 장수를 갈망했다. 전쟁의 소용돌이 속에서는 언제나 그러했듯 피지배 계층들만이 가장 많은 고통을 감내 해야만 되었다. 항상 고통받고 힘들어하던 피지배 계층들에게 있어 임경업의 등장은 하나의 새로운 전기가 되기에 충분했다. 임경업은 벼슬길에 나아가면서부터 다른 관료들과는 달리 항상 피지배 계층의 편에 서고자 했고, 피지배 계층이

人器遠必因其亡而籍賣之, 以誘其黨而已, 遠外誣逆慶業何, 以與知命再訊, 將軍已死, 上驚曰, 慶業死乎, 將論其非罪何, 遽死也, 勞未酬用, 未究惜乎, 其死也.

넉넉하고 풍요로울 때 관료들도 걱정이 없음을 일찍이 간파하고 있었
다. 그리고 이것은 이론상이 아닌 몸소 실천할 때 더욱 진가가 나온다
는 것도 잘 알고 있었다. 임경업은 처음 벼슬길에 나가면서부터 몸소
지역민과 함께 하고 한 점의 사심도 없게 일처리를 함으로써 추앙을
받을 수 있었다. 이것이 임경업이 여타의 관료들과 다른 점이었다. 임
경업은 27세부터 벼슬길에 나아갔는데, 처음 소농보에 임명되었을 때
조달의 일을 잘 처리해 그 능력을 인정받았다. 그리고 많은 성을 쌓을
때도 몸소 돌을 지고 군사들과 함께 함으로써 신망을 얻고 일의 성과
를 크게 증대시킬 수 있었다.[85] 또한 모친상을 마치고 신의주에 이르
렀을 때 관의 재정이 너무 빈약하여 조정에서 보내 온 은 천냥과 비단
백 필로 피지배 계층들의 상업을 장려해 많은 재정을 메울 수 있었다.
아울러 피지배 계층의 살림에도 도움이 되어 많은 칭송을 듣기에 이르
렀다. 그러나 조정에서는 변방의 상황을 자세히 파악하지 못하고 있었
으므로 세금을 너무 많이 거두었다고 하여 체포되는 일이 발생했다.
이때 피지배 계층들이 하소연하고 새로 온 부윤 이준도 장계를 올려
그를 풀어 줄 것을 청했다.

　　얼마 후에 세금을 너무 많이 걷어 갔다고 하여 체포되기에 이르렀다.
　　그러자 주민들이 원수와 조정에 하소연하기를 "조금 많이 실어 갔던
　　것은 군량미를 갖추려고 한 것인데, 도리어 죄를 당하게 되었으니 그럼
　　변방의 사람들은 누구에게 의지할 수 있겠습니까"하고 말했다. 신부윤
　　이준 또한 장계를 올려서 말하기를 "임경업이 체포당함에 용만의 피지
　　배 계층들이 어머니를 잃은 것처럼 여기니 신같이 용렬한 재주를 가진
　　사람으로서는 용만 땅을 다스릴 수가 없습니다. 청컨대 다시 임경업을

---

85) 성을 수축할 때 있었던 임경업의 일화는 소설 『임장군전』에 잘 나타나 있다.

보내서 피지배 계층들의 마음을 편안케 해주어야 할 것입니다."라고
했다.86)

조정은 앉아서 걱정만 했을 뿐 실정을 파악하지 못했고 잘잘못만 가
리는 데 급급했다. 이러한 조정의 처사가 잘못되었음은 피지배 계층들
뿐만 아니라 지배 계층의 관료까지도 깊이 인식하고 있었다. 그만큼
임경업의 행동에 대한 피지배 계층들의 믿음이 저변에 확대되어 있었
다. 피지배 계층들은 임경업의 행동에 대해 비판하기보다는 자신들이
그동안 살기 어려운 처지에서 조금이나마 먹고 살 수 있게 된 것이 임
경업의 지혜에서 나왔음을 잘 알고 있었다. 그러므로 그를 처벌하려는
일은 피지배 계층들의 삶을 다시 곤경에 빠뜨리는 일이 아닐 수 없었
다. 또한 임경업을 피지배 계층들이 믿고 따르며 변방의 사정에 정통
했던 점을 감안할 때 신부윤 이준으로서도 그가 다시 오는 것이 좋을
것이라고 판단했다. 그만큼 임경업은 피지배 계층들에게 인정받고 있
었다.

이러한 사건이 있은 후에도 임경업의 피지배 계층들을 아끼는 마음
은 여러 곳에서 나타나고 있다. 청나라에 포로로 잡혀 있던 한나라 사
람들을 우리 장수에게 보상으로 주었을 때도 우리나라 사람으로서 포
로가 되어 있던 사람들과 바꾸어 돌아오게 했다. 그리고 자신이 부리
던 군졸들을 사랑해 전리품을 얻어도 그들에게 모두 주었고, 항상 자
신보다는 부하들을 걱정했으므로 신임이 두터웠다. 이렇게 피지배 계
층들과 군졸들을 아끼던 장군이 김자점 등의 모함을 입어 청나라에서

---

86) 『임충민공실기』, 전, 俄而以濫馱, 越送被臺逮, 州民訴元帥及廟堂曰, 濫馱爲辦軍
餉, 反以見罪, 邊事何, 賴新府尹李浚, 亦馳啓言, 慶業逮灣民如失慈母, 如臣庸才, 無
以鎭之, 請更遣慶業, 以安民情.

돌아 올 때에는 얼마나 장군에 대한 고마움이 넘쳐 있었는지가 잘 나
타나 있다.

> 장군이 돌아오는 길에 용만의 사람들이 말을 에워싸고 말하기를 "우
> 리 공께서 오셨다"라고 하였으며, 지나가는 고을 사람들이 모두 모여 봄
> 으로써 더 앞으로 나갈 수가 없게 되었다. 그리고 그가 죽음에 미쳐서는
> 어린 아이와 부인까지도 슬퍼하면서 "국가에서 임장군을 잘못 죽였다"
> 라고 말하였다.[87]

장군이 돌아옴에 피지배 계층들은 부모가 돌아온 듯 기뻐했다. 그를
보고자 하는 사람들이 많았던 탓에 앞으로 나갈 수가 없을 정도였다.
그리고 그가 죽었을 때는 어린 아이와 부녀자까지도 그 슬픔을 못 이
겨 국가에 잘못을 돌리고 있다. 이것은 당시 조선의 피지배 계층이라
면 어린아이에서부터 부녀자들에 이르기까지 임경업장군을 지지하고
있었음을 반증하는 것이다. 피지배 계층들은 임경업이 있음으로 인해
조금이라도 위안을 삼고 살 수 있었는데, 그가 죽음에 이르러서는 아
쉬움과 위정자들에 대한 형용할 수 없는 배신감이 들었을 것이다. 이
것은 임경업이 전란의 어려운 상황에서도 피지배 계층들을 아끼고 사
랑했던 결과였다. 피지배 계층들에게 있어서는 조정의 임금보다도 더
현실적으로 임경업의 활약이 도움을 줄 수 있었던 결과였다.

### ③ 적대자

임경업의 비극적 일생에 있어 가장 많이 개입된 인물이 김자점이다.

---

87) 『임충민공실기』, 전, 將軍之還也, 灣人擁馬呼曰, 我公至矣, 所過士民聚觀路爲之,
  枳及死婦儒莫不齊呑曰, 國家枉殺.

김자점은 임경업에 비해 항상 높은 위치에 있었으면서도 자신의 위치를 더욱 공고히 하기 위해서 뛰어난 전란의 영웅을 죽였다. 김자점과 임경업의 관계는 임경업이 벼슬길에 나아갔을 때부터 시작되어 좋은 관계가 유지될 수 없는 상황이었다. 이미 앞에서도 확인한 바와 같이 임경업에게 작은 잘못이 있었을 때 김자점이 트집을 잡아 심문하고자 했다, 그리고 호적들이 쳐들어 올 때에는 장군이 봉화를 올려 이 사실을 당시의 원수였던 김자점에게 전했으나 김자점이 조정에 보고를 하지 않았다. 때문에 임금이 남한산성에서 굴복하는 결정적인 원인이 되었다.[88] 김자점은 정치적으로 항상 임경업의 위에 있었으면서도 그의 능력을 두려워했음인지 좋게 보지 않았다. 그리고 자신의 안위를 위해서 국가의 위태로움까지도 대수롭지 않게 여기는 장군과는 가치관이 상반된 행동을 보였다. 임경업이 자신의 목숨을 바쳐 가면서까지[89] 국가를 구하고자 노력하고 있을 때 김자점은 조정에서 그를 죽일 궁리만 하고 있었다. 그러므로 임경업이 청나라에 잡혀 있을 때도 조선의 역적을 본국으로 데려가게 해달라고 청했고, 임금의 명이 내리기도 전에 죽일 수 있는 대담성을 지니고 보였다.

> 때마침 김자점이 사신의 명을 받들어 가지고 이르러 말하기를 "우리 나라 죄인을 우리에게 보내 주시기를 원합니다"라고 하고 익년에 이르러 이재상 경석과 김재상 육이 또 다시 사신으로 이르러서 거듭 청하니 청나라에서는 함거로써 장군과 휘하 6명을 실어서 보냈다.[90]

---

88) 『연려실기술』 Ⅵ, 174~175쪽.
89) 일찍이 공자는 논어에서 충성을 "자신의 몸을 다 바치는 것(盡己之謂 忠)"이라고 했는데 임경업의 경우가 이에 해당된다고 사려된다.
90) 『임충민공실기』, 전, 適自點, 奉使至言, 是我國罪人, 願送於我, 翌年李相景奭與金相育, 又以使至, 重請之淸, 以檻車載將軍及摩下六人付送.

김자점이나 이경석, 김육 등의 재상들은 임경업을 청나라로부터 구하기 위해 우리나라 죄인이니 보내 달라고 한 것이 아니다. 혹시 청나라에서 임경업을 살려 둘까 걱정한 나머지 조선으로 데려가 죽이고자 했기에 거듭 보내 달라고 했다. 이때 청나라에서는 임경업의 죄상을 적은 조칙을 붙여 함께 보냈는데 피지배 계층들은 임경업을 죽이기 위해 데려오는 것이라는 것을 알지 못했다. 그랬기에 그를 보고자 인산인해를 이루었던 것이다. 김자점은 자신 보다 능력도 뛰어나고 피지배 계층들로부터 두터운 신망을 얻고 있던 임경업이 정치적으로 두려운 존재였던 듯하다. 그리고 자신이 지난날 봉화 불이 올랐음에도 대처하지 못한 잘못을 임경업이 밝힐 경우 그의 정치적 입지는 더 이상 설곳이 없었을 것이다. 따라서 심기원의 역모가 드러남에 그를 함께 연루시켜 죽음에 이르도록 만들었다. 그리고 당시의 정치적 상황이 김자점에 의해 조종되던 상황이었으므로 임금에 대해서도 임경업이 역모를 함께 했다고 주장할 수 있었다. 이때 단지 남이웅만이 임경업의 결백을 주장한 것으로 보아 조정의 모든 대신들은 김자점의 편에 서 있었다는 것을 짐작할 수 있다. 아울러 김자점의 사람됨이 사리에 맞지 않고 판단력이 없어 피지배 계층들의 원성을 들을 수밖에 없었음은 정방성을 쌓을 때의 일에도 잘 나타나 있다.

> 김자점은 피곤한 백성들을 독촉하여 정방성(正方城)을 쌓는데, 형벌과 매질로서 위엄을 세워 인심을 점점 더 잃었다.[91]

김자점은 사람됨이 포악하고 자신의 영달에만 급급했으므로 모든 피지배 계층들에게 신망을 잃을 수밖에 없었다. 이때 당시에 김자점이

---

91) 『국역 연려실기술』 Ⅵ, 174쪽.

임경업을 많이 시기했음은 주지의 사실이다. 이러한 그가 피지배 계층들의 신망을 얻고 있던 임경업을 좋아할리 없었고 결국은 죽이고야 말았다. 피지배 계층들은 임경업이 죽었을 때 국가의 잘못이라고 했지만 모두 김자점의 소행이었으므로 실질적인 잘못은 김자점에게 있었다. 그랬기에 임경업을 비참한 죽음으로 몰아넣은 김자점이야말로 국가와 피지배 계층들의 기대를 저버린 탐욕스런 관료이자 임경업의 활약을 막은 반대자였다.

### 4) 역사적 사실의 윤색과 의미

주지하다시피 전은 역사적 사실성과 객관성을 바탕으로 기술되어진다. 그러나 작자가 의도하는 이면에는 드러나지 않는 의미가 내재되어 있다. 그러므로 한 인물을 대상으로 여러 사람이 전을 짓다 보면 조금씩 내용이 다른 경우도 있고 강조하는 점도 다를 수 있다. 특히 대상을 부각시킴에 있어서는 다소 과장이 끼어들기도 하고 역사적인 사실에서 벗어나는 듯한 느낌을 받을 때도 있다. 이러한 점은 어디까지나 실제 역사적으로 존재했던 인물을 대상으로 하기 때문에 생길 수 있는 것으로 전이외의 다른 장르에서도 마찬가지라고 할 수 있다. 다만 역사적으로 생존했던 인물을 바라봄에 있어 시간적인 차이와 강조하고자 하는 관점이 달라짐으로 인해 내용과 주제 등에서 차이가 나게 마련이다. 즉 대상 인물은 하나이지만 어떤 관점에서 어떤 의도로 접근하느냐에 따라 내용이 전혀 달라지게 되는 것이다. 임경업전도 이러한 경우에서 예외는 아니다.

임경업의 경우도 내용에서 다루어지는 것과 이면에서 의도하고자 하는 주제는 조금씩 다르다고 할 수 있다. 임경업의 전에서는 역사적인 사실이 매우 자세하게 나타나 있으며, 그의 행동에 따른 선견지명, 능력, 과업의 수행, 비극적인 죽음에 이르는 내용들이 잘 묘사되어 있다. 이것은 임경업이라는 인물의 행적을 드러내어 그가 어떤 인물이었는지를 작가의 시각을 통해 많은 사람들에게 전하고 있는 것이다.

임경업전에서 나타내고자 하는 것은 뛰어난 활약을 펼친 임경업이 억울하게 죽은 것이다. 그러나 임경업의 억울한 죽음을 묘사함에 있어 방관적인 태도를 보였던 인조가 일말의 애석함을 갖고 안타까워하는 것으로 나타내고 있다. 그리고 임경업의 죽음을 김자점이라는 하나의 적대자를 만들어 시종일관 이끌어 가고 있으나 역사적 이면에는 명나라를 지지했던 당시의 정치적 흐름이 집약되어 있다. 즉 새롭게 등장한 청나라에 의해 중국이 통일되면서 그동안 명나라를 적극적으로 지지했던 임경업을 제거할 필요성이 있었던 것이다. 이것은 친명파와 친청파로 나누어져 있었던 국내 정치의 상황에서 친청파가 우위에 서게 됨으로써 생긴 정치적 비극이라고도 할 수 있다. 그러므로 친명정책을 폈던 인조 임금도 임경업이 심기원의 역모에 관련되어 국문을 받을 때 역적으로서의 논리가 타당하지 않음을 느꼈던 것이다. 그러나 대세가 기울어져 감은 어쩔 수 없었던지 충신의 죽음을 수수방관만 하고 말았다.

전은 역사적인 사실을 언급하면서도 김자점이 왜 죽이려고 했는지에 대해서는 당시의 시대 상황과 관련된 구체적인 언급이 없다. 단지 임경업이 두려워서 빨리 제거하고자 했다는 의미만 드러나 있다. 이러한 논리의 전개는 설득력이 약하다. 당시 김자점은 막강한 권력을 가지고 임금도 두려워하지 않던 상황에서 임경업을 두려워할리 없었기 때문이다. 아울러 임경업이 죽게 되었을 때 많은 관료들 중에서 단지 남이웅 한 사람만이 임경업을 살려야 된다고 했던 점으로 미루어 보아 임경업은 대중국 외교의 시대적 흐름에 따른 정치의 희생양이라고 해야 할 것 같다.

전에 나타난 임경업의 죽음은 국가에 충성을 다한 영웅의 비극적 죽음이다. 병자호란을 전후하여 대내외적으로 긴박했던 상황은 임경업이라는 뛰어난 능력을 지닌 영웅의 출현으로 새로운 전기를 맞을 수 있었다. 그러나 그는 명나라와 청나라의 사이에서 조선의 피해를 최소한으로 줄이고자 했기에 고달픔 삶을 살아야 했고 끝내는 간신의 모함으로 일컬어지는 정치의 희생양이 되었다. 즉 임경업의 죽음 속에는 능력이 뛰어난 충신이라는 점과 피지배 계층들로부터 두터운 신망을 얻고 있었다는 점, 끝까지 나라를 구하기 위해 목숨의 위태로움도 마다하지 않았다는 점, 중국의 전쟁터가 아닌 조선에서 모함을 받아 비참하게 죽었다는 점 등이 내포되어 있다. 이러한 역사적인 사실들을 종합해 보면 임경업은 정치적인 공인으로서의 입장 때문에 죽음에 이르게 된 것이다. 이것을 모두 고려해 보면 임경업전에 나타난 주제는 탁월한 능력의 영웅이 정치적 흐름에 의해 비극적으로 죽게 된 것이다. 임경업은 영웅이었으면서도 행복한 삶을 누리지 못했다. 이러한 임경업의 삶의 이면에는 탁월한 영웅도 비참하게 죽을 수 있음을 상기시키는 동시에 더 이상 활약할 수 없는 영웅에 대한 안타까운 마음이 담겨져 있다. 따라서 전에서는 당시의 시대적 상황에 기초하여 사실적으로 존재하는 임경업의 죽음을 그의 활약과 비극적 죽음에 중점을 두고 기술하고 있음을 알 수 있다.

## 5) 전·소설·설화의 대비적 고찰

임경업의 일생과 관련된 이야기는 전, 소설, 설화에 걸쳐 매우 다양하고 풍부하게 존재하고 있다. 전, 소설, 설화는 당시의 역사적인 사실을 바탕으로 특징적인 기술상의 차이를 지니고 있는데, 대체로 임경업의 뛰어난 활동과 비극적 죽음이 당시의 정치적 상황과 함께 비중 있게 다루어져 있다. 이것은 임경업이 병자호란을 겪으면서 역사적으로 두드러진 활약을 보였을 뿐만 아니라, 그가 조선을 구할 수 있는 유일한 인물로 설정되어 있기 때문이다.

위에서 전술한 바 전은 역사적으로 존재했던 실제적인 사건을 중심으로 임경업 개인의 활약에 대해서 묘사하고 있다. 반면에 소설에서는 역사성을 바탕으로 했으면서도 작가의 숨은 의도를 사회적인 것으로 이끌어 내고 있다. 즉 소설의 작자층은 전에 비해 알려지지 않았을 뿐만 아니라 소설을 쓸 정도의 지식을 지닌 식자층이라고 할 수 있다. 그리고 소설의 내용이 전과는 전혀 다른 설정이 많아서 당시의 사회적 흐름을 못마땅하게 여기고 비판할 수 있는 안목을 지닌 인물이었을 것으로 짐작된다. 따라서 소설에서는 임경업의 죽음을 사회적인 것으로 이끌어 내고 있기 때문에 임경업의 능력이나 활약, 모함, 억울한 죽음 등이 더욱 많은 공감을 얻을 수 있도록 설정되어 있다. 이것은 전의 작가가 당시의 정치적 시대적 흐름에 동조하면서 살았던 사대부였다면 소설의 작가는 임경업의 죽음을 부당하다고 생각하고 있는 지식인 계층이기 때문에 가능한 것이었다. 소설은 일종의 당시 정치적인 면에 있어서 반감을 표출할 수 있는 유일한 지면의 역할을 충실히 했다고 여겨진다. 따라서 왕명에 의해 죽은 임경업을 살려내어 당시의 위정자들을 꾸짖는 것으로 내용을 삼음으로써 당시의 잘못된 정치를 신랄하게 비판하고 있는 것이다.

뒤에서 상론하겠지만 우선 그 대략적인 차이를 면저 살펴보면 소설이 전과 같은 흐름에서 벗어나 위정자를 벌하는 것으로 허구적인 면과 진실에의 접근이라는 측면에서 한 차원 더 진전되었다면, 설화에서는 소설의 허구적이라고 할 수 있는 부분을 뛰어넘어 신처럼 받들어지는 신화적인 인물로까지 발전시켜 놓았음을 확인할 수 있다. 이는 중국의 장수로서 일찍부터 신처럼 여겨지고 있는 관운장의 존재와도 흡사한 것으로써 매우 특이한 경우라고 하지 않을 수 없다. 즉 조기잡이 설화에서는 임경업의 사당을 지어 제사를 지내면 조기가 잘 잡힌다고 믿는 풍습이 생겼기 때문이다.

이와 같이 임경업의 일생은 다른 인물들에 비해 독특한 모습으로 여러 문학 장르에 반영되어 있다.

그런데 전은 이선이 지은 것을 대상으로 내용을 검토해 보았지만 소설과 설화는 이본이 훨씬 많기 때문에, 본 연구에서 다루는 이본에 대해 설명이 필요하다고 본다. 본 연구에서 지칭하는 임경업전이라는 용어는 전을 말할 수도 있고 흔히 전을 표방한 소설이라고 할 수 있는 소설의 영역에 속한 작품을 말하는 것일 수도 있다. 그래서 대부분 임경업전에 대한 연구에서는 그 대상이 전인지 소설인지를 밝혀 주고 또한 각 장르에 따른 이본간에 차이가 있기 때문에 그에 대한 설명이 반드시 따라야 한다.

소설 임경업전은 내용상의 차이는 그리 크지 않다. 이것은 임경업이라는 한 인물의 일대기만을 대상으로 하고 있기 때문인 것 같다. 그러나 한 인물을 대상으로 하면서도 약간씩은 차이가 있기 때문에 수십 종의 이본이 존재하는데, 이들 판각본 중에서 가장 많은 이본이 남아 있는 것이 27장본이다.[92] 그리고 이러한 판각본 외에도 1910년대부터 나오기 시작한 신활자본이 있는데, 판각본에 비해 내용상의 큰 차이는 없으며, 다만 나이를 현실에 맞게 고치고 내용을 좀더 풍부하게 했을

---

92) 이윤석, 『임경업전연구』, 정음사, 1985, 16쪽 주2 참조.

뿐이다. 즉 판각본에 비해 큰 차이는 없는데 근대 문명의 소산이라는 점에서 연구 대상에서 제외하기로 한다.

지금까지 알려진 소설 임경업전의 이본은 크게 광의의 이본 4종과 협의의 이본 32종을 합해 36종으로 밝혀져 있다. 이중 광의의 이본 4종은 엄격한 의미에서 이본이라 하기 힘들고 임경업의 일대기를 다루고 있는 32종만이 엄격한 의미에서 이본이라고 볼 수 있다.[93] 따라서 본고에서는 판각본 27장본을 대상으로 삼아 소설 임경업전을 살펴보고자 한다. 또한 설화는 문헌설화와 구비설화가 공존하는 만큼 작자층의 역사의식과 내용상의 차이 등을 살펴보기 위해 둘 다 대상으로 삼고자 한다.

임경업과 관련된 각 장르들의 내용 비교는 비극적 인물로서의 임경업을 더욱 드러내 줄 수 있을 것이다. 아울러 전, 소설, 설화의 작가의 의식이 다름으로 인해 각 장르가 내포하고 있는 의미상의 차이를 살펴볼 수 있으리라고 생각된다.

## (1) 전과 소설의 관계

전과 소설은 임경업이라는 한 인물을 대상으로 하고 있으면서도 구성에 있어서는 차이를 보인다. 물론 이것은 역사적 객관성을 바탕으로 대상 인물을 드러낸다는 점과 작가에 의해 허구화가 이루어진다는 점에 있어서 큰 차이가 있다. 따라서 한 인물을 중심으로 하고 있으면서도 어떻게 달라지고 있는지를 살펴보고 전을 중심으로 소설의 내용과 비교해 보아 각각의 장르가 지니고 있는 의미의 차이를 검토해 보고자 한다. 먼저 소설 「임장군전」과 전의 내용을 비교해 보도록 하겠다.

---

93) 이복규, 『임경업전연구』, 집문당, 1993, 174~175쪽.

### 〈소설 임장군전〉

가. 충청도 충주 단월 땅에 임경업이 살았다.

나. 농사를 지었는데, 포부가 크고 무예를 열심히 익혔다.

다. 18세에 무과에 장원하여 3년만에 백마강 만호가 되었다.

라. 병자호란이 일어났다.

마. 호국에서 임경업이 거짓으로 싸운 것을 알고 치죄하고자 했으나 도망했다.

바. 임경업이 죽음을 예견하고 몸을 날려 임금에게 사실을 고하자 김자점을 금부에 가두라고 하였다.

사. 자점이 금부에 가기 전 무사를 시켜 궐에서 나오는 임경업을 죽였는데, 임금의 꿈에 임경업이 나타나 사건을 모두 고해 사건이 드러났다.

소설 임장군전은 전과 비교할 때 상황 설정은 흡사하지만 스토리에 있어서는 더 넓게 확장되고 의미에 있어서도 상상력이 풍부하게 작용했다. 따라서 소설에서는 개인적인 사실을 알리는 전에 비해 임경업의 죽음을 방관만 하지 않고 복수를 하고 자식들에 대한 영달까지 그리고 있다. 소설에서는 김자점과 임경업에 대한 관계가 정확히 확인되지 않은 이야기까지 마치 사실인 것처럼 묘사되면서, 사회, 국가적인 것으로까지 문제를 이끌어 가고 있다.

전과 소설이 근본적으로 내용의 차이를 가져오는 것은 작가 의식에 따른 주제적인 관점이 달라진 데 원인이 있다. 임경업의 전을 지은 인물들은 대부분 정치, 사회적으로 지배 계급에 속해 있었으므로 임경업의 죽음에 대해서 미온적인 태도를 보이고 있다. 전문학 자체가 지배 계급의 소산이었으므로 한 인물의 행적을 드러내는 것에 불과할 뿐 그 이상은 아니었다. 즉 임경업의 능력을 탁월하게 묘사하여 뛰어난 영웅

이 비극적으로 죽은 것을 다루고 있지만 소설에서처럼 임경업의 죽음
에 대해 억울함을 보상한다든지 하는 일은 생기지 않는다. 전에 나타
난 임경업의 죽음은 단지 탁월한 능력을 지녔던 개인의 슬픔에 불과하
며 사회적인 것으로 확대시켜 구체화시키지 않고 있다. 즉 임경업의
죽음을 구체화시킨다면 당시 위정자에 대한 무능을 비판해야 하기 때
문에 단지 피지배 계층의 반응과 역사적 정황만을 다루고 있는 것이다.
이것은 자신도 지배 계층에 속해 있음으로 인해 생긴 불가피한 것이었
다. 그러나 소설은 그 내용으로 보더라도 위정자의 잘못을 꼬집는 한
편 현실에서 생긴 억울한 죽음을 가상 세계를 통하여 보상하는 측면으
로까지 발전되어 있다. 즉 소설의 작자는 자신의 신분이 노출되지 않
는 상황에서 당시 지배 계층에 있던 위정자들의 잘못을 들추어 복수하
고 억울한 죽음을 보상받도록 구성해 놓고 있다. 이러한 소설의 내용
설정은 정치적인 안목은 있었지만 사회적인 진출이 차단되어 있었던
지식인 계층에서 나올 수 있는 것으로 근본적으로 임경업의 일생을 바
라보는 시각이 다르다고 하겠다.

그러나 임경업이라는 인물의 죽음이 억울한 것이고 위정자들의 행
위가 잘못된 것을 지적하기 위해서는 역사적인 사실에 충실할 필요가
있다. 이러한 점은 전과 소설의 내용을 비교해 보면 쉽게 드러나는 데,
임경업이라는 인물을 대상으로 했던 까닭에 임경업이 무예 연마에 열
성이었던 점, 큰 포부를 지니고 있었던 점, 김자점과의 관계, 명나라와
의 역사적 관계, 죽을 때 김자점이 임경업을 잡아오는 것 등의 내용을
공유하게 되었다. 이것은 역사적으로 존재하는 임경업의 행적을 다루
면서 생길 수 있는 자연스런 결과라고 하겠다.

이와 같은 작가 의식과 더불어 전과 소설에 공통적으로 나타나는 내
용을 참고하면서 역사적 사실에 나타난 능력과 죽음에 관련된 부분을

중심으로 전과 소설의 차이점을 비교해 보도록 하겠다.

전과 소설에는 임경업의 벼슬하는 시기가 서로 다르게 설정되어 있다. 전에서는 27세인데 소설에서는 18세로 되어 있다. 물론 임경업의 나이는 신활자본 소설에는 25세로 되어 있는 점을 감안하면 그의 능력을 드러내기 위한 것이라고 생각된다. 그리고 소설에서는 3년만에 백마강 만호가 됨으로서 그의 벼슬이 짧은 기간 안에 상승하고 있음을 알 수 있다. 벼슬하는 나이가 어리면 어릴수록 임경업의 능력에 대한 평가는 올라간다. 그래서 그의 능력이 그만큼 뛰어난 것이라고 볼 수 있는데, 소설에서는 어린 나이 임에도 불구하고 역사 흐름의 중앙에 오도록 설정했다. 또한 나이와 벼슬에 못지않게 전에는 아버지의 충고를 통해 예언적인 일생이 잠재되어 있는데, 소설에서는 예언보다는 임경업과 무관한 일로써 능력자로 부각시키고 있다.

임경업전의 경우는 다른 전 작품들에 비해 비현실적인 내용이 많이 나타나 있지 않다. 그것은 당시의 시대적 흐름이나 작전(作傳)하는 인물의 가치관에 따라서 많은 영향을 받은 이유 때문으로 생각된다. 소설에서 임경업은 뛰어난 능력으로 호국을 침범한 가달을 대신 물리쳐 호국왕이 '만세불망비'를 세워 주었다. 소설에서는 하고 싶은 말이나 전달하고 싶은 의미를 상황 설정을 통하여 간접적으로 전달함으로써 임경업의 능력을 높이고 있다.

다음으로 임경업의 죽음에 대한 묘사를 살펴보면 소설에서는 임경업이 죽음을 예견하고 몸을 날려 스스로 임금에게 사실을 고한다. 김자점은 임금의 명이 없었음에도 불구하고 임경업을 의주에서 잡아와 죽이고자 했다. 이때 소설에서는 임경업이 몸을 날려 임금에게 가서 사실을 알게 함으로써 역신의 소행을 알게 하고 자신에 대한 처지를 일깨워 주고 있다. 이 부분은 호국에 들어가서 가달을 물리쳤던 임경업의 일과 함께 상상력이 많이 개입된 부분이다. 마치 도술을 부리는 능력을 지닌 것처럼 여겨지기도 하는데, 임경업의 능력을 단적으로 드러낸 것인 동시에 임금에게 부조리를 알리는 통쾌함을 내포하고 있다고 하겠다. 소설 임장군전에는 허구가 많이 개입된 만큼 이러한 신비적이고 우연한 일들이 종종 등장한다.

임경업의 죽음에 대한 설정 또한 다르게 되어 있다. 전에서는 국문을 받던 중 김자점의 사주에 의해 죽은 것으로 되어 있다. 그러나 소설에서는 임경업이 죽음을 예견하고 몸을 날려 임금께 사실을 고했음에도, 김자점이 금부로 가기 전 무사를 시켜 죽이고 있다. 여기에서는 전에 비해 소설의 구성이 더 넓고 치밀하게 이루어져 있다. 물론 임경업이 김자점에 의해 죽게 되는 것은 사실이나 국문을 받던 도중 죽는 것과 무사에 의해 죽는 것은 차이가 있다. 두 가지 상황이 모두 비참한 것임에는 틀림없으나 국문에 의한 죽음보다 무사에 의한 죽음이 사적인 감정이 많이 드러나 있어 악인의 행동이라는 느낌이 더 들도록 되어 있다.

또한 소설에서는 죽은 후에 꿈을 통해 사실을 밝혀 자신의 원수를 갚는다. 그리고 마치 신선처럼 홍포 관대에 학을 타고 날아와 고마움을 전하고 사라진다. 자신의 원수를 갚는 것은 고소설의 특징 중의 하나인데, 죽은 후에 꿈을 통해 이룬다는 것이 차이라고 할 수 있다. 전에서는 태어나서 죽을 때까지의 일만 기술되는 것이 보통이며 소설처럼 죽은 후의 일이 가공적으로 꾸며지지는 않는다. 이러한 부분이 전과 소설에서 크게 차이 나는 부분이라고 할 수 있는데, 꿈은 현실에서 이루지 못한 것을 가상공간에서 이루어지게 함으로써 임경업의 억울한 죽음을 밝혀주고 그가 죽지 않았음을 나타내어 그의 위대함을 나타내 주고 있다. 그리고 홍포 관대에 학을 타고 날아와서 인사하는 부분은 임경업이 사후에 어떻게 되었는지를 단적으로 암시하는 부분이다. 학은 신선들만이 주로 이용하는 이동의 수단의 상징이며, 홍포관대는 천상의 이미지를 담고 있으므로 천상에서 신선이 되었다고 해야 될 것 같다. 이러한 임경업의 사후 신분적인 상승은 당시 사회적인 흐름에 따른 작가의 상상력이 개입된 것이다. 그러나 신비한 하늘로의 위치 이동도 결국은 본질적으로 인간에 의해 설정된 정신적 소산이므로[94] 비참하게 죽은 임경업의 삶이 당시 피지배 계층의 마음을 통해 보상받고 있다고 보아야 할 것이다. 여기에 개인의 문제를 사회적으로 이끌어 내고 가상의 세계를 통해 뼈아픈 삶을 보상하려는 소설의 특징이 존재한다. 당시에도 전은 작전자와 독자층이 일정했던 반면 소설은 흥미를 담고 작자층과 독자층을 많이 확보한 상태였다. 즉 소설에서는 임경업의 능력을 더 부각시키고 아울러 죽음에 대해서 단순히 비극이 아닌 복수를 통한 보상으로까지 확대시켜 놓았다.

이와 같이 전과 소설은 임경업이라는 한 인물을 대상으로 기술하면서 서로 공유하는 부분도 있지만 많은 차이가 있다. 즉 내용과 작자층에 따른 의미가 사뭇 다르다. 그러나 이러한 차이가 모두 허구와 관련되었다는 것은 아니며, 작가에 따라 구성적인 면에서 서로 다른 관점을 보여주고 있는 것이라고 해야 할 것 같다. 그것은 전과 소설이 서로 의도하는 바가 달랐던 만큼 내용은 얼마든지 달라질 수 있기 때문이다.

### (2) 전과 설화와의 관계

임경업과 관련된 설화에는 전에서는 찾아볼 수 없는 내용이 많다. 실존 인물인 임경업이 일부 지역에서 마치 수호신과 같이 떠받들어지

---

94) 풍우, 김갑수역, 『천인관계론』, 신지서원, 1993, 39쪽.

는 경우도 나타나고 있다. 이것은 단순히 뛰어나다는 차원에 만족하지 못하고 신성한 인물로 변모시켜 놓고자 하는 의도에서 비롯된 것이라 할 수 있다. 그것은 설화에서는 당시의 피지배 계층으로 상징되는 인물들에 의해 공동으로 자신들의 염원이 표출되었기 때문이다. 즉 전은 일정한 위치에 있는 지배 계층에 의해 작전된 반면 설화는 누구라고 지칭할 수 없는 많은 사람들이 참여함으로 지배 계층에서 내세우는 역사적 사실성에 비해 현실적으로 더 진솔하게 표현되고 있다. 따라서 당시의 사회적 흐름을 임경업이라는 인물의 일생에 접목시키다 보니 이미 선행연구에서도 지적된 것처럼 풍수지리 사상과 같은 민간의 사고가 가미된 신비한 출생 이야기나 조기잡이 설화처럼 전과는 관련성이 없는 내용들을 담고 있다. 이것은 설화가 전과는 다른 부분을 통해 임경업을 부각시키고 있다는 점에서 중요하게 여겨지는데, 출생 설화나 조기잡이 설화는 임경업의 능력이 간접적인 형태로 나타났다는 점에서 특이하다.

임경업과 관련된 설화는 주로 탄생담, 뛰어난 능력, 비극적 죽음으로 구분해 볼 수 있는데, 이것을 구비설화와 문헌설화로 구분하여 살펴보도록 하겠다.

〈출생설화〉
가. 부친이 옥사장이었다.
나. 누명쓴 죄수를 도망치게 도와주고 고향으로 갔다.
다. 8년 후 죄수가 중이 되어 찾아와 묏자리를 골라 주었다.
라. 금기를 지키지 않았는데 임경업이 태어났다.[95]

---

95) 강원일보사 편, 「태백의 인물」, 『강원문화총서』(3) 1973, 185~186쪽.

### 〈매색락지형설화〉

가. 임장군 조부가 상처 후 불공드리던 여인과 인연을 맺었다.

나. 여인을 데리러 가던 중 백발노인을 만났다.

다. 노인의 말이 그 여인은 구렁이인데 당신을 죽일 것이라고 말했다.

라. 노인이 죽지 않을 방법을 알려 주었으나 지키지 않았다.

마. 여인이 승천하면서 묏자리를 점지해 주었다.

바. 묏자리에서 닭우는 소리가 들려 파 보았다가 잘못하여 계란을 깨 뜨렸다.

사. 명장이 나더라도 성공 못하리란 소리를 들었으나 부친의 묘를 썼다.

아. 손자의 대에 임경업이 태어났다.[96]

### 〈이웃양반의 수탈 방지〉

가. 신분이 낮은 임장군의 부모는 장사로 많은 돈을 벌었다.

나. 이웃 마을의 양반이 그 돈을 빼앗아 갔다.

다. 어린 임경업은 고개턱에 큰 돌로 성을 쌓았다.

라. 얼마 지나자 이웃 양반은 다시 행패를 부리기 시작하였다.

마. 경업이 양반집 행랑채에 있던 큰 대추나무를 뽑아 버렸다.

바. 양반은 행랑채가 부서진 후에 행패를 부리지 않았다.[97]

### 〈조기잡이 설화〉

가. 임경업이 병자호란의 치욕을 씻기 위해 식수와 소금을 싣고 마포를 떠났다.

나. 어부가 항해를 방해해 식수와 소금을 바다에 버렸다.

다. 연평도에 다다라 나무로 그물을 만들어 조기를 잡았다.

라. 이때부터 조기를 잡을 때마다 임장군 사당에 제를 지냈다.[98]

---

96) 전규태, 『한국고전문학전집』 7, 세종출판사, 1971, 83~85쪽.

97) 『한국구비문학대계』 2-8, 524~526쪽.

98) 장덕순, 『한국의 인간상』 2, 신구문화사, 1965, 46~47쪽.

### 〈임장군산중우연림〉

가. 임장군이 태백산 깊숙이 사냥을 나갔다.

나. 날이 저물어 빈집을 찾으니 초군이 나와서 안내했다.

다. 초군이 자신은 녹림호객이라며 세상에 나가지 말라고 충고함.

라. 미녀와 향락을 누리며 살라고 했으나 거절하고 나왔다.

마. 초군에게서 6일 동안 무예를 익혔으나 신비한 기술은 못 터득했다.[99]

### 〈선정 베풀기〉

가. 임경업은 낙안 원님이 되어 잘 다스렸다.

나. 낙안지방에 일흔 살에 아들을 낳은 영감이 유언하고 죽었다.

다. 유언에 따라 사위가 재산을 차지하였다.

라. 성장한 아들은 유언을 가지고 원님에게 소지를 하였다.

마. 임경업은 식사도 전폐하고 이를 해결하기 위하여 고민하였다.

바. 마누라의 조언으로 이(而)자 하나를 넣어 명판결을 하였다.[100]

### 〈임경업의 최후〉

가. 임경업은 포로로 잡혀간 세가 대군과 피지배 계층을 구해 조선에 보내고 뒤따라 나왔다.

나. 역적모의를 하던 김자점은 임경업 때문에 마음대로 못할 것 같자, 만주를 건너오는 그를 묶어 가지고 왔다.

다. 호국에서는 이상하게 여겨 임경업을 내놓으라고 편지를 보냈다.

라. 김자점은 임금께 보고도 하지 않고 임경업을 옥에 가두었다.

마. 어떤 사람의 제보로 세자대군이 임경업을 불러내어 임금 앞에서 이야기하다.

바. 다음 날을 약속하고 나오는 임경업을 김자점이 때려죽이고 옥에

---

99) 이우성, 임형택 편, 『이조한문단편집』 下, 일조각, 1982, 87~91쪽.

100) 『한국구비문학대계』 6-4, 936~938쪽.

집어넣었다.

사. 사실을 듣고 임금은 임경업의 자제에게 김자점을 처치하게 하였다.

아. 김자점의 간을 꺼내 제사지내고 시체를 놓아두니, 사람들이 점점 이 살을 떼어 뿌렸다.[101]

임경업과 관련된 설화는 문헌설화와 구비설화로 나누어 살펴볼 수 있는데, 문헌설화에서는 출생과 무예 연마 등의 내용이 주를 이루며, 구비설화는 능력과 비극적 죽음에 관련된 내용들이다. 문헌설화의 담당자들은 일정한 지식을 가지고 지배 계층에 속하는 경우가 대부분이었기 때문에 다분히 직설적이기보다는 빗대어 이야기하고 있다. 즉 탄생설화에서는 임경업의 죽음을 어쩔 수 없이 정해진 것이었다는 것으로 처리하고 있으며, 죽음에서도 억울하게 묘사함에 있어 스스로 선택했다는 식의 논리를 전개하고 있다. 그러나 구비설화에서는 역사적 사실과 맞물리는 부분도 있지만 임경업의 죽음을 직설적이면서도 극에 달한 묘사를 통해 서슴없이 드러냄으로써 설화 창작자들의 의식을 반영하고 있다. 이러한 설화의 내용은 전과 비교해 보면 전에서는 단순하게 있었던 일을 제한적인 범위 내에서 과장시키고 있지만 설화에서는 새로운 내용이 부가되어 사건에 대한 의식을 명확히 나타내고 있다. 즉 전에서는 능력이나 죽음의 형태가 과장에 지나지 않지만 설화에서는 주변에서 있을 수 있는 이야기와 결합되어 허구와 되면서 더 설득력 있게 제시되고 있는 것이다. 불길한 예언은 전에서는 아버지의 입을 통해 어릴 적 무예를 연마하는 부분에서 나오는데, 설화에서는 출생에서부터 다분히 불길한 명운을 타고났음을 암시해 주고 있다. 설화에서는 임경업의 아버지가 죄수를 풀어 주고 명당자리를 점지 받았는

---

101) 『한국구비문학대계』 7-18, 293~295쪽.

데 금기를 지키지 않고 조부가 미리 파 보았기에 화를 당했다. 이것은 전에서 그의 아버지가 했던 예언처럼 그의 비극적 죽음이 명당 자리와 관련된 설화를 배경으로 예견되고 있는 것이다. 설화로 본다면 임경업은 태어나기 전 비극적으로 죽을 운명을 안고 있었던 것이다. 그런데 이러한 출생 설화가 명당이라고 하는 묏자리와 관계되어 더 타당성을 안겨 주고 있는데, 전통적인 사상적 흐름이 반영된 것으로 생각된다. 그리고 능력적인 면에 있어서도 전은 임경업의 선견지명과 전투에서의 승리가 주류를 이루는데, 설화에서는 사회적인 문제를 끌어내어 이웃 양반이 못살게 굴때 기운을 드러내 보임으로써 물리치고 있다. 이것은 가진자의 횡포에 대한 저항이라고 할 수 있다. 또 조기잡이 설화는 남들이 하기 힘든 방법으로 조기를 잡음으로써 임경업의 뛰어난 능력이 내포된 것으로 생각된다. 만약 임경업이 아닌 다른 사람이 그와 같은 방법으로 조기를 많이 잡게 되었다면 그 또한 임경업과 같이되지 말라는 법이 없다. 이것은 임경업의 능력이 조기잡이에 투영되어 나타난 것이라고 할 수 있다.

한편 임경업이 사냥을 나갔다가 초군의 충고를 듣게 되는 이야기는 구전 설화에 나타난 이야기와 흡사한 점이 있어 주목된다. 이 설화는 김덕령 설화의 경우와 같이 문헌설화로 전하는데, 비극적 죽음을 맞게 된 것을 예견한 것으로서 산림에 묻혀 은둔하면서 편하게 살아보라는 것이다. 그러나 임경업이 끝내 안주할 생각이 없이 무예만 배우다 나오게 됨으로써 비극적으로 죽을 수밖에 없었다는 것이다. 여기에서 보면 임경업은 편하게 살 수도 있었을 텐데 죽게 될 것이라는 것을 암시받고도 세상으로 나온다. 이러한 임경업의 행동에서 이미 자신의 죽음에 대한 두려움이 제거되어 행복한 삶을 뿌리치는 장수다운 기개를 느낄 수 있다. 그래서 그의 행동이 더욱 많은 것들을 대변하고 있는 것인지도 모른다. 그리고 비극적 죽음과 관련된 <임경업의 최후>는 김자점의 계략에 의해 죽게 된 것을 나타내 주고 있는데, 전과 비교해 보면 김자점이 임경업을 죽인 것이 매우 부당하며, 그의 간계가 어떤 것인지 잘 나타나 있다. 이 최후 설화는 소설과도 공유하는 내용이 많은데, 마지막 부분에서 임경업의 자식들에게 김자점을 처치하게 하는 것과 사람들이 김자점의 살을 떼어 뿌리는 것은 억울한 죽음에 대한 복수심이 극에 달한 표현이다. 이러한 설화의 내용들은 전에 비해 결말이 더 적나라한데, 피지배 계층들 사이에서 임경업의 죽음에 대해 갖고 있는 안타까움이 허구적 복수를 통한 보상으로까지 이어지고 있는 것이다.

이와 같이 임경업에 관련된 설화들은 출생설화, 조기잡이설화, 산중에서 있었던 일, 선정베풀기, 최후담 등이 하나 같이 임경업의 일생과 관련되어 있다. 이 설화들은 다양한 소재를 취용되어 주로 임경업의 능력을 암시하는데 일관성 있게 작용하고 있다. 이것은 임경업이라는 인물의 행적을 드러내는데 더 가까이 다가간 것이라고 할 수 있다.

## (3) 전, 소설, 설화의 변별성

임경업이라는 인물을 대상으로 하고 있는 전, 소설, 설화는 작가의식의 차이에 따라 각각 나타내고자 하는 핵심 내용과 주제 역시 다르게 나타난다. 예컨대 단순히 개인의 억울한 죽음에서 스스로 죽음을 알고 이에 대처하여 원수를 갚게 되는 변모 양상은 현실적인 것과 허구적이라는 차이점 외에도 작가의 의도에 따른 의미의 변화를 보여준다고 할 수 있다. 즉 작가의 사회적인 신분이나 당시 사회에 대한 인식의 차이에 따라 부조리를 신랄하게 비판하기도 하고 체제에 순응하는 면을 보이기도 한다. 전, 소설, 설화는 역사적 사실을 기초로 하여 창작되는 것이지만 작자층에 따른 의미에 있어서는 많은 차이를 보인다. 즉 역사적인 사실을 소재로 하기 때문에 각 장르에 따라 역사적인 일들을 공유하고 있지만 능력의 표출, 죽음의 형태에 있어서는 다르게 나타나는 것이다. 그러므로 사실성은 전이 더 강하지만 의미의 확대에 있어서는 소설과 설화가 더 적극적이다.

이것은 전에 나타난 역사적인 사실을 소설이 차용함으로 작품의 사실성을 높여 줄 수 있고 설화의 단락이 소설에 수용되어 허구성이 심화되어 구체화 될 수 있기 때문이다. 따라서 전과 소설, 설화는 서로 표현이나 내용에 있어 서로 비교해 볼 수 있는 소지가 많다고 할 수 있는데, 임경업의 경우에 있어서는 비극적인 죽음을 중심으로 살펴보도록 하겠다.

전에서 임경업은 김자점에 의해 모함으로 죽는데, 소설에서는 죽은 임경업이 임금의 꿈에 현몽하여 자신의 원수를 갚아 줄 것을 아뢴다. 이것은 복수의 의미를 지니고 있는데, 죽은 후에 이루어진다는 것이 특징이다. 또한 설화에서는 당시의 공동 창작자들이라고 할 수 있는 피지배 계층이 바라보았던 임경업의 진실된 삶을 형상화시켜 놓았다. 이것은 전이 사실적인 것을 내세우면서도 다분히 과장되어 있고, 소설이 허구적인 구성으로 이루어져 있는 것에 비해 더 친근한 화소들을 수용하여 비극적 죽음을 설득력 있게 제시하고 있다. 그리고 비극적 인물의 구조가 전에만 국한된 것이라기 보다는 영웅의 일생이 어떻게 이루어져 있느냐에 따라 비슷하게 나타날 수 있다는 것을 보여 주는 것이라고 하겠다. 즉 비극적 인물들의 구조에 대비해 보면 소설이나 설화의 내용도 전과 비슷한 대목이 많기 때문이다.

임경업은 자신의 과업을 이루기 위해 중국에까지 들어가 뛰어난 활약을 펼쳤다. 그럼에도 불구하고 국내의 정치적인 우위에 있었던 김자점에 의해 모함으로 죽음을 당했다. 그의 죽음은 자신만의 비극이 아니라 그를 아끼고 따랐던 피지배 계층에서부터 위정자들에 이르기까지 많은 슬픔을 안겨 주었다. 이것은 그의 죽음이 정당하지 못했다는 불만에 따른 안타까움과 자신들의 고난을 해결해 줄 수 있는 영웅이 죽었다는 희망의 소멸에서 잉태한 것이다. 이와 같은 안타까움과 희망의 깨어짐은 허구라는 소설을 통해 보상받게 되었고 임경업은 소설과 설화의 작자층에 의해 원한을 풀 수 있었다.

　임경업의 죽음은 당시 곤경에 처해 있던 조선의 입장에서 본다면 명나라를 추종하던 인물이 죽음으로써 더 빨리 청나라로 돌아설 수 있었는지도 모른다. 그것은 처음부터 임경업이 명나라를 위해서 일했고 청나라에 발각되어 본국으로 압송되었기 때문이다. 또 한편으로는 임경업 같이 많은 일을 수행한 사람이 살아서 돌아옴으로써 그에 대한 처리에 고심했을 수도 있었을 것 같다. 김자점은 그가 돌아오도록 하여 하루라도 빨리 자신의 장애물을 없애고자 했지만 이것은 김자점만의 생각이 아니었을 수도 있다. 만약 임경업의 공을 진심으로 인정하고 아끼는 마음이 있었다면 김자점의 소행을 묵인해서는 안되었을 것이다. 아무리 김자점의 권력이 임금보다 더하다고 한들 어찌 임금의 허락도 없이 죽일 수 있었을까. 김자점 자신도 임경업의 죽음으로 인해 자신도 죽음에 이를 것을 알았다면 그를 죽여 무슨 좋은 점이 있었을까. 임경업의 죽음은 김덕령의 경우와 마찬가지로 능력도 인정받지 못하고 억울하게 죽은 경우이다. 그의 억울한 죽음 속에는 당시의 정치적 상황에 따른 희생양이라는 측면이 강하게 드러나고 있다. 그리고 이러한 억울함은 전, 소설, 설화로 수용되어 피지배 계층들의 추앙으로 보상받게 되었는데, 전에서는 비교적 개인적인 죽음의 입장에서 다루고자 하는 뜻이 강했다. 그러므로 완곡한 표현들을 구사해 가며 어쩔 수 없었던 것으로 처리하고 있다. 이러한 점은 사회적으로 같은 위치에 있는 작자층이라고 할 수 있는 문헌설화 담당자들에게서도 나타난다. 문헌설화 담당자들은 임경업의 죽음을 스스로 택한 것으로 처리하여 사회, 국가적인 문제로까지 확대시키지 않았다. 반면에 소설과 구비설화 담당자들은 임경업의 죽음이 위정자들의 무능에 의한 것으로 보아 그를 다시 살려내어 원수를 갚고 진실을 알리도록 내용을 확대시켜 놓았다. 따라서 현실에서는 용납될 수 없는 불가능한 것을 소설과 구비설화를 통해 실현시켜 보상받고 있는 것이다.

이와 같이 임경업을 대상으로 하는 전, 소설, 설화는 단순히 허구적이라는 의미에서만 차이가 나는 것은 아니다. 작자 의식에 따른 내용과, 의미의 확장을 통해서도 변별성을 갖는다고 하겠다.


## 3. 이순신전(李舜臣傳)

### 1) 역사적 행적

이순신은 임진왜란을 통해 가장 뛰어난 활약을 펼쳤던 인물들 중의 한 사람이다. 그의 활약은 당시의 다른 장수들에 비해 월등했을 뿐만 아니라 인간적인 면에 있어서도 귀감이 되기에 충분했다.

그동안 이순신의 삶을 논함에 있어 그에 대해 부정적인 시각을 갖는 경우도 있었지만[102] 대부분 그가 보여준 불멸의 나라 사랑과 부모님에 대한 효를 부각시켜 왔다. 이것은 개인적인 이순신이라는 인물을 국가

---

102) 이순신이 영웅화되면서 상대적으로 원균 같은 인물의 활약이 드러나지 않고 사장되었다는 입장이 있다. 이러한 의견에 대해서는 임철호, 『설화와 민중의 역사의식』, 집문당, 1989, 176쪽 주1 참조.

적인 위대한 존재로 자리매김하는 중요한 역할을 해 왔다고 할 수 있다. 그러나 이순신의 일생을 살펴보면 국가적인 충과 인간적인 효에 가리워진 또 다른 모습을 지니고 있었다. 그것은 다름 아닌 국가에 헌신했으면서도 싸움터에서 뜻밖의 죽음을 맞음으로써 비극적 삶으로 귀결된 것이다. 이순신은 뛰어난 능력을 지니고 있었으면서도 쉽게 등용되어 쓰임을 얻지 못했고 국가로부터 쓰라린 버림을 받기도 했다. 앞서도 언급했지만 그는 다른 비극적 인물들에 비해 죽음을 통해 지난날을 보상받을 수 있었고 비극이 위대한 조국애로 점철될 수 있었다. 그리고 그에게 있어서 비극의 원인은 내부적인 것이 아닌 끝까지 왜적들을 모두 물리치지 못하고 죽게 된 것에 있었던 만큼 억울함이 배제됨으로써 비극의 농도와 방향이 달라지게 되었다. 그럼 이순신의 일생을 사실적으로 기술하고 있는 실록에 전하는 일생을 살펴보고 비극적 인물들의 구조에 대비해 구조적 상이점을 살펴보고자 한다. 이순신에 관한 일생 기록을 정리해 보면 다음과 같다.

이순신은 1545년(인종 1년) 서울 건천동에서 아버지 정과 어머니 초계 변씨의 셋째 아들로 태어났다. 그의 가계는 고려 때부터 내려오는 문반이었는데, 할아버지 때 기묘사화에 관련되어 참화를 당한 이후로 관직에 나가지 않았다. 이순신이 태어날 때에 어머니가 꿈을 꾸었는데 참판공이 나타나 이름을 순신으로 지으라고 했다. 그래서 덕연군에게 고하니 그대로 따랐다.[103] 이순신이 태어났을 때에는 집안이 많이 기울어 있었다.

이순신은 어려서 전투 놀이를 좋아했는데, 아이들이 항상 장수로 삼

---

103) 『충무공전서』, 권9, 행록, 369쪽. 母夫人夢, 參判公告曰, 此兒必貴, 宜名舜臣, 母夫人以告德淵君, 遂名之.

았다. 재주가 있고 기운이 가히 성공할 수 있는 기미가 있었는데, 붓을
버리려는 마음이 있었다. 자라면서 활을 잘 쏘았고 무과에 급제하여
발신(發身)할 뜻이 있었다.

　28세 되던 해의 무과 시험에서는 훈련원별과에 응시하였는데, 말에
서 떨어지는 바람에 왼발을 다치고 실격하였다. 이때 대부분의 사람들
은 그가 죽은 줄 알았는데 일어서는 것을 보고 놀라지 않을 수 없었
다.104) 그 뒤 계속 무예를 닦아 4년 뒤인 32세 때에(선조 9년) 식년 무
과에 병과로 급제하여 권지훈련원봉사로 처음 관직에 나갔다. 이어 함
경도 동구비보권관에 보직되고, 이듬해에 발포수군만호를 거쳐 1583
년에는 건원보권관, 훈련원 참군을 역임하고 1586년에는 사복시주부
가 되었다.

　그 후 조산보만호 겸 녹도둔전사의가 되었는데 이때 병사에게 오랑
캐의 침임이 있을 경우 위태롭다며 병력을 증원하여 줄 것을 요청했다.
그러나 병사가 들어주지 않아 결국 호인의 침입으로 위기에 빠졌으나
전력을 다해 호인들을 무찌르고 우리 군사 60명까지 구해 왔다. 그런
데 병사가 자신의 잘못을 전가시키고자 하여 공을 세운 이순신을 오히
려 죽이고자 했다. 일이 이렇게 되자 충무공은 예견된 일이었음을 병
사에게 항변하여 간신히 죽음을 모면하고 백의종군하게 되었다. 그 뒤
전라도 관찰사 이광에게 발탁되어 전라도의 조방장과 선전관 등을 역
임하고 1589년 정읍현감으로 있을 때 유성룡에게 추천되어 고사리첨
사로 승진되었다. 이어 절충장군으로 만포첨사, 진도군수 등을 지내다
가 47세 되던 해에 전라좌도수군절도사가 되었다.

　이순신은 장차 왜침이 있을 것에 대비하여 전라좌수영을 근거지로

---

104)『충무공전서』, 권9,「행록」, 369쪽. 馳馬跌左脚折骨見者胃公已死公一足起立折柳
　　枝剝皮裏之擧場壯之.

군비를 확충하고 거북선을 만드는 등 만일의 사태에 대한 준비를 게을리 하지 않았다. 1592년 4월 14일 일본의 침입으로 임진왜란이 일어났는데, 이순신은 이틀 뒤인 4월 16일에서야 이 소식을 접할 수 있었다. 이순신은 경상우수사 원균으로부터 도움을 요청하는 공문을 받고 한산도에 이르러 원균의 선단을 만나 연합 함대를 형성하였다. 이때 원균은 자신의 선단을 모두 잃고 싸움 한번 해보지 않은 상태에서 단지 전선 3척과 협선 2척만을 유지하고 있었다.

이순신은 경상우수사 원균과 연합 함대를 형성한 뒤 옥포 앞바다를 지날 무렵 척후로부터 옥포에 왜선 30여척이 정박 중임을 보고 받았다. 이때 왜적은 조선 수군의 해상 공격은 생각도 못하고 육지에 올라가 약탈을 자행하다가 뜻하지 않은 공격을 받고 전선 26척을 대파 당하고 많은 왜병들이 수장되었다. 이것이 이순신의 수군이 왜적과의 접전에서 처음으로 승리를 거둔 옥포대첩이었다. 그 후 고성에서 정박 중인 왜선 13척을 공격하여 불태웠고, 사천에 정박 중이던 왜선 12척을 유인하여 섬멸하였다. 이 사천 싸움에서는 군관 나대용 등이 부상당하였고, 이순신도 어깨에 적의 탄환을 맞아 부상을 입었는데 거북선의 위력을 인정받는 계기가 되었다.

6월 2일에는 당포에 왜선들이 정박 중이라는 보고를 받고 달려가 대선 9척과 중·소선 12척을 무찔렀다. 그리고 5일에는 전라 우수사 이억기가 이끌고 온 25척의 전선과 연합하여 왜적들이 머물고 있는 당항포로 향하였다. 당항포에 있던 왜적들은 이순신의 조선 수군을 보고 공격해 왔으나 거북선을 앞세운 맹공으로 왜군은 대패하고 적선은 모두 소실되었다. 이순신은 이러한 뛰어난 활약으로 자헌대부에 올랐다.

그 뒤 이순신은 효과적으로 왜적을 섬멸하기 위하여 이억기, 원균의 함대와 함께 연합 함대를 조직하였는데, 이러한 때에 왜적들은 연이은 패배를 만회하기 위해 병력과 전선을 대폭 증강했다. 이순신은 견내량에서 왜적의 대선단을 발견했으나 견내량이 좁은 것을 감안하여 약간의 전선으로 싸우는 척하며 왜적의 함대를 한산도 앞바다로 유인하였다. 이순신은 한산도 앞바다에서 학익진법으로 왜적을 크게 무찔렀는데, 이 해전이 바로 한산 대첩이다. 한산 대첩으로 왜적은 충각선 7척, 대선 28척, 중선 17척, 소선 7척을 잃고 적장 와키사기가 죽음으로써 해군력에 막대한 피해를 입었다. 따라서 왜적들은 이순신의 수군을 만나기만 해도 피해 가는 형편이 되었다. 한산 대첩의 공으로 이순신은 정헌대부에 올랐다.

이순신의 함대는 계속되는 승전으로 인해 사기가 어느 때보다도 높아 있었는데, 이러한 상황을 십분 활용하여 왜적의 본진인 부산포를 공격하게 되었다. 8월 24일 좌수영을 떠나 9월 1일 몰운대를 지나고 절영도에 이르렀을 때 왜선들이 보이기 시작했다. 절영도에서 수척의 왜선들을 쳐부수고 척후를 부산포에 보내었는데, 약 500여척의 왜선이 정박해 있다는 보고를 받았다. 여러 장수들은 부산포가 요새화 되어 공격하기를 꺼려했지만 독전하여 왜선 100여척을 격파하는 등 적에게 말할 수 없는 피해를 주었다.

부산포에 대한 공격을 시작으로 남해안 일대의 적을 완전히 소탕한 뒤에 본진을 한산도로 옮겼는데, 이때(1593년) 최초로 삼도수군통제사가 되었다. 이듬해 명나라 수군이 오자 죽도로 진을 옮기고 후방을 교란하면서 서해안으로 진출하려는 왜적을 막았다. 이러한 때에 명나라와 왜적 사이에 강화 회담이 진행되어 전투가 소강상태에 접어들었다. 이순신은 다음에 있을 싸움에 대비하여 군비를 확충하고 산업을 장려하는 등 만반의 준비를 하며 바쁜 나날을 보냈다.

1597년 왜적이 다시 쳐들어와 정유재란이 일어났다. 그런데 이순신은 원균의 모함과 이중간첩 요시라(要時羅)의 모략으로 옥에 갇혔다가 백의종군하게 되었다. 원래 이순신은 요시라의 말을 들은 조정으로부터 왜적을 쳐부수라는 명을 받았으나 그것이 허위임을 짐작하고 공격하지 않아 화를 당하게 된 것이다. 이순신은 죽음 직전에서 우의정 정탁의 변호로 목숨을 구해 권율의 휘하에서 백의종군했는데, 그의 직책은 원균이 대신하게 되었다. 이순신이 두 번째 백의종군할 때 모친이 돌아가시자 한탄하면서105) 남쪽으로 출발했다.

이순신이 백의종군해 있는 동안 원균의 수군은 왜적의 유인술에 빠져 거제 칠천양전투에서 전멸되었다. 이 패배는 이순신을 다시 통제사에 등용시키는 결과가 되었다. 이순신은 다시 통제사에 임명되어 13척의 미비한 전선으로 명량해전에서 왜선 133척을 무찌르는 대전공을 세우고 수군을 재기시켰다. 명량 대첩으로 제해권을 되찾은 후 둔전을 설치하고 백성들을 모아 예전 한산도 당시의 수군을 능가하는 군진으로 발돋움했다.

1598년 11월 19일에는 노량 앞바다에서 본국으로 도망하려는 왜선단 500여척을 발견하고 명나라 도독 진린을 설득하여 공격하였다. 이순신의 함대는 왜선에 맹공을 가해 많은 왜적들을 무찔렀으나 불행하게도 선두에서 지휘하던 이순신이 적의 유탄에 맞아 전사하고 말았다. 이순신은 죽어 가면서도 자신의 죽음을 알리지 말고 싸움을 계속하게 하여 물러나는 왜적을 대파할 수 있도록 만들었다. 이순신의 죽음이 알려지자 명나라 수군 도독 진린은 땅을 치며 통곡했고, 많은 백성들이 슬퍼했다.

1604년 선무공신 1등에 녹훈되고, 덕풍부원군에 추봉되었으며, 좌의

---

105) 『난중일기』, 6월 14일, 南行亦迫, 呼哭呼哭, 只待速死而已.

정에 추증되었다. 그 후 광해군 5년(1613년)에 영의정이 더해졌다.

임진왜란은 이순신에게 있어 탁월한 능력을 마음껏 발휘할 수 있도록 만들어 준 계기가 되었다. 그러나 그는 평탄한 삶을 살지 못했고 더욱이 많은 공을 쌓고도 노량 해전에서 왜적이 쏜 유탄에 맞아 뜻하지 않게 죽음을 당했다. 이순신의 일생에는 위대한 장수로서 뛰어난 활약을 펼치고도 끝내 과업을 이루지 못한 것과 뜻밖의 죽음으로 인한 비극적인 삶이 내재되어 있다. 따라서 지금까지 살펴본 역사적 사실을 바탕으로 전에 나타난 이순신의 행적을 통해 비극적 인물로서의 이순신의 일생을 살펴보도록 하겠다.

## 2) 이순신전의 구조 분석

위에서도 살펴보았듯이 이순신에 관한 역사적 기록이나 행적을 적은 글들은 거의 모두 『충무공전서』에 실려 있는데, 유독 전만은 실려 있지 않다. 이순신의 전은 『해동명장전』에 실려 있는데, 왜 『충무공전서』에서 빠지게 되었는지 자못 궁금하지 않을 수 없다. 대부분 문집이 전하는 인물들은 전이 필수적으로 실리는 것이 통례인데, 이순신의 경우는 그렇지 못하다. 그리고 설화와의 비교를 다룰 때 살펴보겠지만 문헌설화의 내용과 전의 내용이 거의 일치하는 경우가 나타나 있는데, 이것 또한 의문이 아닐 수 없다. 아마도 단언할 수는 없지만 역사적인 기록과 많은 차이가 나지 않는다고 생각하여 수록하지 않았거나 아니면 작자가 동시대의 비슷한 처지의 인물로서 이름만 바꾸어 그대로 옮겼을 수도 있다. 이러한 문제는 심도 있는 고구가 필요한데 더 중요한 것은 텍스트 자체로서의 전과 역사적 사실이 얼마만큼 다른 내용을 담고 있으며 어떤 관점에서 쓰였느냐 하는 점이다. 『해동명장전』은 역대의 탁월한 활약을 펼친 장수들을 중심으로 지어진 전이기 때문에 상황 설정이 일반 문인들의 전에 비해 간단한 경우도 있고 장수로서의 알려지지 않은 무용담 등이 나타나 있는 경우도 있다. 그런데 『해동명장전』역시 전의 양식적 흐름을 따르고 있으므로 전이라는 테두리 안에서 특징을 찾을 수 있다.

주지하다시피 역사적 기록은 실제 행적을 연대기에 맞추어서 수록하기 때문에 정치적인 것과 당시의 있었던 사건이 주로 다루어진다. 반면에 전은 역사적인 객관성도 지향하지만 사적인 감정이 개입되기도 하고 많은 사람은 알지 못했지만 작전자가 보고들은 이야기도 기술되어 내용과 형식에서 차이를 보인다. 이러한 차이 때문에 전과 역사적 사실에 가까운 행록과의 구별도 가능한 것이다. 이러한 역사적 기록과 전과의 기술 관점을 염두에 두면서 이순신의 일생을 비극적 인물의 구조에 대비시켜 보면 그 특징이 드러나리라고 본다.

〈이순신전〉
가. 가계는 기울었지만 대대로 유학자의 집안이었다.
나. 무예에 뛰어나고 성격이 고상했다.
다. 녹둔도에서 둔전을 관리할 때 병사에게 죽을 뻔했으나 정당성을 주장하여 모면했다.
라. 임진왜란이 일어나 국가가 위기에 처했다.
마. 삼도수군통제사가 되었다.
바. 백의종군하면서 충과 효를 모두 잃었다고 한탄함.
사. 죽기전 커다란 별 한 개가 바다 한 가운데 떨어진 일이 있었는데, 노량 앞바다에서 왜적의 유탄에 맞아 죽었다.

이순신의 전에 나타난 내용을 검토해 보면 비극적 인물의 구조와 부합되고 있음을 볼 수 있다. 이순신은 어린 시절부터 무예에 출중했고 벼슬길에 나아가서는 죽음에 직면하는 고난을 겪었다. 그리고 임진왜란이 일어났을 때에는 충과 효를 다하고자 했으나 거듭되는 조정의 불신으로 시름에 잠기기도 했으며, 많은 전투에서 승리를 거두고도 뜻하지 않은 죽음으로 인해 비참한 일생이 되었다. 이순신의 일생을 비극적 인물의 구조에 대비해 보면 임진왜란이 일어났을 때 과업을 수행하기 전 결과가 어떻게 되리라는 예언과는 달리 죽음에 따른 예언이 명확하게 나타나 있다. 이순신은 전쟁터에서 죽음으로 인해 후대의 사람들에게 존경의 대상이 되고 있지만 위정자로부터 굳은 믿음을 사지 못했고 과업을 성취하지 못함에 있어서는 그 죽음이 비극적이라고 할 수 있다. 그럼 이순신의 일생을 비극적 인물의 구조에 대비해 자세히 살펴보도록 하겠다.

첫째, 비극적 인물은 미천한 신분이 아닌 명문대가의 혈통을 타고난다. 비록 태어날 당시에는 가난한 경제적 위치에 있다 하더라도 누대에 걸친 신분이 중요하게 작용한다. 그런데 이순신전에는 이순신의 가계는 언급되어 있지 않고 다만 그가 어디 사람인가만 나타나 있다. 물론 그의 가문이 언급됨으로써 혈통도 짐작할 수 있는 것이긴 하지만 다른 인물들에 비해 가계에 대한 설명이 미약하다. 실제로 이순신은 덕수 이씨로 고려 때부터 내려오는 문반 가문이었다. 그러나 이순신이 때어 날 즈음에는 가세가 기울어 가난한 생활을 하였다. 이순신이 장수가 될 수 있었던 자질을 살펴보면 가난한 생활 속에서도 면면히 이어져 왔던 가문의 내력을 완전히 배제할 수가 없다. 그러했기에 벼슬길에 나아갈 수 있었고 어릴 적 자신의 꿈이었던 장수가 될 수 있었다. 만약 그가 좋은 혈통을 타고나지 못했다면 결코 벼슬길에 나아갈 수도 없었을 것이며 비극적 죽음으로 귀결되는 일도 없었을는지 모른다. 그런데 이순신전에서는 그의 활약과 인간성이 심도 있게 다루어진 까닭에 더 이상 설명할 필요성을 느끼지 못했는지 본향이 어디 인가만 나타나 있다.

둘째, 탁월한 능력자로 성장한 것을 들 수 있다. 이순신전에는 태어날 당시의 이야기는 나와 있지 않지만 어릴 적 그의 뛰어난 능력이 잘 나타나 있다. 그리고 그의 인간적인 모습과 장수가 될 수 있는 기질이 잘 묘사되어 있다. 이순신은 장수가 될 수 있는 탁월한 능력을 지니고 있었을 뿐만 아니라 마음까지 넓어 인간적인 자질까지 두루 겸전하고 있었다. 동네에서 놀 때에는 전쟁놀이를 하였고 항상 장수가 되어 지휘하곤 하였다. 그리고 이러한 행동은 점점 자라면서 말타기와 활 쏘기로 이어졌고 무인의 길을 가게 되었다. 이러한 점으로 볼 때 전에 나타난 이순신의 행동은 탁월한 능력자가 되기에 충분한 것이었다.

셋째, 죽음과 관련된 위기에서 구출되는 것이다. 비극적 인물들은 스스로의 능력으로 인해 시기를 받아 죽을 고비에 빠지게 되는 경우가 많다. 그리고 주변에서 그의 능력을 인정하는 또 다른 부류에 의해 구출되는 경우가 많다. 이순신의 경우도 녹둔도에 둔전을 설치했을 때 여진족의 침투가 우려되어 여러 번 병사에게 병력의 증원을 요청했던 적이 있었다. 그러나 병사는 여러 가지 이유를 들어 증원해 주지 않았다. 결국 추수철이 되어 여진족이 쳐들어오자 힘껏 싸워 이들을 물리치고 잡혀갔던 우리 군사 60명까지 구해 왔다. 그러나 병사는 자신의 허물이 드러날 것이 두려워 이순신을 살해하고자 하였다. 이순신은 자신에게 닥친 죽음의 위기에서 스스로 정당함을 주장했고 병사의 잘못을 지적하여 죽음을 면했다. 그러나 모든 관직이 삭탈당하고 백의종군하게 되었다. 다른 비극적 인물들은 죽음의 위기에 처하게 되었을 때 주변에서 구해 주는 반면 이순신은 스스로 헤쳐 나오고 있다. 그만큼 강직하고 자신의 행동에 대해 책임을 질 수 있을 정도로 깨끗한 생활을 했다. 이순신을 죽이려 했던 병사도 정당한 주장에 대해 어쩔 수 없이 손을 들고 말았다. 이순신은 죽음의 위기에 임해 피하기보다는 정정당당하게 대항함으로써 스스로 벗어날 수 있었다.

넷째, 과업을 이룰 수 있는 사건과 함께 예언이 나타난다. 이순신은 장수가 되는 것이 어릴 적부터의 꿈이었던 만큼 장수가 되어서는 나라를 침범하는 적을 무찌르는 것이 임무였다. 그러므로 북쪽의 변방이 어려움에 처해 있을 때는 여진족과 싸워 안정시켰고 임진왜란이 발생하면서는 왜적을 물리치기 위해 최선을 다했다. 이순신에게 있어 과업으로 설정하고 성취해야 될 사건으로 임진왜란이 일어난다. 임진왜란은 장장 7년에 걸친 대 전란으로 모든 군대가 패배하던 상황에서 이순신만이 승리함으로써 새로운 전기를 맞았다. 이순신에게는 왜적을 물리치는 것이 과업이며 과업을 이루기 위한 사건으로 임진왜란을 들 수 있다.

다섯째, 일정한 지위에 오른다. 비극적 인물은 좌절되기 전 반드시 과업을 이룰 수 있는 일정한 지위에 오른다. 이순신은 32세에 무과에 급제하여 47세에 전라좌도수군절도사가 되었다. 그리고 기지를 한산도로 옮기면서 삼도수군통제사의 지위에 올랐다. 이순신은 임진왜란이 일어나기 전 전라도 지역의 수군을 통솔할 수 있는 지위에 발탁되면서 자신의 능력을 발휘하기 시작했다. 이순신은 벼슬길에 나가면서부터 더러 능력을 인정받기도 했지만 모함을 받거나 공을 인정해 주지 않는 등 우여곡절을 겪어야만 했다. 따라서 왜적을 무찌를 수 있는 삼도수군통제사가 되어서도 그 능력을 시기하는 무리들에 의해 백의종군하는 어처구니없는 경우를 당했다. 뒤늦게 자신들의 판단이 틀렸음을 깨달은 조정의 위정자들에 의해 다시 쓰임을 받기는 했지만 잃은 것이 너무도 많은 뒤였다. 이순신의 국가를 위하는 순순한 마음은 왜적을 물리치겠다는 과업으로 귀결되며 결국 이러한 행동은 자신의 능력을 발휘할 때에 이루어지는 것이었다.

여섯째, 위정자와의 내적 갈등이 표출된다. 이순신은 심지가 곧고 의로운 일이 아니면 행하지 않았던 까닭에 위기에 처해서도 당당할 수 있었고 의연한 태도를 보일 수 있었다. 그가 보여준 불만의 표현은 모함을 받아 두 번째로 백의종군하면서 어머니가 돌아가시자 충과 효를 모두 잃었다고 한탄했다. 그는 매우 침착하고 자신에게 주어지는 힘들고 고달픈 상황에서도 결코 가벼이 행동하지 않았다. 그러나 위정자로부터 가해지는 불신과 주변에서 일어나는 슬픈 일들은 그의 의욕을 상실시키기에 충분했고, 그 결과 모든 것을 잊고 싶은 마음이 간절했다. 이순신은 다른 비극적 인물들에 비해 모든 것에 순응하는 입장을 보여왔지만 어머니가 돌아가심에 이르러서는 은연중 위정자에 대한 불만까지 토로되고 있다.

마지막으로 패망의 예언과 함께 비극적 최후를 맞는다는 것이다. 이순신에게 패배란 것은 없었다. 단지 죽음을 예견한 것은 있었지만 싸움에서 지는 것을 예언했던 적은 없었다. 이순신에게 있어 비극적 최후는 왜적을 끝까지 다 물리치지 못하고 도중에 적의 유탄에 맞아 죽었다는 점이다. 이순신이 죽기 전날 하늘에서 큰 별이 하나 떨어진 일이 있었는데, 병사들이 모두 이상하게 생각했다. 흔히 위대한 인물의 죽음과 결부되어 별이 떨어지는 경우가 많은데[106], 이순신에게 있어서

---

106) 고대소설을 비롯한 많은 장르에서 별의 상징적인 의미가 널리 통용되고 있음을 알 수 있다. 삼국 시대 김유신의 일화를 비롯하여 고소설의 결미에 이르기까지 별은 위대한 인물의 죽음을 암시하는 경우가 많다.(박대복, 『고소설과 민간신앙』, 계명문화사, 1995, 60~62쪽.)

는 과업을 수행하지 못하게 된다는 점에서 비극성이 내재되어 있다. 이순신은 위정자들과의 대립 관계에 의해 죽음이 설정된 것이 아닌 전쟁의 수행 과정에서 죽게 됨으로써 비극의 속성과 방향에서 차이가 나타나게 되었다. 즉 이순신은 민족 공동의 염원을 실천하는 과정에서 지지를 얻음으로써 영웅의 속성을 충분히 지니게 되었고 왜적의 총에 맞아 죽음으로써 더 큰 원망을 품게 되었다. 그럼 이러한 점을 인식하면서 이순신전의 비극적 구조가 어떻게 나타나고 있는지 능력과 죽음을 통해 살펴보도록 하겠다.

### 3) 구조적 특성과 의미

#### (1) 전에 수용된 이순신의 능력과 예언

이순신에 관한 내용은 전, 소설, 설화에 이르기까지 다양하게 나타나 있다. 이 중에서 전은 사실적인 것을 전제로 한다는 점에서 그의 행적을 살피는데 많은 도움이 되고 있다. 그런데 앞서 살펴보았듯 전에도 한 인물을 드러내기 위해서는 과장과 허구가 삽입되게 마련이다. 이순신전에도 이순신의 탁월한 행적을 묘사하기 위해 다소 과장적인 부분이 나타나 있다. 그런데 다른 비극적 인물들을 기술한 전 작품들과 비교해 보면 훨씬 사실 지향적으로 묘사되어 있다. 이것은 이순신의 죽음의 형태가 달라짐으로 인해 인위적으로 위대함을 드러내기 위한 것이 필요 없게 된 결과로 생각된다. 이순신의 일생은 사실 그 자체로써 많은 사람들에게 위대한 영웅의 비극적인 죽음을 설명하기에 충분했던 것이다. 그리고 이순신의 성격과 행동을 비교적 자세히 기술하여 그가 어떤 인품의 소유자였고 어떤 역경을 헤쳐 비극적 죽음에 이르게 되었는가를 나타내고자 하였다. 따라서 이순신의 뛰어남을 묘사함에는 김덕령같은 과장 보다는 임경업같은 역사적 사실성을 바탕으로 그의 탁월함을 나타내고 있다.

이순신의 능력은 실제로 있었던 사건을 통해 구체화 되고 있으며 예언이나 징조는 일부분에 언급되어 나타나고 있다. 그리고 장수로서 지니고 있던 역량과 시대적 상황에 의해 육지에서 바다로, 여진족에서 왜적으로 그 대상이 바뀌어 나타나는데 그는 싸움에 임해서 한 번도 패배해본 적이 없었다. 바로 이 점에 이순신의 능력이 지니고 있는 탁월함이 내포되어 있다.

이순신은 무인으로 출발했던 만큼 싸움에 임해서는 항상 주저하지 않았고 최선을 다해 목숨을 걸고 싸웠다. 그런데 이러한 이순신의 능력을 위기감으로 느낀 일부 상관이나 위정자들은 그를 죽이고자하여 모함을 하기 일쑤였다. 그랬기에 싸움을 승리로 이끌어 놓고도 모든 관직을 삭탈당하고 백의종군을 두 번씩이나 했다. 밖으로 맞서 싸우는 드러난 적보다 안으로 보이지 않게 시기하고 모략하는 주변의 내적인 존재들에 의해 더 많은 고통을 받았다. 그러나 이순신은 자신의 처한 상황을 힘겹게 느끼면서도 한 번도 국가의 부름을 뿌리치지 않았으며 이것은 당시의 모든 백성들에게 희망과 용기를 주었다. 이순신은 전쟁터에서 적과의 싸움에도 능했지만 백성들의 어려움을 이해하고 선정을 베푸는 목민관으로서의 자질도 갖추고 있었다. 여기에서는 이순신전에 수용된 능력과 예언적인 요소를 살펴보면서 그의 뛰어남 중에 어떠한 점을 부각시키고자 했는지 알아보도록 하겠다.

이순신은 어려서부터 장수의 기질을 타고 났으며 마음이 넓고 뜻이 강직했다. 그리고 남을 헐뜯거나 비방하기를 좋아하지 않는 심성을 지니고 있었다.

어려서 영특하고 마음이 넓었는데, 놀 때에는 항상 전쟁놀이를 하였
다. 자라면서 말타기와 활쏘기를 잘 하였고 무인들과 놀 때에는 남을 헐
뜯는 말을 하지 않았다.107)

젊어서부터 영명하고 호상하여 구속을 받지 않았고, 여러 아이들과
놀 때에는 나무를 깎아 활과 화살을 만들어 동네 가운데서 놀다가 뜻에
거슬린 자를 만나면, 그 눈을 쏘려고 하여 어른들도 모두 꺼려서 감히
그 문앞을 지나지 못하였다.108)

이순신의 이러한 행동은 그가 장차 무인으로서 크게 될 인물임을 암
시하고 있다. 그리고 무예를 닦으면서도 항상 겸손한 자세를 갖추고
있음으로써 치우치지 않는 공평성을 유지 할 수 있었다. 이러한 점은
뒷날 삼도수군통제사가 되었을 때 원균이 시기하자 자신의 자리를 옮
겨줄 것을 건의했던 점에서도 확인해 볼 수 있다. 그만큼 무인으로서
무예에만 치중되지 않고 인간적으로 배려하는 마음까지 갖추고 있었
던 것이다. 즉 어려서부터 무예와 인격을 잘 연마함으로써 훌륭한 일
을 할 수 있는 밑바탕을 마련한 것이다. 그리고 자신의 뜻에 맞지 않는
사람을 만나게 되면 그 잘못된 것을 문제삼아 위협하였던 까닭에 비록
어른일지라도 무서워하게 되었다. 이것은 나이가 어렸음에도 불구하고
자기주장을 당당히 관철시킬 수 있는 방법을 모색한 것으로 굳건했던
마음가짐을 엿볼 수 있는 것이다.

건원보 권관으로 있을 때 여진족이 귀찮게 함으로 적을 유인하여 잡
아 서울로 보냈는데, 그 지방 병사가 자신에게 알리지 않았다하여 결국
공을 인정 받지 못했다.109)

---

107)『해동명장전』권4, 이순신, 兒時英爽, 不羈與羣, 兒戲, 常作戰陳狀及長, 從無擧騎
射絶倫, 雖遊於武人, 高簡靜默, 口無褒言隋流咸憚之.
108)『국역 연려실기술』IV, 604쪽.

조산만호가 되어 감사의 추천으로 녹둔도에 둔전을 설치했다. 이때 병력이 부족하여 여러 번 병사에게 병력의 증원을 요청하였으나 들어주지 않았다. 가을에 추수할 때 도적이 나타남에 힘써 물리치고 잡혀 갔던 우리 군사 60명까지 구해왔다. 이 사건으로 병사가 이순신을 살해하여 자기 죄를 면하려고 하였으나 이순신이 전날 병사의 잘못을 들어 정당하게 이야기 하여 결국 죽음을 면하게 되었다.110)

　　이순신은 28세에 과거를 보았는데 다리에 부상을 입어 낙방하고 4년 뒤인 32세에 무과에 급제했다. 그리고 임진왜란이 일어나기 전까지는 북쪽 지방에서 여진족을 물리치다가 임진왜란의 발생이 가까워서야 친구였던 유성룡의 추천으로 정읍현감을 거쳐 전라좌도수군절도사가 되었다. 벼슬길에 나아가면서부터 그의 능력은 빛을 보게 되었는데, 공을 세울 때마다 상관에 의해 저지되기에 이르렀다. 건원보 권관으로 있을 때는 여진족을 잡아 공을 세웠고 조산만호가 되어서는 추수한 곡식을 훔쳐가는 도적을 잡고 우리 군사까지 데려오는 능력을 보였다. 그러나 이러한 능력을 발휘하고도 이순신은 제대로 공을 인정받지 못했다. 그만큼 높은 위치에 있던 사람들은 자신의 앞가림에 눈이 어두워 뛰어난 인재를 알아보지 못했다. 이순신은 항상 불리한 위치에서 힘껏 싸워 승리했으나 오히려 죽음으로 내몰린 경우도 있었다. 그러나 이러한 역경을 헤쳐낸 그의 능력은 육지에서 보다도 바다에서 많은 인정을 받게 되었다.

---

109)『해동명장전』, 권4, 이순신, 乾原堡權管, 有賊胡于乙只乃, 久爲邊患, 舜臣設奇誘致生縛, 以獻兵使, 嫌其事不由己, 反以擅兵請罪.

110)『해동명장전』, 권4, 이순신, 選授造山萬戶, 方伯建議, 設鹿屯島屯田使之兼管, 舜臣以地遠兵少, 屢請添兵, 兵使李鎰不許, 及秋熟虜果擧兵擣塞, 舜臣挺身拒戰射仆, 其酋追擊奪被擄屯卒六十餘人, 兵使欲以挑釁殺以自解, 陳刑具將斬之, 軍官等環視泣訣勸之酒, 舜臣正色曰, 死生命也飮醉何, 爲卽就庭抗辯, 不肯署狀, 兵使意沮囚而聞宣祖察其無罪.

당포와 고성 앞바다에서 계속해서 왜적들을 무찌름에 그때부터 왜
적들이 이순신을 무서워하였다.111)

　이순신은 군함 10여 척을 수습하고 흩어졌던 군사들을 소집하여 어란
도에서 왜적과 싸워 승리하고 전열을 가다듬었다. 진도 벽파정 아래에
서 왜적을 대파했을 때는 명나라 사람 양정리도 은과 비단을 보내어 표
창하였다.112)

왜적들은 조선을 침범하면서 무서울 것이 없었다. 그만큼 조선은 왜
적에 대한 방비가 허술했고 안일한 마음가짐을 갖고 있었다. 이러한
상황에서 이순신의 활약은 꺼져가던 조국에 새로운 활력소가 되기에
충분했다. 이순신은 당포와 고성, 한산도 해전에 이르기까지 크고 작은
싸움에서 연전연승을 함으로써 왜적들에게 조선 장수의 존재를 알림
과 동시에 무서운 상대로 인식시키기에 충분했다. 왜적들은 본국과 연
결될 수 있는 유일한 수단이 해로였으며 그렇기 때문에 이순신이 바다
를 지배하는 이상 육지에서의 승리는 큰 의미가 없었다. 더구나 명나
라가 구원병으로 파견된 이상 왜적들은 더 이상 설 곳을 잃고 말았다.
따라서 처음에는 닥치는 대로 조선을 유린했지만 해로가 끊기고 육지
에서도 패퇴하게 됨에 있어서는 죽음을 각오하고 도망치는 길 밖에 없
었다.

왜적들의 이러한 상황을 이끌어 내기까지는 거의 모든 것이 파괴되
다시피한 전선을 수습하고 군사들을 다시 모아 뜻깊은 승리를 거둔 이
순신의 뛰어난 지략이 내재되어 있었다. 원균이 왜적의 거짓에 속아

---

111) 『해동명장전』, 권4, 이순신, 是屢戰皆捷賊, 斂兵遠遁.
112) 『해동명장전』, 권4, 이순신, 舜臣以十數騎馳入順天府境, 得兵船十餘艘稍收亡卒
　　　數百, 敗賊兵于於蘭島. 楊經理在京, 亦送銀緞慰賞.

대패하여 전열이 완전히 상실된 때에 몇 안되는 군함으로 수 많은 왜
적을 무찌를 수 있었던 것은 이순신만이 가진 능력이었다. 이러한 이
순신의 활약은 명나라 사람 양경리 조차도 감탄하여 선물을 보낼 정도
였다. 이순신의 이러한 능력은 싸움에 있어서만 그런 것은 아니었다.
이순신은 앞날을 내다볼 줄 아는 식견이 탁월했으며 사람을 다루는데
도 남다른 안목이 있었다.

> 요시라가 거짓으로 가등청정이 배를 타고 일본에서 조선으로 들어오
> 고 있으니 공격하라고 했다. 그러나 이순신은 이것이 간계임을 짐작하
> 고 응하지 않았다. 조정에서는 사실인 것으로 판단하여 공격 하지 않은
> 죄를 물었다.113)

> 가을에 명나라 장수 진린이 원조하러 왔는데, 성격이 조악하고 교만
> 하여 비위를 건드릴까 염려하여 국왕이 잘 대접하라고 하였다. 이순신
> 이 잘 대우하였는데도 여염집을 약탈하여 인심이 소란해졌다. 이에 의
> 연한 행동으로 진린이 사과하도록 만들었으며 다시는 그런 일이 없도록
> 하였다.114)

소서행장은 조선 수군을 자신들이 유리한 지역으로 끌어내어 공격
하려고 하였다. 그래서 이중첩자였던 요시라를 시켜 왜적을 쉽게 물리
칠 기회라면서 조정에 이순신이 공격하도록 하였다. 그러나 이순신은
소서행장이 자신의 나라 군대를 공격하라는 것도 미심쩍었고 왜적의

---

113) 『해동명장전』, 권4, 이순신, 要時羅密報曰, 和事不成全, 由淸正主戰, 今方再來.
  舜臣疑其言詐而不可, 丁酉二月舜臣遂被逮.
114) 『해동명장전』, 권4, 이순신, 是秋都督陳璘領水兵五千東來, 陳爲人悍驁, 上優其失
  歡密諭以喜待, 舜臣盛具威儀迎, 于遠島至則大設宴, 犒漢人皆喜然猶搶奪閭店我人
  騷, 陳大慙懼卽詣舜臣推謝挽留甚誠.

동태로 볼 때 이치에 맞지 않는다는 것도 짐작할 수 있었다. 결국 이순신은 공격하라는 조정의 독촉에도 불구하고 끝내 관망하면서 출전하지 않았다. 이 일로 조정에서는 이순신이 조정의 명을 거역하고 왜적을 무찌를 수 있는 좋은 기회를 놓쳤다면서 백의종군토록하는 잘못을 저지르고 말았다. 이순신에게는 고통스러운 상황이었지만 그의 혜안이 있음으로 인해 많은 어려움을 비켜갈 수 있었던 것이다.

또한 명나라 장수 진린이 원병으로 왔을 때에도 그들의 포악한 행동에 대해 단호히 대처하는 기지를 발휘했다. 진린은 원군으로서 자부심이 대단했고 그의 군대 또한 조선의 힘없는 백성들을 쉽게 괴롭히고자 했다. 이때 이순신은 그들의 행동에 대해 기지를 옮겨서라도 피해를 막아야겠다는 의지를 보임으로써 진린의 사과를 얻어내는데 성공했다. 그리고 명나라 군사들의 옳지 못한 행동을 벌할 수 있는 권한까지 위임받기에 이르렀다.

이와 같이 이순신에게는 전쟁터에서 적을 맞아 승리하는 무인으로서의 능력과 함께 사태를 직시하고 뛰어난 순발력으로 문제를 해결해 가는 능력이 있었다. 이것은 비단 무예만 익혔다고 해서 이루어지는 것이 아니며 어디까지나 인격적인 수련이 바탕이 되는 것이다. 이러한 뛰어난 능력을 지녔던 이순신은 임진전쟁이 거의 막바지에 이르렀을 때 노량해전에서 한 많은 최후를 마쳤다. 그런데 그가 노량해전에서 왜적들과 싸우기 전날 밤에 죽음과 관련된 불길한 암시가 발생한다.

결국 소서행장은 사천에 주둔하고 있는 왜적에게 밤에 횃불로 신호하여 구원을 요청했다. 그날 밤에 커다란 별 한 개가 바다 한 가운데 떨어진 일이 있었는데, 그것을 보고 우리 군사들이 이상하게 생각했다.115)

---

115) 『해동명장전』, 권4, 이순신, 行長益困, 請援于泗川屯賊, 擧火相應, 是夕大星隕海

이순신의 죽음에 대한 예언에는 안타까움과 긴장감이 감돌고 있다. 특히 비극적 인물에 있어서는 과업을 다 이루지 못한 상태에서 나타나는 것이기 때문에 미련이 많이 남을 수 밖에 없다. 전에 나타난 비극적 인물의 구조에서는 죽음 직전의 패망에 따른 예언이나 징조가 나타나는데, 이순신의 경우는 위대한 안타까운 죽음으로 암시되고 있다. 즉 김덕령이나 임경업처럼 모함에 의해 죽음을 당할 때와는 달리 주변의 상황이 뜻밖의 상황으로 펼쳐지고 있는 것이다. 여기에서 이순신의 죽음은 행복한 결말이 전제되지 않는한 비극적 인물의 한 명일 수 밖에 없음을 볼 수 있다.

그런데 전에 묘사된 이순신의 능력과 죽음에 대한 예언은 매우 사실적인 것에 바탕을 두고 있음을 알 수 있다. 그리고 그의 능력이 국가가 처한 상황에 따라 확대되어 가면서 허구적인 요소가 가미되어 있지 않더라도 뛰어남이 잘 반영되어 있다. 즉 이순신의 가장 큰 능력은 싸움터에서 한 번의 패배도 없이 승리한 것이며, 그 능력이 결국 조선을 구했기에 장렬한 죽음으로 묘사될 수 있었던 것이다. 따라서 그는 죽은 뒤에도 그 능력을 계속해서 인정받을 수 있었던 것이다.

### (2) 과업의 수행과 비극적 죽음

모든 영웅들이 그러하듯 이순신에게도 반드시 이루어야 될 목표가 있었다. 이 목표는 그의 주변 상황에 따라 조금씩 차이가 나게 되었는데, 어릴 때는 무인으로서 장수가 되는 것이었고 벼슬길에 나아가서는 자신의 임지에서 적을 방어하는 것이었다.

이순신은 성격이 바르고 부조리한 것을 보지 못하는 인품을 지녔기

---

中, 軍中怪之.

에 과거에 급제하고나서도 권세있는 사람들을 만나려 하지 않았다. 이
것은 그가 자신의 임무를 수행하는데 사사로운 감정이 개입되면 안된
다는 신념이 있었기 때문이었다. 그러므로 처음 벼슬길에 나아갔으면
서도 스스로 할 일을 하려고 했을 뿐 남에게 부탁하지 않았고 옳은 일
이 아니면 결코 들어주지 않았다. 이것은 그가 자신의 생각을 끝까지
지켜나가는데 중요하게 작용했다.

　　선조 병자년에 과거에 급제하였으나 권세 있는 사람들에게 가서 청탁
　　하지 않았다. 그는 스스로 바른 길을 가려고 하는 뜻이 강했기 때문에
　　사사로운 마음을 배제했다. 병조판서 김귀영이 서녀가 있어 공의 첩으
　　로 삼게 하려고 하니, 공이 즐기지 않으므로 어떤 사람이 물으니 공이
　　말하기를 "내가 벼슬길에 나와서 어찌 권문에 종적을 의탁해서 출세를
　　매개하리요"하였다.116)

　또한 발포 만호로 있을 때에는 수사 성박이 관청 뜰에 있는 오동나
무를 베어가려고 하자 못 베어 가게 했다.117)

　　기축년에 정읍현감으로 있을 때 도사 도대중이 정여립의 모반 사건에
　　관련되어 취조를 받았는데 장군의 서한이 발견되었다. 이에 금부도사가
　　불태워 없애겠다고 하자 가지고 가서 살펴보라고 했다. 결국 이순신의
　　말대로 혐의 점이 발견되지 않아 무사할 수 있었다. 그리고 정언신 역시
　　감옥에 있었는데 전일의 선생이었으므로 문안을 했다. 사람들이 모두
　　옳게 여겼다.118)

---

116) 『해동명장전』, 권4, 이순신, 宣祖丙子中第不事, 于謁權知訓鍊院奉事, 兵曺判書金
　　　貴榮有庶女, 欲與爲妾, 舜臣辭謝曰, 初出任路, 豈宜託跡權門耶.
117) 『해동명장전』, 권4, 이순신, 爲鉢浦萬戶, 水使成鎛, 欲伐館舍桐木爲琴, 舜臣拒之
　　　不許.

많은 사람들이 조금이라도 권세있는 사람에게 의탁하여 자신의 지위을 높이고자 할 때 이순신은 오히려 청탁하려 하지 않았다. 그리고 심지어는 당시 병조판서였던 김귀영이 자신의 서녀를 첩으로 주려고 하였으나 이것도 출세와 관련된 일이라며 즐겨하지 않았다. 또한 그는 마음이 강직하여 사적인 것을 싫어했기 때문에 정당한 일이 아니면 하지 않았다. 그러므로 자신의 상관이었던 수사 성박이 관청 뜰에 있던 오동나무를 베어다가 사사로운 일에 쓰고자 했을 때에는 그렇게 할 수 없다고 하여 못 베어 가게 했다. 공과 사를 확실히 구별하는 이러한 태도는 그의 평소 성격에서 나온 것으로 그가 자신의 과업을 수행함에 있어서도 많이 작용하게 되었다.

또한 이순신은 자신의 행동이 항상 국가를 위하는 것이었던 만큼 꺼리길 것이 없었고 옳다고 생각되는 일이 있으면 주저하지 않았다. 정여립의 모반 사건이 일어났을 때에도 자신과 친분이 있던 도사 조대중이 잡혀갔지만 자신의 신념이 확고했기에 개의치 않았다. 그리고 조대중이 죽음에 이르러서는 자신에게도 화가 닥칠지 모르는 상황에서 같은 벼슬아치로서 곡을 하고 제를 올려 주는 의연한 행동을 보이기도 했다. 또한 전날 자신을 가르친 적이 있었던 정언신이 감옥에 있을 때에도 인간적인 예를 다하기 위해 위험을 무릅쓰고 찾아가서 문안을 드리고 나왔다. 이것은 보통 사람들로서는 쉽게 내리기 어려운 결단이었는데, 사람들이 이러한 일을 듣고서 옳은 일이라고 칭찬했다.

이와 같이 공과 사를 구별하고 의로운 일을 거리낌 없이 실천하는

---

118)『해동명장전』, 권4, 이순신, 己丑拜井邑縣監, 都事曹大中辭連鄭汝立逆獄, 被追詣理金吾郎搜取文書, 見舜臣有答問書, 密語欲去之, 舜臣曰, 吾書無他語, 且已在搜中, 不可不上竟無所坐, 大中之柩過邑前, 舜臣具尊哭送曰, 彼旣不服而死其罪不可, 知纚經本道使, 客未可槪視也, 鄭相彦信亦繫獄, 舜臣適隨牒至京, 以其爲舊師也, 詣獄門侯, 問聞者義之.

태도는 뒷날 모함을 받아 많은 고통을 당했으면서도 국가가 부를 때는 언제나 달려왔던 책임감과 무관하지 않을 듯이 생각된다. 아울러 이러한 올곧은 마음 자세가 그의 삶을 고달프게 만들었다는 측면도 배제할 수 없지만 한편으로는 과업을 수행하는 밑거름으로 작용했다.

이순신은 국가적으로 훌륭한 일을 수행하고도 두 번씩이나 백의종군하는 불운을 겪었다. 처음에는 그의 능력을 시기하여 자신의 공으로 만들려는 포악한 상관들에 의한 것이었고, 두 번째는 왜적과의 싸움이 숨가쁘게 전개될 때 원균의 시기에 의한 것이었다. 이순신은 항상 자신이 맡은 일은 충실히 해내고자 하는 성실함을 지니고 있었다. 그리고 해야 할 일이 국가적인 것과 결부됨으로 인해 나라를 지키고 적을 무찌르는 것을 가장 중요하게 생각했다. 임진왜란이 일어나기 전에는 북방의 여진족이 자주 침범하여 국경을 어지럽혔으므로 그들을 막는 것이 과업이었다. 그러나 앞에서도 언급했듯이 병력이 부족함에도 증원을 해주기는 커녕 힘겹게 세운 공을 가로채고자 죽이려는 의도를 드러냈다. 이러한 상황에서 자신의 옳음을 당당하게 주장함으로써 임무를 충실히 수행했다는 자신감이 깃들어 있었다.

병사는 이순신의 항의를 듣고 더 이상 어찌할 수 없음을 깨달았다. 자신의 책임을 충실히 수행한 이상 억지로 죽일 수는 없는 노릇이었다. 그리고 죽음에 임박해서도 당황하거나 서둘지 않고 침착하게 조목조목 자신의 이야기를 할 수 있는 여유로움도 갖추고 있었다. 이처럼 북방에서는 전공을 쌓고도 시기심에 밀려 백의종군하는 어려움을 겪어야 만 했다. 무관이었으므로 적을 무찌르고 국가를 위해 전공을 세우는 일이 과업이었을 때에는 실력을 제대로 발휘했으면서도 그에 따른 인정은 받지 못했다.

선조 임금이 그에게 죄가 없음을 살피시고 전쟁에 나아가 공을 세우라고 하였다. 그는 그 후 얼마되지 않아서 배신한 여진족을 격파하여 목을 잘라 바치고 나서 풀려 돌아왔다.[119)]

임금은 이순신이 패배한 것이 아니라는 것을 알고 백의종군하여 다시 등용될 수 있도록 하였다. 변방을 지키는 장수로서 모든 것을 버리고 다시 시작해야 한다는 것은 고통스런 일이 아닐 수 없었다.

그러나 이순신은 국가의 영을 충실히 이행하여 지난날의 잘못된 부분을 씻고 자신의 임무에 최선을 다했다. 북방에 배속되어 뜻하지 않은 어려움을 겪어야만 했던 시간들이 지나면서 왜적들의 심상치 않은 동태가 감지되기 시작했다. 한편에서는 아무런 조짐도 없으므로 안심해도 된다는 논리였지만 왜적의 움직임을 심각하게 받아들인 일부 사람들은 조금씩 대비하려는 안목을 지니고 있었다. 특히 유성룡은 이순신과 같은 고향사람으로서 그의 재능을 아꼈고 능력을 인정하여 장차 닥쳐올 대란에 대비코자 하였다.

비국에서 군사 간부로 등용할만한 사람을 선발하게 되었는데, 문충공 유성룡이 그와 한 고향 사람으로 그가 영명하다는 것을 잘 알고 있었으므로 극력 추천하여 고사리 첨사로 승진시켰다. 그것을 보고 대간은 너무 빨리 올라간다고 떠들어 댔다. 얼마 안 되어 그는 당상관으로 올라 만포 첨사가 되었다. 그 때도 대간들은 너무 빠르다고 들고 나섰다. 신묘년에 진도 군수로 옮기고 가리포 첨사로 되었다가 즉시 전라좌도 수군 절도사로 등용되었다.[120)]

---

119) 『해동명장전』, 권4, 이순신, 宣祖察其無罪, 令從軍, 自效俄以擊反胡, 獻級宥還.
120) 『해동명장전』, 권4, 이순신, 備局選武臣可合擢用者, 柳文忠成龍與之同閈, 知其賢
力薦于, 朝陞高沙里僉使, 臺諫論其丞遷尋進, 階堂上除滿浦僉使又論其驟陞, 辛卯
遷珍島郡守除加里浦僉使, 尋擢拜全羅左道水軍節度使.

유성룡의 안목은 적중하여 임진왜란이 발발하자 왜적과 싸울 수 있는 군대를 이순신이 갖추게 되었다. 주변에서는 승진이 너무 빠르다며 성토하기도 했지만 결국 이로 인해 왜적을 물리칠 수 있었고 이순신의 새로운 과업이 시작되게 되었다. 이순신이 이루고자 하는 과업은 개인의 영달을 위한 것이 아니었으며 어디까지나 국가를 왜적의 위기로부터 구하는 것이었다. 임진왜란이 끝날 때까지 이러한 과업에 대한 믿음이 있었기에 항상 준비하고 한시도 마음을 놓지 않았다. 임진왜란이 일어나 노량해전에서 죽기까지 과업을 수행하면서 이순신은 많은 전투를 치루었고 한 번도 패배한 적이 없었다. 특히 왜적을 무찔러야 한다는 뚜렷한 목표가 정해지면서부터는 자신의 몸을 돌보지 않고 목숨을 바칠 각오로 전투에 임했다.

원균이 다시 후원을 요청하므로 노량으로 진격하여 왜선 13척을 격파하고 적을 사천까지 추격하였다. 그때 그는 왼편 어깨에 적탄을 맞은채 활을 그대로 쏘면서 종일토록 독전하였다. 전투가 끝나고 나서야 군중에서 이순신이 탄환 맞은 것을 알고 놀래지 않는 사람이 없었다.[121]

왜적과의 전투에서 어깨에 적탄이 맞았음에도 싸움이 끝날 때까지 독전한 그의 행동은 놀랍다 못해 숙연하기까지 하다. 그에게는 오로지 자신보다는 싸움에 이겨 왜적을 물리치는 것이 급선무였기에 고통을 참아내며 선전할 수 있었다. 이렇게 자신의 임무를 수행하고자 하는 투철한 정신은 어떠한 상황에서도 국가가 부를 때는 항상 달려나가야 한다는 자세로 이어져 일관된 태도를 엿볼 수 있다.

---

121) 『해동명장전』, 권4, 이순신, 均等復請兵, 進至露梁破倭船十三艘, 追至泗川舜臣左肩中丸, 猶不釋弓, 終日督戰, 戰罷軍中始知之.

　　일이 이렇게 되고 나서야 조정에서는 행장의 간계를 깨닫고 이순신을
　　다시 통제사로 임명하였다.[122]

　조정에서는 통제사라는 벼슬만 다시 주었을 뿐 싸울 수 있는 물자를
준것은 아니었다. 그동안 원균의 모함에 의해 백의종군하는 도중 왜적
의 꾐에 빠져 군사와 전함들을 대부분 잃었고 한산도에 모아놓았던 군
량들도 모두 없어지고 말았다. 이러한 최악의 상황에서도 이순신은 용
기를 잃기 보다는 흩어졌던 군사들을 모으고 남아 있는 전함들을 손질
하기 시작했다. 그래서 다시 국가의 부름을 이행하기 위해 싸움터로
나아갔다. 이순신의 왜적을 물리치려는 마음은 곧 충성심으로 나타나
자신의 임무를 수행하고자 노력했다. 그 누구도 쉽게 할 수 없는 일을
이순신만이 이룩해 낸 것이다. 그러나 이러한 이순신도 결국 자신의
영달을 누려보지 못하고 왜적의 총탄에 죽음으로써 비극적 인물이 되
고 말았다.
　설령 위대한 죽음으로 묘사되고 있을지라도 개인적인 일생에서 본
다면 국가에 헌신만 하다가 전쟁터에서 전사한 비극적 인물인 것이다.
이순신은 국가에 대한 충성과 부모에 대한 효를 다하기 위해 노력했다.
그러나 국가는 능력이 필요할 때 외에는 등을 돌렸고 부모님에 대한
도리를 다 할 수 없도록 만들기도 했다. 그래서 원균의 모함에 빠져 백
의종군하고 돌아왔을 때 아산에서 어머님이 돌아가시자 충과 효를 모
두 잃었다고 한탄하기까지 하였다. 이순신의 일생은 파란 많은 상처들
로 얼룩져 있다. 뛰어난 능력을 지니고 태어났으면서도 쉽게 인정받지
못했고 책임감이 강했기에 모두 주저하는 상황에서 홀로 독전하여 서
글픈 생을 마감했다.

---

122) 『해동명장전』, 권4, 이순신, 朝廷始吾行長之詐復, 以舜臣爲統制使.

장수의 임무는 국가가 위기에 처했을 때 목숨을 바쳐 싸우는 것이다. 그러나 그 싸움이 죽음으로 이어질 경우 사후에 이루어지는 보상의 의미는 어디까지나 살아남은 자들의 위안에 그칠 뿐이다. 이순신은 수 많은 싸움에서 승리하고 마지막으로 노량해전에서 독전하던 중 왜적의 유탄에 맞아 한 많은 생을 마감했다.

> 명나라 선박과 함께 노량에서 적을 만나 전투하였다. 저녁부터 아침까지 수십 차례 걸친 가열찬 전투를 계속한 결과 적군이 퇴각하게 되었다. 그러나 그때 이순신 장군은 돌연히 적의 탄환에 맞아 쓰러지고 말았다.[123]
>
> 국왕이 이순신 장군의 부음을 듣고 슬퍼하여 사람을 보내 제사지내게 하고 의정부 우의정을 증직하였다. 영구가 아산 구택으로 돌아갈 때 연로의 인민들이 모여 들어 곡성과 제사가 끊이지 않았다.[124]

이순신이 노량해전에서 죽지 않았다면 그에게는 과연 어떤 상황이 전개되었을까 자못 궁금하다. 임진왜란을 통해 가장 많은 무공을 세우고도 싸움이 유리하게 전개되고 있을 때 불운하게 적탄에 맞아 숨을 거두었다. 죽어가는 순간까지도 적들에게 자신의 죽음을 알리지 않도록 하여 우리 병사들에게 용기를 주고자 했다. 이렇듯 그는 장수로서 자신의 과업을 완수하기 위해 죽음의 문턱에서도 나라를 걱정했다. 따라서 이순신의 죽음은 과업을 충실히 수행한 장수의 비극적인 최후라고 할 수 있다. 임진왜란은 그가 죽은 뒤에 가까스로 끝이 났지만 임진

---

123) 『해동명장전』, 권4, 이순신, 舜臣與漢船迎戰于露梁, 自夜至朝數十合, 賊兵敗却, 忽有飛丸中舜臣而殞.

124) 『해동명장전』, 권4, 이순신, 上震悼追官弔祭, 特贈議政府右議政, 柩返牙山舊居, 一路士民號泣設祭千里不絶.

왜란 중 그는 한 시도 마음을 놓고 지낸 적이 없으며 심지어 잠잘 때 조차도 군복을 벗어본 경우가 없었다. 그는 비운의 영웅이면서 위대한 활약에 대한 보상을 한 번도 받지 못한 비극적인 영웅이었다.

그동안 신임을 하면서도 백의종군을 두 번씩이나 시켰던 임금도 그의 숭고한 죽음에 슬퍼하지 않을 수 없었다. 아울러 많은 백성들도 자신들에게 등불과도 같은 존재가 돌연 싸움에서 죽게 되자 의지할 곳이 없어지고 말았다. 피지배계층의 슬픔은 그 누구보다도 큰 것이었고 그를 기리는 일들이 생기게 되었다.

이와 같이 이순신은 항상 어렵고 고단한 삶 속에서도 장수로서 과업을 충실히 수행하고자 했다. 그러나 그는 시기하고 공을 앗아가려는 부조리한 벼슬아치들에 의해 능력이 제대로 쓰임을 받지 못한 때도 있었다. 결국 장수로서 자신의 모든 것을 포기한 채 국가에 대한 충성을 다하다가 싸움터에서 한 많은 생을 마감했다. 그의 죽음은 자신을 돌보지 않는 의연한 행동에 의해 숭고한 것으로 받아들여졌으며 비극적인 영웅으로서의 단면이 잘 나타나 있다. 이순신은 자신의 과업인 왜적을 물리치던 중에 죽음으로써 비극적 인물의 면모를 보여준다.

### (3) 비극적 죽음에 대한 주변의 반응

영웅에게는 언제나 조력자와 반대자가 존재한다.[125] 이것은 성공과 실패를 가름할 수 있는 중요한 것으로 어느 쪽이 더 강한 힘을 지니고

---

125) 영웅은 뛰어난 능력으로 인해 시기하는 반대자가 존재하며 목숨과 관련된 위기에 처했을 때 대부분 조력자가 나타나 구해준다. 특히 이러한 양상은 신화나 민담에서 많이 나타나는데, 신화에서는 어린시절에 이러한 현상이 보이고 민담에서는 마치 통과의례처럼 획일화되어 있다. 이에 대해서는 (V. Y 프롭, 최애리 역, 『민담의 역사적 기원』, 문학과 지성사, 1990. 조셉 캠벨·빌 모이어스, 『신화의 힘』, 이윤기 옮김, 고려원, 1992)에서 확인되어 진다.

있느냐에 따라 상황이 다르게 나타날 수 있다. 일생이 행복한 결말로 귀결된 영웅들의 경우는 지배층을 비롯한 실력자들이 항상 옆에서 도와주고 있는 경우가 대부분이다. 반면에 비극적 인물에게 있어서는 최고 권력자라고 할 수 있는 임금을 비롯하여 대부분의 신하들이 못마땅하게 생각하는 경우가 많다. 따라서 비극적 인물은 스스로 타고난 능력을 발휘한 결과 그로 인해 등용되지만 오래도록 안정된 생활이란 기대할 수 없다. 즉 권력의 내부에서부터 능력이 필요할 때는 언제든지 기용하고자 하지만 평화시에는 오히려 위기감으로 작용해 배척되는 것이다. 그러므로 비극적 인물들은 주로 전쟁의 와중에서 능력을 발휘하며 위태로운 상황이 지나가고 나면 대부분 제거되고 있음을 볼 수 있다. 이것은 비극적 인물들이 지니는 공통점으로써 이순신의 일생 또한 여기에서 크게 벗어나지 않는다. 다만 이순신의 경우는 다른 비극적 인물들에 비해 비극적 죽음의 형태가 다름에 따라 숭고함이 강조되고 있다. 이순신은 자신의 과업인 왜적들을 물리치는 과정에서 숭고한 죽음을 맞았지만 전쟁을 끝까지 수행하지 못했으며, 자신의 영달 또한 이루지 못했다. 개인적인 원한 관계보다는 민족 염원의 적들을 물리치다 죽음으로써 억울함이 피부로 느껴지지 않고 널리 확산되었다.

이순신의 일생에 영향을 준 주변인물들로는 먼저 벼슬길에 올라 많은 도움을 주었던 유성룡을 꼽을 수 있다. 그리고 이순신과 같은 장수로서 자신의 영화를 위해 모함도 서슴지 않았던 원균, 나아가 전쟁 중이긴 하였으나 충성을 다하는 신하와 사리사욕에 눈먼 간신을 구별하지 못하고 두 번씩이나 백의종군 시켰던 선조 임금 등을 살펴봄으로써 이순신의 일생을 통해 드러나는 비극성의 요인을 확인할 수 있을 것이다. 물론 이순신에게 있어 직접적인 비극은 적의 총탄에 맞아 임진왜란이 끝나는 것도 지켜 보지 못하고 죽은 것에 있다. 그는 김덕령이나 임경업 같은 모함에 의한 죽음이 아닌 전쟁에서 죽음으로써 비극성보다 더 많은 추앙을 받을 수 있었다. 이것은 사후의 평가에 불과하지만 비극적 인물들에게 있어 사후에 누명이 벗겨지면서 정당한 공을 인정받는 경우가 많이 나타나고 있다. 이제 이순신의 주변에서 많은 영향을 미쳤던 인물들을 살펴봄으로써 이순신에게 나타나는 비극성을 검토해 보고자 한다.

### ① 지배 계층

이순신의 일생에 있어 가장 많은 영향력을 행사한 사람은 바로 지배계층의 최고 위치에 있었던 선조 임금이었다. 선조 임금은 갑자기 발발한 임진왜란으로 인해 사태를 직시하지 못하고 충신과 간신을 구별하지 못했다.

그러므로 충신에게 많은 고통을 감내하도록 만들었고 스스로도 정신적인 안정을 이룰 수 없었다. 언제나 그랬듯이 군왕은 나라 밖의 외적인 침입에 대처하면서 한편으로는 국내의 반란세력에도 대비해야 했기 때문에 정세를 정확히 파악하지 못하고 우유부단한 경우가 많았다. 선조 임금은 이순신이 모략에 빠졌을 때 정확하게 파악하지 못했으므로 두 번씩이나 모든 관직을 삭탈하고 백의종군하도록 만들었다. 그러나 선조 임금은 이순신이 모함에 빠졌을 때 그가 필요하다고 느껴 벌이나 죽음 대신 공을 세워 벗어나도록 만들어 주었다. 만약 이순신이 전쟁의 상황이 아니었다면 김덕령이나 임경업 같은 정치상황에 의해 억울하게 죽었을지도 모른다.

그러나 그는 죽음을 피해 활약할 수 있었기 때문에 과업을 수행할 수 있었고 왜적에 의해 비극적으로 최후를 마쳤다. 임금인 선조는 그가 녹둔도에서 병사의 모략에 빠졌을 때와 일본의 첩자 요시다의 간

계에 빠졌을 때 두 번씩이나 고통을 당하도록 만들었지만 죽이지는
않았다.

임금은 간신들의 목소리에 귀가 약했다. 그리고 이순신의 사태를 바
라보는 혜안은 짐작하지 못했지만 뛰어난 능력만큼은 잘 알고 있었다.
만약 임금이 이순신을 전적으로 믿었다면 전쟁의 상황과 왜적에 의한
비극적인 죽음은 전혀 다른 결과가 나타날 수 있었을 것이다. 그러나
한 국가를 다스리는 통치자로서 나약한 면을 지니고 있었기에 공과 능
력을 인정하면서도 죄를 물을 수 밖에 없었다. 따라서 임금인 선조는
이순신에 의해 국가를 유지할 수 있었으면서도 그를 간신배들의 참소
에 의해 처벌할 수밖에 없었던 현명하지 못한 군왕이었다.

## ② 피지배 계층

임진왜란 동안 가장 많은 고통을 받은 것은 다름 아닌 피지배계층들
이었다. 왜적이 쳐들어오자 속수무책으로 아무런 대항도 할 수 없는
상황에서 피지배계층들은 새로운 영웅이 출현해 주기를 고대했다. 이
러한 때에 이순신의 승리는 피지배계층들에게 하나의 등불과도 같았
고 숭앙의 대상이 되기에 충분했다. 이순신은 관리로서 피지배계층들
에게 피해가 가는 일은 하지 않았고 될 수 있으면 그들의 고통을 조금
이라도 덜어주고자 노력했다. 그래서 정읍현감으로 있을 때는 옆 고을
인 태인의 현감이 공석이어서 대신 정사를 처리했는데, 태인의 피지배
계층들이 그의 명석함을 흠모하여 현감으로 모셔가고자 한 일도 있었
다.126) 이것은 힘없고 나약한 피지배계층들을 사랑하여 언제나 도움이
되어 주고자 한 결과였다. 그러므로 이순신이 승리할 때마다 피지배계

---

126) 최석남, 『한국인물사』Ⅰ, 신정사, 1980, 376쪽.

충들은 환호성을 지를 수 있었고 그가 그릇된 위정자들의 모함으로 고
통을 받을 때에는 슬픔을 함께 나눌 수 있었다. 이순신이 원균의 모함
에 빠져 서울로 잡혀 갈 때 수많은 피지배계층들과 군사들은 그가 처
한 상황을 가슴 아프게 생각했다.

　　군사들이나 백성들이 길을 막아서 눈물을 흘리고 전국의 사람들이 모
　두들 원통하게 생각하였다.127)

피지배계층들은 충신과 간신을 가릴 줄 아는 분별력을 지니고 있었
다. 이순신이 체포되어 감에 많은 피지배계층들이 그것이 부당한 것임
을 알고 그가 가는 길에 나와 눈물을 흘렸다. 만약 이순신이 자신의 이
익만 생각하고 피지배계층들을 돌보는 것에 소홀히 했다면 있을 수 없
는 흔치 않은 일이었다. 피지배계층들은 항상 이순신의 능력과 인품을
믿었고 그의 활약에 모든 희망을 걸었다. 그런데 노량해전에서 이러한
희망이 산산조각나 버렸다. 평소 피지배계층들이 가지고 있던 이순신
에 대한 생각들이 그의 죽음에 따른 반응을 통해 잘 나타나 있다.

　　거제도 군대와 백성들이 역시 사당을 세우고 때를 따라 제사를 지냈
　다. 호남지방 인민들은 동령에 비를 세워 그의 전공을 기념하였다.128)

이순신이 죽음에 피지배계층들은 그가 살았을 때 했던 많은 일들에
대한 보답으로 사당을 세우고 비를 세워 위대함을 잊지 않고자 했다.
피지배계층들에게 있어 이순신은 어버이와 같은 존재였고 삶과 죽음

---

127) 『해동명장전』, 권4, 이순신, 軍民遮擁號泣遠近嗟惜.
128) 『해동명장전』, 권4, 이순신, 巨濟兵民亦建祠, 以時禱祀, 湖南人立碑于東嶺, 以紀
　　戰功.

의 기로에서 많은 희망을 준 대상이었다. 즉 피지배계층들에게 있어서 이순신은 정치적인 논리를 떠나 직접적으로 자신들을 지켜주고 염원을 이루어 주는 위대한 존재였다.

### ③ 적대자

원균은 임진왜란이 일어나기 전 경상우수사라는 직책을 가지고 경상도 앞바다를 지키던 장수였다. 그러나 사람됨이 시기심이 많고 방탕하여 장수의 자질에 의심이 가는 인물이었다. 원균은 처음 임진왜란이 일어났을 때 밀려오는 왜적을 보고 맞서 싸워보지도 않고 군대를 버리고 도망했다. 그리고 이순신에게 연락하여 후원해 줄 것을 요청했다.

처음 원균의 요청이 있었을 때 이순신은 주저하지 않고 출항 결정을 내렸다. 이순신은 원균을 두 번씩이나 도와주었고 또한 경상우수사라는 직책이 있었으므로 좋은 대우를 해주었다. 그러나 원균은 이순신의 이러한 배려에도 불구하고 시기하는 마음이 생기게 되었다.

> 원균은 처음부터 배 한척을 가지고 이순신에게 붙어 있는 형편이었으나 첩보는 항상 연명으로 올리었다. 조정에서는 이순신의 전공이 특출한 것을 알고 그를 통제사로 등용하였다. 이로부터 원균이 그의 부하로 된 것을 부끄럽게 생각하고 딴 마음을 가지게 되었다.[129]

원균은 자신의 능력을 인정할 줄 몰랐으므로 이순신이 통제사에 발탁된 것을 매우 못마땅하게 여겼다. 그리고 장수로서 목숨을 바쳐 싸워 국가의 위기를 구할 마음 보다는 자신의 영달을 더 중요하게 생각

---

129)『해동명장전』, 권4, 이순신, 初元均以單舸, 控于舜臣聯名奏捷而朝廷察舜臣, 功大陞至統制, 均恥出其下, 始與之貳.

했다.

따라서 뛰어난 사람이 앞에 나아가 위태로운 상황을 만회할 수 있다면 적극 협력해야 함에도 불구하고 딴 마음을 먹게 된 것이다. 이순신은 원균의 마음을 읽고 조정에 자신의 지위를 교체하여 줄 것을 건의하였으나 오히려 원균을 충청병사로 전임시켜버렸다. 결국 사이가 멀어지게 됨에 원균은 조정의 중앙에 건의하여 이순신을 모략하기에 이르렀다.

> 일이 이렇게 되고 나니 원균은 더욱 감정을 품고 권세가들과 결탁하여 이순신을 무함하고 있었다.[130]

원균이 이순신을 대신하여 통제사로 있으면서 이순신의 정책과는 정반대로 하고 있었다. 운주당[131]에는 기생들을 가득 모아 놓고 항상 술에 곤드라져 있으면서 일은 보지 않았다. 그리고 포악하기 짝이 없어 걸핏하면 매질이었다. 따라서 전체 군대에 정신적인 통일이 없었다.[132]

> 그해 칠월에 원균은 전체 부대를 인솔하고 전진하였다. 왜군이 원균 부대를 이리저리 유인하여 가다가 앞을 타고 역습하는 바람에 전군이 붕괴 되면서 원균은 도망하다가 죽어 버리고 군함 백여 척이 전부 침몰되고 한산도도 점령당하였다.[133]

---

130) 『해동명장전』, 권4, 이순신, 均積憾不釋締交朝貴構誣.
131) 이순신 장군이 창건한 작전 계획을 수립하는 처소
132) 『해동명장전』, 권4, 이순신, 元均代爲統制, 盡反前政, 貯妓于運籌堂酣飮, 不省事 捶楚殘虐一軍離心.
133) 『해동명장전』, 권4, 이순신, 是年七月, 悉衆前進, 倭船左右誘引, 乘夜掩襲軍遂潰, 均走死, 舟師百餘艘, 皆沒而閑山亦陷.

원균은 이순신을 무함하여 자신이 통제사의 자리에 오를 수 있었다. 그러나 책임을 다 하지 않음으로써 군대의 기강은 물론 사기도 찾아볼 수 없었다. 마치 국가의 위기라는 큰 명제를 생각하지 못하는 소인의 행동과도 같았다. 원균은 자신의 지위를 이용하여 피지배계층들과 군사들을 괴롭힐 줄은 알았지만 정작 중요한 싸움에는 능하지 못했다.

이순신이 모함을 당했던 것처럼 원균은 조정의 명에 의해 어쩔 수 없이 왜군과 대적하게 되었다. 이때는 이순신이 남겨놓은 군함과 식량이 충분했으므로 자신만만했지만 막상 싸움에 임해서는 적의 유인에 쉽게 넘어가 버렸다. 결국 원균은 무수한 군함들을 대부분 잃어버리고 자신도 도망하다 처참하게 죽었다. 악인의 최후가 그렇듯 당연한 댓가를 치룬 것이다. 그러나 원균이 대패하고 죽음으로써 조선 수군으로서는 싸울만한 힘을 잃게 되었고 이순신의 능력이 다시 필요하게 되었다.

이순신에게 있어 원균은 과업의 수행을 방해하는 적대자와도 같다. 이러한 적대자가 중도에서 죽음으로써 여건은 나빴지만 홀가분하게 싸움에 임할 수 있었을 것이다. 이순신은 원균이 먼저 죽음으로써 악인에 의한 억울한 죽음은 피할 수 있었지만 왜적의 손에 안타깝게 죽음으로써 비극적 인물이 되었다.

## (4) 역사적 사실의 윤색과 의미

역사 속에서 이순신은 왜적의 총탄에 맞아 과업을 다 이루지 못한채 죽었다. 그러나 그가 죽은 뒤에도 많은 사람들은 그의 행적을 기억하며 훌륭한 사람이라고 평가하고 있다. 이것은 그의 행동이 자신만을 위한 개인적인 영달에 있지 않았고 모든 사람들을 위한 일에 있었기에 가능한 것이었다. 만약 그의 행동이 대부분의 사람들이 기대하는 것에서 멀어져 있었다면 결코 추앙을 받을 수 없었을 것이다.

이순신이 죽은 후 임진왜란이 끝나자마자 그와 관련된 곳에서는 추모비가 세워지고 사당이 생겨 오래도록 그를 잊지 않기 위해 노력했다. 이순신을 대상으로 하고 있는 서사 문학 장르로는 전, 소설, 설화가 대표적인데, 전에서는 다른 인물들에 비해 뛰어났던 점과 인격적인 점을 부각시키고 있을 뿐 눈에 띄게 허황한 부분은 나타나 있지 않다. 이것은 전이 본래 사실적인 것을 주 내용으로 기술하고자 했음을 표방하고 있지만 더러 습관적으로 탁월하게 묘사하기 위해 과장하던 것과는 다른 태도라 할 수 있다. 즉 그에 관해서는 따로 부각시키지 않아도 역사적 사실 그 자체로써 충분히 공감을 얻을 수 있었다고 생각했기 때문이다.

그런데, 전의 내용이 사실적인 성향이 강함에도 불구하고 이순신의 일생이 갖는 중요한 의미는 임진왜란에서 많은 승리를 거두었지만 한편으로는 고독하고 비극적인 영웅이었다는 점이다. 이순신은 임진왜란에 참전하면서부터 '난중일기'를 썼는데, 그 내용 속에는 국가의 앞날에 대한 염려와 부모님에 대하 효성심이 잘 나타나 있다. 그는 죽을 때까지 마음 편하게 쉬어본 적이 없으며 어떻게 하면 적을 무찌를 것인지를 강구했다. 그러므로 긴장된 삶의 연속이었고 부모님이 모두 돌아가셨을 때에는 서글픔이 한탄으로 변했다.

이순신은 비록 적대자의 음모에 의해 죽은 것은 아니지만 왜적의 총에 의해 죽음으로써 외적요인에 의해 죽은 비극적 인물이 되었다. 즉 전에서 그의 이러한 삶을 사실적으로 그려보고자 한 것은 역사적 실체를 정확히 전달하여 왜적에 대한 복수심과 이순신의 위대성을 강조하고자 한 데 있었다.

이순신은 비극적 인물이었지만 용감하게 죽음으로써 엄숙성과 왜적에 대한 보이지 않는 적개심을 심어주기에 충분했다. 그러므로 역사적 사실을 군이 변모시키지 않아도 그의 삶이 내포하고 있는 의미를 전달하기에 충분했다. 이것이 다른 인물들에 비해 허구화가 비교적 사실적으로 기술된 결과가 아닌가 한다. 그리고 이순신의 죽음은 충신의 용감한 죽음이라는 측면과 능력을 인정받고도 제대로 쓰임을 받지 못했던 영웅의 죽음이라는 측면이 강하게 부각되고 있다. 이것은 이순신의 일생을 통해 드러내고자 하는 주제의식과도 밀접한 관련을 갖는 있다. 이순신은 충신이었지만 조정에서는 충성을 매도하기 일쑤였고 심지어는 백의종군까지 서슴지 않았다. 그럼에도 불구하고 이순신은 영달을 바라지 않고 국가를 위해 목숨을 바쳤다. 따라서 이순신의 죽음은 집권자의 입장에서 겉으로 포장된 위대한 죽음만을 담고 있는 것은 아니며 자신의 과업을 이루기 위해 모든 고난을 헤쳐온 영웅의 안타깝고 비극적인 죽음이 내재되어 있는 것이다. 아울러 그를 기리기 위한 사당과 추모비가 세워짐으로써 뒷날 그가 모든 사람들에게 귀감이 될 수 있도록 했다. 이것은 그가 다시 살아나기 위한 것이라기 보다는 영원히 피지배계층들의 가슴 속에서 남아 있기를 바란 것이라고 할 수 있다. 따라서 이순신의 죽음 속에 담겨진 의미는 자신을 돌보지 않고 국가와 피지배계층들을 위해 희생했던 위대한 영웅의 비극적 종말이라고 할 수 있다.

## 4) 전·소설·설화의 대비적 고찰

이순신에 관한 이야기는 역사적으로 실존했던 사실을 다룬 기록에서부터 전, 소설, 설화에 이르기까지 다양하게 존재한다. 그러나 이순신이라는 한 사람의 공통된 대상을 놓고 기술하면서도 접근하는 관점의 차이로 인해 내용과 주제적인 면에서 약간씩 다르게 나타나고 있다. 전에서는 다분히 역사적인 사실을 주축으로 개인적인 문제에 비중을 두고 거론하고 있는 반면 소설에서는 개인적인 사생활 보다는 이순신이 왜적과 싸우는 활약을 중점적으로 다루고 있다. 그리고 설화에서는 전이나 소설에서는 접할 수 없었던 개인적인 숨겨진 이야기를 흥미있게 묘사하고 있다.

이와 같이 각 장르마다 나름대로의 특징을 지니고 있지만 전에도 소설에서 표방하고 있는 허구적인 면이 개입되듯이, 소설이나 설화는 역사적인 사실을 바탕으로 형성되었기 때문에 다분히 사실적으로 묘사되어 있는 경우도 많다. 이러한 사실지향적인 면은 역사적으로 뛰어났던 점을 부각시켜 평범한 인물들과는 다른 모습을 보여줄 때 더 효과적이라는 점과 허구화시킴에 있어서도 사실적인 실증을 바탕으로 할 때 흥미가 배가된다는 것에 원인이 있는 것 같다. 즉 이순신의 탁월함과 뜻밖의 죽음을 미화시키지 않고 사실적으로 표현할 때 더욱 많은 공감을 불러일으킬 수 있는 것이다.

따라서 객관성과 사실적인 것을 전제로 하는 전을 바탕으로 허구화를 지향하고 있는 소설이나 설화의 내용을 비교해 본다면 각 장르가 지닌 특징이 구체적으로 드러날 것으로 생각된다. 그동안 꾸준히 논의되어온 전은 객관적 사실에 가깝고, 소설은 허구화라는 일반화되고 도식화된 입장에서 좀더 세부적으로 작품을 통해 비교할 때 심도있는 차이점이 발견될 것이다. 그리고 각 장르에 따라 이본이 많이 존재하기 때문에 어떤 작품을 대상으로 분석하느냐에 따라 의미가 달라질 수 있는 소지도 지니고 있다.

그러므로 이순신의 경우 전은 『해동명장전』에 수록되어 있는 이순신전을 텍스트로 삼았는데, 소설은 임철호 교수가 『임진록』을 계열별로 분류한 것에 의존해 [L]계열에 속한 이순신 이야기를 대상으로 하고자 한다.134) 그런데, 텍스트로 정한 이 [L]계열도 이본에 따라 작품이 7종으로 분류됨으로, 이 중에서 가장 보편적이고 변이가 적다고 할 수 있는 [L경]본을 대상으로 하고자 한다. 소설『임진록』에 나타난 이순신은 최일영 계열에서처럼 이순신의 출생에서부터 시작되고 있는데, 마치 고소설의 처음부분과 흡사하다. 또한 이야기의 전개에 따른 내용이 역사적 사실이나 전의 내용과도 비슷한 경우가 많아 소설이 갖고 있는 특징적인 단락을 중심으로 살펴 볼 필요성이 있다.

한편 설화는 문헌설화와 구비설화를 다 포괄하여 살펴보도록 하겠다. 이순신의 경우는 몇가지 특징적인 설화들이 등장하는 것을 살펴볼 수 있는데, 주로 출생과 능력에 관한 면이 두드러지게 나타나고 있다. 역사의 현장에서 이순신은 자신의 과업을 다 이루지 못한 비극적 인물이 되었지만 각 장르에 나타난 그의 활약과 죽음에 대한 묘사를 비교해 본다면 많은 차이를 발견할 수 있다. 먼저 위에서 다루었던 전의 내용을 바탕으로 소설『임진록』에 나타난 이순신의 일생을 검토해 보고자 한다. 그리고 설화는 하나의 짧은 이야기 형식을 지니고 있으므로 전체적인 비교는 힘들지만 설화가 내세우고자 한 것이 무엇인지를 살펴봄으로써 부분적인 비교가 가능하리라고 생각된다.

그런데 여기에서 작자에 의한 작가의식을 고려해야 하지 않으면 안될 것이다. 각 장르마다 서로 내용이 다르게 전개되는 이유는 작가 나름대로의 시각으로 이순신이라는 인물에 접근했기 때문이라고 볼 수 있다. 전의 작자는 일정한 사회적 지위가 보장된 사대부 계층이었다는 점에서 다분히 개인적인 내용의 서술과정에서 정치적인 면을 다룸으

134) 임철호, 임진록 이본 연구, 전주대출판부, 1996, 232~238쪽. [L경]본은 [C]계열의 최일영 이야기처럼 이순신의 이야기로 서두가 시작되고 있는 것이 특징이다.

로써 다분히 소극적이고 사회비판의식이 결여되어 있다. 반면에 소설과 설화는 작가가 밝혀져 있지 않지만 이순신의 이야기를 통해 당시 사회가 안고 있었던 불합리성과 부조리에 대해서 서슴없이 이야기 하고 있다. 이것은 소설과 설화의 작가들이 전의 작자들에 비해 대사회적인 입장에서 비판적인 안목이 탁월했음을 반증하는 것으로 구성이 치밀하면서도 지배계층에 대한 신랄한 비판을 가하고 있는 것이라고 할 수 있다. 즉 작가의 의식이 소설과 설화에 반영되면서 내용에 담겨 있는 메시지가 달라지는 만큼 작가의식을 염두에 두면서 내용을 다루어보도록 하겠다.

### (1) 전과 소설의 관계

전과 소설은 이순신의 행적을 바탕으로 구성되었기 때문에 함께 공유하는 부분도 있고 서로 다른 내용도 존재한다. 따라서 전의 내용과 소설『임진록』계열 중 [L경]본의 내용을 제시하여 차이점을 중심으로 살펴보도록 하겠다.

#### 〈소설 임진록〉
가. 이선 부부가 장성 꿈을 꾸고 이순신을 낳았는데, 비범하게 성장했다.
나. 급제할 때 시험관을 감탄시켰고, 점차 벼슬이 올라 수군절도사가 되었다.
다. 거북선을 만들어 두었는데, 임진왜란이 일어나자 원순을 구원하고 함께 평행장과 싸워 승리하다.
라. 많은 왜적과 싸우는 도중 부상을 당하기도 하고 삼도수군통제사가 되었지만 원균의 모함으로 삭직되기도 했다.
마. 명장 진인과 함께 평행장과 싸워 수 차례 승리하다.

　바. 선조가 이순신의 승첩을 받고 땅을 반분하겠다고 하다.

　사. 이순신이 아들의 현몽을 받고 아들 죽인 왜장을 잡아 원수를 갚다.

　아. 이순신이 뇌물을 받고 화친하려는 진인을 질책하고 뇌물을 가지
　　　고 온 평행장의 사자를 질책하다.

　자. 결전을 앞두고 승리를 기원하자 큰 별이 떨어지다.

　차. 이순신이 싸움에서는 승리하였으나 잔적을 퇴치하다 전사했다.

　이순신의 일생을 다루고 있는 전은 일반적인 전 작품들과 마찬가지로 가계에서부터 역사적인 행적까지 자세히 나타나 있다. 그리고 소설 또한 역사적으로 존재했던 사실을 함께 다루고 있는 부분이 많이 있다. 전과 소설은 모두 이순신의 사후에 지어진 것들이다. 그러다 보니 어릴 때의 능력이나 벼슬길에 나아갔던 일, 거북선을 만든 것, 임진왜란과 관련된 사건, 원균의 모함, 비극적 죽음 등 역사적인 사실이 잘 나타나 있다. 이러한 역사적 사실을 담고 있음으로 인해 이순신이라는 인물의 활약을 타당성 있게 제시해 줄 수 있고 그의 이야기가 담고 있는 의미 또한 쉽게 전달시켜 주고 있다고 생각된다.

　그런데 전이 역사적인 사실을 중심으로 중요한 사건 중심으로 진행되는데 반해 소설『임진록』은 역사적 사실을 담고 있으면서도 작가의 상상력이 개입되어 전혀 다른 내용이 개입되어 이순신의 일생을 더욱 치밀하게 구성해 놓고 있다. 소설『임진록』에 나타난 내용을 살펴보면 출생에서부터 전혀 다르게 설정되어 있다. 이순신은 태어날 때부터 장성의 계시를 받고 태어나 위대한 장수가 될 것이라는 암시를 해주고 있다. 이 별은 이순신이 죽을 때에도 나타나 그의 삶이 별과 많이 연관되어 있음을 은연중에 내세우고 있다. 그리고 이순신의 친구가 이순신이 장차 백성을 구할 것이라는 꿈을 꾼다던지, 선조 임금이 이순신의 승첩을 받고 땅을 반분하겠다고 한 내용이나 아들의 원수를 갚은 것,

관운장의 음조를 받은 것 등은 소설에서만 나타나는 특징적인 것들이
다. 이처럼 전과 다른 소설의 내용들은 특히 이순신의 출생과 능력을
주로 부각시키고자 한 것으로 그가 위대한 인물임을 강조하기 위한 의
도라 할 수 있다. 즉 역사적으로 존재했던 이순신이라는 인물을 바라
보는 작가의식을 고려해 볼 때 소설의 작가는 전의 작가에 비해 역사
적으로 존재하는 이순신의 삶을 더욱 부각시켜 안타까운 마음이 들도
록 만들고 있다. 즉 장성의 계시를 받고 태어난 위대한 장수의 활약과
죽음을 통해 당시 지배계층의 무능을 지적하고 있는 것이다. 이것은
[L]계열의 이야기보다도 훨씬 변모된 [G]계열에서 더 뚜렷하게 확인할
수 있는 것으로 이순신은 당시 위정자들에게 믿음을 갖지 못했다. 그
결과 자신이 많은 싸움에서 승리를 했지만 전쟁이 끝나고 나면 어떤
결과가 올지 몰라 스스로 갑옷을 벗고 싸움에 임해 왜적의 탄환에 맞
아 스스로 죽은 것으로 나타나 있다. 이것은 당시 위정자들의 속성을
단적으로 잘 드러내준 것으로써 충신의 입장에서 본다면 겉으로 드러
나지 않은 또다른 큰 비극이 아닐 수 없다.

  이제 전과 소설의 내용상의 차이가 확연히 드러나는 출생과 능력,
죽음을 중심으로 비교해 보도록 하겠다.

  전에 나타난 이순신의 가계는 한미한 유학자의 집안이다. 그리고 고
소설에서와 같이 태어날 때 있었던 출생에 얽힌 이야기 등은 나와 있
지 않다. 원래 전은 가계를 비교적 소상히 다루는 것이 특징인데 이순
신의 경우는 그렇지 않다. 반면에 소설은 이순신이 이선 부부의 꿈을
통해 점지받아 태어나게 됨으로써 훌륭한 인물이 될 것이라는 점을 암
시해 주고 있다. 이것은 전에는 없는 부분으로써 이순신의 탁월한 능
력을 뒷받침해주는 부분으로 생각해볼 수 있다. 즉 뛰어난 인물이라는
암시와 함께 어려서 비범했던 그가 뛰어난 장수가 될 수 있다는 구성

의 치밀함까지 갖추고 있다.

그런데 소설에서는 전에 비해 사회적인 문제를 많이 내포하고 있기 때문에 능력에 따른 활약에 있어서도 상당한 차이를 보인다. 이순신의 싸움은 이순신 혼자만의 싸움이 아니며 그를 돕고 있는 관운장이 있다. 이것은 관운장같이 뛰어났던 사후의 인물이 이순신을 돕는 것으로 처리하여 그가 현실에서 승리할 수 밖에 없음을 암시하고 있다. 이것은 달리 말하면 이순신은 절대로 패해서는 안 된다는 논리가 반영된 것으로 피지배계층의 염원을 담고 있다고 할 수 있다. 또한 이순신이 승첩을 올리자 선조가 승첩을 받고 땅을 반분하겠다고 했다. 이것은 이순신의 능력과 연계되어 있지만 위정자의 속성을 드러낸 것으로 능력을 십분활용하고자 할 때는 힘껏 등용하고자 하지만 그의 능력이 끝났다고 판단될 때는 일말의 여지없이 제거해 버리는 속성을 나타내고자 한 것이다. 이순신에 대한 선조의 이러한 대우는 뒷날 그가 전쟁터에서 비극적으로 죽지 않았다면 어떤 형태로 종말을 맞았을까를 생각하게 한다. 물론 [C]계열135)에서는 전쟁터에서 왜적의 탄환에 맞아 죽은 것으로 처리했지만 [G]계열에는 죽음의 형태가 사실과 다를 수 있음을 내비치고 있다. 이런 점에서 본다면 이순신의 죽음을 다른 입장에서 고려해야 될 필요성이 있다. 지금까지는 대부분의 문헌이 왜적의 탄환에 맞아 죽은 것으로 처리했는데, 왜 [G]계열에서만 자살로 유독 다르게 설정했을까. 이것은 가능성이지만 그가 위정자와의 갈등으로 인해 스스로 죽고자 했을 수도 있다는 것을 암시한다. 실제로 이순신은 충성을 다하고도 두 번씩이나 백의종군했으며 어머니가 돌아가시자 『난중일기』에 빨리 죽기를 바랄 뿐이라고 써 놓은 적도 있었다. 그만큼 겉

---

135) [G]계열은 관운장이 선조에게 현몽하여 왜승 숙주를 잡아 죽이라고 지시하는 이야기로 시작된다. 임철호, 위의 책, 167쪽.

으로 드러난 이면에는 이순신이 겪어야 했던 위정자와의 갈등이 존재하고 있었다. 소설은 이러한 것을 드러내어 탁월한 인물을 제대로 활용하지 못하고 위정자의 무능으로 인해 비극적으로 죽었음을 강조하고 있다고 보아진다. 즉 소설 속에 담고 있는 사회적인 문제 중 일면 이러한 방면을 부각시키고자 한 의도에서 비롯된 것이 아닌가 한다. 따라서 이순신전은 단순히 이순신의 역사적인 행적을 나열하는 것으로 되어 있지만 소설은 그의 활약이 담고 있는 사회적인 의미까지 포괄함으로써 근본적으로 기술태도와 주제적 측면에서 차이가 있다고 하겠다.

### (2) 전과 설화와의 관계

이순신에 관한 설화는 김덕령이나 임경업에 비해 직접적인 관련이 없는 이야기도 있고 전의 내용과 거의 비슷하게 일대기식으로 된 것도 있어 주목된다. 그리고 이순신의 소실이나 아들 후예에 얽힌 이야기가 여러 문헌에 중복되어 전해지는데, 아마 이순신의 사후에 그의 가문에 있었던 일을 들추어 드러내고자 한 것이 아닌가 한다. 그런데 이순신을 대상으로 하고 있는 설화들은 이순신의 뛰어났던 점을 부각시키기보다는 쉽게 접할 수 없는 사적인 일들도 많이 다루고 있다. 그 결과 문헌설화에서는 이순신 본인과 직접적으로 관련된 설화는 대략 두 가지 정도로 귀착된다. 하나는 소실에 관한 것으로서『계서야담』과『청야담수』등에 실려 있다. 그리고 다른 한 편은『동야휘집』에 실려 있는데 특이하게도 일대기 식인데다가 전의 내용과 거의 일치하고 있다. 이순신에 관한 문헌설화들은 다른 비극적 인물들에 비해 편수가 적은 편인데 역시 그의 뛰어난 점을 부각시키고 있는 점에서 상호 공통점을 찾을 수 있다. 그리고 구비설화에서는 주로 어려서의 능력이나 이순신이 전투에서 승리한 것 등이 전해지는데, 문헌설화에 비해 역사성보다는 주변에서 있을 법한 이야기 형태로 나타나 있다. 그런데 이순신은 다른 비극적 인물들과 달리 모함으로 죽은 것이 아니었기 때문에 역사적 사실이 소설이나 설화에 그대로 반영될 수 있었다. 만약 이순신이 모함으로 죽었다면 상당한 기간이 지난 뒤에서야 그에 대해 관심을 가질 것이기 때문에 소설이나 설화가 먼저 개입될 수 있는 소지가 많다. 그러나 이순신은 죽은 뒤 바로 관 주도로 전이 편찬되다보니 역사적 사실에 있어서는 상대적으로 변모양상이 적게 나타난다고 할 수 있다. 따라서 설화에서도 역사적 사실성을 바탕으로 능력이 묘사되고 있다. 그럼 이순신과 관련된 설화를 제시해 보면 다음과 같다.

### 〈이순신 장군의 출생〉

가. 이순신의 선친이 한 절에 갔는데 상좌 한 사람만 있었다.

나. 섣달 그믐이면 뇌성벽력이 치면서 중들이 한 명씩 사라졌는데, 상좌의 차례라고 하였다.

다. 이순신의 선친이 비상과 성냥을 사오게 하여 상좌의 옷에 비상을 바르고 명주실을 달고 자게 했다.

다. 밤이 되자 상좌가 없어졌는데, 아침에 무명실을 따라가 보니 강에 이시미가 죽어 있었다.

라. 이순신의 선친이 이시미를 태우자 세 마리 나비가 날아 갔는데, 잡지 못하였다.

마. 선친이 집에와 동침하여 아들을 낳았는데, 눈이 부시어 죽었다.

바. 세 번째도 그러했으나 차마 죽이지 못하고 키운 것이 이순신이다.[136]

---

136) 『한국구비문학대계』, 7-2, 728쪽.

### 〈이순신 장군과 상사병 걸린 소녀〉

가. 이순신이 어려서 서당에 다니는데, 주막집 무남독녀가 상사병에
   걸렸다.
나. 처녀의 아버지가 살려달라고 애원했다.
다. 이순신이 부친의 허락을 받고 온다고 했는데, 허락은 받았으나 비
   가 많이 와서 갈 수 없었다.
라. 물이 줄어든 다음날 갔으나 처녀는 자살을 하고 말았다.
마. 순신이 처녀의 방에 들어가니 뱀이 한 마리 있어 처녀의 혼일 것
   이라고 여기고 하룻밤을 함께 잤다.
바. 임진왜란 때 공을 많이 세웠는데, 처녀의 혼이 도와서 된 것이었
   다.137)


### 〈소실 설화〉

가. 충무공이 처음 선사포 첨사로 제수되어 여러 원들에게 인사를 다
   닐 때 한 늙은 원이 측실의 딸을 소실로 권하였다.
나. 부임하는 날 홍제교에서 그녀를 만났는데, 너무 몸집이 커서 맘에
   들지 않았으나 할 수 없이 데려 갔다.
다. 하루는 밤에 순사가 군무로 공을 찾으니, 소실이 어떤 일인지 짐
   작하며 대처할 계교를 일러주었다.
다. 순사는 중국사신이 회로에 성에 머물면서 은 만 냥을 요구한다면
   그 방도를 물었다.
라. 공은 소실이 시킨 데로 영교를 시켜 성내의 화약을 모아 연광정
   위에서 포를 쏘게 한뒤 사람들이 가족을 이끌고 빠져 나가는 소리
   를 내도록 하였다.
마. 포 소리에 놀란 사신이 살려달라고 간청하여 포를 중지시킨 후 급
   히 발행하여 압록강을 건넜다.
바. 순사가 기뻐하며 잔치를 베풀고 사례하였다.138)

---

137) 『한국구비문학대계』, 8-5, 316쪽.

## 〈수군도독양무공 설화〉

가. 충무공 이순신의 자는 여해로 덕수사람이다.

나. 어려서부터 똑똑하여 아이들과 전쟁놀이를 하였으며, 자라서 말타기, 활쏘기에 능했다.

다. 병판 김귀영이 서녀를 첩으로 주려 하였으나 거절하였고 율곡이 보기를 원해도 만나지 않았다.

라. 수사가 관사의 오동나무를 베어 거문고를 만들고자 하니 공이 허락하지 않았다.

마. 유성룡의 추천으로 전라수사가 되었는데, 왜구의 침입에 대비하여 거북선을 만들었다.

바. 임진왜란이 일어나자 경상우수사인 원균의 요청으로 옥포에서 왜구를 격파하였고 노량에서도 승리하였으며, 한산도에서 큰 승리를 거두어 70여 척의 왜선을 격파하고 평수를 패퇴시켰다.

사. 공이 통제사에 제수되니 원균이 음모를 꾸며 죄를 입게 하였다.

아. 원균이 대신 통제사가 되었는데, 왜군에게 속아서 패하고 도망가다가 죽었다.

자. 공이 다시 통제사가 되었는데, 왜군에게 속아서 패하고 도망가다가 죽었다.

차. 공의 아들이 왜구와 싸우다가 죽었는데, 공의 꿈에 나타나서 포로 중 자신을 죽인 자를 알리니 공이 그 살인자를 베었다.

카. 중국 장수 진린과 함께 노량에서 싸워 대승하였는데, 이날 큰 별이 떨어지더니 공이 탄환에 맞아 죽었다.

타. 공이 죽어가면서도 죽음을 알리지 못하게 하고 조카 薨으로 하여금 자기 대신 싸움을 독려하게 하였다.

파. 공의 영구가 호송될 때 길가의 백성들이 모두 울며 제사지냈다.

하. 우의정으로 추증되었으며 사당이 건립되었다.[139]

---

138) 「계서 26」, 서대석 편저, 『조선조문헌설화집요』(Ⅰ), 집문당, 1991, 250쪽.

139) 「동야 17」, 서대석 편저, 위의 책, 530쪽.

〈이순신의 승리〉

가. 이순신이 율곡을 처음 만났을 때 "유독룡잠처수편청"이란 시구를 잊지 말라고 하였다.

나. 이순신이 노량에서 왜적과 대적할 때 물이 맑은 것을 보고 왜적이 올 것을 알았다.

다. 군사들에게 밤새 칼로 뱃전을 두드리라고 하였다.

라. 아침에 일어나 보니 왜병들의 손가락이 뱃전에 가득했고 바다는 피로 물들어 있었다.

마. 이로 인해 이순신이 크게 승리하였다.[140]

〈판대목, 화도, 하갑도의 유래〉

가. 임진왜란 때 이순신 장군이 왜선을 쫓아 공격하고 있었다.

나. 왜적들이 도망하면서 한 사람에게 길을 물으니 앞이 틔여 있다고 했다.

다. 왜적들이 도망하다보니 길이 막혀 있었다.

라. 이순신이 공격하여 왜병들을 몰살시켰다.[141]

위에 제시된 이순신에 얽힌 설화 중에서 〈소실 설화〉와 〈수군도독 양무공 설화〉, 〈이순신의 승리〉는 문헌 설화이다. 그리고 〈이순신 장군과 상사병 걸린 소녀〉, 〈이순신 장군의 출생〉, 〈판대목, 화도, 하갑도의 유래〉는 구비설화이다.

문헌설화 중 소실에 얽힌 설화는 이순신이 곤경에 빠졌을 때 부인의 도움으로 무사히 넘기게 되었음을 나타내 주고 있다. 이순신은 벼슬길에 올랐을 때 사사로운 정에 얽매이다 보면 공무에 지장이 있다고 생각하여, 높은 벼슬아치들이 보자고 해도 스스로 거절하는 강직한 인물

---

140) 『계압만록』, 8-86.

141) 『한국구비문학대계』, 8-2, 448쪽.

이었다. 그런데 이런 그가 어쩔 수 없이 소실을 들였는데 소실의 사태를 파악하는 판단력이 뛰어나 도움을 얻게 되었다. 물론 이러한 내용은 전과 소설 어디에도 나와 있지 않다. 소실은 이순신이 능력을 발휘하여 사람들에게 인정받을 수 있도록 하는데 도움이 되었다고 할 수 있다. 즉 소실에 얽힌 이야기는 소실의 사람됨이 범상치 않음을 나타내는 동시에 그로 인해 이순신이 능력을 인정받게 되는 계기가 됨을 나타내 주고 있다.

그런데 이순신의 일생을 다루고 있는 수군도독양무공 설화는 전과 소설의 내용을 공유하는 부분도 있고 약간씩 다른 부분도 있어 특이하다고 하겠다. 전의 내용과 비교해 보면 녹둔도에서 백의종군한 사실이 빠져 있는 반면에 공의 아들이 왜적과 싸우다 죽은 원수를 갚은 부분이 첨가되어 있다. 이 외의 부분들은 마치 한 인물이 쓴 이야기처럼 내용이 똑같음을 볼 수 있다. 그리고 소설과 비교해 보면 전에서와 같이 과장되고 꾸며진 부분이 다를 뿐 대동소이한 내용을 지니고 있다. 이것은 문헌으로 전해지는 설화가 일대기식으로 꾸며짐으로써 그의 행적에 대해 보다 더 자세히 알 수 있는 계기가 되고 있다. 대부분의 설화들은 일화들로 전이나 소설에서 다루지 않은 내용을 다루는게 특징이며, 특정한 부분만을 강조해 드러내 준다는 공통점을 지니고 있다. 그러므로 수군도독양무공 설화도 이순신의 뛰어난 행적을 전체적으로 드러내는 역할을 하고 있다고 보아야 할 것이다. 이러한 일대기식의 설화가 나타날 수 있었던 것은 문헌 설화의 담당자가 전을 지은 인물과 같은 계층의 사람이었음을 상정해 볼 수 있다. 문헌설화 중에는 역사적 사실과 일치하는 내용이 종종 발견되는데, 이순신의 경우에도 전과 설화가 서로 넘나들었을 가능성이 없지 않다. 다만 전과 설화 중에서 전이 먼저 지어지고 설화가 나중에 지어지면서 없던 내용이 첨가되기도 하고 작가의 관점에 따라 특정한 내용으로만 한정하다보니 역사적 사실과 비슷하게 되었을 수도 있다. 이것은 문헌 설화가 개인의 신변에 관한 것을 다루면서 더 역사적 사실만을 강조하고 있는 단면이라고 하겠다. 이러한 일대기식의 설화에 비해 『계압만록』에 실려 있는 <이순신의 승리>는 율곡의 앞일을 살필 줄 아는 혜안과 이순신의 적절한 해석이 왜적을 물리쳤다는 것으로 이순신의 식견을 잘 드러내고 있다. 이순신은 다른 군사들은 납득을 못했지만 맑은 물속에서 왜병들이 쳐들어올 수 있다는 것을 짐작하고 칼로 뱃전을 두르리게 함으로써 왜적을 물리칠 수 있었다. 이 설화는 전에는 없는 것으로 문헌설화 담당자의 안목에서 이순신을 드러내고자 한 것이라고 하겠다.

문헌설화가 지배계층을 담당층으로 하여 역사적인 사실을 중심으로 이루어진데 반해 구비설화는 이순신의 주변의 일을 소재로 삼아 그를 드러내고 있다. 물론 이와 같은 결과는 구비설화가 공동집단에 의한 창작이라는 점에서 이해되어야 할 것으로 피지배계층에서 바라본 이순신의 삶이 현실감 있게 묘사되고 있음을 보여 준다. 구비설화에서 이순신은 다정다감할 뿐만 아니라 선천 때부터 타고난 능력을 지닌 집안으로 설정되어 있다. 이순신은 주막집 처녀가 자신 때문에 상사병이 든 것을 알고 부친으로부터 하룻밤 자고 올 것을 허락 받았다. 그러나 자신의 의지와는 전혀 다르게 비가 와서 가지 못했다. 결국 처녀는 자살을 했고 뱀이 처녀의 혼이라고 생각하고 뱀과 함께 하룻밤을 잤다. 이순신은 어렸을 때에도 다른 사람을 생각하는 마음가짐이 넓었으며 그랬기에 구비설화에서는 이순신의 인간적인 면을 드러내고자 했다. 그리고 이순신의 출생에 얽힌 설화는 임경업전에서 임경업의 출생이 풍수지리사상과 결부되었듯이 이무기 이야기와 결부되어 뛰어난 인물로 점지받고 태어났다라는 점이 강조되어 있다. 이것은 문헌설화 담당

계층에서는 나타나지 않는 것으로 구비설화 담당자들의 진솔한 삶의 과정에서 얻은 소재가 이순신의 출생에 더해진 것이라고 하겠다. 그리고 이순신이 왜적들을 몰살시키는 <판대목, 화도, 하갑도의 유래> 역시 이순신의 능력을 부각시킨 것이다. 이 설화는 역사상으로 전하는 공식적인 사실이 아닌 민간에서 입으로 전하는 이야기인 만큼 의미의 부여가 작을 수도 있는데, 이순신의 뛰어남을 입에서 입으로 전할 수 있는 좋은 소재이다.

이와 같이 문헌설화와 구비설화는 담당계층이 다름으로 인해 내용도 달라지게 되었지만 전과 비교해 볼 때 이순신의 출생과 능력, 인간적인 부분까지 두루 포괄하고 있음을 알 수 있다. 즉 전에는 나와 있지 않은 내용이 변이되어 나타나면서 이순신의 또 다른 면을 부각시켜 주고 있는 것이다.

### (3) 전, 소설, 설화의 변별성

이순신이 비극적 인물로 설정 될 수 있었던 원인 중에서 가장 크게 작용한 것은 왜적과 싸우다 뜻하지 않게 전사한 것이다. 이순신은 그의 역할이 컸던 만큼 사후에 추앙받게 되었다. 이것은 임진왜란에 미친 영향이 지대했기 때문이다. 그러나 그의 일생을 전체적인 입장에서 좀더 세밀히 살펴보면 훌륭한 업적을 쌓은 것은 틀림없으나 결코 행복했던 것만은 아니었다. 그는 두 번씩이나 모함에 빠져 백의종군했고 벼슬길도 순탄치 않아 54세에야 자신의 능력을 인정받을 수 있었다. 그리고 거듭되는 임금의 실정으로 부모님에 대한 효도가 남달랐던 그는 한탄스러운 인생을 맛보기도 했다. 그러나 그에게는 타고난 전투에 대한 지략과 용기가 있었던 까닭에 위정자로부터 쓰임을 받을 수 있었고 자신의 목숨을 돌보지 않는 용기를 보일 수 있었다.

이순신의 일생을 다루고 있는 전이나 소설, 설화에서는 다른 비극적 인물들에 비해 그의 죽음에 대한 사실을 연장시키거나 부활시키지 않았다. 이순신의 경우는 역사적인 사실이 전, 소설, 설화에 그대로 반영되어진 경우가 많은데, 주로 출생부분과 능력을 발휘하는 부분에서 다르게 나타나 있고 소설에서 그의 죽음이 자살일 수 있다는 점을 부각시킨 것이 특징적이라고 할 수 있다.

전이 역사적인 사실을 바탕으로 이순신의 능력을 위대한 것으로 묘사하고 또한 예언 등을 수용하여 비극적 인물로 형상화시켜 놓았다면 소설은 역사적 테두리 안에서 출생, 능력의 발휘, 죽음 등을 사실과 다르게 변모시켜 놓았다. 특히 출생은 그가 대장별의 점지를 받고 태어남으로써 소설의 구성을 치밀하게 해 주었으며 죽음은 다른 장르에서는 찾아볼 수 없는 의미를 제공해 주었다. 만약 이순신이 전술한 [G]계열의 소설 내용처럼 총탄에 맞지 않고 자살을 했다면 그의 일생에 대한 평가는 다시 이루어져야 한다. 즉 위정자의 무능과 일부 지배계층들의 시기심으로 인해 죽음을 생각한 만큼 역사적인 평가가 새롭게 제기될 수도 있다. 실제로 이순신은 자살을 기도할 수도 있을법한 상황에 처하기도 했는데, 소설의 작가가 지배 계층이 아닌 지배 계층에 실증을 느낀 부류라고 상정해 본다면 위정자들의 잘못된 태도를 비판하는 것으로 이야기를 서술했다고 할 수도 있다. 따라서 이순신의 죽음은 비극의 농도가 짙어질 수도 있다는 것을 소설은 내포하고 있는 것이다. 반면에 설화에서는 인간적인 면과 능력적인 면이 부각되어 있다. 구비설화는 문헌설화와는 다른 피지배계층에서 향유되는 신변에 관련된 이야기를 통해 이순신의 능력을 나타내고 있다는 점이 다르다. 즉 담당계층이 다름으로 인해 같은 소재를 다루면서도 이야기의 내용이 다르게 나타나고 있다.

이와 같이 전, 소설, 설화는 역사적 사실을 공유하고 있으면서도 각각의 담담계층에 의해 다른 입장에서 이순신을 기술하고 있다. 그 중 특징적인 것은 소설과 설화 에 있어서 전혀 다른 내용으로 크게 변이되지는 않았지만 역사적 진실성에 접근하고자 했던 노력들이 두드러졌다고 하겠다. 또한 역사적 사실성을 바탕으로 소설과 설화에서 그가 죽었을 때 모든 백성들이 그토록 슬퍼했던 이유는 그가 훌륭하지 않아서가 아니라 자신들의 염원이 일찍 깨어졌던데 있었다. 즉 그의 죽음 속에는 과업을 완전히 수행하지 못한 안타까움과 개인적인 비운, 당시 피지배 계층들의 고통스런 삶이 함께 반영되어 있다고 하겠다.

# IV. 문학사적 의의

　임병양란기에 실존했던 인물을 소재로 한 인물전(人物傳)에 나타난
비극적 인물의 문학사적 의의는 다음의 세 가지 점에서 찾을 수 있다.
　첫째, 역사적 사실성에 입각해서 지어진 전에 비극적 종말을 맞이한
인물을 수용하여 문학적 영웅으로 형상화함으로써 그 역사적 행적과
더불어 문학사적 의의를 찾을 수 있으며, 둘째는 고대에서부터 전문학
에 나타난 비극적 인물의 구조적 전승 양상과 비극성을 확인함으로써
통시적·공시적으로 그 문학사적 위치가 새롭게 인식될 수 있으며, 셋
째는 소설과 설화와의 대비를 통해 전이 갖는 시대적 의미와 주제 의
식을 조명할 수 있다는 점이다.
　그동안 본 연구에서 다룬 김덕령, 임경업, 이순신의 경우 이들을 바
라보는 시각은 매우 다양했지만 전문학에 입각하여 비극적 인물로 다
루었던 적은 없었다. 그것은 전이 역사적 사실성과 객관성을 위주로
지어진다는 측면 때문에 역사와 문학사이의 거리에 위치하여 역사성
이 압도적인 비극적 인물을 어떻게 문학적으로 수용하느냐 하는데 어
려움이 있었기 때문이다. 이러한 점은 비단 임병양란기에 활약한 이들
의 전에서 뿐만이 아니라 우리나라 최초의 역사서인 『삼국사기』·「열
전」에 나타났던 궁예, 견훤, 연개소문, 창조리 같은 고대의 비극적 인

물들의 경우에 있어서도 마찬가지였다고 할 수 있다. 고대의 비극적 인물들은 그들의 활약이 영웅적인 것이었음에도 불구하고 문학적인 상상력의 개입이 적다고 판단되어 초기 전의 개념과 양식적 특징을 제 공하는 수준에서 크게 벗어나지 못했다. 그리고 역사와 문학의 거리가 어느 정도 극복된 뒤에도 이들의 일생을 영웅의 일생으로 인식하면서 역사적 영웅으로만 보았을 뿐 전문학에 근거한 문학적인 영웅으로 인 식하지는 못했다. 이것은 전이 소설적인 성향과 설화적인 내용을 공유 한 데서 비롯된 것으로 전과 이들 장르와의 접점에서는 확연한 구분이 어렵고 사람의 일생을 내용으로 하고 있기에 설화와 전, 전과 소설의 뚜렷한 구별이 난해할 수밖에 없었기 때문이다. 특히 이러한 점은 조 선 후기로 내려오면서 더욱 심화되어 전과 소설을 획일적으로 구분하 기보다는 작품의 성향에 따라 세분화하는 결과를 가져왔다. 따라서 비 극적 인물이 나타나는 문학 장르는 많지만 사실에 근거한 사람의 일생 을 서술한 전만큼 영웅의 일생이 비극적임을 나타내 주고 있는 경우도 드물다고 할 수 있다.

주지하다시피 전은 탁월한 업적을 쌓았거나 후세에 전할 만한 의미 가 있다고 판단되는 사람들의 행적을 기록해 남겨 두자는 데 취지가 있었다. 따라서 대상 인물의 뛰어난 일생을 드러내어 표창하거나 정책 적으로 경계하는 의미에서 선례가 될 수 있도록 폄하(貶下)하는 경우 가 나타나게 되었는데, 특히 영웅적인 활약을 다룬 인물전에서도 이를 쉽게 확인할 수 있다. 이러한 전은 궁예나 견훤을 묘사했던 고대의 『삼 국사기』·「열전」에서는 관찬(官撰)의 형태로 역사적 사실성을 강하게 묘사한 반면 후대의 김덕령이나 임경업을 다룬 개인의 문집인 사전에 있어서는 역사적 사실성과 함께 인물을 드러내기 위해 과장적인 비유 가 쓰이기도 하고 유가적인 안목에서 배척당했을 허구적인 이야기들도 수용하여 대상 인물을 묘사하는데 주저하지 않았다. 이러한 사전에서의 내용적인 변화는 고대 열전에 나타난 비극적 인물의 구조가 임병양란기의 사전에도 이어지고 있음을 나타내 주는 것으로 작자의 주관이 개입되면서 소설로도 이어질 수 있음을 시사하는 것이다. 따라서 비극적 인물의 구조는 고대에서부터 임병양란기에 이르기까지 계승되고 있다고 하겠는데, 비극적 인물은 열전과 사전에서만 존재한다는 특징을 지니고 있다. 그것은 비극적 인물이 역사적으로 실존한 인물을 대상으로 한다는 점과 영웅이라는 특징에 부합되는 경우에만 나타날 수 있기 때문이다.

이와 같은 특징을 지니고 있는 비극적 인물의 구조를 살펴보면 일찍이 신화나 민담에서 제시되었던 귀족적 영웅의 일생이나 민중적 영웅의 일생 구조와는 다른 독특한 구조를 지니고 있음을 발견할 수 있다. 신화나 민담에서는 신분이 고귀하면 결말도 행복하게 끝나고 있으며 신분이 미천하면 결말도 패배로 귀결되는 구조적 차이를 보여 주고 있다. 그러나 영웅은 결코 신분에 따라 성패가 결정되는 것이 아니라 시대적인 상황과 영웅의 활약에 따라 달라질 수 있다고 생각된다. 따라서 전에 나타나는 비극적 인물들의 구조를 통해 확인할 수 있는 바와 같이 고귀한 신분을 지녔으면서도 패배하게 되는 경우에는 신화 및 민담에서 보여 주는 귀족적 영웅, 혹은 민중적 영웅의 일생을 통해 추출할 수 있는 영웅의 구조와는 서로 상이하게 나타난다. 그리고 이러한 구조적 차이와 함께 삼국 시대와 고려 시대를 거쳐 임병양란기의 시대적 차이에 따른 내용의 변화와 비극성에서 차이점이 나타나고 있다. 임병양란기의 비극적 인물에 있어서는 삼국 시대의 비극적 인물과 비교해 볼 때 신분에 있어 고귀한 경우라기 보다는 경제적으로는 어려웠지만 계급적으로는 환로에 진출할 수 있는 명문대가의 후손이었다는 점에서 차이가 나고 있다. 그리고 과업을 이룰 수 있는 사건이 고대에는 국가의 패망에 있었다면 임병양란기에는 대외적인 전쟁을 수행하는 과정에서 발생하게 되었다. 이것은 시대상에 따른 비극적 인물의 모습이 변모해 온 것을 드러내 주는 것으로 비극성과도 연관되는 것이다. 삼국 시대의 인물들에서는 왕위에 올랐으면서도 패망하게 되는 경우 안타까움보다는 자책에 가까운 비극이 내재해 있었다. 즉 궁예와 견훤은 자신의 실정에 의해 패망하게 되었지만 임병양란기의 비극적 인물들은 자신의 뜻과는 달리 모함에 의해 안타깝게 죽었거나 전쟁을 수행하는 과정에서 뜻밖의 죽음을 맞았다. 이것은 초기의 비극적 인물들이 국가를 건국하고자 하는 강한 개인적인 욕망에 사로잡혀 있었던 반면 임병양란기의 비극적 인물들은 자신들의 이익보다는 다수의 이익을 위해 희생한 경우에 해당한다. 여기에서 비극성이 전혀 다르게 나타나고 있음을 알 수 있는데, 비극적 죽음이라는 결과는 공통적이지만 죽음 속에 내재되어 있는 의미에 있어서는 다르게 형상화되고 있음을 보여 준다. 즉 궁예나 견훤 같은 초기의 비극적 인물들은 비극이 개인적인 비참함으로 표출되는 반면 임병양란기의 비극적 인물들에게서는 사후 추앙의 대상이 되고 있다는 점에서 안타까운 죽음이 승화되어 우리 고유의 한의 정서와 맞닿고 있음을 알 수 있다. 영웅이 자신의 뜻을 이루지 못하고 중간에서 패배하는 것은 비극적인 것이지만 그 비극 속에 내재해 있는 비극성은 영웅의 활약에 따라 다르게 나타나고 있는 것이다. 이처럼 비극적 인물들은 그 구조에 있어 고귀한 신분을 타고난 영웅들이 뛰어난 활약을 펼치고도 비참한 최후를 맞는 특징을 지니고 있다. 다만 시대적인 배경과 과업을 성취하는 과정, 비극성에 있어서는 약간씩 다르게 나타나고 있다. 그러나 구조적으로 살펴볼 때 고대에서부터 존재해 온 비극적 인물의 모습은 임병양란기에도 이어져 계승되고 있다고 하겠다.

한편 비극적 인물들을 대상으로 하고 있는 전은 초기의 작품에 비해 후대로 올수록 허구화의 정도가 심해지고 있는데, 비극적 인물을 대상으로 전, 소설, 설화가 공존하는 경우 그 내용을 상호 비교해 봄으로써 전의 특징과 의미를 좀 더 쉽게 확인할 수 있다. 초기의 전은 역사와 문학이 공존 상태에 있었다면 후대로 오면 과장과 허구화가 가해져 본격적인 문학의 본령에 접근하고 있음을 볼 수 있다. 이것은 초기 전에 수용된 비극적 인물인 궁예나 견훤의 일생을 후대의 임경업이나 김덕령의 일생과 비교해 보면 후대로 올수록 뛰어난 인물을 더욱 뛰어나게 부각시키고 비극적 죽음을 드러내는 과정에서 허구화가 가해지고 있음을 보여 준다. 이것은 전의 시대적 변모이자 역사에서 문학이 분리되고 있음을 나타내는 것이라고 하겠다. 즉 일반적인 문학이 지니고 있는 흐름이 비극적 인물을 대상으로 하고 있는 전, 소설, 설화에도 적용되고 있음을 의미하는 것이라고 하겠다.

그런데 전에 나타난 비극적 인물은 설화나 소설과 비교해 볼 때 역사적인 사실을 공유하고 있기 때문에 공통점을 쉽게 찾을 수 있지만 경우에 따라서는 작자층 및 향유층의 의식을 수용하여 이를 윤색함으로써 작자 의식이나 주제 면에서 많은 차이점이 존재한다. 따라서 작자가 달랐던 만큼 작자 의식과 내용이 담고 있는 의미에 있어서 차이를 보여 준다. 임병양란기에 활약한 김덕령, 임경업, 이순신은 전, 소설, 설화가 모두 공존하는데, 전의 작자는 지배 계층에 속해 있던 경우가 많아 대체로 역사적인 행적과 함께 개인적인 활약에 비중을 두고 기술했다. 그리고 소설은 작자는 밝혀져 있지 않지만 지배계급의 행위에 대해 신랄히 비판하면서 사회적인 문제를 대두시킴으로써 위정자들의 잘못을 무게 있게 반영하고 있다. 또한 설화는 대다수의 민중들이 참여한 공동작이었던 만큼 진솔하면서도 대상 인물의 뛰어났던 점과 일생과 관련된 특정 부분을 드러내는 역할을 하고 있다. 그러므로 이들 각 장르는 서로 한 인물을 대상으로 하고 있으면서도 작자의 의도에 따라 의미의 확대가 이루어지고 있으며, 내용 면에 있어서는 주인공을 중심으로 이들을 유기적으로 연관지어 볼 때 주인공의 일대기를 중심으로 구성되어 있다. 또한 개인적인 것에서 사회적인 것으로 문제의식을 확대시킴으로써 현실에서는 있을 수 없는 일들을 가상 공간을 설정하여 상상력의 폭을 증대시킴으로써 그 문학적 의미망이 확대되고 있음을 보여 준다. 이처럼 전, 소설, 설화가 역사적 공유점을 가지고 비극적 인물의 삶을 다루고 있지만 객관적인 입장에서 비극적 인물의 삶을 가장 잘 이끌어 내고 있는 것은 전이며 소설과 설화를 통해 숨겨진 의미가 확대되어 나타나고 있다고 하겠다. 즉 소설과 설화는 역사적으로 존재하는 사실을 바탕으로 안타까운 죽음의 진상을 제시하고 그들의 비극적인 삶이 지니고 있는 의미를 밝혀 주고 있다. 나아가 전은 사실적인 것을 바탕으로 하여 안타까운 죽음으로 의미를 함축하고 있지만, 소설과 설화에서는 안타까운 죽음을 허구적으로 재구성하여 보상받는 것으로까지 주제적인 면이 확대되어 가고 있다.

이와 같이 전에 나타나는 비극적 인물들은 역사적 영웅에서 문학적 영웅으로 수용되었고, 삼국 시대에서 임병양란기 인물전에 이어지면서도 그 구조가 꾸준히 계승되고 있음을 확인해 볼 수 있었다. 아울러 전에 나타나는 비극적 인물이 소설과 설화에도 투영되어 문학적으로 의미가 확장되고 있음을 살펴 볼 수 있었다. 이것은 비극적 인물의 일생이 다양한 장르의 문학 작품 속에 수용되어 통시적·공시적으로 뿐만 아니라 작자 및 향유층에 따라 다층적인 의미망을 이루고 있음을 말해 주는 것이라고 하겠다.

# V. 결론

　비극적 인물은 뛰어난 능력을 지닌 영웅이 비참한 죽음으로 귀결되는 일생 구조를 지니고 있는 것이 특징인데 본고에서는 주로 전을 중심으로 그 구조적 원천과 변모 양상을 설정해 보았다. 전은 기술하는 방식에 있어서 각기 다른 양식적 특징을 지니고 있는데, 역사적으로 실존했던 비극적 인물들의 행적은 열전(史傳)과 가전(家傳(私傳))에서 다루어지고 있다.

　주지하다시피 열전은 『삼국사기』・「열전」과 『고려사』・「열전」처럼 국가적인 차원에서 이루어지는 것이고 가전(私傳)은 개인적인 친분 관계 등에 의해 문집에 실리게 되는 것이 대부분인데, 임병양란기에는 가전이 먼저 지어져 있는 상태에서 열전에 수용되는 경우가 나타난다. 물론 국가에서 편찬하는 열전도 필요에 의해 짓는 경우가 있지만 김덕령이나 임경업의 경우는 『하서집』에 실려 있던 전이 국가에서 실기류를 편찬할 때 원문을 그대로 옮겨 실었다. 이것은 실기류를 편찬하면서 다시 짓는 것이 아니라 비교적 잘 지어졌다고 인정되는 작품을 그대로 재 수록했기 때문이다.

　고대에서부터 존재해 왔던 비극적 인물들은 전으로 수용되면서부터 일정한 구조로 자리잡게 되었다. 초기의 전이라고 할 수 있는 『삼국사기』·「열전」에 나타난 비극적 인물들은 역사적인 사실이 강했고 문학적인 형상화가 덜 이루어졌던 만큼 후대의 비극적 인물들과는 차이를 보인다. 그러나 비극적 인물들은 시대적인 흐름에 따른 변모를 거치면서도 전의 양식적 특징들이 고스란히 지켜졌기 때문에 영웅이 추구하는 과업의 의미와 시대 상황 등에서 내용이 다르게 나타나고 있다. 이러한 점을 임병양란기 전에 나타난 비극적 인물들의 구조를 통해서 살펴보면 대체로 다음과 같다.

〈비극적 인물의 구조〉
가. 명문대가의 후손으로 태어났다.
나. 탁월한 능력자로 성장했다.
다. 능력으로 인해 죽음과 관련된 위기에 처해진다.
라. 과업을 이룰 수 있는 사건과 함께 예언이 나타난다.
마. 일정한 지위에 오른다.
바. 위정자와의 내적 갈등이 표출된다.
사. 패망의 예언과 함께 사건이 발생하여 비참한 최후를 맞는다.

위에 제시된 임병양란기의 비극적 인물의 구조는 신화나 민담을 배경으로 한 영웅의 구조와 비교해 볼 때 출생에 따른 신분, 능력과 예언, 과업의 수행과 비극적 죽음 부분에서 다르게 나타나고 있다. 비극적 인물은 명문대가에서 태어나 탁월한 무예 능력을 지니게 되는데, 이때 과업을 이룰 수 있는 사건이 발생하여 활약을 펼치게 된다. 그러나 뛰어난 활약에도 불구하고 위정자와의 갈등이 야기되어 고뇌에 빠지게 되며 결국 자신의 과업을 다 이루지 못하고 비참하게 죽고 만다.

이와 같은 구조적 특징을 지니고 있는 임병양란기의 비극적 인물들인 김덕령, 임경업, 이순신에 대해 살펴보면 김덕령은 과거에 나아가 장수가 된 경우가 아니다. 홀어머니를 모시고 시골에서 농사를 지으며 살았다. 그런데 그의 능력이 뛰어나 임진왜란이 일어나자 의병장으로 천거되어 임금으로부터 장군의 칭호를 받았다. 그는 항상 용기가 남달라 왜장까지도 그의 얼굴을 그려 오게 하여 이를 보고 놀랄 정도였다. 그러나 김덕령은 그의 능력을 시기하는 자들에 의해 고난을 겪었는데, 이몽학의 반란이 일어나자 이에 연루되어 죽임을 당했다. 김덕령이 죽을 때는 임진왜란이 아직 끝나지 않은 상태였음으로 그는 과업을 다 이루지 못했는데, 능력 있는 그가 모함으로 죽게 된 데서 비극성을 찾을 수 있다.

김덕령의 죽음은 전, 소설, 설화에 두루 나타나는데, 전에서도 소설과 같은 과장과 허구적인 면을 발견할 수 있었다. 이것은 그의 위대함을 드러내기 위해 꾸며진 것으로 이해된다. 또한 소설에서는 작자 의식에 따라 역사적 사실과 달리 많은 변화가 있었는데, 그의 죽음이 지닌 비극적 의미를 잘 나타내 주고 있다. 즉 죽지 않아야 될 그가 억울하게 죽게 된 것에 대해 위정자를 질책하면서 안타까운 심정을 토로하고 있다. 그리고 설화에 있어서는 일대기 식으로 구성된 것은 아니지만 공동 창작에 의해 이루어짐으로써 그의 용력과 죽음을 중심으로 김덕령이 지녔던 영웅적인 면모와 비극적 의미를 여실히 드러내 주고 있다. 이와 같은 김덕령의 죽음은 문학적 형상화를 거쳐 많은 사람들의 가슴 속에 자리하게 되었는데, 그의 죽음에서 느껴지는 비애감은 그가 비극적 인물임을 단적으로 느끼게 해준다. 김덕령은 당시의 많은 백성들로부터 추앙을 받았는데, 이것은 그의 죽음에 대한 백성들의 안타까운 반응이 내포된 것으로 비극적 인물이 지니고 있는 역사의식의 일단면을 드러내 주고 있기 때문이다.

다음으로 임경업은 병자호란이 일어나기 전에 과거를 통해 장수가 되었다. 그는 어릴 적부터 무예를 열심히 익혀 탁월한 능력을 지니게 되었다. 관직에 나아가서는 앞일을 내다볼 줄 아는 선견지명과 남자다운 행동을 보여 능력을 인정받았다. 그는 명나라와 청나라가 서로 대립하는 상황에서 명나라를 도와 청나라를 물리치고자 노력했다. 그러나 청나라가 명나라를 이기고 새로운 나라로 자리를 잡자 청나라에 포로로 잡혀 있다가 국내로 압송되었다. 그는 싸움에 능하고 책임감이 강했는데, 당시의 상관이었던 김자점과의 관계가 악화되면서 점점 비극이 잉태되게 되었다. 김자점은 자신이 재상으로 있으면서 국권을 장악하려고 했는데, 임경업에게 불안을 느낀 나머지 역적으로 몰아 죽였다.

임경업의 이러한 비극적 일생 역시 전과 소설, 설화에 수용되었는데, 전은 당시의 지배 계층의 입장에서 지어졌던 만큼 그의 죽음을 사실적으로 묘사하여 안타까운 감정을 표출시키고 있다. 반면 소설은 죽은 임경업이 현몽하여 비극적인 죽음에 대한 원수를 갚는 것으로까지 형상화시켜 놓았다. 이것은 소설의 작자가 임경업의 죽음이 부당하다는 것을 문학에 투영시켜 놓은 것으로 그는 결코 죽지 않고 민중들의 가슴 속에 살아 있다는 것을 나타낸 것이다. 즉 현실에서 부당하게 죽은 그가 상상 속에서 재생되어 보상을 받는 주제 의식으로 이어진 것이다. 임경업은 청나라를 끝까지 물리치지 못하여 과업을 성취하지 못했는데, 김자점에 의해 억울하게 죽음으로써 비극적 인물이 되었다.

이렇듯이 김덕령이나 임경업이 모함에 의해 죽게 된 것과는 달리 이순신은 전쟁터에서 죽었다. 그는 어릴 적부터 전쟁놀이를 좋아했는데, 32세에야 벼슬길에 오를 수 있었다. 항상 곧은 마음으로 공과 사를 구분하여 미움을 사기도 했다. 임진왜란이 일어나기 전에 거북선을 만들어 전쟁에 대비함으로써 승리할 수 있는 발판을 마련했다. 임진왜란이 일어나자 가는 곳마다 승리하였는데, 원균의 모함으로 백의종군을 하기도 했다. 그러나 곧 다시 등용되어 싸움에 승리함으로써 이순신은 이때에서야 비로소 능력을 진정으로 인정받게 되었다. 이순신은 벼슬길이 순탄하지 못했고 왜란이 다 끝나지 않은 상태에서 왜적의 총탄에 맞아 뜻밖에 죽음으로써 비극적 인물의 변모를 보여 준다. 그는 왜적과의 싸움에서 안타깝게 죽음으로써 민족의 영웅으로까지 승화되는 계기가 되었는데, 한편 소설에서 그가 자살하는 내용으로 변모될 정도로 당시의 정치에 대해 염증을 느끼고 있었던 것으로 구성된 점은 그 의미에 있어서 역사적으로도 재고의 가치를 지닌다고 할 수 있다. 즉 그의 죽음은 숨길 수 없는 사실적인 것이지만 『난중일기』나 소설에 나타난 부분을 보면 죽음이 자살 일수도 있다는 점에서 역사적 사실을 새롭게 조명해 보아야 할 정도로 심각한 의미가 담겨 있는 것이다. 그리고 소설의 이러한 관점에 비해 설화에서는 주변 사람들과의 관계에서 있었던 인간적인 면과 장수로서 지니고 있던 능력적인 면이 부각되어져 있다.

　본 논문은 임병양란기를 무대로 활약한 김덕령, 임경업, 이순신의 전을 통해 비극적 인물의 구조가 고대에서부터 존재해 온 전(傳)작품을 통해 계승되고 있음을 살펴볼 수 있었다. 아울러 전에 나타나는 비극적 인물의 구조는 뛰어난 능력을 지니고 태어나 과업을 성취하지 못하고 패배한다는 것이 서사 구조의 중심이 되고 있음을 발견할 수 있었다. 그리고 김덕령, 임경업, 이순신의 비극적인 일생이 소설과 설화에도 수용되면서 문학적 변모와 함께 새로운 주제 의식으로까지 발전되었음을 알 수 있었다. 따라서 본 논문은 지금까지 주로 설화와 소설을 중심으로 연구가 진행되어 온 연구의 영역을 확대함으로써 전을 통해 비극적 인물전의 서사적 전통과 비극적 의미를 고찰하고 그 변별성 및 상호 영향 관계를 파악하고자 한 점에서 의의를 찾고자 하였다.

그러나 비극적 인물전의 전반적인 문학 세계와 문학사적 위상을 구체적으로 파악하기 위해서는 앞으로 비극적 인물에 대해 광범위한 자료를 섭렵하고 연구 범위를 확대하여 보다 심도 있게 다루어질 때 더 그 타당성을 입증할 수 있으리라 본다. 앞으로 이에 대한 본격적인 연구가 요구된다.

# 제2부

# 기타 전문학의 특성

# 「남이전」 연구

## 1. 서론

이른 시기부터 전(傳)은 고대에서부터 근대에 이르는 오랜 기간동안 인신(人臣)의 사적(事跡)을 기록하여 후세에 전한다는[1] 전기문학으로서의 기본적인 역할을 충실히 수행해 왔다고 할 수 있다.

즉, 전은 고대에서부터 독특한 형식으로 기술되어져 왔는데, 남이전 (南怡傳) 또한 이러한 전들에 나타나는 입전양식(立傳樣式)을 충실히 지켜 오고 있다.[2] 다만 여타의 인물전과 비교해 볼 때 두드러진 특징이 있다면, 일생 구조의 결말 부분에서 뛰어난 활약을 펼쳤음에도 불구하고 불행한 죽음으로 귀결되는 비극적 영웅의 일생 유형을 띄고 있다는 점이다.

이러한 비극적 영웅의 일생 유형은 일찍이 『삼국사기』·「열전」[3]에

---

1) 『사기』, 권 제61, 백이렬전 1.
2) 전의 형식에 대한 다양한 논의가 있어 왔다. 그 중에서도 이동근 교수가 제시한 5단 구성에(도입부-서두부-전개부-결말부-논찬부) 남이전을 적용시켜 보면 서두부와 논찬부가 결여되어 있다. 그러나 많은 인물전들이 대부분 가계에 대한 이야기로 시작되고 있다는 점과 특별한 경우를 제외하고는 논찬을 남기지 않는 경우를 볼 때 일반적인 전 형식을 따르고 있다고 보아야 할 것 같다. (이동근, 『조선 후기 「전」 문학 연구』, 태학사, 1991, 17쪽 참조)
3) 『삼국사기』·「열전」에 등장하는 비극적 영웅의 대표적 인물은 궁예와 견훤이라고

서부터 비롯되어져 왔다고 할 수 있는데, 고려 시대와 조선 시대를 거치면서 다양한 인물들에게서 나타나고 있다.

일찍이 남이의 일생은 전 이외에도 소설과 설화 등 다양한 문학적 장르에 투영되어져 왔는데, 그 중에서도 특히 남이의 뛰어난 행적과 비극적인 죽음이 인물전에 일목요연하게 기술되어 있다.

그러나 지금까지 남이의 비극적 죽음에 관해서는 몇 차례 조명되기는 했지만 아직 추측에 불과할 뿐 역사적으로 명확하게 밝혀진 것은 없는 상태이다. 그리고 그가 28세라는 젊은 나이에 죽음으로써 대장부로서 지녔던 기개와 용맹, 활약에 대해서는 높이 평가하면서도 정작 문학적인 연구 실적은 미미한 편이다.[4] 그러나 남이는 그의 삶이 평범한 인물들과는 판이하게 구별되었던 만큼 뒷날 역사적 사실을 토대로 다양한 문학적 형상화가 이루어질 수 있었다. 그리고 이러한 문학적 형상화는 역사 속에서 남이의 죽음이 모함에 의한 비극적 사건이었음을 어느 정도 짐작할 수 있게 뒷받침해 주고 있다. 그것은 남이가 젊은 나이에 뜻하지 않게 죽음으로써 대부분의 이야기가 죽지 말았어야 될 영웅이 비참하게 죽은 것을[5] 안타까워하는 방향으로 전개되고 있기 때문이다. 또한 탁월한 능력을 추앙하면서 억울함을 간직한 신격화 된 대상으로까지 변모시키고 있는 까닭이기도 하다.[6]

---

할 수 있다.(『삼국사기』 권 제50, 열전 제10, 궁예, 견훤)

4) 국조인물고, 「이시애」, 『한국의 인간상』 2, 1966.
   정두희, 『조선초기 정치세력 연구』, 일조각, 1983.
   최영호, 「남이 옥 재고」, 『역사와 인간의 대응』, 1984.

5) 대부분 비극적 영웅들에게서는 죽지 말았어야 될 영웅이 억울하게 죽었음을 의미하는 경우가 많은데, 임병양란기의 임경업이나 김덕령 이야기에서 쉽게 찾아볼 수 있다. (임철호, 『설화와 민중의 역사의식』, 집문당, 1989, 114쪽 참조.)

6) 『한국민속대관』 3, 고려대 민족문화연구소, 1982.
   장수근, 『한국민속논고』, 계몽사, 1986.

대개의 경우 인물전은 대상 인물에 따라 여러 편씩 전하는 경우도 쉽게 찾아볼 수 있는데, 남이의 경우는 자료도 희박하고 내용도 대부분의 문헌이 대동소이(大同小異)한 편이다.

따라서 본고에서는 국조인물지 세조조(國朝人物志 世祖朝)에[7] 실려 있는 것을 텍스트로 삼아 남이전을 분석해 보고자 한다.

## 2. 구조 분석

일반적으로 영웅은 뛰어난 능력의 소유자이면서 큰 이상을 지닌 경우가 대부분이다. 그렇기 때문에 자신이 속한 집단을 위해 능력을 발휘하는 과정에서 보통 사람들과는 확연히 구별되는 행위가 나타난다. 이러한 측면에서 본다면 남이 또한 영웅이라면 반드시 지니고 있어야 될 조건들을 충분히 지니고 있었다. 그런데, 인물전에 나타난 남이의 일생이 다른 영웅들에 비해 구별되는 점이 있다면 명문대가의 훌륭한 가문에서 태어났으면서도 비극적인 죽음을 맞이했다는 점이다.

지금까지 설화나 민담을 통해서 이루어진 영웅의 일생에 관한 선행 연구들을 살펴보면 뛰어난 영웅이 비극적인 죽음을 맞는 경우는 미천한 가문에서 태어났을 경우에 한해서 임을 확인해 볼 수 있다.[8] 그렇

---

7) 『한국역대인물전집성』 제1권, 이상은 편, 민창문화사, 1990, 948쪽 참조.

8) 조동일 교수는 소설과 민담을 토대로 한 영웅 연구에서 일찍이 귀족적 영웅 유형과 민중적 영웅 유형을 제시한 바 있다. 그러나 영웅의 일생 전개가 어린시절에 편중되어 있다는 지적도 있지만 (박대복, 「고소설에 수용된 민간신앙 연구」, 중앙대 박사논문, 1989) 그 동안의 영웅 연구에 있어 이바지한 바가 크다고 할 수 있다. (조동일, 『한국설화와 민중의식』, 정음사, 1985, 118쪽.)

여기에서 조동일 교수가 제시한 영웅의 일생 구조를 제시해 보면 다음과 같다. <귀족적 영웅의 일생>: 가. 고귀한 혈통을 지니고 태어났다. 나.비정상적으로 잉태되거나 출생했다. 다.범인과는 다른 탁월한 능력을 타고났다. 라.어려서 기아가 되어 죽을 고비에 이르렀다. 마.구출 양육자를 만나서 죽을 고비에서 벗어났다. 바.자라서

다면 남이의 죽음은 과연 어떤 관점에서 바라보아야 하느냐는 문제가
제기된다. 굳이 영웅의 일생을 분류하지 말고 각각의 영웅들이 지닌
일생을 나름대로 인정하고 말면 그만일 듯도 싶은데, 역사적으로 비슷
한 성향을 지닌 영웅들이 많이 등장하고 또 그들의 변모적 특징을 살
피는 문제에 봉착하다 보면 그렇게 간단히 넘겨 버릴 것만은 아닌 것
같다.

여기에서 아직 온전한 모양새를 갖춘 것은 아니지만 남이의 일생을
선행된 인물전에 나타나는 비극적 영웅의 일생 유형에9) 적용시켜 보
면 좀 더 명확한 구조의 분석이 이루어질 것으로 생각된다. 즉 남이의
일생도 비극적 영웅들의 선례에서 확인할 수 있듯이 신분이 고귀하다
고 해서 결코 행복한 결말로 끝나는 것은 아니라는 것을 증명해 주고
있기 때문이다.

이와 같이 출생 신분과 결말의 문제는 구조적으로 상당히 중요한 문
제를 내포하고 있는데, 『삼국사기』·「열전」에 나타나는 궁예 같은 인
물은 그 동안 출생 신분과 왕위에 올랐던 것으로 인해 귀족적 영웅으
로 분류해 왔다. 그러나 궁예는 결코 귀족적 영웅의 일생을 지니고 있
다고 볼 수만은 없다. 그것은 궁예가 왕의 후손으로서 혼란한 신라 말
기에 태봉국의 왕위에 올랐었지만, 자신의 정치적 역량이 부족했던 탓
에 왕건의 봉기에 그만 패배하여 이름 모를 백성의 손에 죽고 말았기
때문이다.

궁예는 어려서부터 고귀한 혈통을 지니고 태어났고 보통 사람들과

___

다시 위기에부딪혔다. 사.위기를 투쟁적으로 극복해서 승리자가 되었다.
　<민중적 영웅의 일생>: 가.미천한 혈통을 타고났다. 나.범인과는 다른 탁월한 능
력을 타고났다. 다.항거를 하지 않을 수 없는 위기에 부딪혔다. 라.위기를 투쟁적으
로 극복해서 승리자가 되었다. 마.끝내 뜻을 이루지 못하고 패배했다.
9) 졸고, 「임병양란기 인물전의 비극성 연구」, 우석대 박사논문, 1997, 22쪽.

는 다른 영웅적인 면모를 지니고 있었기 때문에 왕위에 오를 수 있었다. 그러나 일생을 왕위에 오른 것만이 아닌 총체적인 입장에서 살펴보면 그는 고귀한 혈통을 지니고 있었지만 비참한 죽음을 맞이한 비극적 영웅의 위상에 더 근접해 있는 인물이라고 볼 수 있다.10) 궁예의 일생에 있어서는 왕이 된 것도 중요한 의미를 지닌다고 볼 수 있지만 자신의 무능함으로 인해 왕위를 지키지 못하고 패배한 것은 더 중요한 의미를 지닌다고 볼 수 있다. 그리고 궁예와 같은 시기에 활약한 견훤 또한 궁예의 경우와 별반 다를 것이 없는 흡사한 경우에 해당한다. 견훤은 아버지가 장수였으며, 무예가 뛰어나 신라의 별장이 되었다. 후일 신라가 혼란스러워지자 스스로 왕으로 행세하면서 후백제를 세웠으나 자식들의 왕위 다툼으로 인해 비참하게 죽었다. 견훤의 경우도 가문이 미천하지 않았지만11) 결국 왕위를 지키지 못하고 비참하게 죽음으로써 비극적인 영웅이 되었다.

이러한 후삼국 시대의 영웅들은 한 나라가 분화되는 과정에서 스스로 왕이 되고자 한 경우로써 인물전에 등장하는 비극적 영웅의 한 유형라고 볼 수 있다.

한편 지배 계층과 피지배 계층으로 확연히 나누어져 있던 조선 시대의 임병양란기에 등장하는 비극적 영웅들의 양상을 살펴보면 지배 계층을 중심으로 신하들간의 다툼에서 비극적 영웅이 많이 잉태(孕胎)되고 있다.12) 이 경우 스스로 지배 계층이 되려고 했던 경우보다는 그

---

10) 졸고, 「비극적 영웅담의 구조 분석」, 우석대 석사논문, 1993.
11) 견훤의 가문에 대해서는 미천한 것을 허구적으로 꾸몄다는 설(說)도 있으나 『삼국사기』에 제시된 대로 따른다면 귀족이라고 볼 수 있다.(조동일, 『한국문학통사』 제1권, 지식산업사, 1990.)
12) 고려 시대에는 묘청같이 스스로 지배 계층이 되고자 했던 경우도 있었지만 대부분 신하들간의 세력 다툼에서 비극적 죽음의 요인이 발생되었다. 묘청난의 성향에 대

밑에서 신하간의 세력 다툼이나 전쟁의 소용돌이 속에서 희생된 인물들의 유형이 많이 나타나고 있다. 특히 이러한 인물들 중에서도 임병양란기에 활약한 김덕령과 임경업이 대표적인 경우에 해당된다.

김덕령은 가문은 한미 했으나 대대로 유학자의 집안이었기 때문에 얼마든지 벼슬길에 나아갈 수 있는 인물이었다. 그리고 무예 실력이 뛰어났기 때문에 임진왜란이 일어났을 때 큰 활약을 펼칠 수 있었다. 그러나 김덕령의 능력을 시기한 일부 신하들에 의해 이몽학의 반란에 연루되었다는 모함을 받아 비참하게 죽고 말았다. 김덕령 또한 역사적으로 상당한 거리가 있으나 궁예나 견훤같은 인물들과 구조적으로 상응하는 점을 발견할 수 있다. 또한 병자호란 당시에 활약한 임경업의 일생을 살펴보면 집안은 가난했지만 대대로 벼슬을 하던 량반의 후예였다.[13] 그리고 뛰어난 능력을 지니고 있었기 때문에 과거에 급제할 수 있었다. 그러나 병자호란으로 인해 어려움에 처한 국가를 구원하는 과정에서 김자점의 모함에 의해 비극적으로 죽었다.

이렇듯 역사적으로 볼 때 인물전에 나타난 비극적 영웅의 모습은 어렵지 않게 찾아볼 수 있으나 그 존재 양상은 자못 변모되어 나타나고 있음을 알 수 있다. 그것은 역사적으로 자못 다른 시대적 상황에 의한 것으로 볼 수 있는데, 임병양란기에 나타난 이러한 인물들을 연구하면서 제시된 비극적 영웅의 일생 구조를 살펴보면 다음과 같다.

---

해서는 (신형식, 『한국전통사회와 역사의식』, 삼화원, 1990, 212~214쪽) 참조
13) 소설에서는 임경업의 가문을 한미한 것으로 취급하고 있으나 전에서 보면 경제적으로는 한미했지만 사회적으로는 관로에 나아갈 수 있는 양반 가문이었다. 즉 신분적으로는 얼마든지 사회적 진출이 가능했지만 경제적으로는 어려움을 겪고 있었다. 신태수는 『하층영웅소설의 역사적 성격』(아세아문화사, 1995, 359쪽)에서 임경업을 하층민으로 다루고 있는데, 여기에서 전과 소설의 신분적 차이를 발견할 수 있다.

〈비극적 영웅의 일생 구조〉

가. 명문대가의 후손으로 태어났다.

나. 탁월한 능력자로 성장했다.

다. 능력으로 인해 죽음과 관련된 위기에 처해진다.

라. 과업을 이룰 수 있는 사건과 함께 예언이 나타난다.

마. 일정한 지위에 오른다.

바. 위정자와의 내적 갈등이 표출된다.

사. 패망의 예언과 함께 사건이 발생하여 비참한 최후를 맞는다.


위에서 알 수 있듯이 인물전에 나타난 비극적 영웅의 일생 구조는 고귀한 신분을 지닌 영웅이 비참한 최후를 맞는 것이 가장 큰 특징임을 발견할 수 있다. 그리고 죽음과 관련된 예언이나 위정자와의 갈등에서 비극의 원인이 구체화되고 있음을 알 수 있다.

그럼 이러한 비극적 영웅들의 일생 구조를 남이의 일생에 적용시켜 보면 다음과 같다.


〈남이의 일생 구조〉

가. 의산군 휘의 아들이며 태종의 외손이다.

나. 체격이 크고 훌륭하여 얽매임이 없었다.

다. 귀신을 볼 줄 아는 능력을 지녔으나 단명하리라는 예언이 있었다.

라. 이시애의 난을 토벌하고 건주위를 정벌하였다.

마. 병조판서에 제수 되었다.

바. 혜성으로 인해 유자광에게 모함을 당했다.

사. 옥에 갇혔다가 28세의 젊은 나이에 죽었다.


전에 나타난 남이의 일생 구조를 살펴보면 선행된 비극적 영웅의 서사 구조가 그대로 이어지고 있음을 확인할 수 있다. 남이의 일생에 있어 무엇보다도 특징적인 것은 좋은 가문에서 태어났으면서도 젊어서 죽었다는 점이다. 이것은 태종의 외손이었고 능력이 뛰어났음에도 불구하고 자못 오해로 인해 원대한 포부가 하루아침에 사라져 갔음을 의미한다. 아울러 어린 시절에 우연히 드러나게 된 단명에 대한 예언이 숙명적인 것처럼 정확히 들어맞은 계기가 되기도 했다. 남이는 개인적인 영달보다는 오로지 국가의 안위를 위해 큰 뜻을 발휘하고자 했으나 그의 능력을 시기한 주변 인물에 의해 좌절당하고 말았다. 이러한 남이의 일생을 위에서 제시한 비극적 영웅의 구조에 대비해 구체적으로 살펴보면 다음과 같다.

첫째, 전에 입전된 비극적 영웅들이 그러하듯 남이 또한 대대로 내려오는 명문대가의 후손이었다. 조부는 영의정부사를 역임했으며 아버지는 정선공주(貞善公主)와 결혼했으니 어느 누구에게도 뒤지지 않을 좋은 가문에서 태어났다. 이러한 신분적 조건을 갖춘 남이는 신체적 조건이 탁월했던 만큼 무예에 소질을 보였다. 신분적 제약이 없었던 만큼 벼슬길에도 일찍 나아갈 수 있었으며 많은 활약을 펼칠 수 있는 계기가 이미 마련되어 있었다.

둘째, 남이는 신체적 조건만 좋았던 것이 아니라 마음도 넓었다. 그리고 17세에 무과에 장원을 했는데, 이것으로 미루어 보더라도 그가 영웅으로서의 능력을 충분히 지니고 있었음을 헤아려 볼 수 있다. 특히 남이에게는 성장하는 과정에서 귀신을 알아보는 남다른 능력이 있었던 까닭에 보통 사람들과 쉽게 구별 되었다.

일찍이 귀신을 알아보는 능력을 지녔던 인물로는 고려 시대의 강감찬이 대표적인데[14], 이들은 한결같이 귀신도 무서워하는 능력자로 묘

---

14) 위의 책, 『한국민속대관』 3, 444쪽.

사되어져 왔다. 남이는 어릴 때 귀신을 보고 뒤따라가 권람(權擥)의 넷째 딸을 구하고 사위가 되었다. 이와 같이 남이는 신체적으로나 정신적으로 탁월한 능력자로 성장했다.

셋째, 남이는 그의 능력이 뛰어났던 만큼 불행한 미래가 예견되어졌다. 대부분의 비극적 영웅들에게 있어서는 어릴 때 죽음에서 구출되거나 능력을 발휘하는 과정에서 위기에 빠지는 경우가 나타난다. 그런데, 남이의 경우는 능력의 드러남과 동시에 일찍 죽으리라는 예언이 있었다. 물론 이것은 남이의 능력을 높이 평가 하는 과정에서 생긴 것으로 직접적인 위기라기보다는 불길한 미래에 대한 암시에 해당한다고 생각해 볼 수 있다. 따라서 구체적으로 위기를 극복하는 과정이나 방안 등이 제시되어 있지 않다. 다만 남이가 위기에 처해졌을 때 권람의 딸은 어떻게 될까가 관심사로 되어 있다. 즉 남이는 어쩔 수 없이 죽어야 될 운명을 타고 난 만큼 능력을 발휘하는 과정에서는 직접적인 위기가 아닌 미래에 대한 예언으로 위기가 대체되어 있다고 하겠다.

넷째, 남이는 무인으로서 전쟁 수행 능력이 뛰어났던 만큼 큰 전공을 올릴 수 있었다. 남이는 이시애의 난을 성공적으로 토벌하고 서쪽으로는 건주위(建州衛)를 정벌하는 큰 성과를 거두었다. 이때 남이는 자신의 몸을 돌보지 않은 채 가장 먼저 나아가 적과 싸웠으며 그 공으로 1등 적개공신에 올랐다. 남이는 오로지 국가를 지키고 평안히 하려는데 최선을 다했다. 이것은 그가 회군할 때 지은 시에도 잘 드러나 있는데, 드높은 기상 속에는 오직 자신에게 주어진 능력으로 국가를 튼튼히 지키겠다는 굳건한 의지만이 담겨 있다. 이 한편의 도도한 시는 뒷날 모반의 빌미로 이용되기도 했지만 한편으로는 그가 설정한 과업이 무엇이었는지를 잘 나타내 주고 있다. 즉 남이에게는 국가를 평안히 하는 것이 과업이었으며 자신의 영달을 암시한 것은 없었다.

다섯째, 일찍이 26세라는 젊은 나이에 병권의 실질적인 책임자인 병조판서에 올랐다. 그가 병조판서에 제수될 수 있었던 것은 세조의 두터운 신임이 있었기 때문이었다. 세조는 남이의 능력을 인정하여 왕실의 외손인 것을 몹시 안타까워했다. 오히려 자신의 아들인 예종이 남이에게 열등감을 갖게 만들 정도로 남이를 사랑했다. 이렇게 남이는 병조판서가 됨으로써 국가를 더욱 튼튼히 할 수 있는 위치에 올랐다고 할 수 있다. 그러나 이러한 남이의 질주를 시기하는 무리가 있어 얼마 지나지 않아 겸사복장(兼司僕將)으로 밀려나게 되었다.

여섯째, 유자광은 본래 시기심이 많고 모함하기를 일삼는 사람이었는데, 남이의 뛰어난 능력을 미워하여 혜성을 빌미로 모함하였다. 남이와 예종 사이에 뚜렷한 갈등은 보이지 않는다. 다만 예종은 등극하면서부터 남이의 능력을 꺼렸는데,[15] 유자광의 모함으로 인해 내칠 수 있는 계기가 마련되었다. 예종에게는 남이의 능력을 아껴 줄 만한 아량과 안목이 없었다. 단지 자신에게 위협적인 존재로밖에 여기지 않았다. 그랬기에 유자광의 얄팍한 논리에도 쉽게 넘어가 남이를 죽이고 말았다. 남이가 특별히 예종의 미움을 산 일은 없었으나 유자광이 풀이한 혜성의 내용으로 볼 때 어느 정도 갈등의 골이 존재하고 있었음을 짐작해 볼 수 있다.

마지막으로 남이는 28세라는 젊은 나이에 죽었다. 그가 죽을 수밖에 없었던 이유는 다른 사람들에 비해 뛰어난 능력을 지니고 있었다는 점밖에 없었다. 남이의 죽음은 일찍부터 예언으로 나타나 있었다. 그러나 당시에는 어떤 명분으로 죽게 될 지가 구체적으로 제시되어 있지 않았다. 유자광의 모함에 의해 죽게 됨으로써 그 예언은 적중했고 불행하

---

15) 국역 『연려실기술』 제6권, 민족문화문고간행회, 1986, 9쪽.

게도 역모죄로 비참하게 죽었다. 남이가 죽을 때는 국가적으로 위기가 설정되어 있지 않았다. 다만 권력 다툼의 와중에서 능력 있는 한 장수가 뜻하지 않게 죽음으로써 비극이 잉태되고 있다. 즉 권력다툼의 희생양이 됨으로써 그의 죽음은 억울한 것이 되었고, 문학적으로 많은 사람들에 의해 재해석 되는 계기가 되었다.

이와 같이 남이의 일생을 선행된 전에 나타난 비극적 영웅의 일생 유형과 대비시켜 보면 명문가에서 태어난 능력 있는 영웅이 안타깝게 죽은 것을 쉽게 알 수 있다. 그리고 구조적 대비를 통해 (다)단락과 (라)단락이 약화되어 있을 뿐 비극적 영웅에게 나타나는 특징적 요소를 충실히 갖추고 있다고 하겠다.

## 3. 서사 구조의 특징

### 1) '전'에 수용된 남이의 능력과 예언

입전 인물의 행적을 비교적 객관적인 입장에서 기록했다고 할 수 있는 전에도 다소 허구적인 면이 존재한다. 이 허구적인 면은 약간 형식적이고 사실 기록적인 느낌을 주는 전에서는 가장 문학적인 부분이라는 느낌을 갖게 되는데, 남이전에서도 다른 비극적 영웅들을 다룬 인물전에서와 같이 이러한 부분이 잘 나타나 있다.

일찍이 전은 사람의 일생을 사실적으로 다룬다고 했지만 사람의 뛰어난 점을 부각시키기 위해서는 어쩔 수 없이 인간의 능력을 넘어서는 표현들이 개입될 수밖에 없었다.[16] 그러나 전에 나타나는 비현실적인

---

16) 일찍이 김부식은 『삼국사기』·「열전」을 편찬하면서 자료의 내용 중에 만들어 넣었다고 판단되는 표현들이 많았다고 적고 있는데, 이것은 문학의 속성으로 전에서도 예외일 수는 없는 것이라고 판단된다. (이병도 역, 『삼국사기』·「열전」 제3, 김유신 하, 310쪽.)

내용들은 허구적인 내용을 중점적으로 다루는 소설에서와는 달리 대
상 인물을 드러내기 위한 하나의 의도된 과정에 불과하다고 할 수 있
다. 즉 전에 묘사된 능력은 한 인물이 성장하는 과정이나 활약하는 과
정에서 그를 드러내어 능력자임을 짐작할 수 있게 해 주기 위한 하나
의 수단이다. 주인공의 능력은 그 누구도 따라 올 수 없는 것이며 그가
지닌 능력으로 인해 활약이 가능하다는 점에서 능력의 제시는 필수적
이다. 그리고 예언 또한 앞으로 일어날 일이 갑자기 생긴 것이 아닌 특
정한 원인에 의한 것임을 암시해 주고 있다. 그러므로 예언은 이야기
에 타당성을 부여하면서 주인공의 미래를 다루다 보니 허황하다는 느
낌이 들기도 하는데, 전에 나타나는 중요한 특징 가운데 하나임에 틀
림없다. 이 예언은 각각의 인물들이 지닌 능력만큼이나 다양하게 제시
되는데, 나쁜 내용이거나 좋은 내용이거나 모두 주인공의 결말과 연결
되어 있는 경우이다.

　남이전에서는 능력과 예언이 하나의 일화로 제시되어 있는데, 남이
의 탁월함을 일깨워 주기도 하지만 한편으로는 뜻하지 않은 불행한 죽
음을 암시하는 시발점이기도 하다.

　　어릴 적 길 위에서 놀 때 나이 어린 종이 보자기 속에 작은 상자를
　　이고 가는데, 그 상자 위에 흰 얼굴의 여자 귀신이 달라붙어 앉아 있는
　　것을 보았다. 사람들은 모두 보지 못하였으나 남이는 마음속으로 그것
　　을 괴이하게 여겼다. 그래서 남이가 쫓아가니 한 재상의 집으로 들어갔
　　다. 잠시 후 그 집에서 울음소리가 났다. 남이가 그 이유를 물으니 주인
　　집의 작은 낭자가 갑자기 죽었다고 했다. 이에 남이가 "내가 보면 가히
　　살릴 수 있다"라고 했다. 그 집에서는 즐겨 허락하지 않았지만 얼마 후
　　에 가능하게 되었다. 남이가 문으로 들어감에 흰 귀신이 낭자의 가슴을
　　누르고 있었는데, 남이를 보고는 급히 도망하여 낭자가 소생했다. 이에

남이가 나가니 낭자가 다시 죽었다. 그래서 남이가 다시 들어오니 환생
했다.17)

남이는 어려서부터 보통 사람들과는 달리 귀신을 알아보는 특별한
능력을 지니고 있었다. 귀신은 산 사람과 대립되는 존재로서 대개 원
한을 품은 원귀를 떠올려 볼 수 있는데18), 남이는 이 귀신을 알아보는
능력으로 인해 자신의 인생이 달라진 것은 물론 많은 사람들에게 보통
사람과는 다른 사람으로 인정받을 수 있는 계기가 되었다. 무인으로서
무예에 능하면 그만일 듯도 싶은데, 남이는 귀신을 알아보는 능력까지
지니게 됨으로써 더욱 능력 있는 사람으로 나타나고 있다. 그리고 이
러한 능력은 결혼과도 이어지게 되었다. 그러나 남이에게 있어서 결혼
은 능력의 표출이자 불행이 점쳐지는 행복과 불행의 교차점이라고 할
수 있다. 남이의 장인인 권람은 세조를 가까이에서 보필한 사람으로
우의정까지 지낸 인물이다. 그런 그의 딸을 세 번씩이나 구해 낸 것은
우연한 일이라기보다는 마치 남이의 운명에서 필연처럼 여겨진다. 이
렇듯 남이는 어려서부터 귀신을 알아보는 능력 있는 사람으로 세상에
알려지기 시작했다. 그러나 항상 좋은 일만 있을 수 없듯이 불행 또한
남이의 곁에서 떠나지 않았다.

---

17) 『국조인물지』, 세조조, 남이.
　　幼時遊街上, 見小奚負袱裏小笥而袱上坐着粉面女鬼, 人皆不見, 怡心怪之, 從其所
　　往則入于一 宰相家, 俄而其家號哭, 怡間之則曰主家小娘子暴死, 怡曰, 吾人見可活,
　　其家不肯許, 久而後乃可, 怡入門, 粉鬼據娘子胸, 見怡卽走避, 娘子甦起, 怡出娘子
　　復死, 怡更入還甦,
18) 남이에게 있어 귀신을 알아보는 능력은 결혼에 이르는 하나의 모티프가 되고 있는
　　데, 사악한 존재인 귀신마저도 남이를 무서워했다는 것으로 볼 수 있다. 남이전에
　　등장하는 것과 같은 귀신의 유형에 대해서는 (안병국, 『귀신설화연구』, 규장각,
　　1995.)에서 자세히 고찰했다.

권람이 결혼을 시키고자 점쟁이에게 명하여 물으니 "이 사람은 반드
시 죄를 지어 죽을 것이라"라고 했다. 이에 그 딸의 수명을 알고자 점쟁
이에게 물으니 "이 명은 극히 단명하고 자식이 없으니 마땅히 복은 누
리고 화는 보지 않을 것입니다. 가히 사위를 삼을 만 합니다."하니 권람
이 그 말을 따랐다.[19]

남이가 단명하리라는 예언은 뒷날 큰 공을 세우고도 그 공을 누리지
못하고 죽은 것과 일맥상통하는 것이다. 많은 비극적 영웅들이 어려서
불행한 미래가 점쳐졌듯 남이에게도 그와 같은 현상이 나타나고 있는
것이다. 남이가 단명하리라는 것을 예언한 점쟁이는 그가 화를 입어
죽게 될 것을 알고 있었으며, 또한 공을 세우리라는 것도 짐작하고 있
었다. 그러나 그 해결 방법에 대해서는 언급이 없다. 여기에서 남이의
죽음은 영웅으로서 어쩔 수 없는 운명인 것처럼 받아들이고 있다. 이
것은 죽음을 숙명으로 받아들이는 동양적 사고방식에서 기인된 것으
로, 해결보다는 체념이 앞서고 있다. 결국 남이의 죽음은 당시 집권층
의 세력 다툼에 의해 희생된 것으로 볼 수 있지만 세조가 그 능력을
인정하고 아낀 것을 생각해 보면 안타깝지 않을 수 없었다.

## 2) 과업의 수행과 비극적 죽음

남이가 이루고자 한 과업은 그가 죽기전에 지은 한 편의 시에 잘 나
타나 있다. 이 시에 나타난 대로라면 그는 충신임에 틀림없다. 그러나
한편으로는 오해할 수 있는 소지도 담겨 있었던 까닭에 모함에 말려

---

19) 앞의 책, 남이.
 　擥奇其事, 欲定婚而令卜之曰, 是人必罪死, 令推其女命卜者曰, 是命極短且無子,
 　當享其福而不見其禍, 可以爲壻, 擥從之,

드는 직접적인 계기가 되기도 했다. 남이는 정치인이라기보다는 능력 있는 장군이었다. 그런 그가 20세라는 약관의 나이에 원대한 포부를 품는 것은 조금도 잘못된 일이 아니다. 그러나 그를 싫어하는 사람들의 입장에서 보면 분명 만만한 존재가 아니었을 것이다. 그가 싸움에서 이기고 회군할 때 지은 시에 평생 이루고자 하는 과업이 잘 나타나 있다.

> 백두산의 돌은 칼을 갈아 다하고, 두만강의 물은 말 먹여 없애리라.
> 남아 20에 국가를 평안히 하지 못하면 누가 대장부라고 칭하리요.[20]

20대라는 젊은 나이에 이시애를 토벌하고 건주위를 정벌한 남이로서는 얼마든지 품을 수 있는 당찬 기백이 살아 있는 시이다. 그 만큼 그의 포부는 컸으며  실제로 조금씩 이루어지는 것도 같았다. 그러나 문제는 꿈이 크면 실망도 크듯이 남이가 이루고자 하는 세상을 일부 집권 계층에 있던 사람들은 쉽게 이해하지 못했다. 특히 지배 계층이 권력의 도전을 엄격히 차단하던 당시에 있어서는 큰 공을 이룬 것도 뒷날 하나의 불안함으로 작용했다. 특히 집단간의 알력이 심했던 당시의 정치적 상황은 외척인 남이의 성장을 좌시할 수 없었던 이면적인 이유도 있었을 것이다.

이와 같이 남이가 수행한 과업이 진정 국가를 위해 행한 일인지 아니면 자신을 위한 일이었는지를 구별하는 기준조차도 그를 바라보는 다양한 시각에 의해 서로 다르게 나타나고 있다. 이것은 아직도 남이가 직접 모함을 꾸몄는지 아니면 정치적 갈등에 의해 모함으로 죽게

---

20) 위의 책, 남이.
　　白頭山石磨都津, 豆滿江水飮馬無, 男兒二十未平國, 後世誰稱大丈夫,

된 것인지 명확하게 단정을 짓지 못하고 있는 점에서도 확인해 볼 수 있다.[21] 그러나 분명한 것은 남이는 자신의 포부를 정치적인 의도에서 실현하지는 않았으며, 단지 전쟁에서 이김으로써 오랫동안 이어질 국가적인 안정을 기원했던 것 같다. 이것은 남이가 죽은 후에 그의 죽음을 당연한 것으로 여기기보다는 안타까워하는 점이 강하게 대두된 점에서도 잘 드러난다.[22]

남이는 그가 설정한 과업에 대한 수행을 충실히 한 결과 26세에 병조판서에 기용되는 파격적인 결과를 낳았으며, 한편으로는 그 일로 인해 비극적인 죽음에 이르게 되었다. 남이의 비극적인 죽음에는 그가 지녔던 탁월한 능력이 크게 작용했다. 만약 포부만 있고 능력이 훨씬 못 미치는 인물이었다면 결코 모함으로 죽일 가치조차 없었을 것이기 때문이다.

남이의 죽음은 예종의 묵인 하에 그의 측근에 있던 일부 집권 세력들에 의해 순식간에 이루어진 일이었으므로 영의정이었던 강순조차도 말 한 마디 하지 못했다. 결국 남이의 죽음이 온당하지 않았다는 점과 많은 사람들이 죽지 않기를 바랐다는 점에 비극적 요소가 내재해 있다고 볼 수 있다. 남이는 뛰어난 능력과 원대한 포부로 인해 평탄한 삶을 살 수 없었다. 그러나 그는 자신의 과업을 충실히 수행하고자 하는 과정에서 어이없는 죽음을 맞게 됨으로써 문학 작품에 비극의 농도가 짙게 배어 나오게 되었다.

---

21) 국역 『대동야승』 제17권, 민족문화추진위원회, 1985, 528쪽.
22) 남이의 죽음에 관해서는 小說에서 매우 안타깝게 여긴 나머지 그 원한을 풀어주는 것으로 設定되어 있다. (『남이장군실기』, 구활자본 고소설전집 제2권, 인천대학민족문화연구소)

## 3) 비극적 죽음에 대한 주변의 반응

남이는 1468년 예종 즉위년에 죽었다. 그러나 그의 죽음이 세인들의 관심에 오르내린 것은 그의 죽음이 온당한 것인지, 아니면 정치적인 모함에 의해 죽은 것인지에 대해 명확하지 않은 면이 있었기 때문이다. 만약 그가 전쟁터에서 죽었다면 장렬한 죽음이 되었을 것이다. 하지만 역모를 꾸몄다는 죄로 죽었기에 석연치 않은 점들이 많이 남아 있게 되었다. 특히 남이가 죽은 지 350년이 지난 1818년(순조 18년)에 와서 관작이 복구되고 구봉서원에 배향된 점은 주목할 만한 일이다. 만약 그가 정말로 역모를 꾀했고, 그래서 그에 따른 일련의 일들이 사실로 밝혀졌다면 이런 일은 절대로 불가능한 일이었을 것이기 때문이다. 물론 몇 백 년이 지난 일을 상고(上考)해 복권시켰다는 것이 순수하게 진상을 바로 잡았다는 것은 아니다. 하지만 후세 사람들이 그의 죽음이 적절치 못했음을 간파한 것이라고 할 수 있다.

따라서 남이의 죽음을 단순히 그의 적절치 못한 대처나 다른 인물의 시기 때문에 일어난 일이라고 막연히 단정하기보다는 그의 주변 인물들의 이해관계에 대해 살펴보는 것이 더 타당할 것으로 사려된다.

남이가 죽기전 그에 대한 관점은 크게 국가에 큰 해가 될 사람이라는 것과 능력 있는 장수라는 두 가지 입장이 존재했다. 그러나 그가 죽은 뒤에는 시기하는 입장과 방관하는 입장, 추모하는 입장 등으로 나타난다. 여기에서 그의 죽음이 추모의 대상으로 발전한 것은 매우 특징적인 일로 그의 죽음이 억울하다는 것과 뛰어난 능력의 소유자가 죽은 후에 신으로 격상되었음을 포함하고 있다.

### ① 지배 계층

남이는 세조대에 많은 활약을 펼쳤으며 두터운 신임을 얻고 있었다.

세조는 남이가 태종의 4녀인 정선공주의 아들이라는 점과 뛰어난 무예
실력을 지니고 있던 것을 십분 활용했으며 그를 남달리 아꼈다. 그러
므로 세조가 살아 있던 당시에는 순번을 뛰어넘어 병조판서에 제수되
기까지 했다. 그러나 세조의 뒤를 이어 왕위에 오른 예종은 세조와는
다른 입장에서 남이를 평가하고 있었다. 즉 세조가 남이를 태종의 외
손이자 능력 있는 장수로 평가한 반면 예종은 뛰어난 능력을 지닌 남
이에 대해 시기하는 마음을 가지고 있었다. 그리고 이러한 예종의 마
음을 빨리 헤아린 시기심 많은 유자광은 남이가 역모를 꾀했다고 고발
함으로써 남이의 인생에 새로운 전기를 만들었다. 물론 여기에는 단순
히 예종의 미워하는 마음만이 결정적이었던 것은 아니다. 내부적으로
는 신하들 간에도 알력이 존재했던 만큼 원상(院相) 세력들이 신세력
을 제거하고자 하는 과정에서 피해를 입은 것이기도 했다. 그러나 신
하들 간의 세력 다툼은 하루, 이틀의 일이 아니었지만 중요한 것은 예
종의 태도였다. 예종은 건강이 몹시 안 좋은 편이었으며 정치적인 안
목도 부족한 임금이었다. 세조의 뒤를 이어 군왕이 된지 불과 1년만에
죽었는데, 세자로 있을 때 세조가 남이를 사랑하자 그를 몹시 꺼렸다.

> 세조께서 그를 벼슬 등급을 뛰어 병조판서로 임명하였더니, 당시 세
> 자이던 예종은 그를 몹시 꺼리었다.[23]

예종은 임금이 되기 전부터 남이에 대해 좋게 생각하지 않았다. 그
가 많은 공을 세운 것도 탐탁치 않았고 아버지였던 세조가 그를 신임
하는 것이 부담이 되었던 듯하다. 이러한 일련의 상황은 남이에게는
큰 변화를 예고하는 것이 아닐 수 없었다. 자신을 신하들간의 세력 다

---

23) 위의 책, 국역, 『연려실기술』, 9쪽.

툼에서 믿고 지켜 줄 수 있는 군주가 바뀜으로써 남이는 더 이상 자신의 능력을 펼치고 살아갈 수 없는 상황에 직면하게 된 것이다.

지배 계층이 바뀌게 됨으로 인해 남이에 대한 모함은 그대로 받아들여지게 되었고 결국 죽음에 이르게 되었다. 즉 지배 계층이 어떤 마음을 먹고 있느냐에 따라 남이의 운명이 결정되기에 이른 것이다. 이렇게 본다면 예종은 남이를 살릴 수도 있고 죽일 수도 있는 입장에 있었지만 결코 살리려고 하지 않았다. 오히려 영의정 강순마저 함께 죽이는 사리 분별력이 결여된 무능한 태도를 보였다.

이러한 관점에서 볼 때 지배 계층이라고 할 수 있는 예종은 남이의 죽음을 방관하고 모함을 빌미로 죽도록 만든 장본인이었다.

## ② 피지배 계층

남이의 능력을 인정하고 그를 중용한 것은 지배 계층이었지만, 진정 그의 능력을 아끼고 억울하게 죽은 뒤까지 그를 따른 것은 당시의 백성으로 대표되는 피지배 계층이었다. 당시의 백성들은 남이가 어릴 적부터 지니고 있던 능력을 대단하게 여겼는데, 남이는 이시애의 난을 진압하고 건주위를 정벌하여 백성들에게 실질적인 도움을 주었다.

남이가 활약한 때는 국가를 전복시키고자 하는 이시애의 반란이 있었고 북쪽으로는 여진을 토벌하는 일련의 싸움이 있었다. 여기에서 남이가 훌륭하게 전쟁을 수행한 것은 사실이지만 국가적으로 볼 때 남이가 반드시 살아 있어야 한다는 당위성보다는 지배 체제에 해가 된다는 논리가 더욱 강하게 작용한 상태였다.

따라서 남이의 활약은 백성들에게 하나의 놀라움이자 희망으로 작용했지만 정작 그의 죽음에 대한 어떠한 표현도 할 수 없었다. 즉 당시

지배 계층이 갖고 있었던 위세와 남이의 죽음에 대한 명확한 이유가 밝혀지지 않을 만큼 모호한 상태에서, 능력 있는 장수가 죽은 것을 슬퍼할 수는 있었지만 결코 그에 대한 직접적인 평가를 내릴 수는 없었던 것이다. 하지만 당시 피지배 계층에서는 남이의 죽음이 결코 정당하다고 생각하지 않았기에 억울한 죽음을 소설로[24] 표현해 놓기도 하고 장군신으로[25] 그 존재를 격상시켜 뛰어난 영웅이 억울하게 죽은 것을 추모하기에 이르렀다.

> 장군신의 경우 장군 중에서도 억울하게 죽은 임경업 장군이나 최영 장군·남이 장군, 전몰한 득제 장군, 아니면 막강한 힘을 가졌던 김유신 장군이나 중국의 관우 장군 등이 신으로 신앙된다.[26]

남이는 억울하게 죽어 장군신으로 신앙의 대상이 되었다. 남이의 능력을 믿었던 일부 피지배 계층에서는 신앙의 대상으로 여기게 된 것이다. 남이는 비록 억울하게 죽었지만 백성들은 그가 죽지 않았으면 하는 미증유의 마음과 오래도록 남이의 능력이 자신들에게 이어지기를 바랐다. 이러한 노력들은 그의 사후 오랜 시간이 지난 후에 역사적 평가를 통해 그의 위상을 일으켜 세웠다고 할 수 있는데, 피지배 계층에게 있어 남이는 영웅이었다.

### ③ 적대자

남이가 모함했다고 하여 그를 죽음으로 몰아넣은 역할을 도맡아 한

---

24) 앞의 책, 『남이장군실기』.
25) 앞의 책, 『한국민속대관』 3, 26~27쪽.
26) 위의 책, 『한국민속대관』 3, 27쪽.

것은 유자광이었지만 그렇다고 반드시 혼자의 힘만으로 당대의 영웅
을 쉽게 죽일 수는 없었다. 그것은 남이가 병조판서로 있을 때 남이를
배척하고자 하는 원상세력들의 움직임에서도 살펴볼 수 있다. 남이에
게 있어 적대자는 그를 죽음으로 몰아넣은 집단이라고 할 수 있는데,
표면적으로 나타난 것은 유자광 개인이지만 그 뒤에는 그의 정치적 성
장을 두려워한 원상 세력이 자리잡고 있었다.[27] 한명회, 신숙주 등원
상 세력들은 남이가 병조판서에 있을 때 신세력으로 자리잡을 것을 염
려하여 예종에게 남이의 사람됨이 마땅치 않다는 점을 들어 겸사복장
으로 밀려나게 했다. 유자광은 예종의 묵인과 원상 세력들의 종용으로
남이를 죽음으로 몰아넣은 것이다. 유자광은 원래 시기심이 많은 인물
이었으나 남이의 능력이 자신에게 불안한 요인으로 작용했기에 모함
도 불사했던 것으로 생각된다.

　　유자광은 평소에 남이의 재능과 명성과 벼슬이 자기 위에 있는 것을
　　시기했는데, 이날 또한 대궐에 들어와 숙직하다가 벽을 사이에 둔 가까
　　운 곳에서 그 말을 엿들었다.[28]

유자광은 개인적인 영달을 목적으로 남이라는 개인을 죽게 만들었
으나 국가적인 차원에서 본다면 당대의 뛰어난 영웅을 사라지게 했다
는 점에서 큰 손실이 아닐 수 없었다. 이것은 개인적인 이해관계로 인
해 당시의 많은 백성들에게 실망을 안겨 준 사건이었다. 이러한 점은
남이가 죽고 귀성군 준이 폐출된 점에서도 살펴 볼 수 있는데, 의미는
다르지만 상황은 결코 다르지 않다고 할 수 있다. 결국 남이를 죽인 것

27) 이기백, 『한국사 신론』, 일조각, 1968.
28) 앞의 책, 국역 『연려실기술』, 9쪽.

은 정권욕에 사로잡힌 세력들이었으며, 그들은 결코 죄의식이나 안타까운 감정을 가지고 있지 않았다. 오히려 남이가 죽자 그를 역모죄로 몰아넣었던 사람들은 더욱 많은 권세를 누릴 수 있었다.[29]

## 4. 문학사적 의미

남이전이 지닌 문학사적 의미는 다음 세 가지 측면에서 살펴볼 수 있다. 첫째, 역사적 성격이 강한 남이의 일생이 전으로 기술되면서 역사적 영웅이 문학적 영웅으로 문학적 형상화를 이루었다는 점과 둘째, 다른 장르와는 구별되는 전에 나타난 비극적 영웅의 일생으로 특징짓는 서사 구조를 갖추고 있다는 점 셋째, 비극적 영웅의 존재 유형 중에서 신하간의 대립에서 비극이 잉태되는 유형을 간직하고 있다는 점이다.

그 동안 남이에 대한 연구는 그가 뛰어난 능력을 지닌 영웅이었음에도 불구하고 젊은 나이에 억울하게 죽었다는 점에서, 역사적 실체를 밝히는 것에 집중되어 있었다. 그리고 역모 죄로 죽음으로 인해 당시 그에 대한 문헌의 기술들이 거의 대동소이하게 나타나고 다양하지 못하다는 점에서 연구의 폭이 넓지 못했다.

따라서 문학적인 형상화는 거의 찾아볼 수 없었는데, 그것은 남이의 일생이 지니고 있는 여러 특징들과 아울러 역사적 사실과 전문학을 별반 차이가 없는 것으로 간주해 왔기 때문이다.

그러나 역사적으로 실존했던 인물일지라도 전으로 수용되면서 몇 가지 특징들이 나타나고 있다. 그것은 단적으로 역사적 사실에 비해 능력이 과장되거나 그의 운명이 어려서 예견된 것으로 인식되어지고

---

29) 『왕조실록』 8집, 318쪽.

있는 것에서 찾아볼 수 있다. 남이에게 있어서 그의 운명은 자신을 시기했던 집단에 의해 결정되어졌다고 볼 수 있다. 그러나 전에서는 이미 어린 시절에 점쟁이에 의해 확정된 것으로 묘사되고 있다. 또한 그의 능력은 보통 사람들의 그것과는 확연히 구분되고, 다른 장수들에 비해서도 더 뛰어난 능력을 지닌 인물로 묘사되고 있다. 이러한 부분만 하더라도 역사적 사실이라고 할 수 있는 것들이 인물전으로 수용되면서 많은 부분이 첨가되기에 이르렀다. 즉 역사적 영웅이 문학적 영웅으로 거듭 태어나면서 역사적 사실에 입각한 이상적인 인물로 자리잡게 된 것이다. 그리고 이러한 1차적인 묘사에 못지않게 남이의 일생은 소설이나 설화에 등장하는 영웅들의 모습에서는 찾아보기 힘든 비극적 영웅의 형상으로 그려지고 있다.

비극적 영웅으로 특징짓는 서사 구조는 전문학에서만 찾아볼 수 있는 독특한 것이라고 할 수 있는데, 소설과 설화와의 비교에 의해서도 쉽게 알 수 있다. 즉 같은 인물을 대상으로 하고 있다고 하더라도 소설이나 설화에 나타난 모습은 전에 나타난 비극적 영웅의 서사 구조와는 확연한 차이를 보이고 있다. 이것은 한 인물을 어떤 관점에서 기술하느냐에 따라 달라진 것이라고 할 수 있다. 부연하면 근본적으로 전은 한 인물의 일생을 비교적 객관적인 입장에서 포폄을 기저로 기술하고 있지만 소설이나 민담에서는 그의 활약에 대한 의미를 확장하는데 주안점을 두고 있기 때문이다.

이러한 입전 취지에서 볼 때 전은 그의 가계에서부터 죽음에 이르는 과정에 관심을 갖고 비극을 담아낸다고 할 수 있다. 그러나 소설이나 설화에서는 죽은 뒤의 이야기가 전개되거나 특정한 사건을 중심으로 부각되기 때문에 죽은 인물을 살려내기도 하고 억울한 죽음에 따른 복수를 하기도 한다. 이러한 관점의 차이로 인해 비극적 영웅들이 지니고 있는 서사 구조를 고스란히 담아내고 있는 것이다. 즉 남이전은 다른 문학 장르에 비해 비극적 영웅으로 특징짓는 구조를 확연히 간직하고 있는 것이다.

끝으로 남이전은 비극적 영웅의 존재 유형적인 측면에서 살펴볼 때 왕 중심의 관료주의 체제하에서 나타나는 신하와 신하간의 알력에서 잉태되는 비극적 영웅의 유형을 띄고 있다는 점이다. 이러한 비극적 영웅의 유형은 삼국시대에 나타났던 궁예나 견훤과 비교해 보아도 비극의 의미가 다르게 나타나고 있다. 그것은 개인적인 욕망을 앞세우기 보다는 국가를 위해 헌신하는 과정에서 능력을 시기한 무리에 의해 억울하게 죽음을 당하기 때문이다. 이러한 남이전이 지닌 비극적 영웅의 존재 유형은 임명양란기의 김덕령이나 임경업에게서 그대로 계승 되고 있는데, 시대적 상황만 다를 뿐 그 서사 구조에 있어서는 계승되고 있음을 알 수 있다.

이와 같이 남이전은 전문학에 나타나는 비극적 영웅의 일생적인 관점에서 볼 때 몇 가지 중요한 특징들을 지니고 있다. 이것은 통시적, 공시적 관점에서 볼 때 고대에서부터 존재해 온 비극적 영웅의 흐름과 서사 내용의 특징을 보여주는 것이라고 할 수 있다.

따라서 남이전은 단순히 남이에 대한 사실적이고 객관적이라는 기록의 의미를 뛰어 넘어 시대를 이어가는 비극적 영웅의 위상을 잘 나타내 주고 있다고 하겠다.


## 5. 결론

전문학에 나타난 비극적 영웅은 뛰어난 능력의 소유자이면서도 비참한 죽음으로 귀결되는 일생구조를 지니고 있는 것이 특징인데, 남이의 일생은 이러한 비극적 영웅들이 지니고 있는 서사 구조와 많은 점에서 부합 되고 있음을 확인할 수 있었다.

지금까지 남이에 대한 연구는 그의 일생이 비극적 영웅의 일생임을 확연히 나타내 주고 있음에도 불구하고 문학적인 접근은 매우 소원한 편이었다. 그것은 원대한 포부를 지녔던 영웅의 좌절이라고 어느 정도 공감은 하면서도 접근 방법이 다양하게 시도되지 않았기 때문이었다.

따라서 본고의 전문학에 나타난 비극적 영웅의 일생에 관한 연구는 영웅 연구를 심화시키고 새로운 관점을 제시하고 있다고 할 수 있다.

전문학에 나타나는 비극적 영웅들은 일정한 서사 구조로 귀결되는 것이 특징이라고 할 수 있다. 즉 비극적 영웅은 명문대가의 출신이면서도 과업을 수행하는 과정에서 능력을 다 펴기도 전에 뜻하지 않은 죽음에 이르는 경우가 대부분이다. 따라서 남이의 일생을 이러한 비극적 영웅의 일생 구조에 대비시켜 보면 한 두 단락이 약화 되어 있을 뿐 구조적으로 매우 일치함을 확인해 볼 수 있다.

남이는 의산군의 아들이며 태종의 외손이었던 만큼 명문가 출신으로서 손색이 없었다. 더구나 남이는 무인이었던 만큼 신체적인 조건도 매우 뛰어났다. 그런데 자라면서 어린 나이에 단명하리라는 예언을 듣게 되었다. 남이에게 있어 단명하리라는 예언은 그의 일생이 불행하게 끝날 것을 암시하는 것으로 어릴 적의 고행이 간접적으로 나타났다고 할 수 있다. 이러한 예언이 있은 후 남이는 능력을 드러내어 당시의 세도가이던 우의정 권람의 딸과 결혼했다. 그 후 벼슬길에 나아간 남이는 이시애의 난과 북쪽의 건주위를 토벌하는 큰 공을 세우게 되었다. 이것은 남이가 지닌 능력의 발현으로, 큰 공을 세운 후 남이는 세조의 신임을 얻어 마침내 젊은 나이에도 불구하고 병조판서에 올랐다. 그러나 병조판서에 오른 것도 잠시 그를 시기하는 집권 세력들에 의해 모함을 받게 되었다. 당시의 임금이었던 예종은 평소에도 남이를 좋게 여기지 않았었는데, 이런 일이 생기자 남이를 그만 죽음으로 내몰고 말았다. 이러한 남이의 죽음은 당시의 집권 세력과 유자광에 의해 저질러졌는데, 피지배 계층으로 대표되는 백성들에게는 매우 슬픈 일이었다고 할 수 있다. 남이가 죽음으로써 그 동안 국가를 위해 품었던 과업은 더 이상 이루어질 수 없었으며 탁월한 능력 또한 발휘할 수 없게 되었다.

결국 남이의 일생은 명문가에서 출생한 뛰어난 영웅이 자신의 뜻을 펼치지 못하고 억울하게 죽은 비극적 영웅의 일생이라고 하겠다.

이제 남이의 일생이 비극적 영웅의 일생으로 드러난 만큼 그에 따른 연구의 확대가 이루어져야 할 것이다.

# 열전과 행장의 비교 연구

## 1. 서론

열전(列傳)과 행장(行狀)은 모두 특정 인물의 일대기를 중점적으로 기술하고 있는 문학 양식이다. 그러나 이 두 양식은 사람의 일생을 다루고 있다는 공통점에도 불구하고 열전의 연구 성과에 비해 행장에 대한 논의는 매우 소원한 편이다. 따라서 열전에 대한 연구는 초기의 설화 위주의 연구에서[1] 다양한 방면에 걸친 종합적인 연구[2]로 진전되었으나 행장에 대한 연구는 자료의 소개에 그치는, 대단히 미미한 상태에 머물러 있다.[3]

따라서 본고는 이와 같은 연구 성과를 바탕으로 두 문학 양식의 대

---

1) 박두포, 「삼국사기 열전의 설화성-전기설화로서의 성립에 대하여」, 『청구대병설공전논문집』, 1964.
2) 신영식, 『삼국사기 연구』, 일조각, 1981.
   심정섭, 「삼국사기 열전의 문학적 고찰」, 『문학과지성』 10권 1호, 문학과지성사, 1979.
   주명희, 「전의 양식적 특징과 소설로의 수용양상」, 서울대박사논문, 1985.
   권오성, 「삼국사기 열전의 문학적 연구」, 영남대석사논문, 1981.
3) 최강현, 「정경부인초계정씨행장고」, 『홍익어문』 2, 홍익대학교 국어국문학과, 1983.
   송백헌, 「서포가문행장」, 형설출판사, 1977.
   하성래, 「전기문학의 새 봉우리」, 『문학사상』 61호, 1977.

비적 고찰을 통해 각각의 특징을 도출, 공통점과 차이점을 밝혀 보려는데 목적이 있다.

주지하다시피 열전은 중국에서부터 비롯된 기전체의 말미를 장식하는 문학 양식으로 사마천에 따르면 "열전이란 인신의 사적을 차례로 나열함으로써 후세에 그 사실을 전하게 하려는 것이기 때문에 열전이라고 부르는 것이다."4)라고 정의하고 있다. 열전이라는 문학 양식이 우리나라의 문헌에 최초로 등장한 것은 고려 시대 때 김부식이 왕명을 받들어 편찬한 『삼국사기』·「열전」이다. 이것은 삼국의 흥망성쇠를 다루면서 각각의 중요한 인물들을 선택, 기술하여 후대의 감계로 삼고자 한 것이다. 그리고 열전은 『삼국사기』 이외에도 조선 시대 때 김종서와 정인지 등에 의해 편찬된 『고려사』에도 수록되어 있다. 『고려사』는 범례에 있어서 선대의 『삼국사기』와 별 차이를 보이지 않고 있는데, 그것은 고려사의 편찬이 사마천의 『사기』에 준하는 범례를 따르고 있기 때문이다.5) 다만 『고려사』·「열전」에서는 후비와 종실, 공주 등을 첨가시킨 점이 주목된다. 이것은 삼국의 역사를 기술할 때와는 달리 하나의 통일된 왕조였기에 가능한 것이었다고 여겨진다. 이렇게 열전은 『삼국사기』와 『고려사』에 수록된 작품들이 대표적이라고 할 수 있다.

한편 열전이 사서에 수록되어 확고한 저술 동기와 위치를 차지한 반면 행장은 '열전'을 짓거나 또는 '묘비명'이나 '묘지명'을 짓기 위한 전제6)로 쓰여졌다. 그러므로 대부분의 문집 속에는 행장이 으레 실려 왔는데, 행장의 뛰어난 작품이라고 할만한 글들이 『동문선』에 실려 있다. 『동문선』은 신라 때부터 조선 초까지의 비교적 훌륭한 글들을 가려 모

---

4) 『사기』, 권 제61, 백이렬전 1.
5) 『고려사』, 북한사회과학원고전연구소, 1962, 40쪽.
6) 문체명변, 서사증, 오성사, 1984, 440쪽.

은 것으로『동문선』에 실린 행장은 모두 여덟 편인데『고려사』를 살펴 보면 이 중에서 채택된 인물의 행장도 있고 그렇지 못한 것들도 있다. 물론 모든 인물이 열전에 채택되는 것이 아닌 만큼 저술된 양에 있어 서 행장은 열전보다 훨씬 많았으리라고 사려 된다. 그것은 열전에 채 택되지 못한 인물일지라도 최소한 '묘지명'을 짓기 위해서는 많은 사람 들이 행장을 남겼을 것이기 때문이다. 이러한 사정에서 행장은 열전과 같이 용도에 따른 독특한 기술 양식을 확립했고 문학적인 요소들 또한 포함 되게 되었다. 그리고 행장이 사실적인 일생 서술을 위주로 하면 서 사관에게 올려 사초의 토대가 된다는 점에서는 열전이 더욱 포괄적 인 성향을 지니고 있다. 이러한 점을 토대로 본고에서는 열전과 행장 의 차이점을 비교해 보기 위해 행장이 전하는 인물이 열전에도 반영되 어 있는『고려사』·「열전」과『동문선』을 주연구대상으로 삼고자 한다.

## 2. 열전과 행장의 기술적 차이

### 1) 시간상에 따른 기술의 차이

『삼국사기』와『고려사』는 전대의 역사를 왕명에 의해 특정한 인물 이 지었다는 편찬상의 특징을 가지고 있다. 이와 반면에 「행장」은 문 생 또는 친구가 죽은 자의 행업을 기록하여 열전의 자료로 사관에게 올리거나 아니면 '묘비명' 및 '묘지명'을 청할 때 그 전제로 쓰는 문장 이다.7) 이것을 도표로 제시해 보면 다음과 같다.

---

7) 문체명변, 상게서, 440쪽.

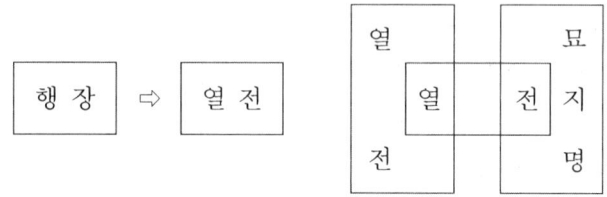

  여기에서 열전과 행장의 내용이 달라지게 되는 기술상의 한 측면을
발견하게 된다. 열전이 비록 '전' 양식의 일부분이라고 하지만 열전만
이 갖는 입전(立傳)시간과 찬자의 가치관에 따른 포폄(褒貶)의 특징은
행장의 내용과 비교해 볼 때 많은 차이점을 발견하게 된다. 그럼 먼저
시간상의 차이에 따른 두 양식의 기술상의 차이점을 살펴보고자 한다.
  주지하다시피 『삼국사기』는 고구려, 백제, 신라의 역사를 그 다음
시대인 고려 중기에 김부식이 편찬한 것이다. 물론 김부식이 삼국사기
를 편찬한 의도는 묘청의 난을 평정한 후에 여러 사적을 나열하여 국
가의 반란에 대한 결과가 어떤 것인지 귀감으로 삼고자 한데 있었다.[8]
그러나 그가 살았던 고려 시대와 『삼국사기』·「열전」에 나타나는 인
물들이 활동했던 시대와는 자못 긴 역사상의 차이가 존재하고 있다. 김
부식이 『삼국사기』를 편찬했던 시기는 그의 나이가 71세의 고령이었
던 고려 인종(제17대) 23년(1145)이었다.[9] 그러나 『삼국사기』·「열전」
에 실린 인물들이 활동한 시기는 삼국 시대가 대부분이고 삼국 시기
말에서 려초의 인물이라고 해봐야 그리 많지 않아, 이 또한 김부식이
『삼국사기』를 편찬할 당시와는 많은 시간상의 차이를 보이고 있다. 물
론 김부식은 전대의 역사를 편찬함에 있어서 기존의 김대문이 지은 『화

---

8) 신영식, 전게서, 9쪽.
9) 『삼국사기』, 김부식, 이병도역, 을유문화사, 1989, 1쪽.

랑세기』나 최치원의 『문집』, 지은이와 연대가 확실치 않은 『구삼국사』
및 중국의 사료들에 의존했을 것임은 자명한 일이지만[10] 그가 생존했
던 시대에 직접 목격하지 못했던 이상 정치적 사실에 근거해서 정확히
기술하지는 못했을 것이다. 즉 자료의 빈약과 시간상의 차이로 인해
정확한 고증과 저술에 장애가 많았을 것이다. 그리고 열전은 국가를
유지하기 위한 권계를 강조하기 위한 것이었던 만큼 행장과 같이 한
개인에 대한 자세한 내용보다는 특정한 일화가 중요시될 수밖에 없었
다. 따라서 정확한 일차적인 자료가 부족했던 당시로서는 고소설에나
나올 법한 신비에 가까운 설화들이 열전 속에 삽입되어도 그것은 허황
되기 보다는 그 사람의 능력적인 면을 부각시키는 것으로 자연스럽게
인식되어 졌다.[11] 따라서 정확한 고증을 거칠 수 없는 설화들이 끼여
들 수 있는 자리가[12] 생겼고 결국은 사실적인 면보다는 이야기를 부각
시키는 이차적인 편집의 형태로 머물 수밖에 없게 되었다. 그러나 열
전 자체가 특정한 목적성을 띄고 기술된다는 점에서 편집적인 성향은
미리 예견된 현상이라고 볼 수도 있겠다.

한편 『고려사』·「열전」 또한 『삼국사기』·「열전」과 마찬가지로 실
제 활동했던 시기와 저술했던 시기와는 상당한 시간상의 거리가 존재
하고 있다. 다만 조선 시대에는 문학이 상당히 번창했고 무엇보다도 유

---

10) 『삼국사기』, 상게서, 2~3쪽.
11) 열전 속에 삽입되어 있는 설화는 설화 자체에 비중을 두기보다는 한 인물의 이야
기를 부각시키는 데 있어 차용된 것으로 보아야 할 것이다. 즉 출생담이나 활약상에
나타나는 신비한 이야기들은 설화 자체만으로 성립될 수도 있지만 어디까지나 인물
을 부각시키기 위한 보조 수단으로 이해해야 할 것 같다.
12) 김부식은 유교적 사상의 테두리에서 『삼국사기』를 저술했기 때문에 허황하다고
생각된 내용들을 많이 삭제했다. 그러나 김유신전 등에서 보여지고 있듯이 그가 직
접 체험하고 확인한 것이 아니었던 만큼 저술하는데 있어 시간상의 거리로 인해 설
화적인 요소들을 풍부하게 수용하고 있다.

교 사상의 강화로13) 인해 『삼국사기』를 저술했던 당시에 비해 더욱 많
은 자료들이 남아 있게 되었고 설화적인 요소보다는 사실적인 면이 두
드러지게 되었다. 그러나 『고려사』 · 「열전」도 『삼국사기』 · 「열전」과
같이 이차적인 편집 형태에서 벗어날 수 없었다. 그것은 『삼국사기』가
설화가 많이 내재되어 있다면 『고려사』 또한 일화 위주로서 인물에
대한 정확한 나열보다는 특정한 이야기가 더 비중 있게 다루어지고
있기 때문이다.14) 반면 행장은 『삼국사기』나 『고려사』 · 「열전」에 비
해 지은 시기가 대상 인물이 살아 있던 시기와 거의 같은 때에 서술되
기 때문에 사실적인 일화들은 삽입될 수 있어도 비현실적인 내용들은
첨가될 수 없었다. 그것은 당시 사람들이 잘 아는 인물의 일대기를 쓰
면서 그 사람이 행하지 않은 허황하다고 생각된 이야기를 기록한다면
거짓임이 쉽게 드러날 것이기 때문이다.15) 이러한 차이점은 『삼국사
기』 · 「열전」에 실려 있는 김유신 조에서 김유신의 전을 짓는데 참고
했다는 현손 장청이 지은 김유신 행록에 대한 부분과 김유신이 비법

---

13) 황선명, 『조선조종교사회사연구』, 일지사, 1992, 103쪽.

14) 『고려사』 열전에 수록되어 있는 정운경의 내용을 살펴보면 그의 본향과 과거에
급제한 일을 간단히 언급한 뒤 그가 관료로서 지낼 때 있었던 훌륭한 일화들만 중점
적으로 다루고 있다. 즉 행장처럼 일차적인 기록으로서의 많은 세부적인 부분에 관
한 설명은 찾아볼 수 없다. 일찍이 '전'에 대해서 김혜숙은 '전의 소재가 되는 일화는
반드시 기술되는 인물의 장처-인품이든 덕성이든 학문이든 기능이든 간에-를 단적
으로 드러낼 수 있는 것이어야 한다.' 라고 했는데, 열전의 경우는 기술 체제상 다루
는 인물에 대한 관 점이 기본적으로 설정되어 있다. (김혜숙, 「전 · 서사(기사) · 야
담의 대비적 고찰」, 『새터강한영선생고희기념 한국판소리 고전문학연구』, 아세아문
화사, 1983, 603쪽.)

15) 인지(人智)가 발달되면서 비현실적이고 불합리한 묘사의 타개책으로 현실안에서
뛰어나게 묘사하는 방향으로 나아가게 되었다. 그러므로 초기의 신화적인 묘사에서
꿈을 통한 묘사로 전환되었으며 꿈을 통한 묘사 다음에는 무속을 통한 비현실적이
고 불합리한 면의 더 큰 확대가 이루어졌다. (김석하, 「고대소설에 나타난 주인공의
supernatural birthd에 관한연구」, 『단국대논문집』 제3집, 1969, 12쪽.)

을 전수 받는 부분, 그리고 『동문선』에 실려 있는 행장 중에서 이색의
어린 시절에 관한 부분을 대비시켜 보면 확연히 드러나고 있다.

(가)

"유신의 현손인 장청이 행록 10권을 지었는데, 자못 만들어 넣은 말이
많으므로 더러 산락하고 기록할 만한 것을 취하여 전을 삼는다."[16]

(나)

공이 눈물을 흘리며 간청하여 육, 칠차까지 마지않으니 그제야 노인
은 『그대는 아직 어린데 삼국을 병합할 마음을 가졌으니 장한 일이 아
닌가?』하고 이에 비법을 전하면서 『조심해서 함부로 전하지 말라. 만
일 불의한 일에 쓴다면 도리어 재앙을 받을 것이다』하였다. 말을 마치
고 작별을 하며 2리쯤 갔는데, 쫓아가 바라보니 보이지 않고 오직 산 위
에 오색과 같은 찬란한 빛이 나타나 있을 뿐이었다.[17]

(다)

총명하고 슬기로운 지혜는 보통 사람과 다르고 글 읽을 줄 알면서부
터 보면 곧 암송하는 지라 지정 신사년에 공의 나이 겨우 14세인데, 본
국 성균시에 합격하니 이미 명성이 높았다. 비로소 20 세가 되어 곧 혼
사를 하려 하니 한때 높은 가문과 명망 있는 족속들로 사위를 택하고자
하는 자들이 모두 그 딸을 시집보내려고 하여 잔칫날 저녁까지도 다투
고 있었다.[18]

---

16) 『삼국사기』·「열전」제3, 김유신조.
    庚信玄孫, 新羅執事郎長淸作行錄十卷, 行於世, 頗多釀辭, 故刪落之, 取其可書者
    爲之傳.
17) 『삼국사기』, 전게서, 284쪽.
    公涕淚懇請不倦, 至于六七, 老人乃言曰, 子幼而有幷三國之心, 不亦壯乎, 乃授以
    秘法曰, 愼勿妄傳, 若用之不義, 反受其殃, 言訖而辭行二里許, 追而望之, 不見, 唯山
    上有光, 爛然若五色焉.

　김유신의 현손인 장청이 지은 김유신 행록에 관한 부분에서 행록이
열전을 짓는데 자료로서의 역할을 한 점과 자료에 의한 정확한 고증의
불가능으로 행록도 시간이 지남에 따라 과장이 끼어들 수 있음을 단적
으로 알 수 있다. 그리고 김유신이 비법을 전수 받는 부분에서는 상당
히 신이(神異)한 일화로 구성되어 있음을 발견할 수 있다. 즉 고소설에
서 스승을 만나 도술을 배우는 부분의 모태라고 할 수 있는 이야기가
신비한 분위기와 함께 수록되어 있어 그의 훌륭함에 일조를 더하고 있
다.19) 반면 이색의 행장에 나타난 부분을 보면 그의 뛰어남이 인간에
게 흔히 있을 수 있는 일을 약간 해학적으로 과장시켰을 뿐 신비한 요
소는 보이지 않고 있다. 이러한 부분들이 한 인물을 기술하는데 있어
서 편찬자의 가치관과 시간상의 차이에 따라 묘사가 달라지고 있음을
잘 나타내 주는 부분이라고 할 수 있다. 그러므로 열전은 기술하는 편
찬자의 가치관과 아울러 저술 시기와 대상 인물의 생존시기의 차이로
인해 한 인물이 뛰어났었다는 점만으로 설화적인 요소들이 많이 내재
될 수 있었고, 또한 이차적인 편집의 성향을 갖게 되었다. 반면 행장은
저술하는 시간이 거의 동시대에 이루어지기 때문에 열전에 비해 사실
적이고 일차적인 성향을 띈다. 물론 일차적인 자료의 역할을 하는 행
장이 열전이나 묘지명 등을 지을 때 참고가 된다는 점에서는 행장의
용도에 따른 사실적인 면이 중요시될 수도 있겠으나, 짓는 시간상의
차이에 따라 이와 같은 차이가 나타난다고 볼 수 있을 것이다. 그것은
만약 행장도 몇 세기 뒤에 지어지는 성질의 것이라면 당연히 열전과

---

18) 『동문선』, 제116권, 이색.
　　聰慧異常, 自知讀書, 見輒成誦, 至正辛巳, 鞏年甫十四, 中本國成均試, 嶄然已有
　　聲, 始冠將婚, 一時高門望族, 擇東床者皆欲歸其女, 至婚夕猶爭.
19) 박대복, 「고소설에 수용된 민간신앙연구」, 중앙대박사논문, 1989, 9쪽.

같은 과장이 없을 수 없기 때문이다.

## 2) 용도에 따른 포폄 의식

주지하다시피 열전은 국가의 공인이라고 할 수 있는 인물이 입전(立傳)하는 것으로서 입전자는 정치, 역사, 문화 등 다방면에 걸쳐 유능한 자가 임명되는 경우가 대부분이었다. 그리고 정치적으로 높은 위치에서 한 시대를 이끌어 갔던 인물들이 입전하는 경우가 많았다. 예를 들면 『삼국사기』를 편찬한 김부식은 고려 중기의 대단한 문장가요 시인이었으며, 묘청의 난을 진압한 후에는 그 공이 더해져 국정에 막대한 영향력을 끼쳤다.[20] 그리고 『고려사』를 편찬한 정인지 역시 천문, 역사, 병학 등에 많은 노작을 남겼고, 태종에서 세종에 이르는 오랜 기간 동안 국정을 이끌어 갔던 유능한 인물이었다.[21] 이러한 인물들이 열전을 입전하는 데는 일정한 역사의식이 작용했고 자신들의 주관이 개입될 수 있는 소지가 다분히 산재되어 있었다. 이것은 『삼국사기』나 『고려사』의 체제에서 쉽게 확인할 수 있는 것으로 사서 저술의 권한을 가진 쪽에서 자신들의 안목에서 역사를 저술하는 경향이 농후하게 드러나고 있다. 이를 테면 『삼국사기』를 편찬한 김부식은 모화적인 입장에서 신라 정통론을 내세워 발해사를 제외시키는 등 편협한 역사를 저술했으며,[22] 『삼국사기』의 체제에서도 부각시키고자 하는 방향에 맞추어 인물들을 취사 선택적으로 기술했다. 이와 같은 입장에서 역사서를 저술하다 보니 열전 또한 이러한 주관에서 벗어날 수 없었을 것임은

---

20) 『고려사』, 권 제98, 열전 제11, 김부식조.
21) 고려사, 제1 분책, 37쪽.
22) 조동일, 『한국문학사상사시론』, 지식산업사, 1990, 58~59쪽.

자명한 일이다. 그리고 인물을 부각시킴에 있어서도 열전의 체제에서 부각시키고자 하는 부분에 치중하여 중점적으로 다루다 보니 다른 부분들은 상대적으로 간략하며, 또한 열전 중 몇 명의 인물에게만 적용된 논찬도 결국엔 편찬자의 가치관에 따른 일정한 목적을 강화시켜 주는 구실을 한다고 볼 수 있다. 이러한 점들이 포(襃)와 폄(貶)을 이루는 밑바탕이 되고 있는데, 열전에는 포한 인물과 폄한 인물이 공존하는 기술 형태를 보이고 있다. 여기에서 열전에 나타난 충신의 대표적 인물인 김유신과 반역적 인물인 궁예와 견훤에 대한 논찬을 예로 들어 보도록 하겠다.

(가)

신라에서 유신을 대함에 간극이 없고 위임하여 의심치 않으며, 그 계교를 행하고 말하는 바를 들어서 쓰지 않는다고 원망하지 않게 하였으니 가위 육오 동몽의 길함을 얻었다고 할 만한 일이다. 그러므로 유신이 그 뜻한 바를 행할 수 있게 되어 중국과 협동모의해서 삼국을 합치어 한 집을 만들고 능히 공명으로서 일생을 마치게 되었던 것이다.(....중략....) 유신과 같은 이는 우리나라 사람들이 칭송하여 지금에까지 없어지지 않으니 이점 사대부들이 알아야 할 것이다. 그리고 추동목수까지도 능히 알고 있으니 그 사람됨이 반드시 보통사람과 다름이 있을 것이다.[23]

(나)

궁예는 본시 신라의 왕자로서 도리어 종국을 원수로 삼아 멸망시킬

---

23) 『삼국사기』, 열전 제3, 김유신 하.
　　親近而無間, 委任而不貳, 謀行言聽, 不使怨乎不以, 可謂得六五童蒙之吉, 故庚信 得以行其志, 與上國協謀, 合三士爲一家. 能以功名終焉, (....中略....) 若庚信則鄕人 稱頌之, 至今不亡, 士大夫知之可也, 至於芻童牧竪亦能之, 則其爲人也, 必有以異於 人矣.

것을 도모하여 그 선조의 화상을 치기까지 하였으니 그 불인함이 심하다. 훤은 신라 백성으로 일어나서 신라의 녹을 먹고살았는데 속으로 화심을 품고 나라가 위태로움을 다행으로 여기어 도읍을 침략하고 살육하기를 금수 죽이듯, 풀 베듯 하였으니 실로 천하의 원악이요 대죄이다.(....중략....)비록 항우와 이밀의 웅재로도 한(韓)과 당의 흥기를 적대하지 못하였는데 하물며 궁예·견훤의 흉악한 인간이 어찌 우리 태조에게 서로 항거할 수 있으랴? 다만 태조를 위하여 백성을 몰아다 준 자이었다.[24)]

이러한 두 논찬부분을 통해서 열전이 드러내는 포와 폄의 단적인 면을 발견할 수 있다. 그리고 열전의 인물에 따른 포와 폄의 의식은 찬선자의 의도가 강하게 작용했다고 볼 수 있다. 아울러 인물을 바라보는 관점이 전대의 특정한 왕조와 자신이 살고 있던 시대의 왕조에 기울어져 있으므로 궁예와 견훤의 이야기를 서술하면서도 고려 태조 왕건에 대한 우월감을 빼놓지 않고 있다. 이러한 논찬은 열전의 내용에서 은연중 제시되고 있는 포와 폄을 최종적으로 드러내는 역할을 하고 있다.

반면에 행장은 한 사람의 행적을 잘 아는 사람이 짓다 보니[25)] 일정한 역사적인 안목보다는 그 사람의 개인적인 일생을 사실대로 일정한

---

24) 『삼국사기』, 열전 제10, 견훤조.
   弓裔本新羅王子, 而反以宗國爲讐, 圖夷滅之, 至斬先祖之畵像, 其爲不仁甚矣, 甄萱起自新羅之民, 食新羅之祿而包藏禍心, 幸國之危, 侵軼都邑, 虔劉君臣, 若禽獮而草薙之, 實天下之元 惡大憝, (....中略....) 雖項羽, 李密之雄才, 不能敵漢唐之興, 而況裔·甄之凶人, 豈可與我太祖 相抗歟, 但爲之歐民者也.

25) 『동문선』에 수록된 행장 중에서 문생이나 친구가 아닌 사위와 아들, 남편이 지은 행장이있어 주목된다. 그러나 이러한 행장들에서도 결코 대상 인물을 들어내는 일을 꺼리거나 서술 구조가 다른 점이 나타나지 않는다. 다만 『동문선』에 실린 인물들은 문학적인 측면에서 수록된 것 같다. 이것은 행장의 양식 때문에 가능한 일로 사려 된다. 그리고 고령신씨 같은 경우는 남편이 지은 아내의 행장이라는 점에서 행장이 다양한 인물들을 상대로 지어졌음을 알 수 있다.

격식에 맞게 저술한다는 특징을 지닌다. 그러나 사실대로 저술한다는
점에 있어서는 행장의 대상 인물이 당시의 사람들로부터 비난을 받지
않았고 그렇기 때문에 대상에 대한 은근한 과시가 이루어지지 않을 수
없었다. 이러한 행장에 대한 일반적인 포의 관점은 행장을 짓게 된 동
기에 잘 나타나 있다. 즉 대상 인물의 위대한 행적을 묻혀 둘 수 없었
다는 점에서 행장의 기본적인 포에 대한 의식이 도출되고 있다. 여덟
편의 행장 중에서 기자오와 심덕부, 고령 신씨의 행장에 실려 있는 동
기를 살펴보면 다음과 같다.

(가)
　공의 집 대대의 공덕은 국사에 실려 있고 공의 사업은 빛나서 사람의
눈과 귀에 알려져 있지만 이제 그 대강을 모아 행장으로 삼아서 채택할
것에 대비하였다.[26]

(나)
　이제 사관이 실록을 편수하는데 심씨의 아들들이 다 어리므로, 내가
그 집의 사위라고 해서 공의 행장을 가져오라 하였다. 공이 죽을 때 필
시 글 잘하는 분에게 그 행장을 지었겠으나, 거듭 가화(家禍)를 만나 어
디에 떨어져 있는지 알지 못하며, 석덕(碩德)은 공의 높은 공과 장한 사
적이 장차 매몰되어 없어질까 걱정하여, 평소에 들은 바를 주어 모아 겨
우 만분의 1이나마 만들어 조봉대부 한성소윤 강모는 지어 바칩니다.[27]

---

26) 『동문선』, 제116권 기자오.
　　公之家世功德, 載在國史, 公之事業, 煒婥在人耳目, 今掇其大槩爲行狀, 以備采擇焉.
27) 『동문선』, 제117권, 심덕부.
　　今玆太史氏編修實錄, 以沈氏諸子皆幼, 以予贅於其家, 徵公行狀, 當公之卒也, 必
有以文鳴世者, 著其行術, 重遭家難, 不知落在何所碩德, 懼公之崇功偉烈, 將淪沒無
傳, 綴拾素聞, 聊術萬一以進, 朝奉大夫漢城少尹姜某狀.

(다)

그윽히 상심하는 바는 우리 사람들이 인간 세사의 낙에 있어 이와 같
이 잠깐인데 평소의 행적마저 묻히어 드러나지 못한다면 죽은 자야 무
엇을 한하리오마는 산 자는 유독 참을 수 있는 일이랴. 옛 사람이 이르
기를 "장사를 하면서 한군(韓君)의 명을 얻지 못하면 장사하지 않는 것
같다." 하였는데 내가 아내를 장사하는데 우리 사화(士華)의 한 말이 없
을 수 있겠는가 삼가 장문을 들어 청합니다.[28]

이러한 행장을 짓게 된 동기에서 한 인물의 뛰어남을 차마 묻어 둘
수 없다는 포의 관점이 선명하게 드러나고 있다. 작품에서 포에 해당
되는 부분을 본다면 어려서의 자질과 관직에서의 활동, 그리고 죽은
사후의 평가 등을 들 수 있는데, 궁극적으로는 한 인물에 있어서 하늘
도 감응한다는 특출함과 백성들의 칭송함을 강하게 부각시키고자 했
던 점에 있었다.

(가)

늦은 봄부터 이른 여름까지 가뭄이 심하다가 선생이 부임하던 날 큰
비가 내려 관리와 백성들이 기뻐하였다.[29]

(나)

이에 공정과 기일을 정하고 역부의 수를 계산하며 의로써 타일러 부
리기를 너그럽게 하니 백성들이 괴롭게 여기지 않았다.[30]

---

28) 『속동문선』, 제19권, 고령신씨.
　　竊傷吾人, 於人世之樂, 若此其奄忍, 平日之行, 又掩而不章, 則逝者何恨, 生者獨
　　可忍耶, 古人云, 葬不得韓君銘, 猶無葬也, 聞葬婦, 顧無吾士華一語乎, 謹奉狀以請.
29) 『동문선』, 제117권, 정운경.
　　時春夏之交旱甚, 上官日大雨, 吏民悅.

(다)

정축년에 또 문과에 제 삼인으로 뽑혔다. 그 때에 가뭄이 심해서 조야
가 모두 비를 바라고 있었는데 방목을 부르는 날에 공의 이름을 부르고
나니 갑자기 비가 쏟아졌다. 그래서 조관들이 모두 공을 지목하여 상림
(商霖)의 징조라 일렀다.[31]

행장의 궁극적인 목적은 대상 인물이 위로는 하늘이 알아주고 아래
로는 백성들에게 신임을 얻은 인물로서 역사서에 수록되는 것이었다.
이는 내면에서 내세우는 은근한 포의 의식이 간접적인 형태로 드러나
도록 하는 것으로서 특정 인물의 훌륭함은 하늘에서부터 알고 있다는
의식의 흐름이 내포되어 있다. 그리고 간접적인 방법으로 포를 드러내
는 것과 아울러 직접적으로 대상 인물의 훌륭함을 내세우는 부분으로
사후의 평가를 들 수 있다.

(가)

공은 기운과 도량이 웅장하고 깊으며 뜻과 생각이 견고하고 확실하며
경술로 근본을 삼아 정치를 미화하고 정대로써 지키고 충근으로써 행동
하였으니 (....중략....) "맹자가 이르기를 현달해도 도를 떠나지 아니하여
사람이 실망하지 않는다"는 것은 바로 공을 두고 이름이다.[32]

---

30) 『동문선』, 제117권, 심덕부.
   於是量期程計徒庸, 曉之以義, 使之以寬, 民不病焉.
31) 『속동문선』, 제19권, 허종.
   丁丑, 又中文科第三人, 時旱甚, 朝野望雨, 唱名之日, 昌一甲方畢, 忽雨作, 庭紳皆
   目公, 以謂商霖之徵.
32) 『속동문선』, 제19권, 이극배.
   公, 氣度雄深, 志慮堅確, 本之以經術, 文之以吏治, 守之以正大, 行之以忠勤, (....中
   略....) 而孟軻所謂達不離道人不失望者, 其公之謂乎.

(나)

공은 온갖 행실을 구비한 데다가 효도와 우애가 더욱 절등하며 큰 도
량을 포함하여 크거나 작은 물건 치고 용납되지 않는 것이 없으며 사람
이 간사함을 논하는데 있어서는 바로 말하여 숨김이 없으니(....중략....)
시를 지으면 맑고 장엄하여 기운이 있고 문도 또한 건장하며, 활 쏘고 말
달리기에도 능하였으나 공에 있어서는 특별히 대단한 일이 아니었다.[33]

(다)

스스로를 돌보는 것은 매우 간략하여 안으로는 첩과 시녀가 없으나 담
담하였고 그런 까닭으로 세상을 마치던 날 장농에 남은 비단이 없었고,
창고에는 남은 곡식이 없었으며 깔끔한 지조는 처음과 끝이 똑같았다.[34]

이러한 평가는 대부분의 행장에 포함되어 있는데 직접적인 대상 인
물에 대한 평가는 그 인물의 평생을 통틀어서 내세우기 때문에 포의
의식이 가장 절정에 달한 부분이라고 할 수 있다. 그리고 열전에 비해
행장의 구조가 포의 의식을 드러내기에 더 좋은 짜임새를 가지고 있음
도 발견할 수 있다. 행장에서 포의 의식을 드러냄에 있어서는 열전과
달리 저술자의 권력이나 문벌에 관계없이 드러낼 수 있었고, 인물에
대한 평가 또한 자신의 솔직하고 담백한 감정을 자세히 담고 있다. 물
론 동문선에 나와 있는 여덟 편의 행장에 속한 인물들은 적어도 일세
를 풍미했던 사람이거나 이름난 집안의 사람들이었던 만큼 지은 사람
들도 만만치 않은데, 작자들은 그들의 지위에 상응하는 문학적 소양을

---

33) 『속동문선』, 제19권, 허종.
　　公之百行純備, 而孝友尤卓絶, 大度包含, 洪纖巨細, 無物不容, 而至於論人奸邪,
　　直言無隱(....中略....)爲詩, 淸壯有氣, 文亦」健, 又能弓馬, 在公特餘事耳.
34) 『동문선』, 제116권, 한영.
　　自奉甚約, 內無妾媵淡如也, 故捐館之日, 帑無餘帛, 廩無餘栗, 氷蘗之操給始如一.

갖추고 있었다고 할 수 있다. 즉 문벌이 상당했던 사람들의 행장이 실려 있는 것으로 볼 때 단순히 기술자가 자신이 기술하는 인물을 잘 아는 사람에 불과하다고 하더라도 그 대상에 따라서는 당시의 상당한 위치에 놓여 있으면서 동시에 문학성이 뛰어난 인물이 지은 것이다. 일례로 이색의 행장을 지은 사람은 권근인데 그는 이색의 문하생이자 선초의 재상이었으며 뛰어난 문인이었다. 따라서 행장을 짓는 인물이 친구나 문생이라고 할 때 대수로운 인물이 아닐 것이라는 통념이 작용하지만 사람에 따라서는 이와 같이 당대의 문사에 의해 행장이 지어지기도 했다. 그리고 행장은 열전에 비해서 기술자가 잘 아는 가까운 사이였던 관계로 인해 대상 인물의 행적을 더 자세하고 세밀하게 다룰 수 있었다. 아울러 그의 뛰어났던 점을 기술하는데 주저하지 않았다. 즉 대상 인물이 생전에 좋은 평가를 받지 못했다면 행장을 기술하는데 있어서도 주저하게 되었을 것이기 때문이다. 이러한 점은 위에서 드러나고 있듯 열전은 국가적인 차원에서 편찬상의 목적의식으로 인해 포한 인물과 폄한 인물이 공존하는 반면, 행장은 전형적으로 포가 주축이 됨을 알 수 있다.[35] 그리고 열전과 행장의 포폄의식이 근본적으로 달라진 것은 행장은 사료의 일차적인 토대로 쓰여질 수 있기 때문에 훌륭한 점을 강조시키고자 했고, 열전은 행장을 비롯한 모든 관련 자료를 중심으로 찬자의 객관적인 면이 작용하기 때문에 포와 폄이 공존하게 된 것이다.

---

35) 주명희는 『삼국사기』·「열전」이 폄보다는 포위주의 문학이라고 했는데, 이것은 겉으로 드러난 양적인 평가에 불과할 뿐이며 근본적인 사관의 역사의식은 엄격히 말해 포와 폄의 공존이라고 할 수 있다. (주명희, 전게서, 27쪽.)

## 3. 서술 구조와 내용의 대비적 분석

### 1) 서술 구조의 차이점

일찍이 『삼국사기』・「열전」의 인물들에 대해서는 각각의 인물들이 지닌 일생에 대한 분석이 다각도로 시도된 바 있다.[36] 즉 출생, 활약, 사멸이라는 기본적인 일생구조를 바탕으로 인물마다 각각 다른 일생에 따라 여러 가지로 구조화시킨 것이다. 그러나 엄밀히 살펴보면 열전에 수록된 모든 인물들이 비등한 자료와 동등한 기준으로 기술되지 못했기 때문에 각 인물에 대한 묘사가 달라지게 되었고 이야기의 구조 또한 달라질 수밖에 없었다고 보아야 할 것이다. 그러므로 『삼국사기』・「열전」이나 『고려사』・「열전」에서 단적으로 드러나고 있듯이 자료가 풍부하고 비중 있게 다루어진 인물에 대해서는 선대부터 사후의 일까지 상세히 다루어진 반면 그 외의 인물들에 대한 묘사는 간략한 가운데 한 두 가지의 이야기를 중심으로 이루어져 있음을 보게 된다. 그러므로 열전의 구조는 비슷한 이야기를 가진 인물군에 따라서 몇 가지로 나타날 수 있다. 이러한 구조를 단적으로 김유신, 을지문덕, 그리고 김인문, 궁예의 서술 구조를 통해 살펴보면 다음과 같다.

〈 김유신 〉
가. 선대부터의 세계(世系)
나. 탄생 설화
다. 어려서 비법을 전수받음
라. 원대한 포부와 하늘의 감응
마. 활약

---

36) 권오성, 전게서.
    조동일, 「영웅의 일생 그 문학사적 전개」, 『동아문화』 10, 서울대, 1971.

바. 죽음의 징조
사. 죽음
아. 사후 집안의 동향
자. 논찬

### 〈 을지문덕 〉
가. 뛰어난 자질
나. 살수 대첩에 관한 일
다. 논찬

### 〈 김인문 〉
가. 세계(世系)
나. 어려서의 자질
다. 당에 들어가 숙위함
라. 활약
마. 죽음
바. 장례에 관한 일 및 중국에서 숙위한 횟수

### 〈 궁 예 〉
가. 세계(世系)
나. 탄생 설화
다. 죽을 고비를 넘김
라. 왕이 될 예언
마. 왕이 됨
바. 폭정을 일삼음
사. 패망의 징조
아. 죽음
자. 논찬

김유신에 관한 서술은 어느 인물의 활약보다도 자세하다. 활약 부분에서 나타나는 원대한 웅지에 대한 하늘의 감응이라던가 싸움에 출전하기 전의 집 앞을 지나면서 있었던 일화, 그리고 별에 얽힌 일화 및 죽음의 예언에 나타났던 일 등은 그를 부각시키기에 중요한 요소들로 작용했다.37) 반면 을지문덕에 대한 서술은 너무 짧다고 느껴질 정도로 전후의 사정도 없이 당시 수나라를 막아낸 일만을 적고 있다. 다만 논찬에서 오로지 그의 힘으로 수나라를 막아냈다고 평하고 있을 뿐이다. 그리고 김인문에 관한 기록에 있어서는 그가 당나라에 들어가 숙위한 점을 높이 들고 있으며 이렇다 할 논찬을 붙이지 않았다. 한편 궁예는 그가 반역을 한 불인한 인물이었음에도 불구하고 김유신 못지 않은 신비함과 뛰어났던 활약을 간단하게나마 묘사하고 있는데, 그가 활동했던 시기가 고려 태조인 왕건과 맞물렸기 때문에 상당히 자세하게 나타나게 된 것 같다. 그런데 궁예의 일생이 여타의 인물이 지닌 서술 구조와 다른 점은 그가 한때나마 왕으로 행세하다 패망했다는 점이다. 즉 다른 인물들은 신하로서의 위치인데 반해 그는 왕의 지위에까지 올랐지만 결국 비극적인 종말을 맞았다는 점을 강하게 부각시켜 반란에 대한 권계로 삼고자 했다.38) 이러한 궁예의 서술 구조는 논찬에도 나타나 있듯이 어디까지나 하나의 왕조라는 시각에서 바라본 폄이 주축을 이루고 있기 때문이다. 이렇게 각각의 인물들에 대한 서술에서 대상

---

37) 김유신에 관해서는 윤영옥(「삼국사기 열전 「김유신」고」, 영남대 동양 문화 연구소, 1974)과 김진영(「문헌소재 김유신 설화고(Ⅰ)」, 『한국소설문학의 탐구』(한국고전문학연구회편), 일조각, 1978)에서 고찰했다.

38) 궁예의 일생을 성공한 영웅의 범주에 포함시킨 조동일의 연구는 일생을 죽음까지 포괄해서 다루지 않았다는데 "비극적 영웅"과의 차이가 나타난다.(조동일, 『한국설화와 민중의식』, 정음사, 1985) 궁예의 일생이 "비극적 영웅"의 유형임은 졸고(「비극적 영웅담의 구조 분석」, 전주우석대학석사논문, 1993)에서 고찰했다.

인물에 대한 자료와 입전자의 역사의식에 따라서 열전의 서술 구조가 자못 달라지고 있음을 볼 수 있다. 그러므로 특정한 몇몇의 인물을 제외하고는 열전의 서술 구조는 하나의 사건을 중심으로 한 일화적인 면이 강하다고 할 수 있을 것 같다.

한편 행장에 나타난 서술 구조는 기술상에 있어서 한 두 단락을 제외하고는 거의 완벽한 구조를 갖추고 있다. 즉 죽은 자의 세계를 본관에서부터 출생과 죽은 날짜 및 평생을 개괄적으로 기술하는 문학적[39] 특징으로 인해, 열전과 달리 국가적인 차원이 아닌 개인적인 차원에서 이루어지면서도 이차적인 쓰임을 위한 일차적인 자료의 성격이 강했던 만큼 열전에 비해 많은 내용이 체계적으로 서술되어 있다. 아울러 열전에 채택될 것에 대비해 쓰여졌기 때문에 일정한 격식의 준수가 지켜질 수 있었다. 이것은 열전이 입전자의 관점에 따라서 인물의 기술에 많은 차이가 나고 있는데, 비해 행장의 서술 구조가 지닌 특징이라고 할 수 있다. 여기에서 행장의 서술 구조를 제시해 보면 다음과 같다.

〈 행장의 서술 구조 〉
가. 가문의 내력
나. 어려서의 주인공의 특출함
다. 활약
라. 죽음
마. 작자의 평
바. 사후 집안의 동향
사. 처가에 대한 설명
아. 행장을 짓게 된 동기

---

39) 文章體裁辭典, 金振邦 編著, 東北師範大學出版社, 1986, 28쪽.

　행장의 서술 구조는 대체로 이와 같은 체제로 이루어져 있다. 다만 작품에 따라서는 주인공의 소개와 죽음에 대한 단락이 가문의 내력 단락보다 먼저 서술되기도 하고 부인의 집안에 대한 설명이 집안의 내력 뒤에 놓이는 경우도 있다. 이러한 점은 작자에 따른 서술의 기교로 이해해도 좋을 만큼 위에 제시된 구조가 대체로 지켜진 것이 특징이다. 즉 인물에 대한 서술인 만큼 반드시 순서가 일정한 것은 아니지만 대체로 이와 같은 내용이 모두 들어 있는데, 열전이 죽음까지의 과정에 자세하다면 행장은 사후에 많은 비중이 두어지고 있다. 여기에서는 행장의 서술 구조를 중심으로 열전과의 차이점을 각 단락별로 검토해 보고자 한다.

　대체로 행장에는 비현실적인 과장이 없는 대신 위에 제시된 여덟 가지 단락이 구비되어 있다. (가)단락에 나타나는 가문의 내력은 열전에 비해 행장이 훨씬 자세하다. 열전에서는 대부분이 성씨와 어느 왕 때의 사람이라는 정도로 간단히 기술해 놓고 있는 반면 행장에서는 증조부의 관직에서부터 자세히 기술하고 있는 것이 다반사이다. 그것은 한 인물의 세계를 선대부터 기술하여 훌륭한 가문임을 드러내기 위한 하나의 격식이라고 할 수 있다.

(가)
을지문덕은 그의 세계가 자세치 않다.[40]

(나)
거칠부의 성은 김씨요 내물왕의 5대손인데 조부는 잉숙 각간이요 부

---

40) 『삼국사기』, 열전 제4, 을지문덕조
　　乙支文德, 未詳其世系.

은 물력 이찬이다.41)

(다)
공의 휘는 극배요, 자는 겸보니 광주인이다. 증조의 휘는 집이니, 봉순
대부판전교사사로 증직은 의정부 좌찬성 집현전대제학 이요 호는 둔촌
이며 조의 휘는 지직이니....42)


다음으로 나타나는 (나)단락은 열전이 행장보다 더 부각되어 있다.
즉 출생에서부터 자라면서의 특출함이 열전에서는 신비한 일화와 함
께 기술되어 있는데, 행장에서는 신비한 일화보다는 보통 사람보다 뛰
어난 정도에 머물고 있다.


(가)
부가 들에 나가 밭을 갈고 모가 식사를 갖다 주려 하여 어린애를 수림
아래에 두니 범이 와서 젖을 먹였으므로 마을에서 듣는 이들이 신이하
게 생각하였다. 장성하여서는 체모가 웅대 기이하고 지기가 활달하고
비범하였다.43)


(나)
공이 나서는 특이한 얼굴을 지녔고, 어려서는 특이한 기운이 있었으

---

41) 『삼국사기』, 열전 제4, 거칠부조
　　居柒夫, 姓金氏, 奈勿王五世孫, 祖仍宿角干, 父勿力伊湌.
42) 『속동문선』, 제19권, 이극배.
　　公諱克培, 字謙甫, 廣州人, 曾祖諱集, 奉順大夫判典校寺事贈議政府左贊成集賢殿
　　大提學, 號遁村, 祖諱之直.
43) 『삼국사기』, 열전 제10, 견훤조.
　　父耕于野, 母餉之, 以兒置于林下, 虎來乳之, 鄉黨聞者異焉, 及壯, 體貌雄奇, 志氣
　　倜儻不凡.

며, 배우는 데는 특이한 능이 있어 여러 성인의 서적을 널리 통하니, 일시의 제배들이 모두 원대한 그릇으로 추앙하였다.44)

열전에 비해 행장에서는 신비하다고 느껴지는 뛰어난 인물의 영웅적인 면이 남들과 다르다는 정도로 보다 사실적이고 구체적으로 나타나 있다. 그리고 (다)단락에 제시된 벼슬한 내력과 능력의 발휘에 있어서는 열전과 행장이 다 같이 장황하게 기술되어 있다. 다만 전체적인 구조상으로 보면 열전에는 벼슬 내력 외의 다른 부분들에 대한 언급이 적기 때문에 서술 구조가 이 부분을 중심으로 진행되어 있음을 알 수 있다. 그러므로 열전이 사건을 중심으로 벼슬 내력이 서술된 반면, 행장은 벼슬 내력을 순서대로 모두 장황하게 기술하여 그 사람의 지위에 대한 과시가 은연중에 이루어지고 있다. 한편 (라)단락의 죽음에 대한 묘사는 열전과 행장이 대동소이하게 다루어지고 있다. 즉 죽은 뒤의 대우와 시호 등이 나타나 있다. 다음으로 (마)단락의 사후의 평가는 열전의 논찬에 해당되는 것으로 열전에서는 평이 중국의 유명한 문인이 한 말을 인용해 가며 선과 악으로 나누어 대체로 짤막하면서도 근엄하게 이루어져 있다. 그런데 행장에서의 평은 유교의 이상적인 인물형에 맞게 자신이 생전에 보고들은 것을 토대로 좋은 점만을 소박하고 진솔하게 기술해 놓고 있다.

　(가)
　(사신이) 논하여 가로되, 송의 신종이 왕개보와 고사를 논하여 말하기를 『태종이 고구려를 치다가 어찌하여 이기지 못하였는가』하니, 개보

---

44) 『속동문선』, 제19권, 이극배.
　　公生而有異相, 孩而有異氣, 學而有異能, 博通群聖人書, 一時儕輩, 咸推爲遠大之器.

가 『개소문은 비상한 인물이었습니다』고 하였다. 그런즉 소문은 역시 재사인데, 곧은 도로써 나라를 받들지 못하고 잔폭을 마음대로 하여 대역에 이른 것이다....45)

(나)
공은 천성이 인자하고 염담하여 희노를 나타내지 않고, 거처함이 공손하여 첩이 없었고, 살림살이에 힘쓰지 않고 받고 주는 것은 의에 맞게 하였다. 이러므로 20년간이나 장상자리에 있었으나 창고에 남은 재물이나 곡식이 없었다. 죽은 뒤에 초상과 제사를 겨우 치루었다....46)

다음으로 (바)단락에 나타나는 사후의 집안의 동향에 대해서는 행장이 그 손자들까지 자세하게 기술된 반면, 열전에서는 대부분 사후의 집안의 동향이 김유신 같은 인물을 빼놓고는 없는 것이 대부분이다. 그리고 나타나 있어도 남자에 한해서 이름 정도가 기술되었을 뿐 행장에서와 같이 딸이 어느 집으로 시집갔다는 등의 자세함은 볼 수 없다. 또한 (사)단락의 처가에 대한 간단한 설명 또한 사후 집안의 동향과 마찬가지로 열전에서는 찾아보기 힘든데, 부친이 누구라는 것과 부인의 성품 등을 간략히 적고 있다. 끝으로 (아)단락의 행장을 짓게 된 동기는 대상 인물과 가까웠던 많은 사람 중에서 자신이 기술하게 된 이유가 나타나 있다.

---

45) 『삼국사기』, 열전 제9, 연개소문조.
　　論曰, 宋神宗與王介甫論事曰, 太宗伐高句麗, 何以不克, 介甫曰, 蓋蘇文非常人也, 然則蘇文亦才士也. 而不能以直道奉國, 殘暴自肆, 以至大逆.
46) 『동문선』, 제117권, 심덕부.
　　公稟性仁怒恬靜, 喜慍不形, 居處恭, 無妄媵, 不務生産, 取與以義, 由是爲將相二十年, 庫無餘財, 廩無餘粟, 及卒, 僅備喪祭.

(가)

나와 곡은 같은 고향 사람이다. 일찍이 이분을 따라 놀았기 때문에 공의 덕행과 그 집 내력을 자세하게 안다고 하겠다.[47]

(나)

수량이 공의 평생 사적을 가지고 와서 공의 행장을 지어 달라 하므로, 나는 평소에 공으로부터 깊이 알아줌을 입었기 때문에, 문이 졸함을 사양 못하고 행장을 만들었다.[48]

여기에서 나타나고 있듯이 행장을 짓는 사람은 평소에 대상 인물과 가까이서 접촉했던 사람이라야 가능함을 알 수 있다. 즉 행장의 대상 인물을 자세히 모른다면 위에 제시된 여덟 단락을 정확히 구조에 맞게 쓸 수 없었을 것이기 때문이다. 이와 같은 행장을 짓게 된 동기가 바로 열전이 행장과 같이 자세한 내용을 수록할 수 없음을 단적으로 나타내 주고 있다고 하겠다. 이렇게 각 단락별로 나타나는 구조에서 행장이 한 인물의 모든 사적을 세세한 부분까지 다루고 있는 반면, 열전은 인물에 따라서 각각 차이가 있음을 발견할 수 있다. 즉 국가적인 권계를 목적으로 하는 열전과 한 인물의 평생을 기록하여 후세에 남기고자 한 행장의 서술 구조의 차이점이 단적으로 드러나고 있다. 이는 두 양식이 똑같이 사람의 일생에 관한 서술을 목적으로 하면서도 그 쓰임과 저술 의도에 따라 달라지고 있음을 나타내 주고 있는 것이다.

---

47) 『동문선』, 제116권, 한영.
   穀, 鄕人也, 嘗從之遊, 故詳公之德行與其家世云.
48) 『속동문선』, 제19권, 이극배.
   守諒, 紬公平生事跡, 來請述公行狀, 予平日竊辱知於公深, 故不以文拙辭, 乃爲之狀.

## 2) 작품 내용의 비교 분석

『동문선』에 실려 있는 여덟 사람 중에서 이색, 정운경, 심덕부의 행장이 『고려사』·「열전」에도 수록되어 있어 행장이 열전에 반영된 정도를 살펴볼 수 있게 해주고 있다. 그러나 열전의 경우 행장과 달리 편찬 과정에서 행장뿐만이 아닌 여타의 『사서』 등도 참고 되기 때문에 행장에 기술된 내용들이 열전에 반영되기는 해도 모든 내용이 똑같이 기재될 수는 없다. 이것은 열전의 편찬의도와 행장의 용도가 다르듯이 두 양식의 구조상의 근본적인 차이점으로 작용하고 있다. 그러므로 여기에서는 한 인물을 대상으로 열전과 행장이 어떻게 다르게 묘사되어 있는지를 살펴보고자 한다. 『삼국사기』의 경우 『행록』이나 전대의 『사서』를 참고했다는 이야기는 간혹 발견되고 있지만 참고한 자료를 찾아볼 수 없기 때문에 열전과의 대비가 불가능했다. 그런데 『고려사』·「열전」을 편찬하면서 참고했을 듯한 행장이 『동문선』에 실려 있어 열전이 추구하는 서술의 주안점과 행장과의 차이점을 살펴볼 수 있게 해주고 있다. 그럼 이색, 정운경, 심덕부의 순으로 열전과 행장에 기재된 내용이 어떻게 다른지 알아보도록 하겠다.

목은 이색은 려말에서 선초에 활동한 인물로서 대학자이자 정치인이었다. 그는 어려서부터 총기가 있어 14세에 성균시에 합격했으며 아버지를 따라 원나라에서 수학했고 공민왕 16년(1367)에는 성균대사성이 되어 우리나라에 정주학의 학풍을 처음으로 일으켰던 인물이다. 그후 정몽주 등이 피살되자 연루되어 유배 생활을 하기도 했는데, 선초에는 태조가 그를 아껴 등용하고자 했으나 끝내 고려에 대한 절개를 지킨다며 나가지 않았다. 그가 배출한 권근, 변계량 등의 문인이 그의 뒤를 이어 조선 성리학의 주류를 이루었다. 이색은 69세를 일기로 생

을 마쳤는데, 그의 활동이 여러 대에 걸쳐 이루어졌고 왕조가 바뀌는
과정에서 활약했기 때문에 그에 관한 기록은 다른 인물에 비해 자못
길게 서술되어 있다. 이와 같은 이색의 일생을 위에 제시했던 여덟 단
락의 행장의 서술 구조에 비추어 보면 (사)에 해당하는 처가에 관한 단
락이 (나)단락의 뒤에 놓여 있다. 그리고 (아)단락인 행장을 짓게 된
동기가 나와 있지 않을 뿐 다른 단락들은 행장의 서술 구조와 별 차이
를 보이지 않고 있다. 이러한 이색의 행장 구조를 열전과 대비해 살펴
보면 열전에서는 집안에 대한 소개와 어려서의 특출함이 행장에 있는
내용을 간단하게 요약해 놓은 정도에 그치고 있다.

(가)
이색의 자는 영숙인데 찬성사 이곡의 아들이다. 나서부터 남달리 총
명하여 글을 읽으면 곧 암송하였다. 나이 14세 때에 성균 시험에 합격하
여 벌써 이름이 알려졌다.[49)]

(나)
총명하고 슬기로운 지혜는 보통 사람과 다르고 글 읽을 줄을 알면서
부터 보면 곧 암송하는지라 지정 신사 년에 공의 나이 겨우 14세인데
본국 성균시에 합격하니 이미 우뚝하게 명성이 높았다. 비로소 20세가
되어 곧 혼사를 하려 하니 한때 높은 가문과 명망 있는 족속들로 사위
를 택하고자 하는 자들이 모두 그 딸을 시집보내려고 하여 잔칫날 저녁
까지도 다투고 있었다.[50)]

---

49) 『고려사』, 권 제115, 열전 제28, 이색조.
　　李穡, 字穎叔, 贊成事穀芝子, 生而聰慧, 異常, 讀書輒誦, 年十四, 中成均試, 已有聲.
50) 『동문선』, 제116권, 이색
　　聰慧異常, 自知讀書, 見輒成誦, 至正辛巳, 鞏年甫十四, 中本國成均試, 巋然已有
　　聲, 始冠將婚, 一時高門望族, 擇東床者皆欲歸其女, 至婚夕猶爭.

　위의 두 단락을 보면 총명함에 대한 묘사가 행장의 일부분을 그대로 옮겨 놓은 것에 불과하다. 그런데 행장은 다분히 지은 사람이 보고들은 주관이 강하게 묘사된 반면, 열전에서는 객관적인 관점에서 특출함을 인정은 하고 있으되 혼사에 얽힌 이야기 같은 것은 묘사하지 않았다. 이러한 부분은 사관의 관점에 의해 열전에서는 수록하지 않은 것 같다. 그런데 행장에서는 간단한 언급도 없이 넘어간 부분이 열전에서는 길게 서술되어 있는 부분이 있다. 그것은 이색이 그의 부친인 가정 선생이 죽었을 때 중국에서 돌아와 상중에 올린 상소문으로 학문에 대한 경향과 정치에 대한 견해를 피력한 글이다. 이 상소문은 간곡하면서도 당시의 정치 상황에 대해 정곡을 찌르고 있는데, 그 내용이 길기 때문에 행장의 특성상 기록하는 데는 무리가 있었을 것으로 사려 된다. 아울러 행장의 전체를 중시하는 구조적 특성상 일부분에 대한 정확한 나열보다는 사실의 언급 정도에 그치고 있다. 그리고 전체의 구조상 벼슬한 내력과 능력의 발휘에 관한 내용을 보면 행장도 이 부분에 많은 지면을 할애하고 있다고 생각되지만 열전은 이야기 전체가 이 부분을 중심으로 기술되며 다른 부분은 간단하게 기술되어 있다. 즉 열전은 가문의 내력이나 사후의 집안 동향 등에 관점에 맞춰진 것이 아닌 주인공의 활동에 주안점이 맞춰져 있다. 그러므로 그가 올린 상소라든가 정치상에 있었던 문제에 관한 이야기들이 비중 있게 다루어지고 있다. 그러므로 행장에서는 벼슬한 순서대로 관직을 장황하게 나열하기 때문에, 이 부분에 대한 기술이 많게 보일 뿐이다. 그리고 사후에 이루어지는 생전의 평가와 자손들의 활동에 대한 이야기도 행장에 비해 간단하게 기술되고 있다. 다만 차이점이라면 사후의 평가에서 행장과 달리 열전은 시종일관 좋은 평가보다는 부정적인 평도 꺼리지 않고 있다는 점이다.

그러나 의지와 절개가 확고하지 못하여 큰 문제를 제의한 것이 없으며 학문이 순정하지 못하여 불교를 숭상함으로써 세상의 비난을 받았다.[51]

이색은 상당히 온건한 학자이자 정치인이었기 때문에 정치적 활동에서는 이러한 평을 받을 수도 있다고 사려 된다. 그러나 불교의 숭상에 대한 것은 임금의 명으로 지공과 나옹 두 승려의 명(銘)을 지은 뒤로 불가의 사람 중에서 찾아오는 사람이 있으면 응대한 것에서 비롯된다. 이러한 비방에 대한 그의 견해는 사상의 문제를 떠난 단순한 것이었다.

7일 날에는 병이 위중 하자, 중이 불도를 말씀드리는 자가 있었는데, 공이 손을 들어 휘두르며 말하기를 "생사의 이치를 나는 의심하지 않노라." 하고 말을 마치자 세상을 끝마쳤다.[52]

"그들이 임금과 어버이를 복되게 한다 하니 나는 감히 거절하지 못하노라." 하였다.[53]

이러한 이색의 불가에 대한 생각에 대해 열전의 찬자는 단순히 유교적인 사상의 테두리를 벗어난 행동은 모두 배척하는 입장을 취했다. 그러므로 그가 대유학자요 정치인이었음에 불구하고 단지 불가의 승려와 접촉했다는 이유로 정확한 사정을 도외시한 채 비난하고 있다.

---

51) 『고려사』, 권 제115, 열전 제28, 이색조.
　　然志節不固, 無大建白, 學問不純, 崇信佛法, 爲世所譏.
52) 『동문선』, 제116권, 이색.
　　初七日疾革, 有僧進語其道, 公擧手揮之曰, 死生之理, 吾無疑矣, 言訖而卒.
53) 『동문선』, 권 제116, 이색
　　彼謂追福君親, 予不敢拒也.

여기에서 『삼국사기』와 같이 『고려사』· 「열전」에도 행장과 다른 인물 평가의 기준이 드러나고 있다. 대체로 이와 같은 점들이 이색에 대한 열전과 행장의 기술적 차이점이라고 할 수 있다.

다음으로는 정운경에 대해서 살펴보도록 하겠다. 정운경은 고려 말기의 문신으로 정도전의 아버지이다. 충숙왕 때 문과에 급제했고 복주 판관에 전임되어 서민 생활에서 일어나는 여러 가지 송사를 잘 처리하여 이름이 높았다. 그 후 검교밀직제학에까지 이르렀으나 병으로 퇴임한 후 영주에서 생을 마쳤다. 정운경에 대한 기술은 주로 송사를 잘 처리한 점에 주안점이 맞춰져 있다. 그가 송사를 잘 처리한 점을 들어 열전에서는 양리로 분류하여 다루고 있는데 그가 처리한 다섯 가지의 일화를 자세히 소개하여 그의 인물됨을 드러내 주고 있다. 행장에 나와 있는 정운경의 서술 구조를 살펴보면 행장의 여덟 단락 구조 중에서 (가)에 해당하는 가문의 내력이 자세하지 못한 반면 (나)단락에 해당하는 그가 자라난 환경과 어려서의 뛰어남이 자세히 나타나 있다. 그리고 열전과 마찬가지로 그가 처리한 송사에 얽힌 일화를 (다)단락에 해당하는 벼슬 내력 및 능력 발휘 부분에서 서술하고 있다. 아울러 행장에서는 특히 그가 이색의 부친인 가정 선생과 나이를 떠난 친분으로 여행 도중 공부했던 일들도 함께 적고 있다. 그러나 열전에서는 위에서 살펴보았던 이색의 경우와 같이 간단하고 객관적이며 그의 행적을 드러낼 수 있는 일화에 더 비중을 두고 있다. 그러므로 그의 본향과 어느 왕 때의 사람이며 과거에 급제한 사실만을 짤막하게 적고, 곧바로 그가 관직에 있으면서 처리한 송사로 이어지고 있다.

(가)
일찍 모친을 여의고 이모의 집에서 길러졌다.(....중략....) 동방 산수가 좋단 말을 듣고 가정 선생이 선생과 가 보기를 약속하자, 선생이 기껍게 천리 길을 멀다 않고 도보로 따라갔다. 영해부에 갔다가, 거기서 머물러 수년이나 글공부를 하였고, 또 옛날 간의대부 윤공과 삼각산에서 글공부를 하였는데, 한번 본 것은 다 기억하였고 대의에 통달하고는 그만 두었다.54)

(나)
정운경은 봉화현 사람으로 충숙왕 때에 과거에 급제하여 상주사록으로 임명되었다. 그때 용궁감무가 뇌물을 받았다고 무고 하는 자가 있어서....55)

정운경에 대한 행장의 내용은 공부할 당시의 일들까지 소상하게 적고 있다. 그러나 열전에서는 아주 간단히 그가 누구인지만 알아볼 수 있을 정도의 기술에 그치고 있다. 이것은 행장의 작자가 자신이 평소에 보고들은 것을 그의 주관에 따라 상세하게 기록한 반면, 열전의 작자는 행장처럼 보고들을 수 있는 여건이 아니었고 다만 사료에 의존하다 보니 사적인 기술이 개입될 수 없었다고 사려된다. 한편 정운경이 처리한 송사에 얽힌 이야기들은 행장이나 열전 모두 대동소이하게 묘사되어 있다. 정운경이 처리한 송사는 용궁감무의 무고를 밝힌 것과 환자의 사죄를 받은 일, 그리고 재상 조영휘의 바르지 못한 행동을 꾸짖은 일, 중과 관련된 두 가지 사건을 해결한 순으로 나열되어 있다.

---

54) 『동문선』, 권 제117, 정운경.
　　早喪母, 養於姨母家(....中略....)聞東方山水之勝, 約先生往觀焉, 先生欣然, 不遠千里, 徒步從之, 至寧海府, 因留而讀書凡數年, 又與故諫議大夫尹公, 讀書三角山, 一覽輒記, 通大義卽止.
55) 『고려사』, 권 제121, 열전 제34, 정운경조.
　　鄭云敬, 奉化縣人, 忠肅朝, 登第補尙州司錄, 有誣告龍宮監務贓者.

다음으로 행장의 구조에서는 죽음 뒤에 처가에 관한 내용과 자손들에 대한 동향만 나타나 있을 뿐 구체적인 평이 없다. 다만 간간이 다른 이야기에 섞여 주인공에 대한 평이 나타나고 있을 뿐이다. 그리고 열전에서도 사후의 평가가 없고 다만 자손에 누가 있다라는 사실만 나와 있다. 행장에서의 평이 제외된 것은 아버지의 행장을 아들이 지은 까닭에서 연유된 듯한 느낌도 받게 된다. 그리고 열전에서는 이미 량리로 규정한 이상 다른 평을 붙일 필요를 느끼지 않은 것으로 사려 된다.

이해 겨울 12월 18일에 부인 우씨도 세상을 떠나니 부장하였는데 영주 사족(士族) 산원(散員) 연의 딸이다. 선생이 평소 가사에 관심이 없었고 세속의 이해관계에 담담했으나 손이 오면 반드시 술을 대접했는데, 부인은 있고 없고를 관계치 않고 적당히 주찬을 갖추어 선생의 어진 이를 친하고 착한 이를 벗하는 뜻에 순종하였다.56)

아들은 도전, 도존, 도후인데, 도전의 전기가 따로 있다.57)

행장의 서술 구조에 대부분 나타나 있는 것이 처가에 관한 내용이다. 열전에는 나와 있지 않은 경우가 비일비재 하지만 행장에서는 부인의 출신을 거의 밝히고 있다. 위에서도 정도전이 자신의 어머니에 대한 성품을 간략히 기술함으로서 남편에게 어떤 존재였는가를 나타내 주고 있다. 그리고 자손들의 동향에 대해서는 이색의 경우와 같이

---

56) 상게서, 정운경.
　　是年冬十二月十八日, 夫人禹氏卒, 附之, 榮州士族散員淵之女也, 先生平日, 不事家産, 於世利淡泊如也, 客至, 必置酒, 夫人不計有無, 隨宜饌具, 以順親賢友善之意焉.
57) 『고려사』, 전게서, 정운경조.
　　子道傳, 道尊, 道後, 道傳自有傳.

행장이 손자들까지 광범위하게 다루고 있는 반면 열전은 간단한 언급에 그치고 있음을 보게 된다.

다음으로 심덕부의 경우를 살펴보고자 한다. 심덕부는 조선의 개국 공신으로서 이조정랑 용의 아들이다. 우왕 때 여러 차례에 걸쳐 왜구를 막았고 서경도원수로서 요동을 공략하러 떠났다가 이성계를 따라 위화도에서 회군했다. 이 태조가 개국한 뒤 공신으로서 문하 시중의 벼슬을 받고 청성백에 봉군 되었으며 정종 1년에 좌정승에 올랐던 인물이다. 심덕부는 다른 인물과 달리 음서로 정계에 진출했는데 누구보다 청빈했고 또한 남들이 꺼려하는 어려운 임무를 두려움 없이 완수하여 널리 인정을 받았다. 그의 일생을 행장의 서술 구조에서 살펴보면 (가)단락인 집안에 대한 설명이 간단하고 (나)단락의 어려서의 특출함 또한 나타나 있지 않다. 그러나 다른 단락들은 모두 구비되어 있다. 한편 열전에서도 그의 집안을 간략히 서술한 다음 관직 생활에서 있었던 일을 기록하고 있는데, 심덕부의 열전이 행장과 다른 점은 관직에서의 활동을 서술하면서 조선 태조의 이야기가 많이 삽입되어 있다는 점이다. 이것은 물론 열전이 정치를 중시하기 때문에 이 태조와 함께 활동했던 시기였음으로 많은 지면이 이 태조에게 할애된 것이 아닌가 한다. 그리고 그의 활동이 고려말에서 선초였던 관계로 판문하로 전임된 때까지만 기술되고 이후의 일은 조선 시대로 넘어간 것이다. 즉 이 태조가 등극하기 전까지의 일만 열전에 실려 있다.

> 이때 심덕부의 군대 역시 대패하고 적의 기세는 더욱 치열하였다. 이것을 안 우리 태조는 나가서 공격할 것을 왕에게 요청하고 함주에 도착하여 여러 장수들을 배치하였다.[58]

---

58) 『고려사』, 권 제116, 열전 제29, 심덕부조.

심덕부의 행장은 사위라고 밝힌 당시 한성소윤 강모가 지었는데 심덕부가 패배한 이러한 부분에 대해서는 언급이 없다. 열전에서는 그가 동북면 상원수로서 왜적에게 대패하고 겨우 목숨만 건진 일을 기술하고 있다. 그리고 조선 태조의 뛰어남을 묘사한 뒤 태조가 왜적을 물리친 일을 자세히 적고 있다. 반면 행장에서는 이러한 부분은 제외된 채 그가 적을 물리친 일과 청렴했던 관리 생활만을 부각시키고 있다.

> 위주가 공을 시켜 누선 40척을 인솔하고 가서 토벌하게 하니, 적이 배를 네모로 모아 진을 치고 칼날과 살촉이 서로 부딪쳐 소리가 천지를 진동했으나, 공은 조금도 두려운 기색이 없이 단번에 거의 섬멸하였다.[59]

> 재상의 지위에 올라서는 항상 일보는 하인에게 "내가 밤낮으로 공청에만 있으니 혹 글발을 보내오는데 물건이 딸렸으면 너희들은 받지 말라."고 경계했다.[60]

이렇게 그의 훌륭했던 점만을 기술하고 있을 뿐 수치스럽다고 여겼을 부정적인 부분은 빠져 있다. 이것은 행장이 열전과 달리 주인공에 대한 폄은 나타나지 않고 포만 존재하게 된 원인을 단적으로 드러내 주는 것이다. 즉 주인공의 훌륭한 점만을 부각시키는 것에 주안점이 맞추어진 행장에서는 열전과 같은 객관적인 시각은 기대할 수 없는 것으로 사려 된다.

---

於時, 德符軍亦大敗, 賊勢益熾, 我太祖請往擊之, 至咸州, 部署諸將.
59) 『동문선』, 권 제117, 심덕부.
　　僞主命公將樓船四十往討之, 賊方舟而陣, 鋒鏑磨戛, 聲振天地, 公略無懼色, 一擧盡殲.
60) 『동문선』, 전게서, 심덕부.
　　旣登宰輔, 常戒幹僕曰, 我朝夕在公, 凡書問副以物者, 汝毋受.

이상으로 열전과 행장에 실린 세 사람에 관한 내용을 토대로 작품 대비를 시도해 보았다. 여기에서 드러나는 열전과 행장의 차이를 지적해 보면 먼저 행장의 경우 첫째, 일정한 역사의식이 결여되어 있기 때문에 작자가 직접 보고들은 주관적인 내용이 많이 삽입되어 있다. 둘째, 행장의 구조에도 나타나고 있듯이 서술되는 인물과 관련된 많은 부분을 섭렵하려는 경향을 보이고 있다. 셋째, 부정적인 면보다는 뛰어난 점을 부각시키려는 포의 의식이 강하다. 넷째, 행장이 전하는 인물들은 나름대로 의미를 지닌 인물들이 대부분이다. 이와 반면에 열전은 첫째, 객관적으로 포와 폄이 공존하지만 편찬자의 관점이 많이 작용한다. 둘째, 행장의 많은 부분이 열전에 반영되어 있다. 셋째, 서술 구조가 일정하지 않고 이야기의 주안점이 국가적인 특정 활약상에 맞춰져 있다. 넷째, 찬선자가 활동했던 당시의 왕조에 대한 우월감과 사상적인 기준이 설정되어 있다.

## 3) 결론

이상으로 열전과 행장의 대비적 고찰을 시도해 보았다. 앞에서도 언급했지만 열전과 행장은 모두 특정한 인물의 일대기를 기록한다는 점에서 공통점을 가지고 있다. 그러나 기술적인 측면에서 살펴본다면 각각 다른 서술 형태로 나타나고 있다. 그것은 열전이라는 양식이 지니는 기술상의 특징과 행장의 서술 방식이 서로 다른 데서 기인되는 것이다. 그럼에도 불구하고 열전에 관해서는 비교적 많은 연구가 진척된 반면 행장에 관한 논의는 자료의 소개 정도에 그치는 대단히 미미한 것이었다. 이러한 현상은 '전'이라는 양식에 비해 행장의 문학적 가치가 적다는 것으로 이해되어 왔기 때문이다. 그러나 행장의 내용이 매우 간단 간단하고 관직의 나열에 따라 인물의 활동이 전개되는 딱딱한 느낌을 주고 있지만, 행장 나름대로의 주관적이고 진솔한 내용은 문학적으로 매우 중요하다고 할 수 있다. 그러므로 본고에서는 『삼국사기』, 『고려사』, 『동문선』에 실린 작품을 통해 열전과 행장에 반영된 역사의식과 서술 구조를 통해 두 양식의 구조적 차이점을 검토해 보았다.

주지하다시피 『삼국사기』·「열전」은 우리나라 최초의 관찬으로서 '전' 양식의 대표적인 형태라고 할 수 있다. 그리고 『고려사』·「열전」 또한 『삼국사기』의 체제와 비슷한 '전'의 양식적 특징을 지니고 있다. 이와 반면에 행장은 특정한 인물의 사후에 개인적인 친분으로 가까이서 접촉했던 인물에 의해 지어졌다는 기술적 특징을 지니고 있다. 그러므로 한 인물을 대상으로 할 때 열전은 후대에 지어지기 때문에 시간적인 거리와 자료의 빈약 등으로 특정한 사실에 서술의 관점이 맞춰져 있다. 반면 행장은 가까이서 지켜본 동시대의 인물에 의해 지어지기 때문에 주관적이고 주변의 일들까지 상세히 다루어져 있다. 그리고 열전은 권계를 목적으로 일정한 역사의식이 작용하기 때문에 포와 폄의 공존적인 입장을 취하고 있지만 행장은 다분히 추앙 받을 만한 인물들로 구성되어 있기 때문에 포의 관점이 주류를 이루고 있다. 이러한 점은 행장이 열전을 짓기 위한 전제로 쓰여졌다는 점에서 일차적인 자료의 성격상 두 양식의 구조가 달라지게 된 가장 큰 원인이라고 하겠다. 그리고 열전은 출생, 성장, 사멸이라는 일생 구조를 중심으로 각각의 인물에 따라 서술이 다른 것이 특징이다. 이와 반면에 행장은 가문의 내력에서부터 행장을 짓게 된 동기까지가 거의 일정하게 갖춰져 있다. 물론 이것은 행장이 열전을 짓기 위한 전제로서 지어졌던 점을 감안하면 국가적인 차원과 개인적인 차원에서 각기 다른 기술상의 차이라고도 할 수 있다. 그러나 열전이 일정한 격식의 준수보다는 특정

한 사항에 관점이 맞춰져 진행된 데 반해 행장은 일정한 격식을 준수
하면서도 사실적인 기록문학으로서의 양식적 특징으로 자리 매김이
이루어진 것이다. 이러한 두 양식을 작품의 서술 구조에서 살펴보면
행장이 열전에 반영된 정도가 나타나고 있으며, 『고려사』・「열전」에
수록된 행장을 대상으로 구조적 대비를 해본 결과 구조적인 차이점뿐
만이 아닌 공통점들까지 명확하게 드러났다.

　그런데 여기에서 한 가지 살펴 볼 것은 열전은 변모가 발견되지만
행장은 변모가 발견되지 않는다는 점이다. 이것은 열전은 시대적인 가
치관의 차이에 따라 변모가 가능하지만 행장은 당시에 직접 보고 들은
것을 기술하다 보니 변모가 일어날 수 없었던 것으로 여겨진다. 여기
에서 『삼국사기』・「열전」과 『고려사』・「열전」의 변모를 간략히 살펴
보면 『삼국사기』・「열전」의 김유신 전에서 김유신이 노인에게서 비법
을 전수 받는 부분과 하늘에 대한 기원의 반응, 그리고 강수의 머리에
난 뿔, 궁예의 출생담, 견훤의 어릴 적 설화 등은 현실에서 정말 있었
던 것처럼 묘사되어 있다. 즉 한 인물을 부각시킴에 있어 비현실적인
내용을 직접 본듯이 기술하고 있다. 반면에 『고려사』・「열전」의 경우
는 비현실적이라고 생각한 부분은 철저히 배제했다. 그러므로 한 인물
의 뛰어남을 묘사하는데 있어 공부를 특별히 남보다 잘했다던가 정치
적으로 뛰어났던 점을 실제 기록을 들어 설명하고 있을 뿐이다. 이러
한 점에 있어서는 『고려사』・「열전」이 객관적이라고 할 수 있는데, 시
대적인 차이와 작자의 주관에 따라 열전은 이와 같은 변모를 보이고
있는 것이다. 그리고 행장에서도 인물을 부각시키기 위해 가장 이상적
인 인물로 표현하려는 느낌을 받게 되는 부분이 있다. 위로는 하늘이
알아주고 아래로는 백성들을 잘 다스려 어려움이 없게 하며, 정치에서
는 임금을 잘 받드는 인물로 그리고 있는 것이 그것이다. 즉 과거에 합

격한 사람의 이름을 부르던 날 그 사람의 이름을 부르자 매우 가물던 날씨에 갑자기 비가 와서 모두 크게 될 인물이라고 생각했다든지, 부임하던 날 임지에 도착하니 비가 와서 가물던 날씨에 백성들이 어진 방백이라고 생각한 것 등이 그러한 예이다. 이것은 그 사람의 훌륭함이 하늘도 알고 있다는 식의 표현을 씀으로서 한 인물을 드러내는데 중요한 요소로 작용했다고 하겠다. 이러한 것들은 드러내지 않고 은연중에 제시되기 때문에 행장이 궁극적으로 지향하는 것이 무엇인가를 살펴 볼 수 있게 해주고 있다.

지금까지 열전과 행장의 대비적 고찰을 시도해 보았다. 열전과 행장은 서로 친밀한 문학 양식이면서도 행장에 대해서는 연구가 너무 부족하지 않았나 하는 생각을 갖게 된다. 위에서 살펴보았듯이 행장은 열전 못지않은 문학적 특징들을 지니고 있음을 알 수 있었다. 앞으로 행장과 가까운 묘지명 등에 대해서는 차후에 논의를 진행시키고자 한다.

# 「단재전」 연구

## 1. 머리말

  사실에 기초한 기록문학의 특징을 고스란히 간직하고 있는 인물전[1]
은 일찍이 고대에 태동되었음에도 불구하고 오늘날에는 새롭게 등장
한 다양한 문학의 패러다임에 밀려 그 논의가 상당부분 위축된 듯하다.
그것은 전문학(傳文學)에 대한 전반적인 연구가 활발하지 못한[2] 가운
데 다른 장르에 비해 상대적으로 문학성이 풍부하지 못하다고 생각하
는 데서 기인된 것으로 추측된다. 그러나 인물전은 시대에 따라 약간
씩 변모를 겪어 왔지만 본래의 양식적 특징으로 인해 문학성이 결여된
적은 없었으며, 다양한 인물들의 행적을 통해 전문학에 나타나는 인물

---

 1) 인물전은 실존했던 인물의 삶을 기술한 것으로 인물전에 대한 전반적인 연구는
    (박희병, 『한국고전인물전연구』, 한길사, 1992)에서 다루어졌다.
 2) 전문학에 관한 연구는 1980년대와 90년대를 기점으로 논의가 급격히 줄어들었는
    데, 초기의 연구가 개념과 양식적 특징에 관한 것이 주류였다면 90년대에는 타 장르
    와의 연관성을 검토하면서 종합적으로 이루어진 바 있다.
    고경식, 「전의 유형고」, 『경희어문학』 6, 경희대국문과, 1983.
    김균태, 「전의 장르적 고찰」, 『신호열선생고희기념논총』, 창작과 비평사, 1983.
    박희병, 「조선후기 「전」의 소설적 성향 연구」, 서울대박사논문, 1991.
    정명기, 「전과 야담의 엇물림」(1), 『한국언어문학』 제33집, 한국언어문학회, 1994.
    주명희, 「삼국사기 열전의 소설사적 위상」, 『고소설사의 제문제』, 성오소재영교수
    환력기념논총, 집문당, 1993.

들의 유형과 특징을 고찰해 볼 수 있는 중요한 자료를 제공하고 있다고 생각한다.

주지하다시피 인물전은 오래 전부터 우리 문학의 한 축을 이루어 왔다고 할 수 있는데, 본고에서 고찰해 보고자 하는 「단재전」3)은 기존의 전 작품들과는 달리 고답적인 기술 방식을 탈피하고 있다는 점에서 주목된다. 또한 신채호라는 위대한 인물의 행적이 비극적 죽음으로 귀결되면서 근대시기 인물전에 나타나는 비극적 인물형4)의 서사 유형을 확인해 볼 수 있는 좋은 계기가 될 것으로 생각된다.

우리나라 근대사에서 단재(丹齋) 신채호만큼 다양한 이력을 가지고 있는 인물도 흔치 않을 것이다. 단재는 널리 알려져 있다시피 언론인이자 독립운동가였으며 역사학자였다. 또한 문인이었고 민족주의자였으며 동시에 무정부주의자이기도 했다. 이러한 단재의 다양한 활동 영역에 대한 연구와 평가는 일찍이 북한을 시작으로 중국, 일본 등지에서도 시도되어 왔으며 국내에서는 단재의 역사관을 중심으로 논저에 대한 연구가 꾸준히 이어지고 있다.5)

---

3) 「단재전」은 변영만이 지은 것으로 『단재신채호전집』에 한문으로 된 원문만 실려 있었다. 본 논문에서는 (『단재신채호전집』, 단재신채호선생기념사업회, 형설출판사, 1975)를 텍스트로 삼아 논의를 전개하고자 한다.

4) 비극적 인물의 유형에 대해서는 졸고 (「임병양란기 인물전의 비극성 연구」, 우석대박사논문, 1997)에서 다룬 적이 있다. 비극적 인물의 유형은 일찍이 조동일 교수가 소설과 민담을 토대로 제시했던 귀족적 영웅 유형과 민중적 영웅 유형에 비해 신분은 귀족적이면서도 결과가 안타까운 죽음으로 귀결되는 것이 특징이라고 할 수 있다. (조동일, 『한국설화와 민중의식』, 정음사, 1985) 참조.

5) 단재에 대한 평가와 연구는 『단재신채호전집』(단재신채호선생기념사업회, 형설출판사, 1975)이 출간되면서 본격적으로 이루어졌다고 할 수 있는데, 지금까지 진행되어 온 단재에 관한 문학적 연구 논저는 (김주현, 「단재 신채호 문학의 연구 현황 및 전망」, 안동어문학회 7집, 2002)에서 자세히 다룬 바 있다. 그리고 단재의 삶과 언론활동, 역사의식에 대해서는 (단재 신채호 선생 탄신 120주년 기념학술대회, 「신채호 사상의 현대적 조명과 과제」, 세종문화회관컨벤션센터, 2000, 12, 1)에서 종합

그러나 이와 같은 단재의 활동 및 사상과 문학에 대한 다양한 연구에도 불구하고 정작 가장 기초적인 그의 일생과 관련된 전에 관한 연구는 일찍이 없었다. 그것은 단재에 관한 기록문학을 찾아보기가 쉽지 않다는 데 원인이 있다고 생각된다. 단재는 생존 당시 망명과 유랑으로 부침이 심한 생활을 했으며 서로 마음이 맞지 않으면 교류조차 하지 않으려 했던 독특한 성격의 소유자였다. 그러다보니 그의 활동에 대해 관심은 많았지만 기록으로 남기는 일은 여의치 않았을 것이다. 다행히 그와 절친한 관계에 있었던 산강재(山康齋) 변영만6)이 「단재전」을 지었는데, 이것이 『단재신채호전집』에 남아 있다.

본고는 산강재 변영만이 지은 「단재전」을 텍스트로 삼아 「단재전」에 나타나는 비극적 구조를 분석해 보고 기존의 전 작품들과 다른 기술상의 특징도 검토해 보고자 한다. 또한 단재전에 나타나는 애도시와 제문, 일화를 살펴보고 이러한 부분들이 작품 전체에 미치는 영향이 무엇인지 고찰해 보고자 한다. 아울러 「단재전」이 근대시기 우리의 전문학에 끼친 의미에 대해서도 파악해 보고자 한다.

## 2. 「단재전」의 비극적 서사 구조와 기술상의 특징

일반적으로 인물전은 개인의 행적에 대하여 출생, 성장, 사멸이라는 큰 흐름을 중심으로 기술하는 것이 보편적이다. 그러나 서술형식에 대해 논자들에 따라 약간씩 차이를 보이고 있다.7) 그것은 인물전의 특성

---

적인 논의가 있었으며 단재의 사학에 관해서는(이만열 「단재 사학의 배경과 구조」, 『한국근대 역사학의 이해』, 문학과 지성사, 1981)에서 자세히 고찰했다.

6) 조연현, 『한국현대문학사』, 성문각, 1980, 참조.

7) 전의 서술 형식에 대해서는 논자들에 따라 다양한 관점이 제시되었는데 (이동근, 『조선후기 「전」문학연구』, 태학사, 1991)에서 자세히 고찰한 바 있다.

상 대상 인물의 일생을 비교적 자세히 알고 지내던 주변 사람들에 의해 지어지다보니 자신과의 일화를 소개하기도 하고 능력이 과장된 듯한 부분 등이 개입되기도 하기 때문이다. 이러한 점은 『삼국사기』·「열전」이나 『고려사』처럼 사관에 의해 찬선되는 경우에도 나타나고 있다. 그것은 포와 폄의 의식이 인물에 따라 다르게 작용 되다보니 입전자의 주관이 개입될 여지가 많았기 때문이다. 또한 개인의 문집에서 발견되는 인물전은 대부분 친한 벗이나 사제지간, 인척간에서 지어지는 경우가 많았기 때문에 폄보다는 포의 입장이 강하다고 하겠다. 물론 모든 인물들의 일생이 전으로 남는 것은 아니지만 평소 자신과의 관계와 대상 인물의 비중에 따라 의미가 있다고 생각될 때 전으로 남기다보니 이는 어쩔 수 없는 측면이 있었다.

이와 같이 인물전의 입전자가 누구냐에 따라 그 구성에서 약간씩 차이가 나타나는 원인이 되었는데, 「열전」이 비교적 일정한 구성 방식을 취하고 있다면 개인의 문집에 나타나는 사전(私傳)은 후대로 오면서 형식에 조금씩 변화가 나타났다. 즉 전통적인 기술 방식에서 벗어나 일화를 부각시키기도 하고 능력을 과장하여 형식을 다양하게 변모시키고 있다. 이러한 점은 근대로 넘어오면서 변화된 시대적 분위기만큼이나 기술 형식에서도 차이를 보이고 있다. 「단재전」의 입전자는 시대적으로 국가적 위상을 고려해야 하는 입장에 있지 않았으며 일정한 틀에 얽매인 경직된 사고를 지닌 인물도 아니었다. 그러다 보니 단재의 뛰어난 점과 부족한 점을 여과 없이 솔직하게 기술할 수 있었으며 아울러 단재와의 관계에 의해 그의 죽음을 진정으로 슬퍼하는 입장에서 전을 기술할 수 있었다. 그리고 단재의 삶이 가난과 투쟁의 역사였던 만큼 그의 일생이 비극적 인물의 유형으로도 정립될 수 있었다. 그것은 일찍이 비극적 인물의 유형이 삼국시기부터 시작되어 임병양란기를 거치면서도 계속 이어져 왔다는 데에서도 확인해 볼 수 있다.[8] 그런데 이러한 비극적 인물의 유형은 국가적으로 위기의 시기에 흔히 보이곤 했는데, 일제치하라는 새로운 고난의 시기가 도래하면서 계속 나타났다고 생각 된다. 비극적 인물의 가장 큰 특징은 활약에 따른 결과가 비참한 죽음으로 귀결되어질 때라고 할 수 있다. 그럼 먼저 「단재전」의 서사 내용을 살펴보고 비극적 인물형의 서사 구조를 제시해 보면 다음과 같다.

〈 「단재전」 〉

가-1 장원서 다리 서쪽에 있는 단재의 집을 방문하다.

　-2 아들이 죽게 되어 상심이 큰 단재를 위로하다.

　-3 얼마 후 다시 방문했을 때 아들이 죽었음에도 불구하고 단재의 태연한 모습을 보고 놀라다.

　-4 단생이 일정한 법도가 없고 은혜를 가볍게 여기는 것을 탓하다.

나-1 단생은 얽은 코에 주름진 이마로 얼핏 보면 병든 사람 같고 또 음식을 제대로 먹지 못한 사람 같기도 하여 홀대를 받다.

　-2 가만히 보면 눈썹에 영롱한 기색이 은은히 배어있고 또랑또랑한 목소리가 존경 할만하다.

　-3 성격은 활달하고 영리해서 세속에서 벗어나 있고, 오직 국가와 민족 외에는 생각이 거의 없다.

다-1 유가와 불가를 두루 섭렵하여 어느 하나에 얽매이지 않았으나 깊이가 있었다.

　-2 문장력이 뛰어나 그 경지가 높았다. 일찍이 황성신문과 대한매일신보에서 주필을 맡아 문사를 떨치고 을지문덕, 이순신의 전기와 사론도 지었는데, 그의 글이 자못 통쾌하여 근래의 학도들이 단생의 글을 읽고 깨우친 바가 많았다.

8) 졸고, 「임병양란기 인물전의 비극성 연구」, 앞의 책.

  -3 성격이 확실하여 마음이 맞으면 시간가는 줄 모르고 어울렸으며, 간사하고 조잔한 무리는 보기만해도 노한 얼굴빛이 드러났다.

  -4 기억력이 뛰어나 공부를 깊게 하지 않았는데도 유가의 글과 그 외의 대충 본 글들을 모두 외우고 있었다.

  -5 판단력이 정확해 사람들의 의론을 바로 평결하여 주어도 어긋남이 없었다.

  -6 때때로 오만하고 비판을 잘하며 욕하는 경우가 많아 교양이 없는 사람처럼 보이기도 했다.

라-1 단생은 상당 신씨이며 자호인 단재는 포은 정몽주의 '일편단생'에서 유래됐다.

마-1 1911년에 '서단생사'이라고 지었다가 26년이 흐른 후 다시 단재의 전을 짓지 않을 수 없는 이유와 다시 쓴 글이 좋다고 여겨지지 않아 보충만 하면 그뿐이라고 하다.

바-1 단재가 1936년 여순 감옥에서 병으로 객사했는데, 무슨 사건으로 구속이 되었는지 자신은 알지 못했다.

사-1 단재가 죽기 전 자신의 제자인 김기수를 조문하고 돌아갔는데, 단재에게는 김기수와 우응규라는 두 제자가 있었다.

아-1 단재의 사후 부음을 늦게 들어 애도시 3편과 제문을 지었다.

자-1 수세를 하자고 찾아와서 결국 졸려 잠을 자게 되자 자면서 수세를 지키기로 하다.

  -2 자신의 잘못에 대해 인생을 빗대어 원래 모두 잘못된 것이라는 시를 남기다.

  -3 단재가 어릴 때 산에 놀러 갔다가 무덤 속에서 나온 노인을 본 이야기를 해주다.

차-1 단재는 죽어서도 성인이 되는 것을 잊지 않을 것이라고 논평을 하다.[9]

---

9) 변영만, 「단재전」, 『단재신채호전집』 下, 앞의 책, 451~454쪽.

위에 제시된 「단재전」의 내용을 간략히 정리해 보면 단재의 집을 방문했을 때 목도한 일→ 단재의 외모와 성격→ 뛰어난 능력과 무례한 태도→ 가문과 자호의 유래→ 전을 지은 과정과 이유→ 죽음→ 제자들→ 애도시와 제문→ 일화→논평의 순서로 이루어져 있다. 이것은 기존의 인물전들이 드러내고자 했던 내용들과 비교해 본다면 입전자 자신이 직접 만나고 이야기를 나눠본 그때그때의 상황이 잘 반영되어 있다고 할 수 있다. 일반적인 인물전들이 창작동기나 입전의도, 출생, 선계, 출세, 성공, 업적, 처자손록, 사후평가, 논찬 등을 중요하게 여겼던 것과 비교한다면 이야기의 서술 방식과 다루고자 하는 내용에서 차이가 나타나고 있다. 이것은 전을 지을 때 어떤 관점에서 서술했느냐에 따라 달라진 것으로 추측된다. 즉 단재는 뛰어난 인물이었음에도 불구하고 자신의 목적을 다 이루지 못하고 여순 감옥에서 병사했다. 그리고 단재는 일반 사람들이 꿈꾸었듯이 세속적인 영달이나 부를 세상을 사는 기준으로 삼지 않았다. 오로지 국가와 민족의 안위만을 생각하는 사람이었다. 「단재전」의 내용을 기존의 인물전과 비교해 보면 단재의 성격과 능력, 외모 등 사람됨에 초점이 맞추어져 있음을 쉽게 확인해 볼 수 있다. 그리고 단재의 성격과 외모가 누구나 선선히 호감을 가질 만한 인물이 아님을 나타내 주고 있다. 또한 입전 의도에 있어서도 지난날 단재에 대해서 정리해 놓은 것이 있었는데, 그가 죽음으로 인해 마무리를 짓는다는 입장이다. 이러한 지은이의 작전 태도에서 일정한 형식을 갖추어야하는 글이라고 인식되어 온 인물전이 이렇듯 격식에 얽매이지 않고 자신이 알고 지내던 단재에 대한 솔직한 소개와 추앙으로 구성될 수 있었다고 여겨진다. 또한 단재가 자신에게는 어릴 적부터 알고 지내던 절친한 벗이었던 관계로 그의 죽음이 매우 충격적일 수밖에 없었다. 따라서 애도시와 제문을 지어 그를 추모하는 마음을 담아내고자 했다고 사려 된다.

그럼 이와 같은 「단재전」의 구성적 특징을 아래에 제시된 비극적 인물의 구조에 대입해 어떤 공통성과 차이점이 드러나는지 살펴보도록 하겠다.

〈 비극적 인물의 일생 〉
가. 명문대가의 후손으로 태어났다.
나. 탁월한 능력자로 성장했다.
다. 능력으로 인해 죽음과 관련된 위기에 처해진다.
라. 과업을 이룰 수 있는 사건과 함께 예언이 나타난다.
마. 일정한 지위에 오른다.
바. 위정자와의 내적 갈등이 표출된다.
사. 패망의 예언과 함께 사건이 발생하여 비참한 최후를 맞는다.[10]

먼저 (가) 단락에서 비극적 인물의 일생이 명문대가의 후손으로 나타났는데, 단재의 경우 그의 가계를 살펴보면 조선 후기에 집안이 몰락하여 낙향한 명문가의 후예라고 여겨진다.

단생은 상당(上黨) 신씨(申氏)이며 이름은 채호(采浩), 초명은 채호(寀浩)이고, 단생(丹生)은 그의 자호(自號)이다.[11]

단재는 상당 신씨의 후예로 신숙주의 18대손이었으며 할아버지인 신성우는 문과에 급제하여 벼슬을 하기도 했다. 다만 아버지가 일찍 돌아가시는 바람에 할아버지와 함께 모든 것을 정리하고 고향인 청원

---

10) 졸고, 「임병양란기 인물전의 비극성 연구」, 앞의 책, 22쪽.
11) 「단재전」, 앞의 책, 452쪽. 生上黨申氏名采浩, 初名寀浩, 丹生其自號也.

으로 내려갔다.12) 단재가 활동한 19세기 말과 20세기 초는 신분적인 제약이 많이 남아 있었는데도 불구하고 단재는 할아버지의 친구였던 학부대신 신기선의 밑에서 공부도 했고 성균관의 유생이 될 수 있었다. 이러한 점은 기존의 민중적 영웅의 이야기에13) 나오는 미천한 신분과는 전혀 다른 입장에 있었음을 반영하는 동시에 벼슬길로 나아갈 수 있는 바탕이 되었다. 그러나 단재는 정치에는 별 뜻이 없었기 때문에 신문사로 진로를 바꾸었다.

다음으로 (나) 단락의 탁월한 능력자로 성장한 것을 들 수 있는데, 단재는 기억력이 뛰어났으며 판단력 또한 어긋남이 없었다.

　　일찍이 공부에 각고의 노력을 기울이지 않았고 글을 읽는 것을 보면 마치 비바람 스치듯 책장을 넘겼으며 절대 베껴 쓰는 일이 없었다. 그러나 전하는 고사나 유가(儒家) 이외의 글도 모두 외워서 년도와 날짜까지 틀리지 않았고 책 속에 인물이 여러 번 변하여 애매해서 그 실명을 잃은 것까지도 직접 본 것처럼 소상하게 이야기 하였다.14)
　　앞 사람들의 의론의 타당성 여부에 대해서도 눈으로 한번만 보면 곧바로 평결하였는데, 그 온당하고 정확함은 재론의 여지가 없었다.15)

---

12) 단재의 가계에 대해서는 (이만열, 「단재사학의 배경과 구조」) 앞의 책, 참조.

13) <민중적 영웅의 일생>: 가. 미천한 혈통을 타고 났다. 나. 범인과는 탁월한 능력을 타고 났다. 다. 항거를 하지 않을 수 없는 위기에 부딪혔다. 라. 위기를 투쟁적으로 극복해서 승리자가 되었다. 마. 끝내 뜻을 이루지 못하고 패배했다. (조동일, 『한국설화와 민중의식』, 앞의 책) 인물전에서는 억울하게 죽었을 경우 꿈을 통한 한(恨)의 해소가 나타나는데, 「남이전」 같은 경우가 이에 해당한다고 할 수 있다.(졸고, 「남이전 연구」, 『어문연구』, 한국어문교육연구회, 2000, 겨울)

14) 「단재전」, 앞의 책, 452쪽. 未嘗刻苦下工, 觀其讀書, 疾轉其葉如風雨而已, 亦絶不鈔寫, 然鄕故外典, 皆能成誦, 日月不差, 書中人物, 雖其累經幻黯, 失其眞情者, 昭晰言之不異親更.

15) 「단재전」, 위의 책, 452쪽. 至前輩論議之當不, 用眼一照, 卽下平決, 而穩確不可復易,

　이러한 능력이 밑바탕이 되어 단재는 양대 신문사 주필로서 문사를 떨칠 수 있었고 시대가 필요로 하는 것이 무엇인지 알았기에 험난한 국운을 몸소 짊어지고 헤쳐 나가려고 했던 것처럼 여겨진다. 일반적인 사람들에 비해 이런 탁월한 능력은 단재라는 사람을 세상에 드러내는 발판이었으며 자신의 신념을 이루기 위해서는 꼭 갖추고 있어야할 요건이었다.

　세 번째는 (다) 단락에 나타난 능력으로 인해 죽을 고비를 넘기는 부분인데, 단재는 성격이 강직하고 자신의 능력이 뛰어났던 만큼 당시 조국의 암울한 현실을 타개하기에 온 힘을 기울였다. 이러한 점은 단재의 역사와 사상에 대한 의식에서도 잘 드러나는데, 단재의 탁월한 식견과 조국에 대한 불타는 열정은 일제의 눈길을 끌기에 충분했다. 단재는 배일사상이 강해 독립정신을 고취시키는 글을 많이 썼으며 항일비밀결사인 신민회에 참여하였고 국채보상운동을 지원하는 글을 쓰기도 했다. 결국 이러한 일들이 빌미가 되어 1910년 국권이 박탈될 것을 미리 알아차린 단재는 위험을 피해 러시아로 떠나게 되었다.

> 내가 크게 놀라며,
> "어디로 가시는 거요?"
> 라고 묻자, 단생이 머리를 긁적이며,
> "아직 정해진 것은 없소. 그러나 이곳에 어찌 오래 머무를 수야 있겠소."
> 라고 하며 마침내 떠났다. 기유(1909)년 겨울이었다.16)

---

16) 「단재전」, 위의 책, 452쪽. 余大驚曰: "子欲何之" 生搔頭曰: "姑無定, 第安能久處斯間耶！" 遂去, 己酉之冬也,

넷째는 (라) 단락에 제시 된 과업을 이룰 수 있는 사건과 함께 예언이 나타나는 것인데, 「단재전」의 입전자는 공교롭게도 단재가 조국을 떠난 이후의 행적에 대해서는 소상히 적지 못하고 있다. 또한 북경에서 마지막으로 단재를 만나기는 하였으나 그 때의 일을 적지 않았다. 그러므로 「단재전」에서는 비극적 인물형의 (마) 단락과 (바) 단락을 파악할 수 없게 되었는데, 단재가 여순 감옥에서 죽기 전에 있었던 역사적 행적에는 이러한 부분들이 잘 드러나 있다. 단재는 1919년에 북경에서 대한독립청년단을 조직, 단장이 되었으며 임시정부수립에 참여하여 임시정부 의원이 되었다. 그리고 한성정부에서는 평정관에 선임된 바가 있다. 이어 전원위원회 위원장 겸 의정원의원에 선임되었으나 이승만과의 갈등으로 결국 사임하고 말았다.17) 이러한 사실은 단재의 일생에서 일정한 지위에 오른 것과 위정자와의 갈등으로 파악해 볼 수도 있을 듯하다. 다만 기존의 비극적 인물전에 나타났던 (라) 단락은 약화되어 찾아볼 수 없으며18) (마) 단락과 (바) 단락은 역사적 행적에서 확인해 볼 수 있다. 다만 본고에서 다루는 「단재전」에는 이러한 부분이 기술되어 있지 않을 뿐이라고 하겠다.

마지막으로 비극적인 죽음을 맞이한 (사) 단락인데, 단재는 1928년 중국에서 무정부주의 활동으로 체포되어 다롄지방법원에서 10년 형을 선고 받고 여순 감옥에서 복역 중 병사했다. 단재에게는 오로지 조국의 독립이 그의 삶의 목적이었기에 자신의 꿈을 이루지 못하고 죽었다고 할 수 있다. 그런데 「단재전」에는 그의 사후 그가 죽었다는 소식을

---

17) 『한국인명대사전』, 신구문화사, 1992.
18) 삼국시기에서부터 조선후기까지의 인물전에서는 예언이 많이 나타나는데, 「단재전」처럼 근대시기에 입전된 전 작품에서는 시대적인 현실인식으로 인해 예언이 등장하지 않는 것으로 파악해 볼 수 있다.

들었기에 어떻게 해서 죽었는지는 알지 못했다.

> 나는 오랫동안 시골집에 칩거하고 있어서 단재의 부음을 가장 늦게
> 들었다. 슬픈 마음을 가눌 길이 없어 애써 애도시 세 편을 지었다.[19]

단재는 그의 인생 역정이 국운과 맞물려 험난했지만 고난을 이겨내려 했던 의지가 강한 사람이었다. 그러나 그가 가진 능력과 식견으로도 넘기 힘든 세월이 존재했으며 자신의 꿈을 이루지 못하고 결국 타국의 감옥에서 안타깝게 죽어갔다.

이와 같이 단재의 일생을 비극적 인물형의 서사 구조에 대입해 보면 (가)와 (나), (다) 단락은 대체로 일치하고 있으며 (라) 단락은 나타나 있지 않으며 (마) 단락과 (바) 단락은 「단재전」에는 언급되어 있지 않지만 역사적 행적에서는 어느 정도 일치점을 찾아 볼 수 있었다. 그리고 마지막의 (사) 단락은 단재가 감옥에서 복역 중 죽음으로 인해 일치하고 있다고 하겠다. 이러한 점을 종합해 보면 단재의 일생은 비극적 인물형의 서사 구조에 부합되고 있으며 「단재전」의 전체적인 기조에서 느껴지는 비극성은 바로 이러한 일생의 흐름에서 기인되고 있다고 하겠다. 즉 「단재전」은 고대에서부터 나타나고 있는 인물전에 나타나는 비극적 인물의 서사 구조를 계승하고 있다고 하겠다.

다음으로 「단재전」에서 드러나는 기술상의 특징을 살펴보면 「단재전」의 입전자는 잘 알고 지내는 친한 벗이었음에도 불구하고 다분히 주관적인 입장에서 기술하는 것을 배제하고 있다. 그것은 단재의 외모와 성격 등을 묘사한 부분에서 쉽게 알 수 있는데, 단재의 단점을 객관

---

19) 「단재전」, 앞의 책, 452~453쪽. 榮晚, 久蟄居鄕廬, 聞丹齊訃獨後, 無所洩意, 强爲
悼詩三章,

적인 관점에서 기술하려는 태도의 결과라고 생각된다. 즉 「단재전」은
역사적인 사실보다는 개인적인 차원에서 좀더 단재의 진면목을 볼 수
있는 소재를 제공하고 있다고 할 수 있다.

내가 깜짝 놀라 눈을 휘둥그레 뜨면서 단생이 일정한 법도가 없고 은
혜를 가볍게 여기는 것을 탓하였다. 마침내 서글픈 마음으로 물러 나왔
고 그로부터 얼마동안 내용이 없었다.[20]

단생은 얽은 코에 주름진 이마로 얼핏 보면 병든 사람 같고 또 음식
을 제대로 먹지 못한 사람 같기도 하다. 이 때문에 많은 사람의 홀대를
받았다.[21]
보이는 것이란 오직 오만하고 비판하고 욕하는 것으로, 때로는 일상
의 정상을 넘어서거나 일정한 범위를 벗어나서 조금도 교양이 없는 사
람 같기도 하다. 그래서 내가 이따금 거리낌 없이 비판하기도 하였다.[22]

단재는 그 능력이 뛰어났지만 성격이 급하고 자신의 마음에 들지 않
으면 함부로 대하는 면이 있었던 듯하다. 그리고 그의 외모는 많은 사람
들이 호감을 가질만한 편이 못되었으며 강한 성격은 다른 사람들과 마
찰을 빚기에 충분했던 듯하다. 단재의 이러한 점은 누구에게나 좋지 못
한 부분으로 지적될 수도 있었을 텐데 입전자는 분명 단재를 존경하고
있으면서도 이와 같이 기술했다. 이것은 사실성에 충실하면서 객관적인
시각을 유지하려고 했던 깊은 안목에서 생긴 결과라고 해야 할 것이다.

---

20) 「단재전」, 위의 책, 451쪽. 余戄然以瞠已, 又心少生之無恒軌而輕恩愛也, 遂慘然自
　退, 因暫不相通.
21) 「단재전」, 위의 책, 451쪽. 生蝎鼻皺顙, 一見似病者, 亦若不得其食者, 坐是多來人忽.
22) 「단재전」, 위의 책, 452쪽. 所示惟兀傲譏罵, 時且越於常情, 離於區盖, 一似無養者,
　故余或引批之無所遵留, 然心自知生故上位懸絶自無等級可寄也.

즉 단재의 활동에 대해 직접 목도하지 않은 일은 자세히 기술하기를 꺼렸듯이 단순히 다른 사람의 입을 통해 들은 이야기나 자신이 모르는 일은 철저히 배제한 것이다. 또한 자신이 직접 겪은 잘 알고 있는 단재 부부의 사이에 존재하는 불편한 마음까지도 소상히 기록함으로써 단재의 일면목을 살피는데 기여하고 있다. 흔히 인물전에서는 대상 인물의 좋은 점을 부각시키려는 경향이 있음을 부인할 수 없는데 「단재전」의 입전자는 이러한 세세한 부분까지도 다루고자 했다.

"관일(貫日)의 어미가 젖이 나오지 않으니 천하에 이런 여자가 어디 있단 말이오! 내가 약간의 우유병을 구하여 대신하라고 주었더니 그녀가 제대로 먹일 줄도 모르고, 관일은 병이 들어 죽으려는 참이어서 내가 모두 뒤져다가 버리는 참이오."

말을 마치자 펄쩍 일어나며 무슨 일을 저지를 듯하였다. 내가 그를 억지로 붙들어 자리에 앉히고 갖은 말로 위로하여 겨우 무사하게 되었다.23)

단생이 나를 찾아와
"아내와 헤어진 일은 서로가 편해서이며 다른 뜻이 없다."
고 하였다.24)

단재는 북경에서 박씨 여자를 부인으로 맞아 아들을 낳았는데, 그 뒤에 그들을 한성에 보내 살게하고 자신은 단신으로 객지에 머물고 있었다.25)

---

23) 「단재전」, 위의 책, 451쪽. "貫日之母無乳, 天下夫焉有若女哉. 余求甲奶若干, 俾代之, 彼不謹其飢, 貫日則病欲殊, 以故余搜取而盡提之." 言訖, 躍而起, 若將復有事焉. 余抑使着席, 慰比之無所不至, 僅得無事.
24) 「단재전」, 위의 책, 451쪽. 生尋過余談: "離異事, 爲出於互便, 無他意."
25) 「단재전」, 위의 책, 452쪽. 丹齋在北平, 繼娶朴氏女爲妻生子, 後皆送遣居漢城, 單

이와 같이 「단재전」은 객관성과 세세함에서 기존 전들이 겉으로는 객관성을 강조하면서 실제로는 그렇지 못한 경향이 있었던 점을 불식시키기에 충분하다고 하겠다.

## 3. 애도시와 제문, 일화의 기능

「단재전」에는 애도시와 제문, 일화가 수록되어 있다. 일화의 경우는 대부분의 전 작품에서 어렵지 않게 확인해 볼 수 있지만 애도시와 제문의 경우는 매우 이례적인 기술이라고 할 수 있다. 즉 일화는 대상 인물의 비범한 능력을 드러내 보이기 위해 어느 정도 허황하다고 생각되는 내용들까지도 허용하면서 기술하는 예가 발견되고 있다.[26] 그러나 하나의 독립된 양식적 특징을 갖추고 있다고 여겨지는 애도시와 제문이 전에 수록된 것은 전의 기술 방식을 고려해 볼 때 매우 특별한 경우에 해당된다고 하겠다.

애도시는 총 세 수로 단재를 떠나보낸 데 대한 슬픈 심정에 초점이 맞추어져 있다. 그리고 제문은 죽은 영혼을 안식처로 이끌면서 단재가 어지러운 세파에 찌들지 않은 시대의 등불이었음을 밝히고 당시 열강과 주변 여러 나라들의 속내를 제시하고 있다. 그러나 제문을 통해 정작 지은이가 하고자 한 말은 죽은 단재가 영혼으로라도 다시 찾아와 가난하고 불쌍한 우리 백성들을 다시 일깨워 주기를 바라는 간절한 기원이라고 하겠다. 애도시가 단재의 뜻하지 않은 죽음을 전해 듣고 친구로서의 주체할 수 없는 개인적 감정을 토로한 것이라면 제문은 단재

---

身棲泊.

26) 일화는 입전되는 인물의 능력을 드러내기 위해서 수용되는 경우가 많은데, 이러한 부분에 대해서는 졸고, 「임병양란기 인물전의 비극성 연구」, 앞의 책, 참조.

의 죽음을 통해 당시의 백성들이 암울한 상황을 타파하기를 바라는 마음이 담겨 있다고 하겠다. 한편 일화는 다소 허구적인 성향을 띄기도 하는데, 단재에 관한 일화는 사람됨을 드러내는 정도에서 그치고 있다. 물론 귀신을 알아본 일의 경우는 강감찬 장군에 얽힌 이야기나 남이 장군 등의 이야기에서도 쉽게 발견되는 소재이지만 그러한 능력으로 인해 다른 사건으로 확대, 재생산 되고 있지 않다는 점에서 차별화된 능력의 소유자였음을 나타내 주는 정도에 머물고 말았다.

단재의 갑작스런 죽음을 접한 지은이는 큰 충격을 받을 수밖에 없었으며 때마침 자신의 어머님이 돌아가셨기 때문에 단재가 죽었다는 곳으로 찾아가 볼 엄두조차 내지 못했다. 이러한 슬픔과 상황이 애도시 세 수를 남긴 동기가 되었다.

**其一曰**

| | |
|---|---|
| 有報終斯報 | 소식이 있다더니 끝내 이 소식이었던가, |
| 三千海岳嚬 | 삼천리 바다와 산이 다 슬프구나. |
| 翳鶉天醉久 | 천제(天帝)가 취하여 순수(鶉首)의 분야(分野)를 다 취한 지 오래이니, |
| 漫欲叫蒼旻 | 부질없이 푸른 하늘 향해 울부짖고 싶구나. |

**其二曰**

| | |
|---|---|
| 群雀隊冥晝 | 참새들 어두운 대낮에 시끄럽게 지저대고, |
| 白宵來鶴鳴 | 하얀 밤을 날아 온 학이 울어대는구나. |
| 盡情成獨往 | 정을 다 떨치고 홀로 떠나고 말았으나, |
| 何干斃後名 | 죽은 후 명성에야 무슨 상관이 있으랴. |

**其三曰**

| | |
|---|---|
| 燕館重逢夕 | 북경의 여관에서 다시 만난 밤, |

暫同燈燭光　잠시 등불 앞에 함께 있었지.
何曾疑復合　어찌 다시 만날 일을 의심이나 했으랴,
從未視加詳　그래서 자세히 보기조차 않았는데.[27]

　세 수의 시를 살펴보면 부음을 듣고 받은 충격과 단재의 사회적 활동에 대한 평가, 북경에서 다시 만났을 때의 일을 들어 표현하고 있다. 제 1수는 오랫동안 단재에 관한 소식을 듣지 못한 처지에서 고작 들려 온 것이 기쁜 소식이 아닌 죽음이었던 관계로 삼천리 바다와 산도 슬퍼한다고 했다. 그리고 일제에 강탈당한 조국을 빗대어 푸른 하늘을 향해 울부짖고 싶은 안타까운 마음을 담아내고 있다. 모든 것이 강압적으로 행해지던 일제치하에서 둘도 없는 친분을 나눈 친구로서 느끼는 충격은 매우 컸을 것이다. 그리고 제 2수는 낮과 밤, 참새와 학을 빗대어 단재의 고고한 인품과 군계일학적인 위상을 표현하고 있다. 즉 단재는 자신의 뜻을 다 이루지 못하고 죽었지만 그가 남긴 발자취는 속되게 떠들어 대는 얄팍한 민족주의자들과는 다르기 때문에 오히려 명성이 더욱 빛날 것임을 암시하고 있다. 물론 단재가 무정부주의 활동 등 당시로서는 매우 파격적인 활동을 한 것은 사실이지만 그의 시대적인 상황 인식과 변함없는 조국애를 높이 사고 있다고 하겠다. 마지막으로 제 3수는 신유년 늦가을(1921)에 북경에 갔을 때 단재를 만났던 것을 회상하며 지은 것이다. 그 당시에는 단재가 이처럼 허망하게 죽을 줄은 미처 생각하지 못했으며 둘 사이의 만남이 오랫동안 지속되리라고 믿은 듯하다. 그래서 그 때는 이야기를 나누면서도 서로의 얼굴을 자세히 보지도 않았는데, 이처럼 불현듯 죽음을 맞고 보니 그 때 좀더 의미 있는 시간을 못 보낸 것을 후회하고 있다.

---

27) 「단재전」, 앞의 책, 452~453쪽.

지은이는 단재의 갑작스런 죽음으로 인해 자신의 슬픈 마음을 시로 풀어냈으나 이에 만족할 수가 없었다. 그래서 날짜는 밝히고 있지 않지만 자리를 마련하고 제문을 지어 고했다. 제문은 일반적으로 독립된 양식으로 존재하게 마련인데, 지은이는 전 속에 삽입시켜 슬픔을 달래고자 했다고 생각된다. 제문은 대략 크게 세 단락으로 구성되어 있는데, 첫째 단락에서는 단재의 세속에 찌들지 않은 맑은 풍모와 출감을 기다린 자신의 마음, 단재의 뛰어났던 재능, 억제하기 힘든 슬픔 등이 드러나 있다. 단재는 부귀를 탐하지 않고 오로지 조국애로 가득 찼던 까닭에 그 누구와도 비교될 수 없는 훌륭한 사람이었다. 그러므로 그의 죽음은 병자년(1936)의 불행이었고 당시의 큰 스승이었던 이수당[28]에게서 칭찬을 들은 뛰어났던 인재의 잃음이자 개인인적으로는 자신의 희망마저도 꺾어 놓기에 충분한 사건이었다. 단재는 비록 한 개인이었지만 그를 바라보는 시각과 기대가 자못 컸던 까닭에 애처로움이 더해지고 있다.

　　그대는 단지 한 사람의 개인이 아니니 내 슬픔을 다 나타낸 들 어찌
　충분하다 하겠소. 뭇사람이 촛불 잃음을 애처로워하거니 누가 이제 이
　지독한 어둠을 밝히겠소.[29]

두 번째 단락은 단재의 죽은 영혼을 부르면서 돌아올 때 주의할 것을 당부하고 있다. 단재는 죽어 영혼이나마 자유롭게 되었지만 떠나갔

---

28) 이남규(李南奎 1855~1907): 수당은 이남규의 호. 학자이자 문장가이며 고위 관원이다. 신채호가 1898년 성균관에 들어갔을 때 성균관 교수인 이남규로부터 지도를 받았다.

29) 「단재전」, 앞의 책, 453쪽. 而子自非私人 豈吾傷之足存 恐斯衆之失燭 疇將撥此 重昏.

던 영혼이 돌아올 때는 이곳저곳 기웃거리지 말고 피안의 세계로 바로 가기를 기원하고 있다. 즉 단재의 영혼을 위로하면서 당시의 영국이나 프랑스, 미국 같은 열강들이 우리 민족을 대하는 태도를 비판하고 그 음흉한 속까지 꿰뚫어 제시하고 있다.

> 혼이여! 돌아올 때, 저 영국과 프랑스엘랑 가지 마오. 그들은 의리가 없어 다만 의관(衣冠)만 차린 승냥이일 뿐이오. 약자의 고혈을 짜내며 으르렁대니 운명 또한 점점 사라질 것이오.
> 혼이여! 돌아올 때, 미주(美洲)엘랑 가지 마오. 마천루(摩天樓)가 삼 대 같고 별과 달처럼 빛난다 해도 모두 속임수일 뿐이오[30]

영국과 프랑스는 겉으로는 대국처럼 행동하고 있지만 약한 나라를 짓밟고 있기 때문에 오래 못 갈 것이라는 것과 미국도 눈으로 보기에 는 으리으리한 건물들이 많지만 그것도 모두 피상적인 형상일 뿐 속마음은 다르다는 점을 상기시키고 있다. 또한 지나와 남양, 악귀같은 주변 여러 나라를 지적하면서 이들 지역에 단재의 영혼이 머물지 말 것과 신선세상과 정토에도 물들지 말기를 당부하고 있다.

세 번째 단락에서는 단재의 영혼이 머물기에 가장 좋은 곳은 도솔궁만한 곳이 없으며 그가 저승의 황금으로 된 문을 번쩍 열면 수많은 영걸들은 물론 일찍이 그가 존경했던 임백호와 안순암이 마중 나와 반갑게 맞을 것이라고 했다. 도솔궁은 단재가 살아있을 때 한 행위들을 돌아보았을 때 가장 잘 어울릴 만한 세상, 즉 단재가 꿈꾸었던 세상과 부합되는 곳이라고 생각해 볼 수 있다. 그리고 임백호와 안순암은 자유

---

30) 「단재전」, 위의 책, 453쪽. 魂兮歸來 毋彼英蘭 彼邦之人無義 適得衣冠之貙 浚弱 血而愊愊 命亦漸已無曼 魂兮歸來 毋彼美洲 摩天之樓似麻 星月皆爲所佈.

분방한 삶을 산 인물들로 단재가 존경했던 인물들이라고 할 수 있다. 그러나 영혼을 부르면서 하고자 한 많은 말들 가운데 가장 중요한 것은 몸은 비록 자신들의 곁을 떠났지만 마음만이라도 다시 우리 백성들을 찾아와 줄 것을 바라는 것이라고 할 수 있다.

즐겁도다! 인생이 이에 이른다면 다시 수레를 타고 어디로 갈 일이겠소. 은근히 이 길을 기억해두어 다시 찾아와 우리 백성들을 일깨워 주오.[31]

단재가 남긴 문학과 사상과 의식은 무엇 하나 민족을 빼놓고는 설명할 수 없었던 만큼 죽은 영혼이라도 우리 민족이 하루 빨리 어두운 시대적 상황에서 벗어날 수 있기를 도와 달라는 마음이 잘 담겨 있다고 하겠다.

마지막으로 「단재전」에 수록된 일화는 수세할 때 있었던 일과 응수하는 글을 부탁했을 때 보여준 얽매이지 않는 사고와 무덤 속에서 나온 노인을 본 이야기로 이루어져 있다. 앞의 두 이야기는 단재의 재치가 드러나면서도 작은 일에 연연하기 보다는 세상의 이치를 깨치는 것이 중요하다는 가치관을 나타내 준 것이라고 할 수 있다. 마치 세상을 달관한 현인처럼 느껴지기도 하는데, 이것은 단재의 곧고 확고한 의지와도 결부되어 있다고 사려 된다. 그리고 친구들과 산에 놀러 갔다가 무덤 속에서 나온 노인을 본 것은 그의 정신적 경지를 나타내 주는 것임과 동시에 보통 사람과는 다른 이인다운 면모가 있었음을 암시하고 있다고 하겠다.

---

31) 「단재전」, 위의 책, 453쪽. 快哉人生到此 復命駕而焉征 殷勤此路一紀 再來牖我民萌

조금 있으니 단재가 코를 골기에 내가 그를 흔들며
"이래 가지고 어떻게 수세를 한단 말이오."
라고 하자 단재가 작은 목소리로
"자면서 지키기로 하지."
라고 했다.[32]

　수세(守勢)는 섣달 그믐날 잠을 자지 않고 밤을 새는 것을 이르는데, 단재는 약속을 해놓고도 지키지 못하게 되자 눈을 감고 자면서 지켜도 된다는 말로 졸린 상황을 넘기고 있다. 이것은 잠을 자면서도 자신이 세운 의지를 결코 잃지 않겠다는 것으로 일정한 격식에 얽매임 없이 약속을 끝까지 지키겠다는 것으로 풀이된다. 즉 단재는 겉과 속이 같은 사람으로서 상황이 바뀌었다고 해서 지킬 것을 안 지킬 그런 위인이 아니었음을 나타내 주고 있다고 하겠다. 다음으로 단재에게 응수하는 글을 부탁한 적이 있었는데 단재가 잘못 알아듣고 엉뚱한 글을 지어서 동생에게 주었다. 동생이 글이 잘못되었음을 설명해 주자 시 한 수를 지어 응했다.

| | |
|---|---|
| 我誤聞時君誤言 | 내가 잘못 들었을 때 그대도 잘 못 말한 것, |
| 欲將正誤誤誰眞 | 잘못 된 것을 바로 잡으려 해도 무엇이 진실인지. |
| 人生落地元來誤 | 인생이란 원래 태어날 때부터 잘못된 것, |
| 善誤終當作聖人 | 잘못된 것을 잘하면 결국 성인이 되리라.[33] |

　응수(應酬)하는 글은 어떻게 논리를 전개하느냐에 따라 상황이 크

32)「단재전」, 위의 책, 454쪽. 俄而丹齋鼾, 余撓之曰: "歲安得如是守也", 丹齋微應曰: "睡而守之耳"
33)「단재전」, 위의 책, 454쪽.

게 변할 수 있게 마련이다. 또한 관점에 따라 서로 다른 의견이 얼마든지 나올 수 있는 것이다. 즉 잘못 써 주었다고는 하지만 어떤 의미에서 진정한 정답은 없다고 강변하고 있다. 일견 억지처럼 느껴지기도 하지만 가만히 들여다보면 결코 잘못된 것만도 아닌 것 같다. 왜냐하면 단재의 논리처럼 세상일이란 언제나 한 가지 일만 가지고 옳다고 주장할 수도 없으며 잘못을 자꾸 고치고 바로 잡다 보면 제대로 갈 수도 있기 때문이다. 이것을 보면 단재는 작은 일에 상심하기 보다는 넓고 크게 세상을 보고자 했던 사람임을 느낄 수 있다. 끝으로 단재가 무덤 속에서 나온 노인을 본 것을 말한 것인데, 자신도 이러한 상황이 왜 생겼는지 모르기에 지은이에게 자문을 구했으며 지은이는 적임자가 아니라며 해석해 주기를 사양했다.

어릴 적에 봄날 아이들과 짝을 이뤄 산엘 갔는데 어느 무덤의 가운데가 갈라지면서 노인 한사람이 불쑥 나오는데, 얼굴에 인자함과 엄숙함이 깃들어 있는 가운데 무언가 기도하고 염원하는 듯 하더니 한참 뒤에 얼굴이 사라지면서 무덤이 원래대로 되돌아갔다고 했다. 그리고 다른 아이들은 이를 보지 못했다고 했다.[34]

단재는 기억력이 뛰어나고 의지가 강한 사람이었다. 그렇기 때문에 단재가 어릴 때 본 노인의 모습은 일면 허황되면서도 그의 정신적 경지를 드러낼 수 있는 좋은 소재라고 하겠다. 단재는 그의 활동이 다른 사람들과는 확연히 대조되는 것이었던 만큼 시대를 앞서가는 선구자적 자질이 있었고 강인한 정신력 속에는 이인적인 풍모가 항상 도사리고 있었다고 여겨진다. 따라서 단재의 수많은 굵직한 행동들을 보이지

---

34) 「단재전」, 위의 책, 454쪽. 曾以兒時春日伍群兒, 上山見一墓中劈, 昇一叟, 面慈嚴幷至, 爲若禱念, 頃久而收墓復完好, 他兒無覩也,

않는 가운데 뒷받침하는 하나의 심증적 증표로서 일화가 갖는 의미가
자못 크다고 할 수 있다.

## 4. 「단재전」의 문학사적 의미

지금까지 연구되어 온 전 작품들은 대부분 조선 후기의 인물들에 치
중되어 있었다. 그것은 근대로 이행되는 과정에서 기록 문학이 상당부
분 위축되었기 때문이라고 할 수 있다. 그러나 이런 와중에서도 단재
신채호에 대한 전이 존재한다는 것은 우리 전문학사에 있어 참으로 다
행이라고 할 수 있다.

단재는 그가 활약했던 당시의 시대적 상황과 조국 광복에 대한 염원
등으로 인해 독특한 행적을 남기게 되었는데, 그가 우리 민족에 끼친
영향만큼이나 그의 일생을 기술한 전 또한 몇 가지 점에서 문학사적
의미를 찾아볼 수 있다.

첫째, 「단재전」은 전의 기술방식에 있어 기존의 고답적인 방식을 탈
피했다는 점과 기술상에 있어 진솔함을 넘어 부정적인 면까지 세세히
다루고 있다는 점이다. 그리고 두 번째는 단재의 일생이 고대에서부터
산견(散見)되는 비극적 인물형의 구조적 전승 양상과 비극성을 확보하
고 있다는 점이며, 세 번째는 인물전에 애도시와 제문 등 다분히 추모
적이고 문학적인 내용들을 추가하여 기술 형식의 변모와 전문학의 정
체성을 확인시켜 주고 있다는 점이다.

지금까지 단재 신채호의 삶과 그의 활동, 저작에 대한 많은 연구가
진행 되었지만 정작 그의 일생을 기술한 전을 문학적인 관점에서 다루
었던 적은 없었다. 그것은 신채호라는 한 인물의 행적이 그만큼 우리
근대사에서 차지하는 비중이 크기도 했지만 기록 문학인 전은 문학성

이 떨어진다는 의식이 작용했기 때문이다. 즉 인물전은 주로 대상 인물의 행적을 출생, 성장, 활약이라는 관점에서 선계, 출세, 성공, 업적, 처자손록, 사후평가, 논찬 등의 일정한 순서대로 기술되는 것이 일반적인 관례였다. 그러나 「단재전」은 이러한 전문학에 있어서의 전통적인 기술방식 보다는 기존의 전문학에서 중요하게 여기고 있는 고답적인 기술 방식을 피하면서 포와 폄을 통해 객관성이라는 기록문학의 근본 취지를 잘 살리고 있다. 또한 단재를 훌륭한 인물로 추앙하고 있지만 결코 단점하나 없는 완벽한 인간이기 보다는 자기 주관이 확고하여 일부 사람들과 어울리지 못하는 상황까지도 진솔하게 나타내고 있다. 이러한 작가의식은 단재를 특정한 역사 속의 피상적인 인물로 가두어 놓기 보다는 신념이 굳고 오로지 자신의 길을 가는 역사의식이 투철한 매력적인 인간으로 인식시켜 놓고 있다. 즉 자신이 직접 겪은 것을 중심으로 대상 인물의 행적을 진솔하게 기술함으로서 전의 기술 방식을 새롭게 제시했다고 할 수 있다.

한편 「단재전」의 서사 구조를 살펴보면 전통적으로 전문학 속에 존재하는 비극적 인물형의 유형에 근접되어 있음을 발견할 수 있다. 비극적 인물은 다른 장르에서도 많이 나타나는데, 전통적으로 전문학 속에서 산견되는 비극적 인물형은 『삼국사기』·「열전」에 나타났던 궁예나 견훤을 비롯하여 임병양란기에 활약한 김덕령과 임경업 등과 같은 인물들이 대표적이라고 할 수 있다. 이러한 비극적 인물의 서사 구조는 일찍이 신화나 민담에서 제시되었던 귀족적 영웅의 일생이나 민중적 영웅의 일생과는 확연히 다른 구조를 지니고 있다고 할 수 있는데, 신화나 민담에서는 신분에 따라 각각 차이가 나는 결말을 중요하게 여기고 있다. 그러나 영웅은 결코 신분에 따라 성패가 결정되는 것이 아니라 시대적 요청에 의해 달라질 수 있다고 생각한다. 즉 단재가 활동했던 일제시대는 빼앗긴 조국을 되찾기 위해 러시아와 중국 등지로 망명하면서까지 활약을 펼쳤는데, 단재의 이러한 활동은 시대적 상황에 의한 결과물로 위에 제시되었던 비극적 인물들의 서사 구조와 부합된다고 하겠다. 즉 「단재전」의 서사 구조는 명문가의 후예가 비극적인 죽음으로 최후를 맞는 비극적 인물형이 존재함을 근대시기에도 확인시켜 주고 있는 경우라고 하겠다. 그리고 「단재전」은 기존의 인물전들에 비해 애도시와 제문을 함께 다루고 있는데, 이것은 다양한 문학적 요소들을 수용하여 기술 방식의 변모를 가져왔다고 할 수 있다. 이러한 「단재전」의 특징들은 우리 문학사에 존재하는 근대시기 전문학의 한 단면을 통찰해 볼 수 있다는 점에서 큰 의미가 있다고 사려 된다.

## 5. 결론

이상으로 신채호의 행적을 기록한 「단재전」을 텍스트로 삼아 비극적 서사 구조와 기술상의 특징, 애도시와 제문, 일화의 기능 및 문학사적 의미를 고찰해 보았다.

단재는 그의 삶 자체가 역동적이었던 까닭에 불우한 시대적 상황에도 불구하고 우리 민족에 많은 영향을 끼쳤다고 할 수 있다. 이러한 단재의 일생을 기술한 전을 살펴보면 몇 가지 주목되는 특징을 발견할 수 있었다. 그것은 「단재전」이 기존에 존재했던 전 작품들에 비해 기술 방식에서 차이가 발견되고 있다는 점이다. 즉 기록문학에서 중점을 두고 있는 기술 방식을 지양하고 포폄의식을 적절히 활용하고 있다. 대부분의 전 작품들은 대상인물의 업적을 중심으로 능력을 드러내기에 치중하여 포의 의식이 강한 반면 「단재전」에서는 단점이라고 할 수 있는 부정적인 면모까지 제시함으로써 폄의 의식도 함께 드러내고 있

다. 이것은 전이 추구하는 본래의 객관적인 기술 태도에 부합되는 것
으로 고정된 격식에 갇히기 보다는 단재라는 뛰어난 인물을 제대로 보
고자 한 결과라고 할 수 있다. 즉 전의 구성 방식에서 중요하게 여기고
있는 가계나 선계, 출세, 업적 같은 밖으로 보여주기 보다는 인간적인
면모와 투철한 애국심, 비극적 죽음에 대한 안타까운 심정 등을 주로
담아내고자 한 것을 알 수 있었다. 그리고 단재의 일생에 나타나는 비
극적 서사 구조는 일찍이 고대에서부터 산견되어 온 비극적 인물의 일
생에 나타나는 서사 구조와 부합되고 있음을 확인해 볼 수 있었다. 비
극적 인물의 일생은 명문대가의 후손으로 태어나 자신의 목적을 이루
지 못하고 비극적으로 최후를 맞는 것이 가장 큰 특징이라고 할 수 있
는데, 「단재전」의 서사 구조를 비극적 인물의 서사 구조에 대입해 보
면 확연히 드러나고 있다. 즉 「단재전」에 나타나는 비극은 이러한 서
사 구조에서 연유되고 있으며, 단재의 일생은 근대시기에 나타나는 비
극적 인물의 한 형태라고 할 수 있다. 아울러 「단재전」에는 애도시와
제문, 일화가 나타나는데, 애도시는 단재의 죽음에 대한 지은이의 추모
적인 성향이 강하고 제문은 지은이가 개인적으로 느낀 주변 열강들의
속내를 제시하면서 단재가 없는 우리 민족의 암울한 앞날을 염려한 것
이라고 할 수 있다. 또한 일화는 전에서 흔히 능력을 부각시키기 위해
다소 과장되게 제시되는 경우가 많은데, 단재의 경우는 수세와 응수에
얽힌 일과 죽은 노인을 알아본 이인적인 능력 등이 나타나 있다. 이것
은 단재의 사람됨과 관련되어 제시되었을 뿐 허황된 것으로 변질되지
않았다. 애도시와 제문, 일화 중에서 일화는 소설과 관련되어 종종 고
찰된 적이 있지만 애도시와 제문은 근대시기에 입전된 전에 새롭게 수
용된 부분이라고 할 수 있다.

　이상으로 「단재전」에 관해서 고찰해 보았다. 「단재전」을 통해 우리

는 그 동안 외부에 알려졌던 단재의 뛰어난 행적 뒤에는 드러나지 않은 비극적인 일생이 웅크리고 있음을 확인해 볼 수 있었다. 앞으로 이러한 단재의 비극적 일생을 토대로 그의 삶과 문학에 대한 연구가 진행되었으면 한다.

# 소재 변종운의 「각저소년전」에 관한 문예적 고찰

## 1. 문제제기

사마천의 『사기』, 김부식의 『삼국사기』·「열전」 등을 필두로 한 기록문학의 대표적 장르인 전문학은 오랜 세월 동안 우리 문학의 한 부분을 담당해 왔다고 할 수 있다. 그러나 오늘날에는 가치창조의 기치를 앞세우는 소설의 양식적 관점에 밀려 그 영역 자체가 차츰 위축되고 있는 느낌이다. 특히 전의 다양한 양식 중에서도 조선후기 개인의 문집 속에 전하는 사전류에서 소설과의 장르적 갈래 교섭 양상이[1] 활발하게 펼쳐지고 있다고 여겨진다. 물론 이와 같은 점은 작품에 따른 연구자의 관점과 의식 등이 복합적으로 작용한 결과라고 생각되는데, 조선 후기에 등장한 여러 전작품 중에서도 이러한 갈래 교섭 양상을 단적으로 드러내 주고 있는 작품 중의 하나가 바로 「각저소년전(角觝少年傳)」이다.

「각저소년전」은 조선 후기에 활약한 중인계층의 위항문인(委巷文

---

1) 갈래 교섭이란 용어는 전기(傳奇)소설, 가전(假傳), 몽유록을 비교 연구하면서 사용된 용어이다. 갈래 교섭이란 한 갈래 내부의 변화와 더불어 다른 갈래들 사이의 관계 변화를 파악하기 위한 개념이라고 할 수 있다. (김근태, 「조선 초기 소설의 갈래 교섭 양상」, 숭실대박사논문, 1997, 34쪽.)

人)이었던 소재(嘯齋) 변종운(卞鍾運)(1790-1866)이[2] 남긴 작품으로
그의 시문집인『소재집』에 수록되어 있다.『소재집』에는 시와 서, 기
등을 비롯하여 총 세 편의 전작품이 실려 있는데, 「청계혜원사전」과
「유담전」은 일반적인 인물전의 형식과 내용을 비교적 충실히 지키고
있는 반면, 「각저소년전」은 형식과 내용 전개에서 여타의 전작품들과
는 차이를 보이고 있다. 즉 「각저소년전」은 다른 사람들로부터 들은
이야기를 기술한 다음 하나의 일화를 중심으로 삼고 말미에 전문경위
를 밝히는 것으로 마치고 있다.

　이와 같은 서술 구조의 특징으로 인해 그 동안 「각저소년전」은 전이
라고 이름 붙여졌지만 어디까지나 그것은 내용에 있어서 소설적 성향
이 강한 작품이라는 관점에서 논의 되어 왔다.[3] 이를테면 내용상에 있
어 전의 요소가 몇 가지 존재하지만 그것만으로는 딱히 전으로 내세우
기에 미미하다고 판단한 것이다. 즉 박희병 교수는 그의 논저에서 인

---

2) 변종운(1790～1866)은 본관이 밀양이며 자는 붕칠, 소재는 그의 호이다. 아버지 변
　득규는 역과를 거쳐 첨정을 역임했고 어머니는 우봉 김씨 가문의 여식으로 우봉 김
　씨는 밀양 변씨와 함께 대표적 역관 가문이었다. 변종운의 일생에 관해서는 (이수진,
　「소재 변종운의 시세계」, 『한국어문학연구』, 한국어문학연구학회 제45집, 2005, 109
　～111쪽.)에서 자세히 고찰했다.

3) 박희병은『조선후기 전의 소설적 성향 연구』(대동문화연구총서 Ⅻ. 성균관대학교
　출판부, 1993.)에서 조선후기의 전을 ①전의 성향이 상대적으로 우세한 경우 ②소
　설의 성향이 상대적으로 우세한 경우③소설적 성향이 압도적인 경우로 나누었는데
　「각저소년전」은 이중에서 세 번째에 해당하는 소설적 성향이 압도적인 경우로 처
　리한 바 있다. 이것은 소설의 한 유형으로 정립시키고자 한 시도였다고 할 수 있는
　데, 많은 작품들을 소설적 유형으로 묶는 것이 과연 타당한 것인지에 대해 좀 더
　고민이 있어야 할 것으로 보인다. 이 문제에 대하여 이동근은 (「전 양식의 역사적
　전개양상」, 『우리말글』 29집, 우리말글학회, 2003.)에서 전은 가치추인의 양식이고
　소설은 가치창조의 양식이라고 할 수 있는데, 이러한 특징을 통해 전과 소설을 구분
　하는 것은 재고를 논한다고 밝힌 바 있다. 즉 어떤 장르의 특징을 많이 포함하고
　있는가에 따라 구분하자고 제안하기도 했다.

물구성방식이나 갈등구조, 가치구현, 플롯, 장면묘사, 서술시점과 문체
등에서 소설적 요소가 두루 발견된다고 보았다.4) 이후 조태영 교수는
전계소설로 보았으며,5) 정병호 교수는 변종운의 전을 연구하면서 선
행 연구자가 제시한 소설적 관점을 여과 없이 받아들여 연구를 진행한
바 있다.6) 그러나 이러한 선행 연구자들의 입장에도 불구하고 「각저소
년전」에는 여전히 기록문학적인 특징들이 다수 존재하고 있다. 이러한
기록문학적인 특징들에 대한 검토는 19세기에 나타나는 전작품들이
지닌 서술원리를 좀 더 합리적인 관점에서 바라볼 수 있게 해 주는 중
요한 특징이라고 할 수 있다.

일찍이 소재가 「각저소년전」을 입전할 때 이야기의 내용은 당시 변
종운의 행동반경 안에 있던 사람들에 의해 구전으로 전해지던 작품이
었을 것으로 사려 된다. 그러므로 당시 주변에 떠돌던 특이한 행적을
변종운이 기록으로 남겼다고 보는 편이 타당할 것 같다.7) 어떤 문학작
품도 의미 없는 경우는 상정할 수 없지만 한편의 전으로 남기 위해서
는 기록할만한 가치가 확보되었을 때 가능한 일이었을 것이다.8) 이러
한 입장에서 볼 때 「각저소년전」을 기록으로 남긴 변종운의 안목과 의

---

4) 박희병, 상계서, 348쪽.
5) 조태영, 「전계소설의 역사적 변모과정」, 『고소설사의 제문제』, 집문당, 1993, 243쪽.
6) 정병호, 「변종운의 전과 소설」, 『대동한문학』 제10집, 1998.
7) 문학작품을 분석함에 있어 텍스트를 그대로 인정하는 것은 중요하다고 생각한다.
   그러나 「각저소년전」의 경우 변종운이 여러 사람에게서 들은 것이라는 점을 강조했
   고 특히 이동근 교수가 제시한 설화, 전, 소설의 구분에 따른다면 시점과 기술방법
   에 있어서는 오히려 설화적인 특징들이 발견된다고 하겠다. 이러한 점은 설화적 소
   재를 전의 형식으로 기술한데 따른 것으로 여겨진다.(이동근, 전게서, 4~5쪽)
8) 전의 사실성과 고유의 형식논리에 대하여는 일찍이 박준원 교수와 김균태 교수에
   의해 논의 된 바 있다.(한국한문학연구 제2회 전국대회 발표요지(1988.12). 박준원,
   「조선후기 전의 사실수용양상」, 김균태, 「조선후기 인물전의 야담취향성과 한계」,

식은 일반 문인들과는 다소 차이가 있었다고 생각된다. 그것은 한낱 볼품없고 나약해 보이던 소년이 탁월한 능력을 발휘하여 이루어낸 엄청난 일에 의미를 부여하고 있기 때문이다. 이러한 그의 작전 태도를 바탕으로 들은 이야기를 기술했다는 증표는 그가 이야기를 이끌어가기 위해 제시한 제목에서도 확인된다. 즉, 주인공인 소년에 대해서는 전혀 모르는 상태에서 다만 위기 상황을 씨름으로 슬기롭게 해결했다는 점에 의미를 부여하여 제목조차 「각저소년전」으로 작명하고 있다.9)

이러한 정황을 고려해 볼 때 「각저소년전」에 관한 연구는 지금까지와는 약간 다른 시각에서 접근해 볼 필요성이 있다. 즉 내용의 전개가 하나의 사건을 중심으로 리얼하게 묘사되어 있다는 점에서 순수한 소설의 관점에서 분석해 볼 수도 있다. 하지만 항간에 전해지던 이야기를 전의 형식으로 기록하는 과정에서 당시의 사회가 안고 있던 문제와 이에 대한 작가의 의식, 그리고 흥미성 등이 결부되어 있다고 볼 수 있을 것 같다. 이와 같이 구전을 전의 형식으로 기록하는 입전방식은 조선후기 문인들 사이에서 산견되는 기록문학의 한 방식이라고 할 수 있다. 조선후기의 문인들의 경우 좋은 시문일 경우 서로 필사해서 보관했던 경우가 흔했고, 특이하다거나 기록으로 남길만한 가치가 있다고 생각되는 이야기가 있을 때에는 자신의 문집에 기록해 놓는 경우도 있었기 때문이다.10)

---

9) 박희병 교수는 조선후기의 소설적 경사의 원인 중에서 전과 민속적 요소의 결합을 제시했는데, 이런 경우 반드시 소설로 보아야 하는지에 대해서는 의문이라고 하겠다. (박희병, 전게서, 376쪽 참조)

10) 한말 석정 이정직의 작품으로 알려졌던 『작가지남』의 경우에도 최근에 그것이 이건창, 해학 이기, 매천 황현의 작품으로 밝혀진 것이 좋은 예이다. 그리고 『작가지남』에 수록되어 있는 매천이 지은 전작품들은(봉성남자전, 충주객전) 소재 변종운의 경우와 같이 이야기를 듣고 전으로 남긴 것이라고 할 수 있다. (구사회, 「석정 이정직의 구례 기행과 『작가지남』」, 『한국어문학연구』 제44집, 한국어문학연구학회, 2005,

그러므로 본고에서는 「각저소년전」의 서사 구조 분석을 통해 전문학적인 특징과 의미를 살펴보고자 한다.

## 2. 서사 구조와 의미

### 1) 전으로서의 특징

대부분의 인물전은 입전대상과 작전자 사이에 일정한 관계가 형성되어 있기 마련이다. 따라서 작전자가 친구나 사제지간인 경우도 많고 글을 잘하는 사람이라면 한번쯤 안면이 있거나 이름을 들은 적이 있는 사람까지도 대상으로 삼는 경우가 종종 나타나고 있다. 그러나 「각저소년전」의 경우는 소재 변종운이 작품에서도 거듭 밝혔듯이, 자신이 제 삼자로부터 들은 이야기를 기록으로 전한다는 입장을 취하고 있다. 이러한 점은 소재가 소설로 식별되는 그 어떤 작품도 남긴 적이 없다는 점에서도 더욱 설득력을 지닌다고 할 수도 있다. 그리고 대부분의 인물전은 대상 인물의 행적과 사건을 중심으로 기술되는 데 반해, 「각저소년전」은 주인공의 출생이나 선계, 출세, 성공, 업적, 처자손록, 사후평가, 논찬 등 일반적인 전의 형식과는[11] 다르게 순서가 일정치 않고 등장인물도 세 명이나 된다. 그러나 이러한 경우는 일찍이 『삼국사기』・「열전」에 등장하는 김유신이나 궁예, 견훤 등에 관한 내용에서도 신이하거나 특이한 소재들이 개입되었던 경우가 있기 때문에 아주 의외의 경우는 아니라고 할 수 있다. 다만 각저소년이라고 이름 붙여진

---

179~187쪽.)

11) 전의 형식에 대해서 김균태는 도입부-전개부-종결부로, 안병설은 서두부-행적부-평결부로, 조수학은 서두-본문-결말로, 주명희는 가계・출생담-행적-沒-처자손록-평결로, 이동근은 도입부-서두부-전개부-결말부-논찬부로 분류한 바 있다. (이동근, 『조선후기 「전」문학연구』, 태학사, 1991, 16~17쪽.) 참조.

특정한 인물이 보여주는 탁월한 능력을 설명하기 위한 필연적인 기술이라고 여겨진다.

이와 같은 점을 감안할 때 「각저소년전」에서 드러나는 전의 요소는 입전의도에서 변종운이 창작한 것이 아닌 전해들은 사실적인 이야기를 뒤에 전의 형식으로 기록했다는 점, 내용적인 면에서 곽운이라는 이야기 전달자를 통한 교훈성의 전달, 서사 구조에서 드러나는 전으로 귀결되는 특징들에서 확인된다고 하겠다. 이것은 전반적인 전의 양식을 표출시키고 있는 것이라고 할 수 있다. 그럼 먼저 서사 구조에서 드러나는 전적 요소부터 검토해 보면 다음과 같다.

〈서사 구조〉
가-1 각저소년은 어떤 사람인지 알지 못한다.
　-2 곽운은 원봉 이자명의 증조부의 외손자로 힘자랑을 하곤 했는데, 항상 가만있지를 못 하였다. 또한 이롭지 못한 일을 보면 참지 않았다.
나-1 곽운이 일찍이 연악의 들녘을 지나다가 점문밖에 걸터앉아 점주에게 빚을 독촉하는 스님을 보았다. 그는 심히 흉포하고 체격이 건장했다.
　-2 곽운이 스님을 보고 있을 때 마침 마을에서 줄을 끊고 달아난 소가 있었는데, 날뛰다가 스님에게 달려들자 스님이 주먹으로 소의 이마를 쳐서 죽여 버렸다.
다-1 객점 옆에서 돗자리를 짜던 사람의 말에 따르면, 이 스님은 일곱 마리의 소가 움직이지 못한 큰 바위를 옮겼으며, 씨름 놀이를 좋아하여 세상에 적수가 없다고 알려 주었다.
　-2 이런 일이 있은 후에 그 마을 사람들이 다투어 술병을 가지고 스님에게 왔는데, 그들은 모두 스님에게 빚을 진 사람들이었다.
라-1 스님이 술을 마시고 있을 때 소를 탄 여자와 뒤에서 따라오는 약하게 보이는 소년이 나타났다.

-2 여자가 객점으로 들어오는데, 얼굴이 천하절색이었다.

-3 스님이 그 여자에게 반하여 소년을 불러 누구냐고 묻자 자기 아내라고 말했다.

마-1 스님이 소년에게 삼백 금을 줄 터이니 아내를 자신에게 주고 다시 여자를 구하라고 하자 소년이 적다고 했다.

-2 스님이 여러 빚진 사람들을 불러 소년에게 삼백 금을 삼일 내에 갚으라고 하다. 그리고 추수 후에 이십 명의 소작인들이 각기 내는 다섯 섬씩을 더 주겠다고 하다.

-3 상좌를 불러 절에 가서 채권을 가져오라 이르고 자기가 절에 가자마자 발문서를 가져다 주겠다고 했다.

바-1 소년이 스님에게 결혼한 지가 얼마 안 되었으니 이별할 시간을 허락해 달라고 했다.

-2 스님이 어차피 이별은 피할 수가 없으니 너무 지체하지 말라고 했다.

사-1 곽운이 이 장면을 보고 분개하여 의분이 일었으나 감히 손을 쓰지 못했다.

아-1 소년이 탄식하면서 부부가 밤마다 씨름하는 것으로 즐거움을 삼았는데 이제 어찌할 수 없다고 하자 스님이 자기와 한번 놀아보자고 했다.

-2 소년이 좋다고 하고 다만 지켜보는 많은 사람들이 무료하니 판돈을 걸자고 했다.

-3 스님이 이기면 돈을 한 푼도 주지 말고 아내를 그냥 데려가고, 소년이 이기면 돈과 밭도 필요없이 아내만 데려가겠다고 내기를 걸었다.

-4 곽운을 비롯한 많은 사람들이 지켜보는 가운데 객점 앞 고수부지에서 씨름을 하게 되었는데, 언덕 밑에는 그 마을 사람들의 인분을 모두 모아 놓은 깊이를 알 수 없는 똥구덩이가 있었다.

자-1 두 사람이 동서로 갈라 씨름을 하는데, 소년이 스님을 잡은 모습
　　이 우스워 스님이 웃고 말았다.
　-2 갑자기 소년이 일성을 넣으면서 벌떡 일어나자 마치 기적이 일
　　어난 것처럼 스님이 허공에 번쩍 들려졌다가 똥구덩이에 내팽개
　　쳐져 그만 빠져 죽고 말았다.
차-1 소년이 처음 그 아내를 허락할 때 모두 불쌍히 여겼지만 스님이
　　무서워 아무 말 못 하다가 소년이 씨름에서 이기자 많은 사람들
　　이 다가와 성과 이름을 묻자 성은 이가요. 나이는 16세라고만
　　답했다.
　-2 여러 사람들의 말이 스님에게 진 빚이 실로 삼백 금이었지만 스
　　님의 땅은 한 치도 없었다.
카-1 어떤 이가 소년에게 그 스님이 씨름을 좋아하는 것을 먼저 들어
　　서 알고 있으면서 자신이 잘하는 것으로 그의 목숨을 제압했느
　　냐고 묻자 그저 웃기만 했다.
　-2 객점으로 돌아와 스님이 가지고 있던 채권을 태우고 그 아내를
　　부축해 소에 태우고 조용히 떠나 버렸다.
타-1 곽운이 이 광경을 보고 기는 승려에게 막히고 담은 소년에게 멸
　　실되어 집으로 돌아와서는 두려워하고 조심하게 되어 다시는 다
　　른 사람과 겨루려 하지 않았다. 지난날의 곽생이 아니었다.
　-2 이자명의 선군 상사공이 이상히 여겨 곽운에게 물으니 문득 각
　　저소년의 일을 말하다. 또한 내가 일찍이 자명에게 대략을 들었
　　고 그 후에 정곡 노인 황경일이라는 분이 이것을 얘기하였는데
　　더욱 소상하였다. (자명에게 이 이야기를 들었고 또한 황경일에
　　게 또 들었다.)12)

위에 제시된 「각저소년전」의 서사 구조를 간단히 정리해 보면, '주

---
12) 『소재집』 권2.

인공인 소년의 내력→사건을 직접 보고 전한 목격자의 가계와 평소 행실→악인에 해당하는 스님의 능력과 내력→스님의 일방적 행동과 주인공인 소년의 대립 및 문제의 해결→소년의 신상→사건의 해결로 인해 행동에 변화를 가져온 목격자→목격자로부터 이야기를 전해들은 사람과 또 다른 인물로부터 일화를 듣고 기록한 것'으로 나타난다.

위의 서사 구조에서 살펴보면 가-1의 인정기술적(人定記述的)인 부분과 가-2의 이야기 전달자의 내력, 아-4의 복선, 자-2의 능력의 표출, 차-1의 주변사람들의 논평과 소년의 성씨와 나이, 타-2의 전문경위 등이 전의 특징들에 해당한다고 할 수 있다.

이러한 서사 구조에 드러난 전의 요소들은 어떤 관점에서 보느냐에 따라 많은 차이가 나타날 수 있다. 그런데 만약 소년에 대한 인정기술과 나이와 성씨 등을 앞에 내세우고 그의 활약에 대하여 기술했다고 해도 문제 될 것은 없었을 것으로 보인다. 하지만 전이라는 것이 원래는 입전 인물의 사후에 지어진다는 것을 감안하면 실제로 일어난 일을 기술할 때는 당연히 보고 전한 사람의 입장에서 정리되었을 것이기에 전의 요소가 이 정도로 밖에 개입되지 않았을 것으로 추측된다. 즉 자신이 직접 본 것이 아니었으며 전하는 사람의 이야기만을 듣고 기술하다보니 전하는 사람의 시점을 중심으로 이야기가 흘러갈 수밖에 없었을 것이다. 그리고 얼마 안 되는 시간에 벌어진 각저소년이라는 탁월한 능력자에 얽힌 한 가지 행적만을 중점적으로 기술하게 되면서 형식이 일반적인 전들과 차이를 가져왔다고 볼 수도 있겠다. 만약 각저소년이 누군지, 어떤 인물인지에 대하여 모두 알고 있는 상황이었다면 이 부분도 하나의 일화로 삽입될 것임을 가정해 보기는 어렵지 않다. 따라서 인물의 행적을 일화를 중심으로 리얼하게 묘사하고 있지만 전문학적인 특징이 많이 수용되어 있다고 해야 할 것이다. 따라서 가-1

이나 차-1과 같은 표현은 실제 주인공을 정확하게 알 수 없는 상황에
서 더 이상 자세히 실을 수 없었을 것으로 짐작된다. 부지하허인의 경
우 일부 전과 소설에서 쉽게 확인할 수 있는 점을 들어 형식적인 것으
로 받아들이고 있다. 그러나 내용을 유기적인 관점에서 살펴보면 누구
를 대상으로 하는지 처음부터 밝히고 있는 중요한 부분이라고 할 수
있다. 즉 이 부분이 있기 때문에 중심인물이 누구인지 명확하게 드러
내는 효과가 있다. 그리고 한편으로는 창작이라고 하더라도 의도적으
로 이야기를 지어내기 위해 간략하게 처리하고 말 이유가 없기 때문이
다. 대신 가-2와 사-1과 같이 이야기 전달자의 가계와 행동을 꾸준히
언급함으로써 사실적인 이야기라는 것을 치밀하게 뒷받침하고 있다.

　또한 논평은 대개 글의 맨 뒤에 붙는 경우가 대부분인데, 「각저소년
전」에서는 주변 사람들의 입을 통해 실현되고 있다. 즉 각저소년이 갑
자기 위기에 내쳐진 것에 대한 안타까움과 씨름으로 승부를 결정하고
자 택한 이유를 중점적으로 다루고 있다. 그리고 이야기 자체가 악인
을 징치하는 것으로 당시의 사회가 처한 단면을 고스란히 담아내고 있
다고 생각되는데, 정작 논평을 자신의 입장에서 하지 않은 것은 이야
기의 전달이 목적이었을 수도 있고, 작가가 처한 당시의 사회적 상황
에 따른 한계라고 볼 수도 있겠다. 또한 아-4에 나타난 스님이 빠지게
될 똥구덩이는 결과를 예측할 수 있는 좋은 단서라고 할 수 있다. 전에
서는 대개 앞날에 대한 예견이나 암시가 잘 드러나는데, 그것은 한 인
물의 일생을 전체적인 견지에서 보았을 때 의미 있는 전환점이 될 수
있는 요소로 판단했기 때문이다. 아울러 자-2에 나타나듯이 사건을 마
치 앞에서 본 것처럼 대화문을 곁들여 가며 이끌어 가고 있는데, 이것
은 내용을 더욱 현실감 있게 전달하려고 한 것으로 여겨진다. 전은 설
명과 논증을 위주로 하지만 대화문이 있는 경우도 종종 찾아볼 수 있

다. 다만 「각저소년전」에서는 능력의 표출로 인해 가장 중요한 위기가 해결되고 있다는 점이 주목된다.

그런데 이러한 서사 구조에 나타난 전적 요소에 못지않게 입전의식과 작품세계에 있어 교훈성과 사실적인 이야기의 기록이라는 거듭된 강조는 전으로서의 특징에 더욱 힘을 실어주고 있다.13) 즉 이 이야기의 핵심은 막무가내인 스님과 여리다 못해 허약해 보이는 소년 신랑의 대립에 맞추어져 있다고 볼 수 있는데, 곽운이라는 이야기의 전달자를 통해 교훈성이 구현되고 있다고 할 수 있다. 곽운은 자신의 힘을 믿고 방자하게 굴다가 뉘우친 사람이자 이야기의 전달자다. 그는 자신의 힘을 믿었지만 객점에서 만난 스님의 힘을 통해 기(氣)가 죽었고, 또한 그런 스님을 씨름으로 누른 소년을 통해서는 담(膽)이 막혔다. 이러한 점에서 전반적인 흐름을 살펴보면 곽운이 사건을 접하기 전의 행실과 사건을 목격한 후의 행실에서 다분히 많은 사람들에게 교훈을 전달하고자 한다는 점을 쉽게 발견할 수 있다.

> 곽운은 어려서 능히 일만전을 옆에 끼고서 수십 보 깊은 연못을 뛰어 건너 스스로 그 힘을 자랑하였다. 이렇듯 항상 움직이기를 좋아하여 조금도 가만있지를 못 하였다. 그리고 길에서 이롭지 못한 일을 보면 자신을 돌아보지 아니하였다.14)

곽운은 어려서부터 무거운 것을 들고 다니는 것과 멀리 뛰는 것에 있어서 보통 사람들과는 달랐을 정도로 능력이 있었다. 그리고 항상

---

13) 이동근 교수가 제시한 설화, 전, 소설의 구분에서 전적 요소를 가장 잘 담아내고 있는 것이 바로 교훈성과 사실성, 기록성이라고 할 수 있다. (이동근, 전게서, 4~6쪽.)
14) 『소재집』 권2. 少也能挾一萬錢超數十步深淵, 自負其力喜動而不能靜也, 路見不平 殆忘其身.

특정한 곳에 머물지 못하고 떠돌아다니기를 좋아하였다. 그러나 이러한 그도 심성만은 곧아서 불의를 보면 참지 못하는 정의파적인 행동을 보이고 있다. 즉 곽운은 집안의 배경도 좋았지만 타고난 힘과 품성으로 인해 자못 방자하다는 소리를 들을 수 있는 상황에 처해 있었던 인물이라고 할 수 있다. 하지만 이처럼 자유분방하고 안하무인적인 행동의 소유자가 그만 자신의 행실을 아주 조심하고 겁먹은 듯이 활동하게 되는 계기가 바로 스님과 소년 사이에 벌어졌던 사건이다. 이 사건이 있고 난 뒤 실제로 곽운의 행동은 많은 변화를 보이고 있다.

> 곽이 기는 승려에게 막혀버리고 담은 소년에게 소멸하게 되었다. 돌아와서부터는 두려워하고 조심하게 되어 다시는 다른 사람과 겨루려 하지 않았으니, 그 옛날의 곽생이 아니었다.[15]

이러한 곽운의 행동 변화는 이 이야기가 단순히 스님과 소년의 대결을 통해 부당한 처사를 능력으로 헤쳐 나가는 것만을 전하려고 하기보다는 곽운의 행동 변화를 통해 모름지기 사람은 항상 자만해서는 안된다는 것을 일깨우고 있는 것이다. 곽운은 이야기의 전달자인 동시에 이 이야기를 피부로 느끼면서 가장 큰 행동의 반전을 가져온 인물이라고 할 수 있다.

곽운이 개인적인 능력의 한계를 절감할 때 각저소년의 탁월한 능력은 주변에서 지켜본 사람들에게 불의는 언젠가는 징벌을 받을 수밖에 없다는 인과론적인 교훈성을 심어주기에 충분했다. 처음에는 곽운의 행동에 의한 교훈성을 강조하고, 두 번째는 소년의 행동을 통해 못된 스님을 징치하는 점에서 필연적으로 교훈성이 내재되어 나타난다고

---

15) 『소재집』 권2, 郭氣沮於僧膽懾於少年, 歸而恂恂然, 不敢與人較, 非復昔日之郭生.

하겠다. 다음으로 사실적인 것을 듣고 기록으로 남겼다는 점을 들 수 있는데, 전문경위가 이것을 말해주고 있다.

각저소년은 어떤 사람인지 알지 못한다.16)

이자명의 돌아가신 아버지 선군 상사공께서 이상히 여겨서 물으니 곽이 문득 각저 소년의 일을 말하였다.
내가 일찍이 대략을 자명에게서 들었고 그 후는 정곡 노인 황경일이라는 분이 이것을 얘기하였는데 더욱 소상하였다.17)

소재는 이 이야기를 여러 사람들에게 듣고 전하는 과정에서 각저소년의 존재를 잘 몰랐을 것이다. 그래서 한 사람이 아닌 다른 사람에게서도 들은 것이라는 사정을 거듭 밝혀 놓았다. 이것은 실재했던 이야기였음을 강조하는 것으로 의도적으로 상상력을 동원하여 꾸민 이야기와는 구별되는 점이라고 하겠다. 즉 제 삼자가 사건을 목격한 것을 기술하는 형태의 액자식 구성이라든가 (부분적으로 전지적작가 시점이 개입되기도 하지만) 본 이야기를 곽운에게도 듣고 황경일이라는 노인에게서도 듣다보니 마치 일어난 일이 총체적인 관점에서 파악이 되면서 퍼즐을 맞추듯이 정황을 기술하는 과정에서 사실적인 것을 기록으로 남겼다는 점이 입증되고 있는 것이다.
이와 같은 기술상의 특징들로 인해 「각저소년전」은 표면적으로 보면 마치 소설처럼 보이지만 작전 취지와 서사 구조를 파악해 보면 다분히 일화를 중심으로 한 전문학적인 특징들도 많이 존재한다는 것을

---

16) 『소재집』 권2. 角觝少年不知何許人.
17) 『소재집』 권2. 李子明先君上舍公異而問之, 郭輒道角觝少年事, 余嘗槪聞於子明, 其後貞谷老人黃敬日談此, 尤詳焉.

알 수 있다.

## 2) 일화에 수용된 능력의 표출

일화는 주지하다시피 이야기 속에 등장하는 작은 이야기, 즉 특정한 정황을 설명하거나 드러내 보이는 이야기라고 할 수 있다. 이러한 일화들은 대부분의 전작품에 등장하는 빼놓을 수 없는 요소라고 할 수 있다. 그것은 대상인물의 뛰어난 점을 부각시키는 특징적인 기술방법이기 때문이다. 이러한 특징을 지니고 있는 일화는 지금까지 작전(作傳)되어온 많은 실전 전작품들에서 쉽게 살펴볼 수 있는데, 조선 초 예종 때의 남이장군을 다룬 「남이전」에서는[18] 남이가 결혼하는 과정과 유자광의 모함에 몰려 죽음에 이르는 과정 등에서 일화가 나타나고 있다. 이때의 일화는 남이의 능력을 표출하는 수단이자 억울한 죽음을 예견하는 단초로서 사건에 기여하는 바가 컸다고 할 수 있다. 또한 근대의 인물이었던 신채호의 전에서도[19] 그의 능력을 표출하는 부분에서 일화가 삽입(揷入)되어 있는데, 지은이와의 대화를 통해서 그의 순발력과 숨은 능력을 드러내는 좋은 예가 되고 있다. 이러한 점에서 볼 때 「각저소년전」에 나타나는 일화도 이야기의 흐름에 매우 유기적으로 관여하고 있음을 확인해 볼 수 있다. 또한 「각저소년전」에 등장하는 주된 사건인 씨름과 관련된 상황의 설정은 작전 대상 인물의 능력을 드러내는 동시에 흥미성을 고조시키는 가장 중요한 부분이라고 하겠다.

앞서 제시된 서사 구조에서 일화적인 부분을 살펴보면 크게 세 부분

---

18) 졸고, 「남이전 연구」, 『어문연구』, 한국어문교육연구회, 2000, 겨울.
19) 졸고, 「단재전 연구」, 『한국어문학연구』 제44집, 한국어문학연구학회, 보고사, 2005.

인데, 하나는 곽운이 힘자랑을 하고 다닌 것과 스님이 능력을 드러낸 부분, 그리고 소년과 스님이 씨름을 한 사건이라고 할 수 있다. 이러한 일화는 결국 힘으로 대표되는 능력의 이동과 확장을 확인시켜 주고 있는 동시에 선과 악의 순환적 구조를 잘 나타내 주고 있다.

<blockquote>
힘의(능력) 흐름: 곽운 ⇒ 스님 ⇒ 소년

선악의 흐름: 선(곽운) ⇒ 악(스님) ⇒ 선(소년)
</blockquote>

「각저소년전」에 등장하는 세 사람의 인물인 곽운과 스님, 소년은 힘과 행동양식에서 각각 차이점과 공통점을 지니고 있다. 먼저 능력이라고 할 수 있는 힘에서 본다면 앞서 이야기했던 것처럼 곽운은 자신의 능력을 믿고 힘자랑을 했다가 더 힘이 센 스님을 보고 기가 죽은 인물이다. 자신보다 더 강한 힘의 소유자가 나타나자 몸을 낮추고 방관자로 변했으며 스님 또한 자신의 능력을 최고로 생각했다가 소년과의 씨름을 통해 죽음에 이르고 말았다. 이러한 힘의 이동을 통해 강한 힘만이 사건을 해결하는 열쇠가 되고 있음을 확인해 볼 수 있다. 하지만 힘은 어떤 의미를 담고 행사되느냐에 따라 전혀 다른 결과가 올 수 있음도 살펴볼 수 있다. 즉 더 강한 사람으로의 힘의 이동은 능력자가 선한 본성의 소유자인가 아니면 악한 본성의 소유자인가에 따라 사건을 사회적인 문제를 해결하는 것으로까지 연결시켜 놓았다. 즉 힘자랑을 하던 곽운은 이롭지 못한 일을 보면 참지 못하는 선한 마음의 소유자였고 스님은 곽운보다 힘이 세기는 했지만 자신의 이익만을 쫓는 악인에 해당하는 인물이었다. 반면에 소년은 힘이 가장 세면서도 일견 나약해 보이는 선한 인물형에 속하는 경우였다. 따라서 힘의 이동에 따라 사건의 해결이 자연스럽게 모든 사람들이 원하는 쪽으로 이끌어졌다고

할 수 있다.

이 이야기에서 가장 핵심적인 내용이라고 할 수 있는 씨름에 관한 부분을 살펴보면, 이러한 대결과 능력에 따른 힘의 이동을 쉽게 확인해 볼 수 있다. 스님은 포악하고 절대적인 권력을 행사하는 인물이다. 스님이 이미 소를 때려죽인 일이나 마을 사람들이 들려 준 대로 일곱 마리의 소들이 움직이지 못한 큰 바위를 혼자 옮긴 것, 씨름으로 적수가 없는 것 등이 이미 알려져 있던 사실이다. 다만 이러한 스님의 행동이 비난의 대상이 되는 것은 좋은 능력을 갖고 있으면서도 올바른 일에 쓰지 않고 주변 사람들을 고통 속으로 몰아넣은 데 있다고 할 수 있다. 힘없고 나약한 서민들을 뒤에서 등쳐먹는 스님의 행동은 쉽게 이해하기 어려운 것이었다. 아울러 승려라는 신분적 특징을 드러낸 존재로서 모범적이고 귀감이 되는 행동을 하지 않은 것에서 이러한 점은 배가 되고 있다고 할 것이다. 특히 19세기의 사회적 환경을 고려할 때 스님이 보여준 재산축적의 방법은 당시의 부를 축적하는 수단과 방법을 살펴볼 수 있는 좋은 소재라고 볼 수도 있겠다. 이것은 스님이 일반 사람들보다도 더 다양한 방법으로 자본을 소유한 것이라고 할 수 있으며 승려로서 도를 넘은 것이었다고 하겠다.

　　그 스님이 이제 막 마음껏 술을 마시고 있는데 한 여자가 소를 타고 오는데 장옷으로 그 머리를 가렸고 한 소년이 그 뒤를 따라 오는데, 가늘고 약하기가 마치 그 옷과 신발의 무게를 이기지 못할 듯하였다. 그 여자가 소에서 내려 객점으로 들어오는데 그 얼굴이 반쯤 보였는데 천하절색이었다. 그 스님이 망연자실하여 한참동안 있다가 말하기를
　　"정말로 요조숙녀로다. 아름다운 여자로다."[20]

---

20) 『소재집』 권2. 僧方縱飮, 有一女子騎牛而來, 以長衣蒙其首, 一少年隨其後纖弱, 若

빚 독촉을 하면서 마음껏 술을 마시던 스님에게 장옷으로 반쯤 가려
진 천하절색인 여인의 등장은 이성을 잃게 하기에 충분한 것이었다.
스님이 여인과 소년의 모습을 보고 던진 첫 마디에서도 알 수 있듯이
여인의 등장은 스님의 시선을 바꿔 놓기에 충분한 것이었다. 돈과 술
을 모두 얻은 스님에게 마지막 금기인 여인을 취하고자 하는 욕심은
일차로 자신이 가진 것을 모두 주는 것으로 해결하고자 했으나 반응이
신통치 않았다. 그러자 결국 둘은 씨름으로 해결의 방향을 잡고 있다.
그런데 여기에서 아이러니한 점은 신랑이라고 하는 주인공 격인 소년
이 너무 나약한 존재로 비쳐지고 있다는 점이다. 처음부터 신체가 건
장한 경우였다면 스님이 천하절색이었을망정 함부로 흥정을 하지는
않았을 텐데 그가 너무 허약해 보였기 때문에 단번에 거래를 하고자
했던 것 같다.

그러자 스님이 말하기를
"내가 송림 속에서 늙어서 본 것은 다 산 꽃이나 들풀뿐인데 이제 너
의 아내는 나의 넋을 빼앗아 갔도다. 내가 삼백금을 아끼지 않고 너에게
그것으로 갚을지니 너는 돌아가 다시 저 저라산 밑에서 여자를 구하거
라."21)

스님은 자신의 능력을 믿었고 여인에게 흠뻑 빠졌다고 해도 무방할
것이다. 스님은 지금껏 자신의 영역에서는 안 되는 것이 없을 정도로
모든 것을 좌지우지 할 수 있었기 때문에 더욱 방자해졌다고 할 수도
있겠는데, 그것은 스님의 신분으로서 마음 놓고 술을 먹고 있는 경우



不勝衣與屢者, 其女子下牛而 入店, 其面半露國色也, 僧惘然良久曰, 眞窃窕娘也.
21)『소재집』권2. 僧曰, 吾老於叢林中所見者, 山花野草已也, 今汝之婦銷我魂矣, 吾不
惜三百金, 以償汝, 汝歸而更求諸苧羅山下也.

나 사사로이 빚 독촉을 하는 데서도 쉽게 알 수 있는 일이다. 그런데
이러한 무소불위의 힘을 가진 스님이 그만 난관에 부닥쳤다. 나약하기
이를 데 없어 보이는 소년 신랑이 자신의 제안을 거절한 것이다. 소년
은 겉으로는 허약하고 무능해 보였지만 그의 말 한마디 한마디는 결코
기가 죽지 않은 당당한 모습을 대변한 것으로 볼 수 있다.

> 소년이 웃으면서 말하기를
> "비록 오왕 부처를 즐겁게 하기에는 부족하지만 기왕에 이미 스님의
> 넋을 빼앗았을 진대 삼백금이 적지 않겠습니까?"[22]

소년의 당당한 말 한마디에 스님은 그만 자신이 갖고 있는 모든 것
을 다 걸고자 했다. 그래서 자신에게 빚을 진 주변 사람들에게 하루 빨
리 삼백 금을 갚을 것을 요구하고 추수 후 거두어들일 곡식과 밭문서
인 채권까지 내놓았다. 이쯤 되면 스님은 이성을 잃은 것이라고 판단
되는데, 이러한 비정상적인 스님의 억지에 나약한 소년 신랑의 재치는
이 이야기를 극적 반전으로 이끌어 가는 시발점이 되었다. 즉 스님이
씨름을 좋아한다는 것을 알았다는 단서가 이 이야기의 어디에서도 보
이지 않지만 우연의 일치인지, 아니면 언젠가 들었던 것인지는 알 수
없었다는 일화 속 주변 사람들의 반응처럼 소년은 씨름으로서 이 문제
를 풀자고 제안했다. 소년의 제안은 스님에게 식은 죽 먹기처럼 쉽게
여겨졌을 것이다. 그래서 자신에게 더없이 유리했기에 망설이지 않고
허락하게 되었다.

---

22) 『소재집』 권2. 少年笑曰, 雖不足以娛夫差, 旣能銷師之魂, 三百金又何少也.

소년이 문득 장탄식을 하면서 말하기를

"밤마다 부부가 문득 한번 씨름하는 것으로 방중의 놀이로 삼는데, 이제 다시는 어찌 할 수 없게 되었구려."

스님이 흔연히 말하기를

"네가 능히 씨름을 할 수 있다는데 어찌 나와 한번 놀지 않겠는가?"

소년이 말하기를

"능하다고는 할 수 없지만 배우기를 원합니다. 다만 씨름은 내기를 하지 않으면 그 승부를 가릴 방법이 없어서 자못 사람들로 하여금 적적하고 무료하게 하니 스님께서 판돈을 아끼지 않으셔서 곁에서 구경하는 사람들의 웃음을 얻지 않으시겠습니까?"

하니 스님이 팔을 걷어 부치고 팔을 뽐내면서 말하기를

"오랜 동안 씨름을 하지 않았더니 기운이 답답하여 맺힌 듯 하였는데, 이제 나를 일어나게 한 사람은 그대라. 다만 내기를 하는데 무엇으로 내기를 하겠느뇨?"[23]

스님의 억지에서 벗어나는 소년의 지혜는 매우 탁월한 것이었다. 스님의 부당한 권력에 맞서면서 스님에게 절대적으로 유리하다고 판단되는 씨름을 선택한 것은 스님에게 더 이상 생각할 필요도 없다는 안도감을 심어 주기에 충분했다. 이것은 스님을 방심하게 만든 호기였으며 자신의 능력을 마음껏 펼칠 수 있는 절호의 기회였다. 소년의 제안에 자신감을 느낀 스님은 내기를 종용하게 되었으며 소년은 원래대로 돌아가는 것으로 만족해 하고자 했다. 결국 드넓은 고수부지에서 치러진 씨름의 결과는 예상과는 달리 너무도 어이없는 것이었다. 많은 사

---

23) 『소재집』 권2. 少年忽太息曰, 每夜夫婦輒一, 角觝爲房中之戲, 今不可復得矣, 僧欣然曰, 汝能角觝盖與我一戲, 少年曰, 非曰, 能之願學焉, 但角觝而不爲之賭也, 無以別勝負 殊令人寂寂, 師能不惜一注, 以博傍觀之一笑乎, 僧扼腕曰, 久未角觝氣鬱鬱如結, 今起予者, 小子偁, 顧賭將何賭.

람들이 바라던 대로 이루어지게 되었다. 즉, 포악한 스님이 최후를 맞은 것이다.

> 소년이 갑자기 일성을 넣으면서 벌떡 일어나니 그 스님을 왼쪽 어깨에 가로 걸쳐 놓게 되자 스님은 두 손을 허공에 짚고 두 다리는 허공을 차니 마치 헤엄치는 이가 그 파도 속에서 움직이는 것과 같았다. 그 소년이 인하여 맴을 도니 마치 대붕이 날개짓을 하며 회오리바람을 박차는 것 같은데 스님이 마치 그 어깨에 매달려 있는 것 같고 그것이 마치 물레가 베틀을 따라 돌아가는 듯했다. 소년이 힘을 쓸 곳이 없고 한 어깨는 높고 한 어깨는 낮으며 왼손은 대야에 물을 담는 듯하고 오른손은 칼집에서 칼을 뽑는 듯한데 문득 그 허리를 구부려서 그 못된 스님을 똥구덩이에 던져 버렸다.[24]

씨름에 대한 묘사가 다분히 리얼하면서도 장황한데, 나약한 모습과 괴력은 쉽게 조화가 되지 않는다. 하지만 숨은 능력을 지니고 살아가던 소년이 자신의 타고난 능력을 유감없이 발휘한 것으로 본다면 그리 납득할 수 없을 것 같지도 않다. 여기에서 소년이 씨름에 이긴 것이야말로 이 이야기를 듣고 기록한 변종운에게는 특별한 일이었을 것이다. 이 이야기는 당시 사회가 안고 있던 모순을 나약한 일개 서민층이 바로 잡는다는 파격적인 내용을 전달하는 것과 동시에 힘을 함부로 쓰면 안 된다는 측면도 강하게 제시했다고 여겨진다.[25] 그리고 당시 많은

---

24) 『소재집』 권2. 少年忽奮呼一聲, 崛然起, 橫僧於其左肩上, 僧兩手爬空, 兩脚蹴虛, 有若泅者之, 宛轉於波濤中, 少年因以盤旋, 宛然大鵬之博扶搖而僧猶掛于其肩, 又若紡車之隨機而轉也, 無所施其力, 少年一肩高, 一肩低, 左手如盤盛水, 右手如劒拔鞘, 忽彎其腰, 竟將惡僧擲之糞窖中.

25) 중세 봉건제의 해체기인 조선후기의 사회 현상과 위항문인에 관해서는 (윤재민, 『조선후기 중인층 한문학의 연구』, 고대민족문화연구원, 1999. 강명관, 『조선후기

사람들이 겪고 있었을 고통을 대변해 주는 재미를 가져다주고 있다. 못된 승려를 징벌하는 것과 나약한 소년이 힘센 스님을 이긴 것 등은 보는 이들로 하여금 손에 땀을 쥐게 하기에 충분한 것이었다. 그리고 소년이 씨름에 이김으로써 통쾌감을 안겨주었다. 이것은 19세기 기록 문학의 특징이 사실성과 카타르시스적인 재미를 동시에 담아내고 있는 것이라고 할 수 있다. 그러나 공동으로 봉착한 문제를 해결했으면서도 소년은 무척 겸손한 태도로 일관했다.

> 분분히 다투어서 앞으로 다가와서 그 성과 이름이 무엇이며 그 나이는 무엇이냐고 물었으며 그 사는 곳이 어디냐고 물었다. 소년의 성은 이가요. 나이는 16세라고 답을 하나 그 이름과 사는 곳은 말하지 아니하였다.26)

소년은 자신의 신분을 드러내지 않았다. 다만 성과 이름만을 언급했을 뿐이다. 수줍음이 많았던 것에서 비롯되었을 수도 있고 자신의 신분을 노출시키기 싫었을 수도 있다고 생각되는데, 단지 스님을 이김으로써 아내를 지킨 것 이상의 의미부여를 하지 않고 있다. 따라서 이야기는 나약해 보이던 소년이 힘세고 못된 스님을 혼내준 놀랍고 재미있는 이야기가 전한다는 정도에 머물고 말았다. 만약 소년이 영웅적인 모습의 소유자였다면 최소한 설화에서 드러난 영웅의 모습을27) 보여주었어야 했을 텐데, 그런 조건을 충족시켜줄 만한 다른 요소들이 전혀 나타나지 않았기 때문이다.

---

여항문학 연구』, 창작과비평사, 1997.) 등에서 확인해 볼 수 있다.

26) 『소재집』 권2. 紛紛然進其前, 有問其姓名者矣, 有問其齒者矣, 有問其鄕里者矣, 少年答, 姓李, 年十六而名與鄕不以告也.

27) 조동일, 『한국설화와 민중의식』, 정음사, 1985.

이러한 일화의 진행 과정을 통해 19세기 기록문학의 중요한 특징으로 주인공의 탁월한 능력을 들 수 있으며, 아울러 흥미성도 많이 개입되어 있음을 확인해 볼 수 있었다.

### 3) 주제의식

주지하다시피 전은 실존했던 인물의 일생을 입전 단계에서부터 공시적인 입장에서 보기 때문에 행적에 나타난 탁월한 능력을 드러내는 데 초점이 맞추어져 있다. 즉 개인적인 업적을 높이 평가하면서 귀감이 되는 인물로 기술하는 경우가 대부분이다. 반면에 소설은 상상을 기반으로 하여 작가의 관점에 따라 다양한 주제가 성립될 수 있다고 본다. 그러므로 소설은 갈등을 통한 사건의 해결에 비중을 두는 반면 전은 인물의 능력에 초점이 맞추어져 있다고 할 수 있다.

이러한 기술상의 특징을 토대로 「각저소년전」의 주제를 파악해 본다면 신분이 자세히 드러나지 않은 소년이 씨름을 통해 못된 스님을 징치하고 공동의 선을 실현한 것이라고 할 수 있을 것이다. 소년은 자신에게 닥친 개인적 위기 상황을 슬기롭게 극복하는 과정에서 빚에 내몰린 많은 주변 사람들을 구해 주었다. 그리고 일정한 사회적 책임을 갖고 있다고 할 수 있는 승려가 일반 사람들로서는 도저히 납득할 수 없는 행동을 하는 것을 간접적으로 고발하면서 질타하고 있다. 만약 소년이 자신이 추구하는 것과 당시의 많은 민중들이 추구하는 관점이 달랐다면 소년의 행동은 그저 힘이 센 사람이 어쩌다 한번 좋은 일을 한 것에 그치고 말았을 것이다. 소년이 처음부터 스님에게 시달리던 많은 사람들을 구출해 줄 생각으로 씨름에 임했던 것은 아니었지만 그의 행동에 따른 결과는 훌륭한 것이었다. 그리고 위급한 상황을 슬기롭게 헤쳐 나가다 보니 주변 사람들의 고민거리까지 함께 해결하는 데 까지 이르게 되었다고 할 수 있다. 만약 소년이 자신의 아내를 빼앗으 려는 스님의 의도가 없는 데도 불구하고 그저 고통 받는 사람들이 안 타까워서 스님을 징치했다면 이것은 당연히 민중영웅적인 행동의 한 부분으로 보아야 할 것이다.[28] 그러나 소년은 스님을 징치하고 나서 처음 약속했던 것처럼 자기의 아내와 함께 조용히 돌아가는 것 외에는 물질적인 것에는 손도 대지 않았다. 그리고 마을 사람들이 당한 고통 을 모두 해결할 수 있었다. 여기에서 개인적인 욕심으로 가득 차 있는 스님과 선한 인물로 드러난 소년의 대결은 당시 사회가 안고 있었던 종교적인 부조리의 우회적 표현이자 인과응보적 입장이 반영된 것으 로 볼 수 도 있을 것 같다.

> "이 더러운 것을 없애서 정토를 더럽히지 아니하고 이 업장을 불살라 한 마을의 액을 없이하려 한다."
> 하고는 드디어 마침내 그 아내를 부축해 소에 태우고 조용히 가 버렸 다.[29]

이러한 소년의 행동은 분명 많은 사람들에게 깊이 각인 되었을 것이 고 귀감이 될 만한 일이었을 것이다. 그러나 이처럼 많은 사람들에게 좋은 일을 하고도 개인적인 대가를 바라지 않은 것은 처음부터 주변 사람들이 직면한 문제에서 출발하지 않았기 때문이다. 그리고 그가 사

---

28) 이처럼 소년의 행동이 단편적이라는 점에서 민중적 영웅의 면모를 지녔다는 점은 재고해 볼 필요가 있다고 하겠다. 적어도 영웅에 해당하는 조건이 충족되려면 출생 에서부터 사후에 이르는 일련의 과정이 있어야할 것이다.(정병호, 전게서, 161쪽.)
29) 『소재집』 권2. 殄此凶穢使無汚祇林淨土, 燒此業障, 爲一村祓瘼, 遂扶其婦上牛從 容而去.

심이 없고 최소한 자신과 한 약속은 지키는 바른 마음의 소유자였기에 가능한 일이었을 것이다.

그러므로 「각저소년전」에 내포된 주제는 못된 스님을 징치하고 민중들의 고통을 해결해 주기 위해 갑자기 위대한 민중영웅이 등장한 경우라고 보기는 힘들 것 같다. 이것 보다는 신분이 드러나지 않았지만 탁월한 능력을 지닌 소년이 씨름을 통해 많은 사람들의 고통을 해결하고 평화를 찾아 준 것 정도로 인식해야 할 것 같다. 이와 같은 「각저소년전」의 주제는 소재 변종운의 입전 의식과도 연결되어 있다고 하겠다.

## 3. 결론

지금까지 조선후기 위항문인의 한 사람인 변종운이 남긴 「각저소년전」을 텍스트로 삼아 서사 구조와 의미를 통해 전으로서의 특징과 일화에 나타난 능력의 표출, 주제의식을 중심으로 고찰해 보았다.

그동안 「각저소년전」에 관한 연구는 다분히 기록문학적인 위상보다는 소설론적 관점에서 논의되어 왔다고 할 수 있다. 그러나 「각저소년전」의 경우 내용에 있어 일반적인 전작품들과는 차이를 보이고 있지만 입전취지와 서사 구조를 살펴볼 때 전문학의 특징들을 많이 수용하고 있는 작품이라고 할 수 있다. 즉 입전 취지에서 볼 때 「각저소년전」은 창작이 아닌 들은 이야기를 전의 형식에 맞게 기록한 것으로 볼 수 있으며, 이야기 전달자를 통해 교훈성이 실현되고 있다. 이러한 창작이 아니라는 점은 전문경위를 통해 거듭 밝히고 있으며 교훈성은 곽운이라는 인물의 변화된 행동에서 확인된다. 그리고 서사 구조에서 보면 '인정기술(人定記述)적인 부분과 이야기 전달자의 가계, 결과의 암시,

주인공의 능력의 표출, 주변 사람들의 논평과 소년의 나이와 성씨, 전 문경위' 등에서 전적인 요소가 나타나고 있다.

이러한 전적 요소들을 고려해 볼 때 「각저소년전」은 짧은 시간 동안 에 벌어진 일에 대해 여러 사람들로부터 전해들은 이야기를 기술하는 과정에서 생긴 19세기 기록문학의 한 양식이라고 할 수 있다. 즉 대상 인물의 일생을 총체적으로 기술하는 것이 아닌 일화를 중심으로 기술 하게 되면서 정확하게 알려지지 않은 부분들이 많았다고 사려 된다. 하지만 표면적(表面的)으로 보면 인물간의 갈등을 중심으로 사건을 해 결해 나가는 의도된 소설처럼 보이지만 이면적으로 보면 힘으로 대표 되는 인물들 간의 능력으로 인해 이야기가 진행되어 가고 있음을 확인 해 볼 수 있다. 이러한 점은 일화에 나타난 능력의 표출을 통해 살펴볼 수 있는데, 힘은 이야기 전달자인 곽운에서 스님으로 다시 소년으로 이어지는 구조를 보이고 있고 선악의 흐름 또한 선에서 악으로 다시 선으로 연결되고 있음을 알 수 있었다. 이것은 인물의 능력을 중요하 게 부각시키는 전의 기술 형태로서 주인공인 소년의 능력과 성품이 이 이야기를 이끌어 가는 축임을 드러낸 것이라고 할 수 있다. 그리고 못 된 스님과의 대결을 통해 긴장감을 느끼게 하면서 씨름을 통해 흥미성 도 함께 담아내고 있다고 볼 수 있다. 이러한 점은 조선후기 기록문학 이 갖는 기존의 전작품들과는 다른 기술 방법이라고 해야 할 것이다.

이와 같은 일화에 수용된 능력과 흥미성을 곁들인 기술 방식은 주제 로 구현되고 있는데, 「각저소년전」의 주제는 탁월한 능력을 지닌 소년 이 씨름을 통해 못된 승려를 징치하고 공동의 선을 실현한 것이라고 할 수 있다. 다만 소년이 처음에는 개인적인 위기를 타개하기 위해 사 건에 휘말리지만 결국엔 고통을 당하던 주변사람들의 고민을 해결해 주었다는 점에서 민중영웅적인 면모도 일면 보인다고 할 수 있다. 그

러나 전체적인 흐름으로 볼 때 민중영웅적인 면모보다는 탁월한 능력
자의 행동으로 보아야 할 것 같다. 즉 소년의 행동은 개인적인 위기상
황을 극복하는 과정에서 공동의 문제까지 해결한 것이라고 할 수 있기
때문이다.

　이상으로 「각저소년전」의 기록문학적인 특징들을 살펴보았다. 본
연구를 통해 「각저소년전」이 소설적 요소에 못지않게 기록문학적인
많은 특징들을 간직한 작품이라는 것을 확인해 볼 수 있었다. 앞으로
이러한 「각저소년전」과 같은 조선 후기의 작품들에 드러나는 교접 양
상을 더 많이 연구하여 조선후기 기록문학의 내적 서술원리를 더욱 명
확하게 밝히는 계기가 되었으면 한다.

# 「국성전」 연구

## 1. 머리말

일찍이 술은 희로애락으로 표현되는 인간의 삶에 큰 영향을 끼쳤으며 이러한 술을 소재로 한 문학 작품 또한 우리들의 삶을 더욱 다양하고 풍부한 경험의 세계로 이끌었다고 할 수 있다. 특히 음주와 가무를 즐겼던 우리 민족의 정서상 이른 시기부터 다양한 문학 장르에서 술과 관련된 작품들이 나타났는데[1], 그 중에서도 술을 의인화한 가전은 우리 문학사에서 단연 돋보이는 연구의 대상이라고 할 수 있다.

본 연구의 대상인 「국성전(麴聖傳)」을 지은 박상연(朴尙淵, 1631-1696)은 17세기의 문인으로 자(字)는 여우(汝愚), 금곡(金谷)은 그의 호(號)이다. 본관은 함양(咸陽)으로 일찍이 사산감역(四山監役) 초계 현감을 지냈으며 그의 집안은 대대로 충신을 배출한 충효세가였다. 그는 충신의 후손답게 숙종 5년(1679)에 우암을 비롯한 논론 집권자들의 폐정(弊政)을 질타한 만언소(萬言疏)를 올리는 등 충간을 서슴지 않은 바 있다. 그러나 당시 남인이 위축되면서 그도 몰락의 길을 걷게 되었다. 이러한 사정으로 인해 금곡 박상연에 대해서는 지금까지 상세히

---

1) 김웅모, 『어문학에 담긴 술의 멋』, 도서출판 박이정, 1997.

알려진 바가 없었다. 그러다가 1976년에 그의 문집이 발간되었고 1992
년에 이르러서야 비로소 그에 관한 기록이 정리되어 세상에 나오게 되
었다.2) 그러나 그가 남긴 시와 문들이 결코 적지 않았음에도 불구하고
세인들에게 알려지지 않았던 관계로 시문에 관한 연구는 물론, 본고에
서 다루고자 하는 조선후기의 술을 의인화한 가전인 「국성전」 또한 논
의가 전혀 이루어지지 않았다. 『금곡집(金谷集)』은 그의 충심과 삶의
언저리에 대한 생각 등 다양한 내용을 중심으로 이루어져 있는데, 사
후 280여년이 흐른 뒤에야 후손들에 의해 세상에 나오게 되었다. 비록
박상연이 조선후기를 대표하는 탁월한 문인은 아니었지만 『금곡집』을
통해 정치적 고뇌에서 촉발된 시대정신과 풍부한 상상력이 담겨 있는
작품들을 엿볼 수 있게 된 것은 다행스러운 일이라고 할 수 있다.

본고에서 텍스트로 삼은 「국성전」은 지은이가 술을 무척 좋아했다
는 점을 단적으로 알 수 있는 작품으로 형식과 내용면에 있어 서두(序
頭), 선계(先系), 사적(事蹟), 종말(終末), 평결(評決) 등 일반적인 가전
의 체제를 충실히 지키고 있다. 또한 여타의 가전처럼 활동의 배경을
중국으로 삼고 있지만 다양한 전고(典故)를 활용한 것과 심성론(心性
論)을 부각시켜 주인공의 활약을 리얼하게 전개시킨 것 등은 매우 이
례적인 경우라고 하겠다. 이러한 점은 조선후기 술과 관련한 의인화의
경향을 파악할 수 있다는 점에서 의미가 있다고 할 수 있다. 그리고 자
신의 생각을 일관되게 이끌어 감으로써 전달하고자 하는 메시지 또한
명확하다.

주지하다시피 그 동안 가전에 관한 연구는 『조선소설사』에서3) 가전

---

2) 금곡 박상연에 관해서는 그의 비문을 작성한 유재영 교수에 의해 정리된 바 있다.
 (『춘강수록』, 유재영 저, 춘강유재영박사화갑기념문집간행위원회편, 이회문화사,
 1992, 614~615쪽.)

에 대해 간략히 설명한 이후로 장르적 특징과 성격, 개별 작품의 비교
연구 등으로 확대되어 왔다.4) 그리고 본 논문에서 다루고자 하는 술을
소재로 한 가전은 고려 때 임춘이 지은 「국순전」과 이규보의 「국선생
전」이 대표적이라고 할 수 있고 조선전기에 간재 최연이 지은 「국수재
전」5)이 있어 주목된다. 또한 조선후기에 창작된 김득신의 「환백장군
전」과 박윤묵의 「국청전」이6) 있다. 하지만 대부분의 연구는 초기의 두
작품에 치중되어 있다고 해도 과언이 아니다.7) 그만큼 「국순전」과 「국
선생전」을 뛰어넘는 탁월한 작품이 나타나지 않았으며, 후대에 나온
술과 관련된 가전의 경우 독창적인 작품이라기보다는 이 두 작품의 아
류로 이해하려는 시각이 지배적이었다. 그리고 기존의 술을 소재로 한
작품들의 형식과 내용을 이웃나라들의 작품들과 비교하면서 각각의
가전들이 지닌 특징들을 살펴보는 방향으로 진행되어 왔다.8)

---

3) 김태준, 『조선소설사』, 학예사, 1939, 74쪽.

4) 가전의 연구 성과에 대해서는 (조동일, 『한국문학통사』(2), 지식산업사, 1990, 116
～123쪽.)에서 자세히 고찰했다.

5) 김창룡 편역, 『한국의 가전문학』上, 태학사, 1997, 204～205쪽.

6) 「국청전」의 작자 문제에 관해 한동안 존재 위백규의 작품이라고 알려져 있던 것을
(유기옥, 「존재 박윤묵의 가전 연구」, 『인문논총』 23, 전북대 인문과학연구소, 1993,
101쪽.)을 통해 존재 박윤묵이 지은 것으로 밝혀진 바 있다.

7) 김현룡, 「국순전과 국선생전 연구」, 『국어국문학』 65 · 66 합병호, 국어국문학회
1974.
   조수학, 「국순전과 국선생전 비교 연구」, 『중국어문학』 3, 영남대 영남중국어문학
   회, 1981.
   이강옥, 「국순전과 국선생전의 서술방식과 세계관」, 『고소설연구논총』, 다곡이수
   봉선생회갑기념논총간행위원회, 1988.
   연해진, 「국순전계 가전작품 구조연구」, 충북대석사논문, 1989.
   박희병 교수는 임춘과 이규보가 활동했던 12세기 후반에서 13세기 전반기를 전문
   학의 변환기로 보았다. 즉, 전대의 관습을 따르지 않고 자유로운 창작을 시도했다고
   보았는데, 이러한 경향은 가전과 인물전에서 두루 나타나고 있는 현상으로 파악했
   다.(박희병, 『한국고전인물전연구』, 한길사, 1993, 11쪽.)

이와 같은 상황에서 「국성전」의 출현은 매우 의미 있는 것이라고 할 수 있다. 따라서 본고는 「국성전」의 서사 구조를 중심으로 가전문학적인 특징과 문학사적 의의 등을 중점적으로 고찰해 보고자 한다.

## 2. 작가의 생애와 문집의 체제

금곡 박상연에 관한 기록은 문집에 실린 서문과 발문,9) 그리고 묘비문에10) 자세히 나와 있다. 상연(尙淵)은 그의 휘(諱)이며, 초휘(初諱)는 상안(尙顔)으로 인조 9년(1631)년 신미 정월 25일에 태어나 숙종 22년(1696) 병자 8월에 경기도 양성 금곡(金谷)에서 세상을 떠났다. 선계는 신라 경명왕 팔자(八子)의 한 분인 속함대군(速咸大君) 휘 언신이 관조다. 그리고 고려 예부상서 휘 선을 일세로 하여 그 현손 휘 신유는 고종 24년 이연년의 난을 평정하여 응천군에 봉해졌는데, 판리부사로 시 충질이다. 그 증손 휘 인계는 공민왕 10년 금용의 난을 평정하여 함양군에 봉해지고 예의판서 겸토왜원사로 왜구를 격퇴하여 『고려사』에 소득민심시호양장(素得民心時號良將)이라는 찬이 적혀 있다. 그의 증손 휘 습은 조선조에 태종과 동경동방(同庚同榜)으로 병조판서를 지냈는데, 태종 15년에 전라관찰사로 와서 벽골제를 수축했다. 그 현손 구당(九堂) 휘 세영(世榮)은 돈녕부정(敦寧府正) 증좌찬성(贈左贊成)으로 기묘명현의 한 분으로 공의 5대조다. 할아버지 절제(節齊) 휘 유정(由精)은 임란에 신립장군의 종사관으로 달천에서 순국하여 충

---

8) 술을 의인화한 한·중 가전(韓·中 假傳)의 비교 연구에 대해서는 (하경희, 「술의인화 가전의 문학적 변용 양상과 의미」, 우석대학교교육대학원, 2003.)에서 자세한 고찰이 이루어졌다.

9) 『금곡집』은 전남 광주 평화당 인쇄사에서 1976년에 출간 되었다.

10) 유재영, 전게서.

으로 정려되어 있다. 그리고 아버지 모제(慕齊) 휘 효향(孝享)은 유복
자로 태어나 효성이 지극하여 정포되었다. 어머니는 영인 양성이씨로
제용감정(濟用監正) 우급(友伋)의 손이오 진사 진(瑱)의 딸이다. 아내
는 숙인(淑人) 광주(廣州) 이씨인데, 문경공(文景公) 극감(克堪)의 후
(后)인 호인(好仁)의 딸로 공보다 1년 먼저 세상을 떠났다.

박상연은 숙종 때 당쟁으로 백성들이 고통을 받자 만언소를 올려 십
참팔폐(十慚八弊)에 대해 충간했다. 십참은 기강(紀綱), 정교(政敎),
휼민(恤民), 납간(納諫) 등에서 임금이 즉위 초와 달리 태만해지는 것
을 10조를 들어 성찰케 하고자 했다. 그리고 팔폐는 농민실업(農民失
業), 학교부흥(學校不興), 공거불명(貢擧不明), 군졸호원(軍卒呼冤),
사치병국(奢侈病國), 옥송엄체(獄訟淹滯), 상벌불명(賞罰不明), 부역번
다(賦役煩多) 등 당시의 가장 극심했던 폐단 8가지를 들어 정책을 개
진하려는 데 목적이 있었다. 그러나 이러한 노력에도 불구하고 노론
정권이 서용(敍用)되면서 공은 미련 없이 관직을 버리고 아우인 호군
(護軍) 상환과 함께 남하하여 두 아들은 반계(盤溪)에 아우는 영광에
정주(定住)케 하였다. 하지만 자신은 시와 술을 벗 삼아 강산을 주유하
다가 양성에서 생을 마쳤는데, 양성향교의 「대성전현액기」와 「명륜당
액기」, 명륜당 액자가 그가 쓴 것이다. 이러한 정황으로 볼 때 박상연
이 「국성전」을 지은 시기는 노론이 서용되자마자 벼슬을 버리고 세상
을 떠돌기 시작한 1679년 이후로 봐야 할 것 같다. 그리고 부패한 정치
에 대한 염증으로 인해 술을 가까이 하게 되면서 「국성전」을 지어 자
신의 충심을 알리고자 한 것이 아닌가 짐작된다.

박상연의 유고 『금곡집』은 석인본(石印本)으로 상하 두 권이 하나
의 책으로 이루어져 있다. 상권에는 시, 사, 부가 수록되어 있고 하권에
는 기미년엔 올린 소를 비롯하여 서, 격, 잡저, 설, 서, 기, 제문, 전으로

구성되어 있다. 상권은 시가 차지하는 분량이 많은데 435수의 시가 실려 있다. 대체적으로 시어는 풍부하고 표현하고자 하는 내용이 직설적이어서 이해하기가 쉬운 편이다. 하권에는 소 2편, 서 2편, 격문 1편, 잡저 4편, 설 12편, 서 3편, 기 15편, 제문 5편, 전 1편 등이 수록되어 있다.

「국성전」은 하권의 맨 끝에 실려 있는데, 여섯 쪽 분량으로 한 쪽은 가로 12줄로 되어 있으며 한 줄에 25자씩 나열되어 있다. 총 글자 수는 1,340자인데 첫 장과 마지막 장만 다르고 나머지는 똑 같은 체제와 글자 수로 이루어져 있다.

『금곡집』은 책머리에 김봉문(金鳳文)의 서문이 있고 책의 끝에는 후손 박인용(朴麟容)과 종손인 박두호(朴斗鎬)의 발문이 적혀 있다. 강릉 사람 김봉문은 서문에서 글은 마음의 표현이라고 하면서 공의 강직한 성품과 시폐상소(時弊上疏)로 대표되는 경국제세(經國濟世)의 공을 추앙하고 있다. 아울러 그의 능력이 여기에서 크게 쓰이지 못하고 그치게 된 것을 안타까운 심정으로 토로하고 있다.[11] 그리고 당쟁으로 인해 박씨 집안이 몰락하게 된 것과 문집을 펴내게 된 이유에 대해서도 간략히 언급했다. 이러한 서문에 비해 발문은 대략적인 기술의 토대는 서문과 비슷하지만 공의 후손으로서 『금곡집』을 펴내게 된 것을 불행 중 다행으로 여기고 있다. 또한 종손인 박두호의 경우 공이 자신의 십일대에 해당하는 선조로서 전라도로 남하한 사연을 반추하여 적고 있다.

---

11) 『금곡집』, 상권. 文者心之著也. 於時必有經國濟世之功而疏未上徹. 僅試牛刀而止 鳴呼. 惜哉.

## 3. 서사 구조와 의미

가전(假傳)이라는 용어가 처음 사용된 것은 서사증의『문체명변』인데, 이때 가전이 의미했던 바는 오늘날 우리가 일반적으로 생각하는 것과는 차이가 있었다.[12] 즉 가전이라고 하면 사물을 의인화 시킨 것으로 골계를 중요하게 생각했다. 그러나 우리가 의인화 된 작품들을 모두 가전이라고 하지 않듯이 가전이라는 용어를 사용할 수 있는 기준은 가전으로서의 일정한 구성 형식에 부합되어야 한다는[13] 점이 중요하다.

주지하다시피 전의 구성 형식에 대해서는 논자에 따라 다양한 논의들이 전개되어 왔는데,[14] 입전 대상 인물의 출생, 성장, 사멸을 포폄의식에 입각하여 기술하는 전의 양식적 특징들은 가전에서도 그대로 재현되고 있다. 그리고 가전의 형식 또한『사기』·「열전」을 모태로 제시되었다. 가전의 형식은 외형적으로 볼 때 주인공의 선조 및 출신을 소개하는 선계와 주인공의 행적을 다룬 본전, 자손의 후일담을 다룬 후계, 작자의 평을 붙인 평결 등으로 나누어진다. 이러한 형식을 띤 가전을 정형가전(定型假傳)이라고 부른다. 그리고 내적으로는 표제상의 참주인공을 소개하는 서두, 주인공의 앞 선조에 대해 소개하는 선계, 정치적인 행적 등을 기술한 사적, 주인공의 마지막을 다룬 종말, 주인공의 자손이나 지손의 행적을 그린 후계, 작자의 평을 담은 평결의 형식으로 이루어지는 것이 보통이다. 그러나 모든 가전이 반드시 이러한 6

---

12) 안병렬,『한국 가전 연구』, 이우출판사, 1986, 28～30쪽.

13) 김창룡,『가전문학의 이론』, 도서출판 박이정, 2001, 88쪽.

14) 전의 형식에 대해서 김균태는 도입부-전개부-종결부로, 안병설은 서두부-행적부-평결부로, 조수학은 서두-본문-결말로, 주명희는 가계·출생담-행적-몰-처자손록-평결로, 이동근은 도입부-서두부-전개부-결말부-논찬 부로 분류한 바 있다. (이동근,『조선후기「전」문학연구』, 태학사, 1991, 16～17쪽)

가지 구성 방식에 부합되는 것은 아니다. 그러므로 서두-사적-평결을
기본 체제로 하여 8가지의 유형으로 제시된 바 있는데,15) 가전의 최대
형식으로 제시된 서두-선계-사적-종말-후손-평결에 「국성전」의 서
사 구조를 대입하여 어떤 구성 형식으로 이루어져 있는지 밝혀보고자
한다.

### 〈서사 구조〉
1-ㄱ. 국성은 옹주사람으로 이름은 성이고 자는 청지다.
2-ㄱ. 할아버지 이름은 양이고 아버지는 예인데, 아버지가 어머니 조
   씨와 제나라 맥구에서 살았다.
 ㄴ. 어머니 조씨가 장경성에 관한 꿈을 꾸고 성을 낳았는데, 성은
   호관에서 가정을 이루었다.
3-ㄱ. 성은 태어나면서부터 청초하고 정숙했으며 기품이 온후했다.
   어릴 적에는 바탕이 순진하여 사람들의 마음을 잘 취하게 했고
   사람들과 더불어 교제를 할 적에 청하면 반드시 갔다. 그래서
   항상 맑음과 흐림을 잃어버리는 경우가 없었다.
 ㄴ. 장성해서는 맑고 사나운 기운이 있어 사람들이 모두 좋아했고
   어진 사람이나 어리석은 사람이나 사귀는 정이 물과 같았다. 그

---

15) 김창룡, 전게서, 100쪽.
 김창룡은 『사기』·「열전」을 분석하면서 구성 형식을 8가지 유형으로 제시한 바
있다.
 • 서두-사적-평결
 • 서두-선계-사적-평결
 • 서두-사적-후계-평결
 • 서두-사적-종말-평결
 • 서두-선계-사적-종말-평결
 • 서두-사적-종말-후계-평결
 • 서두-선계-사적-후계-평결
 • 서두-선계-사적-종말-후계-평결

래서 혼탁한 세상에 살면서도 재앙이 없었다.

4-ㄱ. 일찍이 의적과 교분이 두터웠는데, 그가 국성을 우임금에게 천거했다. 우임금님이 한번 보고서 기뻐했지만 호방하고 유탕한 기운으로 인해 후에 나라를 망하게 할까 근심했다. 드디어 의적의 그릇된 천거를 소원했다.

ㄴ. 우임금님에게 절교를 당했지만 국성은 부끄럽게 여기지 않았고 후에 우임금님의 손자인 계의 총애를 얻었다. 계는 국성에게 국정을 위임했으며 그의 여동생 희와 더불어 즐거움으로 삼았다.

ㄷ. 국성이 일찍이 술 담을 연못을 파는데 여덟 마리의 소를 끌고 와서 했다. 그리고 삼천배의 술을 마실 적에는 북을 치며 즐기다 마침내 나라가 망하고 그 종족도 망하였다. 그 조상이 멀리한 것을 보답한 꼴이 되었다.

5-ㄱ. 상나라 신 임금님에게 총애를 받아 연회 때 곁에서 모시고 밤늦게까지 마시도록 조장하여 결국 그 나라가 망했다. 그러나 상나라 신 임금님의 덕이 멸해서 그런 것이라고 하고 국성을 허물하지 않았다.

6-ㄱ. 그 후 국성이 할아버지와 아버지를 모시고 계의 여동생 희의 나라로 돌아와 국인들과 흠뻑 빠지니 무왕이 국성을 경계하는 글을 지었다.

ㄴ. 국성이 비록 희의 나라에서는 뜻을 이루지 못 했으나 춘추의 세상까지 흘러들어 종사에 쓰이기도 하고 제후들의 회맹의 자리에서도 사랑을 받았다. 다만 초나라의 굴원이만 절교를 했는데, 이 역시 국성의 잘못이 아니었다.

7-1. 한나라 고조가 천하를 통일하고 철후와 제장으로 남궁에서 연회를 열 때 국성이 받들었는데, 최고의 사랑을 받았다.

2. 그 후 하동에서 계포를 따랐는데, 국성이 계포를 따르는 곳마다 일들이 그르침이 많았다.

8-1. 국성은 호방하고 사치스러웠지만 구속되지 않았다. 신풍에 살 때

그의 부가 천금을 이루어 난릉에 있을 때는 울금향으로 치장했
지만 사람들은 시기하지 않았다.

9-ㄱ. 진나라에 들어와서는 죽림칠현과 더불어 즐겼는데, 호숫가의
연못에서 놀기도 했다. 사람들이 그들을 고릉의 무리라 불렀고
처음으로 처사의 칭호를 얻게 되었다.

10-ㄱ. 도연명이 국성과 함께 오류촌으로 돌아와 날마다 취하게 마시
며 스스로 청절한 처사라고 자신을 높였다.

11-ㄱ. 국성이 강하 신씨로 더불어 두터운 정을 맺고 그 집에 살면서
천금의 부를 이루게 해 주니 신씨가 그 은혜를 감사히 여겨 황
학루를 세웠다.

12-ㄱ. 이부상서 필탁이 국성과 즐기다 지키는 사람에게 얽매이는 즐
김이 되어 웃음거리가 되었다.

13-ㄱ. 국성이 유령과 사생의 교분을 맺어 서로 떨어지는 일이 없었
다. 결국 유령은 국성의 덕을 칭찬하며 죽었는데, 유령이 죽은
후 국성이 그의 무덤을 찾지 않았지만 세인들은 국성을 정이
없는 사람이라 욕하지 않았다.

14-ㄱ. 당나라에 이르러서는 이백과 하지장을 만나 즐겼는데, 만년이
되도록 알아주는 정을 맺었다.

15-ㄱ. 황 공자를 따라 술집거리에 거처하며 많은 사람들을 만났는데,
이로 말미암아 국성의 명성이 천하를 적셨다. 사람들이 국성의
도량에 크게 감복했다.

16-ㄱ. 천군이 즉위하여 영대위에서 사단칠정에게 마음을 극진히 하
고 육체를 닦고 간사한 이를 멀리하며 나쁜 풍속을 없게 하라
고 했다. 이에 신하들이 폐하의 말씀은 우리 육신의 죽고 사는
것을 이른 것이라고 하였다.

17-ㄱ. 2년이 지나 천군이 군신들과 나라를 다스릴 강론을 할 때 애공
이 도둑의 침입을 아뢰었다. 도둑의 수는 40만이고 장수는 진
나라의 백기이며 격현에 근심의 성을 쌓아 병탄의 계획을 세

우고 있다고 했다.

ㄴ. 거록의 장군 무기에게 도둑을 섬멸키를 원한다고 했지만 천군은 문과 무로를 안 되니 누가 물리치겠느냐고 했다.

ㄷ. 많은 신하들이 국성을 적임자라고 천거했다. 마침내 국성이 조칙을 받들어 그의 아우 주천태수 현과 청주종사 평원도위로 좌우를 삼아 근심의 성을 공격했다.

18-ㄱ. 상봉, 황락, 오정, 죽엽 등의 천병을 거느리고 흉해변에 배수의 진을 쳤다. 합포의 대합으로 선봉장을 삼고 무양금장으로 좌막장군을 삼았다. 국성이 대장군의 위엄으로 세 번 명령을 내리고 다섯 번 명령을 행하여 적을 물리치고 마침내 큰 공을 이루었다.

ㄴ. 성안에 있던 사람들에게 큰 대접을 받으니 술로 인해 근심을 털어낸 것이다. 이때 다만 굴원만이 도망쳐 정절을 지켰다.

19-ㄱ. 국성이 진나라의 음악을 격파하고 군사를 거느리고 돌아와 추호도 범행을 못하게 하였다. 이때 이소연 담이 머리에 매화를 꽂았는데, 그는 청절한 사람이었다.

20-ㄱ. 국성이 돌아오니 천군이 교외에서 맞이하고 환백장군 청주자사를 삼았다가 마침내 조병에 봉하니 환백이 양천 군수를 삼았다. 부와 권세를 누리면서 천자로 더불어 항상 시작과 끝을 함께 했는데, 공을 이루고 물러나서는 하늘의 주성이 되었다고 말했다.

21-ㄱ. 국성이 호관을 나오자 이름이 천하에 가득했다. 살아서는 세상에 더 없는 공을 이루고 죽어서는 하늘의 별이 되어 모든 사람들이 그를 사랑했다. 그는 인걸이라 하겠다.[16]

「국성전」은 전대의 술을 소재로 한 가전들에 비해 내용이 상당히 길

---

16) 『금곡집』, 하권, 「국성전」.

고 장황한 편이다. 이렇게 된 원인은 주인공인 국성의 활약이라고 할 수 있는 사적부분에 고대 중국의 실존했던 다양한 부류의 인물들이 개입된 데 있다고 할 수 있다. 실제로 「국성전」에 등장하는 인물들은 중국 역사상 큰 족적을 남긴 왕들과 정치가가 많다. 그리고 올곧은 절개와 문장으로 한 세상을 풍미한 문사들이 대부분이라고 할 수 있다. 세인들에게 널리 알려져 있던 이들의 삶에 술로 대표되는 국성의 활약이 결부되면서 좀 더 현실감 있고 설득력 있게 이야기가 전개되고 있다. 이처럼 자못 긴 서사 구조를 선행된 가전의 구성 형식에 맞추어 살펴봄으로써 국성전의 일목요연한 구성 방식을 파악해 볼 수 있을 것이다.

먼저 주인공을 소개하는 서두를 살펴보면 위에 제시된 서사 단락 1-ㄱ이 이에 해당되는데, 국성의 출신 지역과 성, 이름 등을 제시한 부분이다. 서두는 매우 간결한 편이다. 그리고 두 번째로 주인공 보다 먼저 살았던 선조에 대해 소개하는 선계를 들 수 있는데, 이는 서사 단락의 2-ㄱ과 2-ㄴ이 이에 해당한다. 주로 할아버지와 아버지, 어머니에 대해 설명한 후 국성이 태어날 때 어머니가 꾼 꿈과 국성이 어디에서 정착했는가에 대해 설명하고 있다. 이러한 선계에 대한 언급은 국성이 어엿한 가계가 존재하며 장차 크게 될 인물임을 암시하는 역할을 한다고 하겠다. 세 번째는 주인공이 자라면서 지니게 된 인품과 정치적인 행적, 능력 등을 기술한 사적인데, 국성전은 술을 의인화한 다른 가전에 비해 이 부분이 가장 돋보인다고 할 수 있다. 즉 사적에 해당하는 부분이 두 부분으로 나뉘어져 있는데, 하나는 세상에 나가 많은 인물들을 만나면서 자신의 명성을 알리는 부분이다. 그리고 두 번째는 이런 명성을 바탕으로 실제 인간의 근심 걱정에 큰 도움을 주는 것으로 병마와의 전쟁을 통해 큰 승리를 거두고 입신양명에 성공하는 것이라고 할 수 있다. 국성의 활약에 따른 이러한 부분은 입전자의 입장에서 본다면 사람들이 술을 경계한 경우와 술에 빠져 자신을 이기지 못한 경우, 술을 잘 활용하여 인생을 즐긴 경우, 술을 아예 피한 경우, 그리고 술의 뛰어난 효능에 대해 서술한 부분으로 나누어 볼 수 있다. 이 중에서 술을 피한 경우만 서사 구조 전체를 통해 굴원의 행동으로 두 번 나타나고 술을 경계한 경우와 술에 빠진 경우, 술을 즐긴 경우가 하나의 큰 흐름을 이루고 있다. 그리고 술의 효능이 다른 하나의 흐름으로 이루어져 있는데, 서사 단락 3-ㄱ에서 16-ㄱ이 술에 대한 경계와 술에 빠진 경우, 술을 피한 경우에 해당한다. 이 중에서 4-ㄱ과 4-ㄴ, 6-ㄱ 등이 술을 경계한 경우이며 6-ㄴ과 18-ㄱ이 술을 피한 경우이다. 그리고 이들 단락을 제외한 3-ㄱ에서부터 15-ㄱ까지가 술에 빠져 나라를 잃고 종족이 망하거나 피해를 본 경우인데, 국성의 입장에서 본다면 자신의 명성을 쌓은 부분이라고 할 수 있다. 한편 16-ㄱ에서부터 19-ㄱ까지가 국성이 근심과의 전쟁에서 승리하여 자신의 능력을 입증한 부분이라고 할 수 있다.

위의 사적에 해당하는 부분들은 국성으로 대변되는 술의 위대함을 대변함과 동시에 입전자의 해박한 지식 또한 한껏 드러내는 역할을 하고 있다고 할 수 있다. 물론 이러한 논리 전개가 가능했던 것은 어디까지나 폭넓은 중국 역사에 대한 탁견과 입전자의 술에 대한 애착이 크게 작용했을 것으로 판단된다. 그리고 입전자가 만년에 겪었던 실존했던 삶의 역정과도 무관치 않을 것으로 사려 된다. 다음으로 네 번째는 주인공의 마지막을 서술한 종말 부분인데, 위의 서사 단락에서 보면 20-ㄱ이 이에 해당한다고 할 수 있다. 국성은 나라의 큰 근심거리를 해결했으며 많은 사람들로부터 사랑을 받았고 결국 행복한 결말로 이야기가 귀결되고 있다. 다섯 번째는 자손이나 지손들의 행적을 담은 내용인데, 「국성전」에는 이러한 후손에 대한 내용은 전혀 언급된 것이 없다. 그리고 마지막으로 인물전의 논찬에 해당하는 논평을 담은 평결 부분인데, 이 부분은 서사 단락의 21-ㄱ으로 국성이 살아서는 인걸이 라는 소리를 들었고 죽어서는 주성이 되었다는 것으로 최대의 찬사를 아끼지 않고 있다. 이러한 논찬 부분은 지금까지 존재해 왔던 술을 소재로 한 그 어떤 가전에서도 찾아볼 수 없는 것으로 술을 사랑하고 아낀 입전자의 마음을 십분 느낄 수 있는 부분이라고 하겠다.

이와 같이 국성전의 서사 구조를 선행 된 가전 연구에서 제시된 구성 방식에 대입해 본 결과 서두부와 선계, 사적, 종말, 평결 부분은 온전히 유지된 반면 자손들의 행적에 해당하는 후손 부분은 빠진 것을 확인해 볼 수 있다. 이러한 점은 「국성전」의 서술 관점이 어디에 맞추어져 있는가를 드러내는 동시에 가전으로서의 특징을 고스란히 간직하고 있는 것이라고 하겠다. 그럼 이러한 서사 단락의 특징을 바탕으로 국성전의 내용에서 특징적인 부분들을 살펴 중점적으로 자세히 파악해 보고자 한다.

술로 대변되는 국성의 인생 역정은 사람의 일생으로 본다면 영웅이야기에 버금가는 역동적인 경우라고 할 수 있다. 특히 그는 태어날 때부터 남다른 특징이 있었으며, 이런 특징에 어울리는 성품을 가지고 성장했다.

조씨가 일찍이 장경성에 관한 꿈을 꾸고 성을 낳으니 성은 호관에서 가정을 이루었다.[17)

성은 태어나면서부터 청초하고 정숙하였으며 기품이 온후하였다. 그리고 어릴 적에는 바탕이 순진하여 사람 마음으로 하여금 취하기를 잘

17) 曹氏感嘗夢長庚星生, 聖遂家壺關.

하게 했고 사람들과 더불어 교제할 적에 볼 것을 청하면 반드시 갔다.
장성하여서는 맑고 사나운 기운이 있기에 보는 사람들이 모두가 가리지
않고 좋아하여 어진 사람이나 어리석은 사람과 사귈 때 정을 나눔이 마
치 물과 같이 하였다.18)

국성은 태어날 때 장경성(長庚星)에 관한 꿈을 꾼 것으로 기술됨으
로 인해 그가 하늘에서 점지 받은 존재처럼 인식되고 있다. 그리고 성
품이 온후(溫厚)할 뿐만 아니라 마음이 곱고 사람들과 사귀는 데 있어
서도 이사람 저사람 가리지 않았다. 즉, 모든 사람들과 잘 어울리게 됨
으로써 싫어하는 사람이 없었다. 이것은 술로서의 위상을 잘 드러낸
것으로 그 어떤 술보다도 잘 빚어졌으며 대부분의 사람들로부터 사랑
을 받게 되었음을 의미하는 것이다. 좋은 술일수록 많은 사람들이 탐
하듯이 국성이야말로 모든 사람들이 좋아하는 술이 된 것이다. 그러므
로 어지러운 세상에서도 항상 맑음과 흐림을 잃어버리는 경우가 없었
다. 이처럼 뛰어난 자질을 지닌 국성은 일찍이 의적이라는 사람에 의
해 우임금님께 천거되었다. 우임금님은 그를 보고 기쁜 마음은 들었으
나 나라를 망하게 할까 두려운 나머지 그를 멀리하고 말았다. 이 부분
에서부터 국성의 활약이 시작되고 있다고 할 수 있는데, 국성은 비록
우임금님께는 버림을 받았지만 그의 손자 계와 그의 여동생 희에게서
는 사랑을 받았다. 그러나 우임금님이 걱정했듯이 계는 국성에게 정사
를 위임했으며 그 뒤로 연못을 파고 술을 담는 등 지극히 술을 사랑하
였다. 그래서 결국 우임금님이 국성을 멀리한 것을 손자가 대신 갚아
주기라도 하듯이 계의 나라와 종족은 멸망했다.

---

18) 聖生而淸淑, 氣稟溫厚, 方其幼也, 醇眞之質, 令人心醉善, 與人交見請必往. 及其長
也, 淸烈之氣. 見者咸悅, 不擇賢愚, 交情若水.

국성이 일찍이 술 담을 연못 파는 일에 여덟 마리의 소를 이끌고 와서
하였다. 그리고 삼천배의 술을 마실 적에는 북을 치며 즐기다가 마침내
그 나라가 망하고 그 종족도 망하였다. 대개 그 조상이 멀리하고 끊었던
원한을 보답한 꼴이 되었다.[19]

계의 나라가 망하자 국성은 상나라 신 임금님께 가서 총애를 받게
되었는데, 신 임금님도 우 임금님의 손자 계와 같이 밤늦게까지 술을
마시게 하여 결국 그 나라가 망했다. 하지만 사람들은 국성의 허물이
라고 하지 않았다. 이것은 국성이 좋은 술이지만 마시는 사람이 어떻
게 스스로를 조절하느냐에 대한 문제를 제기한 것으로 모든 결과를 술
의 탓이라고 보기 보다는 마시는 사람에게 문제가 있음을 은연중에 지
적하고 있다.

　　세상에서 모두 상나라 신 임금이 덕을 멸해서 그런 것이라 하고 곡성
　　을 허물하지 않았다.[20]

자신이 모시던 임금을 둘씩이나 잃은 국성은 다시 계의 여동생인 희
의 나라로 가서 즐겁게 살았는데, 이때에도 무왕이 국성을 경계하는
글을 지었다. 우임금님이나 무왕은 뛰어난 임금들이었던 만큼 국성을
멀리한 것을 알 수 있다. 즉 술을 가까이 하면 나라가 망할 수도 있다
는 것을 일찍이 간파하고 일깨워준 사람들이라고 하겠다.
　국성은 희의 나라에서도 뜻을 이루지 못하고 춘추의 시대까지 흘러
들어 갔는데, 이때에는 종사에 쓰이기도 했고 제후들의 회맹에서도 사

---

19) 聖嘗用事於酒池, 引八牛, 飮三千, 擊鼓酣樂, 卒僨其國而沈其宗, 盖報其乃祖疎絶
　　之怨也.
20) 然世皆商辛 爲滅德而不以咎聖焉.

랑을 받았다. 다만 굴원만이 국성과 절교를 했는데 이는 국성의 잘못이 아니라고 했다. 마치 위에서 언급한 상나라 신임금님의 경우와 같이 이 부분에서도 국성은 아무 잘못도 없음을 시사하고 있다. 「국성전」에 등장하는 중국 역사속의 인물들은 조선후기의 사대부들에게는 친근한 존재들이었고 그들의 행동을 익히 알고 있는 경우가 많아 이해하기 쉬운 대상이었고 할 수 있다. 따라서 시대와 신분을 뛰어 넘어 술의 특징과 효능을 예로 들기 좋은 대상들이었다고 짐작된다.

이후 국성은 한나라 고조와 하동의 계포에게서도 사랑을 받았는데, 계포는 국성을 가까이 하면서부터 가는 곳마다 일을 그르친 경우가 많았다. 그리고 국성은 점점 많은 사람들로부터 총애를 입으면서 사치스럽고 호방한 기운이 나타났는데, 신풍에 살 때는 많은 재산을 축적하여 호사롭게 살았다. 하지만 이때에도 사람들은 그를 미워하거나 시기하지 않았다.

> 국성은 호방하고 사치스러웠지만 구속되지 않았다. 국성이 신풍에 살게 되면서 그의 부는 천금, 만금을 이뤄 난릉에 있을 적에는 울금향(鬱金香)으로 꾸몄지만 사람들은 시기하지 않았다.[21]

국성을 좋아했던 사람들은 대부분 왕이나 제후가 많았지만 절개를 지키며 사는 죽림칠현(竹林七賢) 같은 존재들도 있었다. 그리고 스스로 청결한 처사라고 불렀던 도연명도 있었다. 이들은 국성을 벗 삼아 한 세상을 즐겼다고 할 수 있는데, 신분이나 학식, 지조에 상관없이 두루 어울렸음을 알 수 있다. 즉 국성은 어디든지 불러만 주면 가는 성품을 타고 난 바 있었는데, 모든 사람들의 기쁨과 슬픔까지도 끌어안을

---

21) 聖豪奢不羈 居新豐 富致十千 在蘭陵 飾以鬱金 人不爲猜.

수 있을 정도의 사랑을 받았다고 할 수 있다. 도연명과 친하게 지낸 후 강하 신 씨로 더불어 두터운 정을 맺어 천금을 벌게 해 주니 신 씨가 그를 위해 황학루를 세워 주었고 이부상서 필탁은 그와 어울리다 웃음거리가 되기도 했다. 유령과는 사생의 교분을 맺어 서로 떨어져 지내는 일이 없었는데, 결국 유령이 국성을 칭찬하며 죽었다. 국성은 유령이 죽은 후에 그의 무덤을 찾지 않았지만 사람들은 국성을 정이 없는 사람이라 욕하지 않았다. 이것은 유령을 통해 국성과 너무 친하게 자주 어울린 사람에게 문제가 있음을 다시 한 번 확인시켜 준 것이다.

> 유령은 그의 덕을 칭송하고 그를 칭찬하면서 죽었다. 그러나 국성은 그의 무덤을 찾아가지 않았지만 세인들은 또한 국성을 정이 없는 사람이라 욕하지 않았다.[22]

이후 당나라에서는 이백과 하지장과 어울리며 만년이 되도록 알아주는 정을 맺었다. 하지장은 일찍이 술을 좋아하고 시를 잘 짓기로 이름난 사람으로 당의 현종에게 이백을 추천하기도 했다. 또한 이백이 적선(謫仙)으로 불린 것 또한 그에 의해서라고 한다. 국성은 당나라를 대표하는 시인들과 둘도 없이 친근한 관계를 맺게 되었고 황 공자를 따라 술집거리에 머물면서부터는 국성의 명성이 천하에 알려지게 되었다. 이처럼 국성은 시대를 바꿔가며 중국 역사상의 대표적인 인물들로부터 총애를 입었으며 마침내는 저자거리에 거쳐하게 되면서 가장 뛰어난 술이 되었다. 이 부분까지는 국성이 정치에 나아가지 전에 세인들과 교류하면서 자신의 능력을 마음껏 발휘한 부분이다. 즉 술로서 타고난 뛰어난 맛으로 자신을 알린 것이라고 할 수 있다. 그리고 한편

---

22) 伶爲之頌其德 而贊之及其死也라. 聖不到其墳上 世人亦不以聖爲情薄者也라.

으로는 유교에서 가장 이상적인 가치관으로 내세우는 수신제가치국평천하(修身齊家治國平天下)의 이념을 전달하고 있기도 한데, 그것은 다양한 인물들과 어울리면서 자신의 위상을 정립시킨 후에 정치적인 성공을 거두고 있기 때문이다. 즉 활약의 두 번째 부분에 해당하는 심성론에서 국가의 위기 상황을 해결하고 인생을 성공적으로 이끌어 감을 볼 수 있다.

국성이 이렇게 세상에 명성을 날리고 있을 때 국가에서는 천군(天君)이 즉위하여 영대(靈臺)에서 사단칠정(四端七情)에게 마음과 몸을 바르게 닦아 간사한 이를 멀리하라고 이른다. 여기에서의 천군은 사람의 마음을 빗댄 것이며 영대는 정신이라고 할 수 있다. 신하들은 이러한 천군의 말을 육체의 죽고 사는 문제로 받아들인다. 이것은 정신이 맑고 육체가 건강해야 함을 역설한 것으로 근심걱정을 멀리 하여 몸을 지키는 방법이라고 할 수 있다.

> "나에게 그대들이 있는 것이 마치 물고기가 물에 있는 것과 같다. 너희 들은 피폐해진 왕실(마음)을 극진이하고 나라 안(육체, 마음)으로 하여금 닦아(陶鑄) 태평하게 하라. 또한 어진 이를 가까이 하고 간사한 이를 멀리하여 나쁜 풍속(醞釀 없는 사실을 꾸밈)이 이루어짐이 없게 하라."23)

이러한 천군의 분부가 있은 지 2년이 지나 애공이 도둑의 침입을 아뢰었다. 그러나 이를 물리칠 장수가 마땅치 않았다. 적의 수는 40만이나 되었으며 장수는 진나라의 백기였다. 그들은 격현에 근심의 성을 쌓고 병탄의 계획을 세우고 있었다. 생각다 못하여 거록의 장수 무기

---

23) 猶魚之有水也. 爾其盡瘁王室 使吾邦域之內 陶鑄太平 親賢遠奸 不使醞釀成風.

에게 도움을 청했지만 문과 무로는 어찌해 볼 수 없는 상황이 되자 많은 신하들이 마침내 국성을 천거했다. 사람이 살다보면 근심이 생길 수 있은데, 마음에 근심이 생기게 되는 것은 분명 이유가 있어서이다. 그리고 마음의 병은 결코 약으로만 치유될 수 없는 것이어서 마음을 달래주고 자신감을 갖게 해줄 수 있는 국성이 꼭 필요하게 되었다. 예전부터 많은 사람들은 술이 사람들의 근심을 털어내는 기능을 갖고 있다고 생각했다. 그러므로 근심을 치유하는데 국성만한 적임자가 없었음은 물론이다.

> 천군이 말하기를
> "아아, 난을 짓지 말고 변란을 조장하지 않는 것이 이미 문령으로도 불가하며 또 무력으로도 불가하다. 그러니 누가 나에게 오직 한 두 명의 관리로 능히 이 적을 물리칠 계책을 말하겠는가?"하니
> 이에 오직 국공 성이 그 사람이라고 말했다.
> 마침내 국성이 조칙을 받드니 이에 국성으로 병주와 뢰주의 도독을 삼아 근심을 부수고 대장군으로 하여금 근심의 성을 공격하게 하였다.[24]

국성에게 천군이 직접 도독이라는 벼슬을 주고 아울러 아우 주천태수 현과 청주종사 평원도위로 더불어 그의 좌우로 삼게 했다. 마침내 국성이 한 나라의 도독이 되어 많은 장수와 부하들을 거느리고 전쟁에 출전하게 된 것이다. 국성과 함께 전쟁에 참여하게 된 이름난 장수들은 모두 국성처럼 술을 의인화 한 것이다. 그러나 많은 술이 있었지만 국성이 전쟁을 이끄는 대장격인 도독이 된 것은 그의 능력을 가장 높

---

24) 天君曰 吁 毋讓亂 毋助變 旣不可以文令 又不可以武競 朕惟一二大吏 孰能爲處 玆攘敵之策 乃惟曰麴公聖其人遂以聖奉詔 於是以聖 爲幷雷都督 破愁 大將軍使擊 愁城

게 평가했기 때문이다. 마침내 국성은 전쟁에 뛰어들자마자 탁월한 능력으로 적을 물리치고 큰 공을 세웠다.

상봉, 황락, 오정, 죽엽 등을 천병으로 거느렸으며, 대장기를 세워 북을 치며 행하여 정형구를 나와 배수의 진을 흥해변에 쳤다. 그리고 나무잔으로 군을 건너는 것이 마치 물동이를 세워서 아래로 쏟는 것 같았다. 육보 칠보는 허물 될 것이 없고 위엄으로 세 번 명령을 내리고 다섯 번 명령을 행하니 성에 가득한 사람들이 기뻐하지 않는 이가 없었다. 다투어 소와 술을 가지고 수고로움을 맞이했다. 그러나 유독 초의 대부 굴원만이 머리를 헤치고 도망하여 그 절개를 온전히 하였다.[25]

국성은 다양한 술을 천병으로 거느리고 나무잔으로 술을 건네어 결국 마음에서 일어나는 근심을 잠재우기에 성공했다. 그가 일찍부터 알려져 있던 자신의 명성에 걸 맞는 큰일을 해낸 것이다. 국성의 승리로 인해 성안 사람들은 기뻐하지 않는 이가 없었다. 다만 앞에서도 나왔던 굴원이만이 도망하여 자신의 절개를 지켰다. 결국 외성주는 죽고 적장은 지도 곁에서 항복하였다. 드디어 국성은 국가적인 위기를 뛰어난 전략으로 해결하기에 이르렀다. 국성이 전쟁에서 승리한 후 진나라의 음악을 격파하고 군사를 거느리고 돌아옴에 청절한 사람으로 이름 높았던 이소연 담과도 어울릴 수 있게 되었다. 천군이 국성이 승리하고 돌아온다는 소식을 듣고 친히 교외까지 나와서 맞았으며 환백장군 청주자사와 양천 군수 등 높은 관직을 하사했다. 높은 관직의 하사는 국성

---

25) 桑封黃落 爲程竹葉等 爲領千兵 建大將旗 鼓鼓行 出井陘口 背水而陣 胸海邊以木罌渡軍 如建瓴而下 合浦解蟄爲其先鋒 舞陽琴張 爲其佐幕將軍 乃奮折衡撙 俎之威 不愆于六步七步 威行于三令五申 滿城之人 無不歡悅 爭持牛酒迎勞 獨楚大夫屈平 披髮而走 以全其節

의 활약에 대한 보상이자 영웅적인 활약의 종착점이라고 할 수 있다.

천군이 대열하여 친히 교외에서 맞이하여 종묘에 고하고 한번 절하고
다시 절하니 드디어 환백 장군 청주자사를 삼았다. 그리고 마침내 조병
으로 봉했다가 환백으로 양천 군수를 삼았다.26)

국성은 높은 관직을 부여받고 또한 천군으로 더불어 부와 명예를 함
께 누리게 되었다. 그리고 누릴 수 있는 녹(祿)과 복(福)을 마음껏 누
린 뒤에는 죽어서 하늘에 올라가 주성이 되었다. 국성이 주성이 된 것
은 처음 그의 어머니 조씨가 장경성에 관한 꿈을 꾼 것과 연관이 있어
보이는데, 국성이 주성이 된 것은 술을 의인화 한 대상에 대한 찬사로
는 최고에 해당하는 경우라고 할 수 있다.

왕이 옹. 병. 뢰 삼읍으로 식읍을 주시어 호천의 낙과 의혈의 부를 누
리게 하였다. 그리고 천지로 더불어 서로 시작과 끝이 되게 하였다. 공
을 이루고 몸은 물러나 그대에게 취하여 즐기니 건곤은 천년으로 마치
어 하늘에 올라가서는 주성이 되었다고 말하였다.27)

술을 의인화한 가전의 경우에도 인물전에서와 같이 포폄의식이 존
재한다. 국성전의 작자는 살아생전에 있었던 그의 행동에 대해 칭찬을
아끼지 않고 있다. 그리고 국성과의 사이에서 있었던 잘못된 일들은
모두 본인들의 탓이라고 일축하고 있다. 이런 면에서 볼 때 국성전은

---

26) 天君大悅 親自郊迎 告于宗廟 一拜復一拜 遂以爲 歡伯將軍 淸州刺史 竟封糟兵
伯爲醞泉郡
27) 王食雍幷雷三邑 俾享壺天之樂 蟻穴之富 與天地相終始焉 功成身退 醉樂於醉卿
乾坤以天年終上天爲酒星云.

다분히 포의 입장을 취하고 있다고 할 수 있는데, 이런 입장은 단적으로 논찬을 통해 명확하게 드러나고 있다.

> 태사공이 말하기를 곡성이 호관을 나오자 이름이 천하에 가득하였다. 살아서는 세상에 없는 공을 이루고 죽어서는 하늘에 있는 별이 되어 그 자손은 더욱 중국과 주변국 가득하여 소문을 듣는 자는 기쁜 색을 띄었다. 덕을 보는 자는 마음으로 취하여 천자로부터 서인에 이르기까지 사랑하고 총애하여 친히 믿지 않는 이가 없었다.
> 일찍이 한 사람이라도 세상에서 소홀하게 보았다는 소문이 없었던 것은 모두 곡성이 덕을 쌓고 인을 쌓은 공이라고 하였으니 아아 곡성은 인걸이라 하겠다.[28]

논찬을 통해 국성은 세상에 둘도 없는 인품으로 큰 공을 이루었고 죽어서는 별이 되어 사방에 그 이름을 전했다고 했다. 그리고 그를 사랑한 것은 몇몇 사람으로 대표되는 부류가 아닌 모든 사람이 되면서 술로서의 위상을 한층 높여 놓았다. 그러므로 국성은 그의 덕으로 보나 공으로 보나 인걸이라고 하기에 충분하다고 평했다. 마치 뛰어난 능력을 지닌 영웅이[29] 국가를 위기에서 구한 후 세상을 버린 것처럼

---

28) 太史公 聖出壺關 名滿天下 生成不世之功 死作在天之星 其子孫 彌滿中國華夷 而 聞風者 色悅 覩德者心醉 自 天子至於庶人 莫不愛幸親信 曾不聞 一人見疏於世者 皆聖積德累仁之功也. 嗚呼 聖其人傑也哉.

29) 실제로 「국성전」은 국성의 뛰어난 활약과 전쟁에서의 승리, 행복한 결말, 사후의 논찬 등에서 마치 영웅이야기의 주인공과 흡사함을 느낄 수 있다.(조동일,『한국설화와 민중의식』, 정음사, 1985, 118쪽.) 이는 국성의 위상을 탁월한 능력자의 활약과 성공으로 방향을 설정한 데서 생긴 결과가 아닌가 한다. 그리고 그가 추구하는 삶의 이정표가 전쟁에서의 승리를 통해 곤경에 처한 백성들을 구한다는 점에서 사뭇 군담 소설의 주인공과 흡사한 성향이 발견되기도 한다.(서대석,『군담소설의 구조와 배경』, 이화여대출판부, 1985, 12쪽.)

표현함으로써 후대에 오는 세인들에게 좋은 귀감이 되게 하고 있다.

이러한 국성의 일생을 정리해 보면 타고난 능력으로 인해 세인들에게 그 실력을 인정을 받을 수 있었으며 많은 위정자와 문사들과 교류하면서 하나하나 입증되기에 이르렀다고 하겠다. 그리고 나라가 위기에 처했을 때 용기와 지혜를 다해 구해 넘으로써 명성을 지키고 보상을 받을 수 있었다. 물론 간혹 국성을 경계하거나 피한 사람이 있기도 하지만 이러한 그의 삶은 결국 행복한 결말로 이어지면서 선망의 대상이 되기에 충분했다.

## 4. 문학사적 의의

지금까지 임춘의 「국순전」을 필두로 술을 의인화 한 가전 작품들이 있어왔지만 조선전기의 「국수재전」이 나오기까지 약 300년이라는 시간적 거리가 있었다. 그 후 17세기와 18세기에 창작된 「환백장군전」과 「국청전」이 있기는 하지만 작품의 수가 그리 많지 않고 아울러 연구의 폭도 넓지 못한 것이 현실이다. 이러한 상황에서 조선후기에 지어진 「국성전」의 출현은 가전문학에 있어 매우 의미 있는 것이라고 할 수 있다. 그것은 단적으로 술을 의인화 한 가전 작품을 하나 더 발굴했다는 점과 함께 조선후기에 지어진 작품의 경향을 좀 더 자세히 파악해 볼 수 있는 좋은 자료이기 때문이다. 이러한 점을 고려하여 「국성전」이 지닌 문학사적 의의를 고찰해 본다면 첫째, 「국성전」이 술을 소재로 하고 있다는 점에서 시간적으로 많은 차이가 있지만 술을 의인화 한 초기의 가전 작품들이 지닌 구조적 특징들을 계승하고 있다는 점을 들 수 있다. 그리고 두 번째는 국성의 활약을 서술하고 있는 사적에 해당하는 부분이 유난히 길어지면서 전대의 작품들에 비해 풍부한 문학적 상상력이 개입되었다는 점을 확인할 수 있다. 세 번째는 국성이라는 탁월한 인물을 통한 이상적인 인물의 문학적 형상화를 꼽을 수 있다. 물론 이것은 작가의식에 따른 주제의 구현에서 생긴 결과라는 것은 어렵지 않게 짐작해 볼 수 있다.

「국순전」을 지은 임춘이 살았던 시기를(1160년 경) 가늠해 본다면 금곡 박상연이 지은 「국성전」과는 대략 500년이 넘는 시간적 차이가 존재한다. 그리고 「국선생전」을 지은 이규보와는 약 460년이 넘는 시간적 거리가 존재한다. 그러나 내용에 있어서는 확실히 구별되지만 가전 작품이 추구하는 전반적인 이야기의 구조에 있어서는 비슷한 점이 발견되고 있다. 이러한 현상은 「국성전」이 입전될 당시 작가의 해박한 역사적 지식과 상상력이 반영된 결과이다. 그러나 전대에 존재했던 작품들의 영향을 받게 되면서 이야기의 진행이 서두, 선계, 사적, 종말, 평결이라는 가전이 지녀야 할 특징들을 간직하게 되었다. 다만 「국순전」과 「국선생전」에 비해 구조적으로 후계에 해당하는 부분이 나타나 있지 않다. 이것은 작가가 어떤 부분에 주안점을 두고 작품을 이끌어 갔느냐에 따라 달라질 수 있는데, 「국순전」은 대체로 서두 부분에 중심을 두고 있다. 그리고 「국선생전」은 행적에 치중되어 있는데, 「국성전」은 「국선생전」과 비슷한 성향을 보이고 있다.[30] 특히 내용상으로 보면 「국순전」은 술의 행색을 천하게 보는 입장을 취하면서 술을 간신과 아부배로 비유하여 탐욕과 타락에 빠진 그릇된 행신들로 묘사하고 있다. 이에 반하여 「국선생전」은 주인공인 국성을 긍정적으로 보면서 국정에도 도움이 되고 덕망을 지닌 군자의 모습으로 보고자 했다.[31]

---

30) 일찍이 김현룡은 임백호의 「수성지」가 「국선생전」의 영향을 입은 것이 분명하다고 했는데, 본고에서 고찰한 「국성전」 역시 많은 영향을 받았다고 하겠다.(김현룡, 전게서, 173쪽.) 특히 행적 부분에 많은 양을 할애한 것은 주목할 만 하다고 하겠다.

이러한 「국선생전」의 작가의식은 「국성전」에도 일정 부분 계승되고 있다고 할 수 있는데, 마치 인물전의 경우와 같이 대상 인물의 활약을 통해 교훈성을 실현하고 있다는 점에서도 유사한 점을 확인해 볼 수 있다.[32] 또한 가전의 특성상 술이라는 사물을 의인화시켜 허구적인 것으로 이야기가 진행되고 있지만 국성의 활약을 본다면 전대의 작품들과 같이 역사적 전고가 유기적으로 연결되면서 마치 실재했던 것처럼 묘사되고 있다. 또한 인물전의 경우와 같이 포폄의식을 기저로 하여 교훈성을 구현함으로써 자연스럽게 가전 문학적인 특징들이 두루 나타나 있다고 하겠다.

두 번째로 「국성전」은 내용에 있어 전대의 술을 소재로 한 여타의 가전 작품들에 비해 전고가 방대하며 문학적 상상력 또한 풍부한 편이다. 자세한 역사적 전고를 바탕으로 활약을 섬세하게 기술하다보니 중국 역사상 큰 족적을 남긴 인물들의 행동과 특성들을 자세히 언급하고 있다. 또한 이런 인물들과 국성과의 교류를 중심으로 서술하는 과정에서 이야기의 소재가 풍부해졌다고 할 수 있다. 그러나 국성은 중국의 많은 정치가와 시인묵객들과 어울렸지만 정작 그들과 같은 길을 간 것은 아니었다. 다만 그들 곁에서 함께 어울리며 즐거움을 주고자 했을 뿐이다. 그랬기에 어울리는 인물의 인품에 따라 다양한 상황이 연출될 수 있었다. 이처럼 중국 역사에 실재했던 사실들을 이야기의 큰 흐름으로 끌어들임으로써 입전자가 얼마나 역사적 사실에 해박했는가를 짐작할 수 있는 동시에 사적에 해당하는 부분이 전대의 가전 작품들에 비해 유난히 길어진 이유가 되었다.

---

31) 하경희, 전게서, 56쪽.
32) 소재와 기능에 따른 전 양식의 특징에 대해서는 (이동근, 「전 양식의 역사적 전개 양상」, 『우리말글』 29집, 우리말글학회, 2003, 2쪽.)에서 자세히 고찰했다.

세 번째는 국성을 탁월한 능력을 지닌 인물로 묘사함으로서 이상적인 인물로 형상화되고 있다. 대부분 술을 의인화한 가전의 경우 교훈적인 측면을 표출시키기 위해 술로 대표되는 인물의 실수나 잘못을 뉘우치게 설정된 경우가 많다. 그러나 「국성전」은 이와 달리 모든 책임을 국성과 어울린 사람들에게 돌리고 있다. 국성과 어울린 사람들은 대개 국성을 매우 사랑한 경우와 멀리한 경우로 대별해 볼 수 있는데, 국성으로 인해 피해를 보거나 국성이 인간다운 행동을 하지 않은 경우에도 결코 국성을 원망하거나 나무라는 경우가 없다. 이런 이유로 인해 국성의 행동은 어떠한 경우에도 정당성을 부여받고 있으며 그의 행동은 마치 영웅적인 것으로 묘사되고 있다. 특히 선조 때 임백호가 지은 「수성지」처럼 천군을 등장시켜 마음을 다스리는 데는 술보다 더 좋은 것이 없다는 메시지를 전하는 부분에서는 국성을 능력이 탁월한 장수로 표현하여 가장 이상적인 유교주의가 추구하는 인물로 그려놓고 있다.[33] 이것은 한편으로는 당시 작가가 처해있던 어려운 정치적 상황을 문학적으로 해소해 보고자 하는 노력으로 여겨지기도 하는데, 국성은 분명 유교주의적 가치관에서 누구나 꿈꾸는 가장 이상적인 인물임에 틀림없다고 하겠다.

이와 같이 「국성전」은 조선후기의 술을 소재로 한 가전 문학의 한 단면을 살펴볼 수 있다는 점에서 그 의미가 크다고 하겠다.

## 5. 결론

이상으로 17세기의 문인이었던 금곡 박상연이 지은 「국성전」을 텍

---

33) 「국성전」은 심성론적인 면에서 전대 「수성지」의 영향을 받았다고 할 수 있는데, 이것은 성리학의 이론이 가전에 투영된 경우로 볼 수 있다.(이동근, 「수성지」, 『한국고전소설작품론』, 집문당, 1990, 47쪽.)

스트로 삼아 서사 구조를 분석해 보고 가전문학으로 귀결되는 특징과 문학사적 의미 등을 고찰해 보았다.

주지하다시피 인물전의 구성 방식에 대해서는 논자에 따라 다양한 논의들이 전개되어 왔는데, 가전의 형식 또한 『삼국사기』·「열전」을 토대로 하여 그 형식이 정립되었다. 그 동안 제시된 가전의 최대 형식인 서두-선계-사적-종말-후손-평결에 「국성전」의 서사 구조를 대입하여 보면 가전의 형식을 충실히 따르고 있음을 확인해 볼 수 있다. 먼저 주인공을 소개하는 서두를 살펴보면 서사 단락 1-ㄱ이 이에 해당되는데, 국성의 출신 지역과 성, 이름 등이 제시되고 있다. 그리고 두 번째로 주인공 보다 먼저 살았던 선조에 대해 소개하는 선계를 들 수 있는데, 서사 단락의 2-ㄱ과 2-ㄴ이 이에 해당한다. 세 번째는 주인공이 자라면서 지니게 된 인품과 정치적인 행적, 능력 등을 기술한 사적인데, 「국성전」은 사적에 해당하는 부분이 두 부분으로 나뉘어져 있다. 하나는 세상에 나가 많은 인물들을 만나면서 자신의 명성을 알리는 부분이고, 두 번째는 이런 명성을 바탕으로 실제 인간의 근심 걱정에 큰 도움을 주는 것으로 병마와의 전쟁을 통해 큰 승리를 거둔 것이라고 할 수 있다. 이러한 국성의 활약에 따른 결과를 입전자의 입장에서 본다면 사람들이 술을 경계한 경우와 술에 빠져 자신을 이기지 못한 경우, 술을 잘 활용하여 인생을 즐긴 경우, 술을 아예 피한 경우, 그리고 술의 뛰어난 효능에 대해 서술한 부분으로 나누어 볼 수 있다. 서사 단락 3-ㄱ에서 16-ㄱ이 술에 대한 경계와 술에 빠진 경우이며 술을 피한 경우에 해당한다. 이 중에서 4-ㄱ과 4-ㄴ, 6-ㄱ 등이 술을 경계한 경우이며 6-ㄴ과 18-ㄱ이 술을 피한 경우이다. 그리고 이들 단락을 제외한 3-ㄱ에서부터 15-ㄱ까지가 술에 빠져 나라를 잃고 종족이 망하거나 피해를 본 경우이다. 그리고 서사단락 16-ㄱ에서부터 19-ㄱ까지가 국성이 근심과의 전쟁에서 승리하여 자신의 능력을 입증한 부분이라고 할 수 있다. 네 번째는 주인공의 마지막을 서술한 종말 부분인데, 위의 서사 단락에서 보면 20-ㄱ이 이에 해당한다고 할 수 있다. 다섯 번째는 자손이나 지손들의 행적을 담은 것인데, 「국성전」에는 후손에 대한 내용은 언급된 것이 없다. 그리고 마지막으로 인물전의 논찬에 해당하는 논평을 담은 평결부분인데, 이 부분은 서사 단락의 21-ㄱ으로 국성이 살아서는 인걸이라는 소리를 들었고, 죽어서는 주성이 되었다는 부분이 이에 해당한다. 그리고 「국성전」의 내용에서 특징적인 부분들을 살펴보면 가장 주목되는 것이 사적에 해당하는 부분이라고 할 수 있는데, 국성은 의적에 의해 우임금님께 천거 된 것을 시작으로 많은 명성을 얻게 되었고 결국 전쟁에 장수로 출정하여 근심을 없애고 최고의 지위를 누리게 되었다. 이것은 국성이 마치 탁월한 능력을 지닌 영웅과 같이 유교주의적 가치관에서 내세우는 이상적인 인물임을 나타내 주는 것이라고 할 수 있다.

이와 같은 점을 고려하여 「국성전」이 지닌 문학사적 의의를 고찰해 본다면 첫째, 「국성전」이 술을 의인화 한 초기의 가전 작품들이 지닌 구조적 특징들을 계승하고 있다고 할 수 있다. 그리고 두 번째는 전대의 작품들에 비해 풍부한 문학적 상상력이 개입되었다는 점을 들 수 있다. 끝으로 세 번째는 국성이라는 탁월한 인물을 통한 이상적인 인물의 문학적 형상화를 꼽을 수 있다.

이처럼 「국성전」은 17세기 후반에 창작된 술을 의인화 한 가전으로써 조선후기의 술 의인화 가전 작품이 갖는 특징을 살펴볼 수 있는 좋은 자료임에 틀림없다고 하겠다. 앞으로 「국성전」을 비롯한 가전 작품들에 대한 일련의 연구가 더욱 활발히 진행되기를 기대해 본다.

# 참고문헌

*제1부 인물전의 비극성과 전개 양상*

1. 자료

『고려사』(사회과학원 고전연구실 편찬), 신서원 영인, 1991.

『김충장공유사』, 한국인물사료총서 (6), 민족문화사, 1983.

『난중일기』

『논어』공구

『대동야승』

『동야휘집』

『동패락송』(김동욱 역), 아세아문화사, 1996.

『문집소재전자료집』, 김균태 편, 계명문화사, 1986.

『문체명변』, 서사증.

『사기』, 사마천

『삼국사기』, 김부식(이병도 역), 을유문화사, 1990.

『삼국유사』, 일연(이민수 역), 을유문화사, 1990.

『서하집』

『선조실록』

『선조수정실록』

『설화』, 민속학회, 교문사, 1989.

『시학』, 아리스토텔레스(천병희 역), 문예출판사, 1976.

『연려실기술』(국역), 민족문화추진회, 1967.

『은봉전서』

『이조한문단편집』, 이우성·임형택 편, 일조각, 1982.

『임장군전』(소설) 27장본(판각본)

『임진록』(소설)

『임충민공실기』, 한국인물사료총서 7, 민족문화사, 1983.

『조선조문헌설화집요』(Ⅰ)(Ⅱ), 서대석 편, 집문당, 1991.

『충무공전서』

『충장공유사』

『태백의 인물』, 강원일보사 편, 강원문화총서 (3), 1973.

『한국고전문학전집』 전규태, 세종출판사, 1971.

『한국구비문학대계』(정신문화연구원)

『해동명장전』

## 2. 논저

강주진, 『이조당쟁사 연구』, 서울대출판부, 1971.

강철원, 『이순신의 난중 일화』, 오륜출판사, 1968.

김균태, 『전의 개념과 약사』, 계명문화사, 1986.

김병익, 「한의 세계와 비극의 발견」, 문학과 지성, 일조각, 1972년 봄호.

김용덕, 『한국전기문학론』, 민족문화사, 1987.

김태곤·최운식·김진영 편저, 『한국의 신화』, 경희대학교 민속연구소 편, 시인사, 1988.

김태준, 『조선소설사』, 학예사, 1939.

김기동, 『한국고대소설론』, 교학사, 1981.

김열규, 『한국민속과 문학연구』, 일조각, 1971.

김장동, 『조선조역사소설연구』, 이우출판사, 1986.

문순태, 「한이란 무엇인가」, 민족과 문학, 세종출판사, 1983.

박대복, 『고소설과 민간신앙』, 계명문화사, 1995.

박희병, 『한국고전인물전연구』, 한길사, 1992.

서대석, 『군담소설의 구조와 배경』, 이화여대출판부, 1985.

설성경·박태상, 『고소설의 구조와 의미』, 새문사, 1986.

신기형, 『한국소설발달사』, 창문사, 1960.

신태수, 『하층영웅소설의 역사적 성격』, 아세아문화사, 1995.

심정섭, 「전설의 문학적 구조」-아기장수 전설을 중심으로, 문학과 지성 77년 봄호, 일조각.

———, 「삼국사기열전의 문학적고찰」, 문학과 지성, 1979.

이기백, 『한국사신론』, 일조각, 1968.

이복규, 『임경업전연구』, 집문당, 1993.

이동근, 『조선후기 「전」 문학연구』, 태학사, 1991.

———, 『임장군전 연구』, 정음사, 1985.

이은상, 『충무공 일대기』, 국학도서출판관, 1946.

이혜화, 『아기장수 전설의 신고찰』, 교문사, 1989.

임성래, 『영웅소설의 유형연구』, 태학사, 1990.

임철호, 「『임진록』과 문헌설화의 역사의식」, 『한국고소설연구』, 이우출판사, 1983.

———, 『설화와 민중의 역사의식』, 집문당, 1989.

———, 『임진록 연구』, 정음사, 1986.

———, 『임진록 이본 연구』 I ～ IV, 전주대학교출판부, 1996.

장덕순, 『한국의 인간상』 2, 신구문화사, 1965.

———, 『한국고전문학대계』, 일신각, 1980.

———, 『한국수필문학사』, 새문사, 1992.

장덕순 외, 『한국문학사의 쟁점』, 집문당, 1989.

정석종, 『조선후기 사회변동연구』, 일조각, 1983.

정주동, 『고대소설론』, 형설출판사, 1966.

조성도, 『이순신의 생애와 사상』, 1982.

조동일, 『인물전설의 의미와 기능』, 영남대학교출판부, 1979.

———, 『문학연구방법론』, 지식산업사, 1980.

———, 『한국설화와 민중의식』, 정음사, 1985.

———, 『한국문학통사』(3), 지식산업사, 1989.

———, 『한국소설의 이론』, 지식산업사, 1990.

———, 『한국문학사상사시론』, 지식산업사, 1990.

진단학회, 『이충무공』, 백양당, 1960.

———, 『한국사』, 을유문화사, 1965.

최래옥, 『한국구비전설의 연구』, 일조각, 1981.

최창록, 『한국신선소설연구』, 형설출판사, 1989.

최석남, 「이순신」, 『한국인물사』 I, 신정사, 1980.

최영희, 「이순신」, 『한국의 인간상』 2, 신구문화사, 1965.
한석수, 『최치원 전승의 연구』, 계명출판사, 1989.
황패강 외, 『한국문학연구입문』, 지식산업사, 1988.
허경희, 『한국민족설화연구』, 전남대출판부, 1994.

## 3. 논문

가기열, 「임경업전연구」, 한남대 석사논문, 1989.
강현모, 「비극적 장수설화의 연구」, 한양대 박사논문, 1994.
김균태, 「전의 장르적 고찰」, 『신호열선생고희기념논총』, 창작과비평사, 1983.
———, 「조선후기 인물전의 야담취향성과 한계」, 『한국한문학연구』, 제2회 전국대회 발표요지, 1988.
김승호, 「고려 승전의 서술방식 연구」, 동국대 박사논문, 1991.
김열규, 「무속적 영웅고」-김유신전을 중심으로 하여, 『한국민속연구논문선』 II, 일조각, 1982.
김의정, 「임장군전연구」, 단국대 석사논문, 1983.
김진영, 「문헌소재 김유신 설화고」(1), 『한국소설문학의 탐구』, 일조각, 1978.
김철준, 「후삼국시대의 지배세력의 성격에 대하여」, 『이상백박사회갑기념논총』, 을유문화사, 1964.
———, 「고려 중기의 문화의식과 사학의 성격」, 『한국사연구』 9, 1973.
김혜숙, 「전・서사(기사)・야담의 대비적 고찰」, 『한국판소리고전문학연구』, 아세아문화사, 1983.
고경식, 「전의 유형고」, 『경희어문학』 6, 경희대 국문과, 1983.
고병익, 「삼국사기에 있어서의 역사서술」, 『김재원박사회갑기념논총』, 1969.
권오성, 「삼국사기 열전의 문학적 연구」, 영남대 석사논문, 1989.
민긍기, 「군담소설의 연구」, 연대 석사논문, 1980.
박경자, 「임진록에 나타난 인물 연구」, 고려대 교육대학원 석사논문, 1980.
박대복, 「고소설에 수용된 민간신앙연구」, 중앙대 박사논문, 1989.
박인구, 「아기 장수 전설의 유형연구」, 『숭실어문』 7집, 1990.
박준원, 「조선후기, 전의 사실 수용 양상」, 『한국한문학연구』, 제2회 전국 대회 발표요지, 1988.

박혜숙, 「고려후기 전의 전개와 사대부의식」, 『관악어문연구』 11, 서울대국 문학과, 1986.

박희병, 「한국 한문학에 있어 전과 소설의 관계 양상」, 『한국한문학연구』, 제2회 전국 대회 발표요지, 1988.

──, 「조선후기「전」의 소설적 성향 연구」, 서울대 박사논문, 1991.

변병선, 「임·병 양란과 역사소설」, 고려대 석사논문, 1983.

소재영, 「임진왜란과 문학의식」, 한국연구원, 1980.

서대석, 「고전소설의「행복한 결말」과 한국인의 의식」, 『관악어문연구』 3집, 서울대 국문과, 1986.

성기옥, 「전의 장르론적 검토」, 『울산어문논집』 제1집, 울산대 국문과, 1984.

신태수, 「곽재우 전승의 양상과 의미」, 한국정신문화연구원 석사논문, 1985.

오인환, 「임경업전연구」, 계명대 석사논문, 1987.

유권석, 「비극적 영웅담의 구조분석」, 우석대 석사논문, 1992.

양동훈, 「임경업전의 형성과정고」, 청주대 석사논문, 1986.

윤영옥, 「임경업전연구」, 『국어국문학연구』 제15집, 영남대 국어국문학회, 1973.

──, 「삼국사기 열전 김유신고」, 영남대 동양문화 연구소, 1974.

이경우, 「문집소재 전양식의 변천연구」, 『한국판소리고전문학연구』, 아세아문화사, 1983.

이동근, 「조선후기 실존인물의 사전 연구」, 서울대 박사논문, 1989.

이우성, 「삼국사기의 구성과 고려왕조의 정통인식」, 『진단학보』 38호, 1974.

이윤석, 「임경업전연구」, 연대 석사논문, 1978.

──, 「임장군편고」, 『국문학연구』 제6집, 효성여대 국문과, 1982.

이윤석, 「임경업전의 형성과정고」, 『문예사상연구』 I , 지하철문고사, 1980.

이재란, 「이토정 설화연구」, 한양대 석사논문, 1989.

이정진, 「전의 미의식 양상에 관한 연구」, 『한국언어문학』 35집, 1995.

이혜순, 「신라 열전의 서사문학적 위상」, 『한국서사문학사의 연구』II, 중앙문화사, 1995.

임철호, 「임진록군 연구」, 연대대학원, 1977.

──, 「김덕령설화연구」, 『한국언어문학』 제22집, 한국언어문학회, 1983.

──, 「아기장수 전설의 전승과 변이」, 『구비문학연구』 제3집, 한국구비문학회, 1996.

장덕순, 「영웅서사시 동명왕」, 『인문과학』 제5집, 연세대학교, 1960.

전신재, 「아기장수 전설과 비극의 이론」, 한림대 논문집 제8집, 1990.

정명기, 「전과 야담의 엇물림」(1), 『한국언어문학』 제33집, 한국언어문학회, 1994.

정순희, 「비극적 영웅 설화의 의미」, 『국어국문학』 30집, 국어문학회, 1995.

정의녀, 「임경업전의 문헌학적 연구」, 『어문교육논집』 3, 부산대 국문과, 1978.

정현숙, 「박문수 설화연구」, 영남대 석사논문, 1989.

조동일, 「영웅의 일생 그 문학사적 전개」, 서울대 동아문화<10>, 1971.

———, 「임진록에 나타난 김덕령」, 『상산이재수박사환력기념논문집』, 1972.

조태영, 「전 양식의 발전 양상에 관한 연구」, 서울대 석사논문, 1993.

———, 「고려사 열전의 인물형상과 서술양상연구」, 서울대 박사논문. 1991.

———, 「전계소설의 역사적 변모과정」, 『고소설사의 제문제』, 성오소재영교수환력기념논총, 집문당, 1993.

주명희, 「『삼국사기 열전』을 통해본 초기 전의 양상」, 『한국고전문학연구』, 신구문화사, 1983.

———, 「「전」의 양식적 특징과 소설론의 수용양상」, 서울대 박사논문, 1985.

———, 「삼국사기 열전의 소설사적 위상」, 『고소설사의 제문제』, 성오소재영교수환력기념논총, 집문당, 1993.

장장식, 「아기장수 전설의 의미와 기능」, 『국제어문』 5집, 1984.

차용주, 「상고 서사문학사의 개관」, 『한국서사문학사의 연구』 II, 중앙문화사, 1995.

최래옥, 「아기장사설화연구」, 『한국민속학』 NO.11, 1979.

최신호, 「傳記 · 傳奇 · 小說」, 『성심어문논집』 제5집, 성심여자대학, 국어국문학과, 1991.

최용순, 「임장군전연구」, 고려대 교육대학원 석사논문, 1977.

최철, 「조선시대소설의 범주에 관한 고찰」, 『민족문화연구』 9호, 고려대 민족문화연구소, 1975.

현길언, 「힘내기형 전설의 구조와 그 의미」, 『연암현평효박사회갑기념논총』, 1980.

조셉켐벨, 『천의 얼굴을 가진 영웅』, 평단문화사, 1985.

조셉켐벨 · 빌모이어스, 『신화의 힘』, 이윤기 옮김, 고려원, 1992.

V, Y, 프롭, 최애리역, 『민담의 역사적 기원』, 문학과 지성사, 1990.

자크라캉, 『욕망이론』, 문예출판사, 1994.

풍우, 김갑수역, 『천인관계론』, 신지서원, 1993.


## 제2부 「남이전」 연구

『구활자본 고소설전집』 제2권, 「남이장군실기」, 인천대학민족문화연구소.
『한국역대인물전집성』 제1권, 「국조인물지」(이상은 편), 민창문화사, 1990.
『대동야승』(국역), 민족문화추진위원회, 1985.
『사기』, 사마천.
『삼국사기』, 김부식(이병도 역), 을유문화사, 1989.
『연려실기술』(국역), 제6권, 민족문화문고간행회, 1986.
『조선왕조실록』
『한국민속대관』 3, 고려대 민족문화연구소, 1982.
국조인물고 「이시애」(차문섭 편), 『한국의 인간상』 2, 신구문화사, 1966.
박대복, 「고소설에 수용된 민간신앙 연구」, 중앙대 박사학위논문, 1989.
신형식, 『한국전통사회와 역사의식』, 삼화원, 1990.
신태수, 『하층영웅소설의 역사적 성격』, 아세아문화사, 1995.
안병국, 『귀신설화연구』, 규장각, 1995.
유권석, 「임병양란기 인물전의 비극성 연구」, 우석대 박사학위논문, 1997.
이기백, 『한국사신론』, 일조각, 1968.
임철호, 『설화와 민중의 역사의식』, 집문당, 1989.
장경남, 「임난 영웅의 문학적 형상화」, 『숭실어문』 제16집, 숭실어문학회 편, 2000.
장수근, 「한국민속논고」, 계몽사, 1986.
정두희, 「조선초기 정치세력 연구」, 일조각, 1983
조동일, 『한국문학통사』 제1권, 지식산업사, 1990.
_____, 『한국설화와 민중의식』, 정음사, 1985.


## 제2부 열전과 행장의 비교 연구

『삼국사기』

『고려사』

『동문선』

『사기』

『문체명변』

『문장체재사전』

권오성, 「삼국사기 열전의 문학적 연구」, 영남대석사논문, 1981.

김석하, 「고대소설에 나타난 주인공의 supernatural birthd에 관한 연구」, 단국대논문집 제3집, 1969.

김진영, 「문헌소재 김유신 설화고」(Ⅰ), 『한국소설문학의 탐구』(한국고전문학연구회 편), 일조각, 1978.

김혜숙, 「전·서사(기사)·야담의 대비적 고찰」, 『새터강한영선생고희기념한국판소리고 전문학연구』, 아세아문화사, 1983.

박대복, 「고소설에 수용된 민간신앙 연구」, 중앙대박사논문, 1989.

박두포, 「삼국사기 열전의 설화성-전기설화로서의 성립에 대하여」, 청구대병설공전논 문집, 1964.

송백헌, 「서포가문행장」, 형설출판사, 1977.

신영식, 「삼국사기 연구」, 일조각, 1981.

심정섭, 「삼국사기 열전의 문학적 고찰」, 『문학과지성』 10권 1호, 문학과지성사, 1979.

유권석, 「비극적 영웅담」의 구조분석」, 전주우석대석사논문, 1993.

윤영옥, 「삼국사기 열전 「김유신」고」, 영남대동양문화연구소, 1974.

조동일, 『영웅의 일생 그 문학사적 전개』, 서울대『동아문화』 10, 1971.

───, 『한국설화와 민중의식』, 정음사, 1985.

───, 『한국문학사상사시론』, 지식산업사, 1990.

주명희, 「전의 양식적 특징과 소설로의 수용양상」, 서울대박사논문, 1985.

최강현, 「정경부인초계정씨행장고」, 『홍익어문』 2 홍익대학교 국어국문학과, 1983.

하성래, 「전기문학의 새 봉우리」, 『문학사상』 61호, 1977.

황선명, 『조선조종교사회사연구』, 일지사, 1992.

## 제2부 『단재전』 연구

『삼국사기』

『고려사』

『단재신채호전집』, 단재신채호선생기념사업회, 형설출판사, 1975.

『한국인명대사전』, 신구문화사, 1992.

고경식, 「전의 유형고」, 『경희어문학』 6, 경희대국문과, 1983.

김균태, 「전의 장르적 고찰」, 『신호열선생고희기념논총』, 창작과 비평사, 1983.

김주현, 「단재 신채호 문학의 연구 현황 및 전망」, 『안동어문학회』 7집, 2002.

박희병, 「조선후기 「전」의 소설적 성향 연구」, 서울대박사논문, 1991.

_____, 『한국고전인물전연구』, 한길사, 1992.

단재 신채호 선생 탄신 120주년 기념학술대회, 「신채호 사상의 현대적 조명과 과제」,
　　　세종문화회관 컨벤션센터, 2000, 12, 1.

유권석, 「임병양란기 인물전의 비극성 연구」, 우석대박사논문, 1997.

_____, 「남이전 연구」, 『어문연구』, 한국어문교육연구회, 2000, 겨울.

이동근, 『조선후기 「전」문학연구』, 태학사, 1991.

이만열, 「단재 사학의 배경과 구조」, 『한국근대 역사학의 이해』, 문학과 지성사, 1981

정명기, 「전과 야담의 엇물림」(1), 『한국언어문학』 제33집, 한국언어문학회, 1994.

조동일, 『한국설화와 민중의식』, 정음사, 1985.

조연현, 『한국현대문학사』, 성문각, 1980.

주명희, 「삼국사기 열전의 소설사적 위상」, 『고소설사의 제문제』, 성오소재영교수환력
　　　기념논총, 집문당, 1993.


## 제2부 소재 변종운의 『각저소년전』에 관한 문예적 고찰

『소재집』

강명관, 『조선후기 여항문학 연구』, 창작과비평사, 1997.

김균태, 「조선후기 인물전의 야담취향성과 한계」, 한국한문학연구 제2회 전국대회 발
　　　표요지, 1988. 12. 2.

김근태, 「조선 초기 소설의 갈래 교섭 양상」, 숭실대박사논문, 1997.

구사회, 「석정 이정직의 구례 기행과 『작가지남』」, 『한국어문학연구』 제44집, 한국어
　　　문학연구학회, 2005.
박준원, 「조선후기 전의 사실수용양상」, 『한국한문학연구』 제2회 전국대회 발표요지,
　　　1988. 12. 2.
박희병, 『조선후기 전의 소설적 성향 연구』, 대동문화연구총서 XII. 성균관대학교출판
　　　부, 1993.
유권석, 「남이전 연구」, 『어문연구』, 한국어문교육연구회, 2000, 겨울.
＿＿＿, 「단재전 연구」, 『한국어문학연구』 제44집, 한국어문학연구학회, 2005.
윤재민, 『조선후기 중인층 한문학의 연구』, 고대민족문화연구원, 1999.
이동근, 『조선후기 「전」문학연구』, 태학사, 1991.
＿＿＿, 「전 양식의 역사적 전개양상」, 『우리말글』 29집, 우리말글학회, 2003.
이수진, 「소재 변종운의 시세계」, 『한국어문학연구』 제45집, 한국어문학연구학회, 2005.
조동일, 『한국설화와 민중의식』, 정음사, 1985.
조태영, 「전계소설의 역사적 변모과정」, 『고소설사의 제문제』, 집문당, 1993.
정병호, 「변종운의 전과 소설」, 『대동한문학』 제10집, 1998.

## 제2부 「국성전」 연구

『금곡집』
『춘강수록』, 유재영 저, 춘강유재영박사화갑기념문집간행위원회편, 이회문화사, 1992,
　　　614~615쪽.
김웅모, 『어문학에 담긴 술의 멋』, 도서출판 박이정, 1997.
김창룡 편역, 『한국의 가전문학』 上, 태학사, 1997, 204~205쪽.
＿＿＿, 『가전문학의 이론』, 도서출판 박이정, 2001, 88쪽.
김태준, 『조선소설사』, 학예사, 1939, 74쪽.
김현룡, 「국순전과 국선생전 연구」, 『국어국문학』 65 · 66 합병호, 국어국문학회 1974,
　　　173쪽.
박희병, 『한국고전인물전연구』, 한길사, 1993, 11쪽.
서대석, 『군담소설의 구조와 배경』, 이화여대출판부, 1985, 12쪽.
안병렬, 『한국 가전 연구』, 이우출판사, 1986, 28~30쪽.

연해진, 「국순전계 가전작품 구조연구」, 충북대석사논문, 1989.

유기옥, 「존재 박윤묵의 가전 연구」, 『인문논총』 23, 전북대 인문과학연구소, 1993, 101
　　　쪽.

이강옥, 「국순전과 국선생전의 서술방식과 세계관」, 『고소설연구논총』, 다곡이수봉선
　　　생회갑기념논총간행위원회, 1988.

이동근, 「수성지」, 『한국고전소설작품론』, 집문당, 1990, 47쪽.

　　　, 『조선후기 「전」 문학연구』, 태학사, 1991, 16~17쪽.

　　　, 「전 양식의 역사적 전개양상」, 『우리말글』 29집, 우리말글학회, 2003, 2쪽.

조동일, 『한국설화와 민중의식』, 정음사, 1985, 118쪽.

　　　, 『한국문학통사』(2), 지식산업사, 1990, 116~123쪽.

조수학, 「국순전과 국선생전 비교 연구」, 『중국어문학』 3, 영남대 영남중국어문학회,
　　　1981.

하경희, 「술 의인화 가전의 문학적 변용 양상과 의미」, 우석대학교교육대학원, 2003,
　　　56쪽.

# 찾아보기

## ㅇ

▌유권석(柳權錫)

충남 당진 출생
우석대학교 국문학과(박사)
衣巖書堂 修學(93.8-98.3)
현재 선문대학교 국문학과 겸임교수 및 우석대학교 강사
인물전 등 전문학 분야에 관련된 논문들을 주로 써 오고 있다.

yu3883@empal.com

한국서사문학연구총서 ⑪

# 한국 전문학 연구

2006년 10월 26 초판 발행

지은이  유권석
펴낸이  김흥국
펴낸곳  도서출판 **보고사**

등록  1990년 12월(제6-0429)
주소  서울시 성북구 보문동 7가 11번지
편집부  922-5120~1, 영업부 922-2246, 팩스 922-6990
홈페이지  www.bogosabooks.co.kr
메일  kanapub3@chol.com

ⓒ 유권석, 2006
ISBN 89-8433-467-7(93810)
정가 18,000원